O SEGREDO DO REI

Pedro Urvi

O Segredo do Rei

O guardião do bosque

Tradução
Larissa Bontempi

Rio de Janeiro, 2024

Titúlo original: *El Secreto del Rey*
Copyright do texto © 2019 por Pedro Urvi. Todos os direitos reservados.
Design de capa © Sarima. Todos os direitos reservados.

Todos os direitos desta publicação são reservados à Casa dos Livros Editora LTDA. Nenhuma parte desta obra pode ser apropriada e estocada em sistema de banco de dados ou processo similar, em qualquer forma ou meio, seja eletrônico, de fotocópia, gravação etc., sem a permissão dos detentores do copyright.

COPIDESQUE	IBP Serviços Editoriais
REVISÃO	Alice Cardoso e João Rodrigues
ADAPTAÇÃO DE CAPA	Guilherme Peres
DIAGRAMAÇÃO	Abreu's System

Dados Internacionais de Catalogação na Publicação (CIP)
(Câmara Brasileira do Livro, SP, Brasil)

Urvi, Pedro
  O segredo do rei / Pedro Urvi ; tradução Larissa Bontempi. – 1. ed. – Rio de Janeiro : HarperKids, 2024.

  Título original: El Secreto del Rey
  ISBN 978-65-5980-135-0

  1. Aventuras – Literatura infantojuvenil 2. Fantasia – Literatura infantojuvenil I. Título.

24-215656
CDD-028.5

Índice para catálogo sistemático:
1. Literatura infantojuvenil   028.5
2. Literatura juvenil   028.5

Aline Graziele Benitez – Bibliotecária – CRB-1/3129

HarperKids é uma marca licenciada à Casa dos Livros Editora Ltda. Todos os direitos reservados à Casa dos Livros Editora LTDA.

Rua da Quitanda, 86, 601A
Centro, Rio de Janeiro/RJ
CEP 20091-005
Tel.: (21) 3175-1030
www.harpercollins.com.br

*Dedico esta série ao meu grande amigo Guiller.
Obrigado por toda a ajuda e o apoio incondicionais
desde o início, quando não passava de um sonho.*

Capítulo 1

Lasgol respirou o ar frio do inverno. *Cheira a guerra, a problemas sérios*, pensou enquanto acariciava as costas do bom Trotador, na qual descansava. *Talvez seja só a minha imaginação...*, balançou a cabeça. *Não, conhecendo a minha sorte, problemas sérios me esperam, com certeza. Mas, seja o que for, vou enfrentar.* Respirou fundo, deixando sair uma lufada de ar.

O garoto observou a ponte e a aldeia ao fundo do vale. Não eram uma ponte ou uma aldeia quaisquer; era sua aldeia, Skad. Naquela ponte, ele tinha sido espancado quase até a morte por três valentões havia um ano, quando partiu para se juntar aos Guardiões. Estremeceu ao se lembrar da dor. De repente, Camu ficou visível e pulou do ombro de Lasgol para as costas de Trotador, subindo pela crina para ficar em cima da cabeça do pônei norghano.

— Camu, o que está fazendo?

A criatura olhou para o rio, soltou um guincho agudo e começou a flexionar as quatro patas, como se estivesse dançando. Inquieto, Trotador bufou.

— Ah, não...

Foi tudo o que Lasgol conseguiu dizer, com as mãos grudadas no pescoço de Trotador, antes que Camu deslizasse até o chão. Assustado, o pobre pônei relinchou e se empinou. Lasgol se viu obrigado a puxar as rédeas e segurar forte para controlá-lo. Quase caiu no chão.

— Calma, garoto, calma — repetia. — Bom garoto, tranquilo, não aconteceu nada — sussurrava enquanto acariciava as costas do pônei.

Lasgol procurou Camu com o olhar. Como se fosse um predador nato, o bicho travesso estava perseguindo uma truta arco-íris no meio do rio.

— Camu, volte aqui! — Mas a criatura pulava de um lado para o outro atrás das trutas. — Posso saber o que está fazendo? Você não caça, é herbívoro!

Camu o ignorou e continuou brincando e espirrando água. Lasgol bufou. *Está brincando, este é um mundo novo para ele*. Era mesmo, e Camu parecia aproveitar muito. Desde que tinham saído do acampamento, a criatura não parava de mexer com tudo o que cruzava o caminho deles. Isso tinha posto Lasgol em apuros mais de uma vez, por isso deveria tomar muito cuidado para que ninguém descobrisse Camu.

— Já chega, pare de brincar e volte aqui antes que o vejam.

A criatura levantou a cabeça e lançou um olhar de protesto. O eterno sorriso que enfeitava seu rosto não enganava mais Lasgol; sabia quando reclamava ou estava chateada.

— Venha aqui, danadinho. Você é um danadinho.

Como Lasgol temia, Camu desprezou seu chamado e continuou brincando de caçar peixes, pulando pelo rio, emitindo gritinhos agudos de alegria. Ao ver que o bicho não lhe obedecia, Lasgol resmungou uma reclamação aos Deuses do Gelo. *Terei que usar meu dom, é o único jeito de obrigá-lo a parar*. O garoto se concentrou e enviou uma mensagem mental para Camu. *Venha, agora*.

A criatura parou no meio do rio e olhou para Lasgol. Inclinou a cabeça, fechou e abriu os grandes olhos algumas vezes e então se decidiu. Correu até o garoto. De um salto, agarrou-se no lombo de Trotador com as quatro patas e começou a subir. O cavalo se assustou outra vez e começou a relinchar. Foi difícil acalmá-lo. Quando Lasgol enfim conseguiu, lançou um olhar chateado para Camu. A criatura tinha se acomodado no ombro do garoto e enrolado a cauda em seu pescoço. Abriu os olhos e inclinou a cabeça com cara de inocente. Depois, abriu a boca o máximo que conseguiu em um sorriso enorme.

— Não faça essa cara de *eu não fiz nada*, você sabe muito bem que fez! E pare de assustar o Trotador, o coitado fica nervoso e eu sei que você sabe disso.

Camu emitiu um guincho suave e fechou os olhos.

— Isso, durma e se esconda. Vamos entrar na aldeia e ninguém pode ver você.

A criatura assentiu, se enrolou no ombro do garoto e ficou invisível.

— Isso você entendeu, é claro. Dormir sim, brincar não — queixou-se Lasgol.

Camu apareceu outra vez e lambeu sua bochecha. Antes de Lasgol virar a cabeça, já tinha desaparecido.

— Você é impossível.

Trotador virou a cabeça.

— Você, não, amigo; você é um bom cavalo. Venha, vamos para a aldeia.

Começaram a caminhar. Ao entrar nas ruas em que tinha vivido tantos maus momentos, Lasgol teve que fazer um esforço para se lembrar de algo bom e conseguir acalmar o nervosismo que revirava seu estômago. Tentou procurar uma boa lembrança na companhia do pai, um momento anterior ao incidente, antes de ter se tornado, de maneira injusta, um traidor do reino. Foi difícil. Sentiu um calafrio. Depois, lembrou-se de passear por aquela mesma rua de mãos dadas com o pai quando era um menino e se acalmou.

As pessoas o observaram com desconfiança, pois parecia um forasteiro de passagem. Vestia a capa vermelha com capuz dos guardiões iniciados, os formados no primeiro ano. No entanto, ele a usava do avesso. Era dupla-face. O interior, marrom-esverdeado, não era muito bonito, mas era funcional e não chamava atenção. Fora do acampamento deveriam usá-la assim, pois ninguém podia saber que eram instruídos pelos guardiões; quanto menos as pessoas de seu entorno soubessem, melhor. Pensou na capa do segundo ano, a que o instrutor-maior Oden lhes daria quando voltassem, a de aprendiz, amarela vibrante. Estremeceu, era ainda mais feia do que a vermelha do primeiro ano.

As expressões dos moradores mudavam à medida que o reconheciam. Passavam da desconfiança ao horror, e então à vergonha, tudo em um instante. Embora pudesse, Lasgol não se escondia sob o capuz. Andava com o rosto descoberto para que todos soubessem quem ele era. Olhava para os aldeões e os cumprimentava como se os conhecesse da vida toda, e de fato conhecia, mas era algo que um ano antes teria sido impensável. *Acabou isso de abaixar a cabeça, já não vou mais desviar o olhar ao passar por alguém. Sou Lasgol Eklund, filho de Dakon, e, gostem vocês ou não, vão me respeitar por isso. A mim e ao meu falecido pai.*

Chegou à primeira das três paradas que tinha decidido fazer assim que pisasse na aldeia. Desmontou de Trotador e amarrou o cavalo em uma árvore junto à pequena casa. Analisou-a com atenção. O telhado estava em péssimas condições. Precisava de muito trabalho. O restante da estrutura estava tão ruim quanto no ano anterior. Chamou à porta com batidas fortes. Era muito cedo para que seu inquilino estivesse acordado, ainda mais se tivesse passado a noite anterior bebendo vinho noceano, coisa que adorava fazer.

Lasgol girou a cabeça na direção do ombro direito, onde Camu descansava.

— Não se mostre a não ser que estejamos sozinhos. Isso nos causaria sérios problemas — disse o garoto, sem muita esperança.

A criatura estava gostando tanto da viagem que era quase impossível controlá-la. Tudo era novo e animador.

Ouviu-se o alvoroço do lado de dentro. Alguém tropeçava em caçarolas e banquetas. Lasgol escutou um grito rouco:

— Já vai! Pare de esmurrar minha porta!

Lasgol esperou; sabia que demoraria um pouco até que abrissem.

— Quem é a esta hora da manhã? Não se pode mais descansar nesta maldita aldeia!

Lasgol não respondeu. Limitou-se a bater à porta mais uma vez.

— Pelas montanhas nevadas da nossa pátria, vou cortar suas orelhas se não for uma questão de vida ou morte!

A porta se abriu e, atrás dela, apareceu um homem enorme com o aspecto de um urso recém-acordado de uma longa hibernação.

— Eu lhe desejo um bom dia, senhor — cumprimento Lasgol.

— Las-gol! — exclamou, inclinando-se para trás, impressionado.

Por pouco a muleta do homem não caiu no chão.

— Oi, Ulf. — Lasgol sorriu.

— Mas... Lasgol... o acampamento... guardiões. — De tão confuso que estava, Ulf piscava sem parar com o olho bom e não concluía as frases.

— Muito *calmante* ontem?

— Mas... como... O que faz aqui?

— Posso entrar?

— Sim, claro, entre — disse o grandalhão norghano, movendo-se para o lado.

A casa estava como Lasgol lembrava, mas agora reinavam a bagunça e o caos por toda parte. A cozinha era a área mais afetada. As garrafas de vinho vazias e os pratos de madeira com restos de comida se amontoavam em uma montanha instável. Ulf, por sua vez, também não tinha mudado. Continuava tão grande e feio quanto uma besta das montanhas. Tinha o mesmo cabelo e a mesma barba avermelhados, agora mais desalinhados do que o habitual. O olho estrábico que o homem exibia para que todos vissem continuava dando ao seu rosto um aspecto feroz e cruel. Lasgol se lembrou de que ele já tivera mais de um pesadelo com o olho. O garoto sorriu. Ulf ainda se parecia com um urso selvagem dos bosques do Sul.

— Não esperava companhia... — desculpou-se o homem enquanto recolhia a roupa da área comum e a jogava no quarto.

— Talvez eu devesse ter anunciado a minha chegada...

— Bobagem! Você é sempre bem-vindo em minha casa. Outro dia eu limpo tudo isso. O inverno foi difícil, e você já me conhece... A limpeza e as coisas do lar não são o meu forte.

— Não arranjou outro servente para me substituir? — perguntou Lasgol ao ver que seu catre parecia não estar sendo usado.

— Bem... Sim, já vieram três, mas os muito desmiolados vão embora correndo em pouco tempo. O último não durou nem uma semana. Dizem que não aguentam meu mau humor. Mau humor, eu! Dá para acreditar?

O garoto teve que esconder uma gargalhada.

— Os jovens norghanos de hoje... — ironizou Lasgol, sabendo que o outro gostaria do comentário.

— Exato! Já não se fazem norghanos como antigamente. Esses rapazes saem da barra da saia da mãe e não fazem nada além de choramingar.

Lasgol deixou escapar uma risadinha. Ulf olhou para ele dos pés à cabeça e assentiu:

— Você está com a aparência boa, garoto. Eu diria que até cresceu um pouco.

Lasgol deu de ombros.

— Deve ser a instrução física.

— E me conte, como se sente sendo um herói?

— Já estão sabendo?

— As notícias voam no nosso reino gelado como se viessem em trenós puxados por lobos famintos.

— Eu me sinto como sempre.

Lasgol sorriu, sem dar muita importância.

— É verdade que você pulou sobre o rei e impediu que uma flecha assassina o atingisse?

— Sim... Bem... Já sabe como as pessoas exageram... Não foi bem assim...

— Me contaram que foi algo digno de se ver.

— Aconteceu muito rápido. Agi por instinto.

— Muito bem-feito! Como um verdadeiro norghano! Eu já sabia que você tinha algum talento!

— Por isso me escolheu como servente?

— Por isso e porque precisava de um servente!

Lasgol riu.

— Prepare algo quente para beber enquanto termino de me vestir, você já sabe onde fica tudo — disse Ulf enquanto mancava até o quarto.

— Uma infusão reanimadora vai nos fazer bem — propôs Lasgol, sabendo que era a melhor bebida para Ulf nas manhãs de ressaca.

Pôs as mãos à obra e aproveitou para arrumar um pouco a bagunça da cozinha.

— Por que voltou? Achei que você estivesse com os Guardiões — perguntou o norghano, procurando uma túnica apresentável que não tinha.

— Temos três semanas de licença depois de concluir o ano. É uma espécie de recompensa por ter acabado.

— Ou seja, você passou para o segundo ano de instrução.

— Sim, senhor.

— E salvou a vida do rei ao receber uma flecha direcionada a ele.

— Sim, senhor.

Ulf murmurou:

— Você é mais forte do que eu pensava.

Lasgol sorriu de orelha a orelha.

— Acho que não.

— Pois eu acho que sim. Sim, senhor! — Ulf ainda procurava algo para vestir. — E por que voltou a esta aldeia imunda? Pensei que você a odiasse...

Lasgol suspirou.

— Não é que eu a odeie... É meu lar, no fim das contas.

— Que lar! Todos aqui o trataram tão bem... — disse Ulf, com um tom profundo de sarcasmo. — Com certeza você voltou para abraçá-los e dar tapinhas nas costas de cada um deles.

— Não voltei para recriminar ninguém.

— Não?

Lasgol negou com a cabeça.

— Nem mesmo a mim?

— Muito menos o senhor.

Ulf ficou paralisado. Algo muito raro nele, que era uma força da natureza e não ficava quieto nem por um segundo. Observou Lasgol com o olho bom e não soube o que responder. Pigarreou com força.

— Sinto muito se fui duro demais...

Lasgol o interrompeu:

— Foi menos duro com seus outros serventes?

— Pelas minhas barbas geladas! É claro que não!

O garoto sorriu.

— Você me tratou como trata a todos, não como um pária. Eu não podia ter pedido nada melhor nem mais justo.

Ulf quase perdeu o equilíbrio.

— Mas houve momentos... Talvez eu tenha sido muito duro... Meu gênio... você já sabe...

— Talvez. Mas estou aqui inteiro, não estou?

— Este velho soldado aposentado lhe diz que você é bondoso demais. Tem um coração mole. Isso lhe trará problemas.

Lasgol deu de ombros.

— Pode ser, mas prefiro ser assim.

O homem bufou.

— Não aprendeu nada comigo? Achei que eu tinha inculcado em você um pouco do senso comum e da força dos norghanos.

— Dos soldados norghanos, você quis dizer.

— Mas é claro! Mil vezes melhor do que esses aldeões fracotes que falam com as galinhas e os porcos. E não me diga que os Guardiões são melhores, não vai me convencer.

— Os Guardiões me ensinaram uma ou outra coisa muito útil.

— Ora! A formação na infantaria teria sido mil vezes mais proveitosa.

— Vi os Invencíveis do Gelo e a Guarda Real. São ainda mais impressionantes do que o que você me contou.

— Viu? O velho Ulf sabe o que diz. — Ele se aproximou do armeiro e acariciou as armas com o olhar ausente, lembrando-se de tempos melhores. — Os Guardiões não lhe ensinaram a usar estas, não é? — disse, apontando para a espada, o machado longo e o machado de duas cabeças.

— Não. Essas não são armas de Guardiões.

— São as armas de um verdadeiro norghano!

Lasgol balançou a cabeça; sabia que não conseguiria mudar o pensamento de Ulf de jeito nenhum. O veterano se aproximou de Lasgol com uma aparência melhor. O garoto lhe entregou a infusão e os dois beberam em silêncio.

— Agora todos sabem o que aconteceu — disse Ulf de repente.

Lasgol o fitou. Assentiu.

— Todos, todos?

— O filho do Traidor salvar a vida do rei não é algo que possa ser mantido em segredo. As novidades se estenderam por todo o reino. Não acho que exista uma pessoa que não tenha ouvido uma ou outra versão do que aconteceu.

— Entendo — respondeu Lasgol, bebendo um gole.

— Também se sabe que o rei declarou seu pai inocente. Sua honra foi restaurada. — Lasgol assentiu, e Ulf acrescentou: — Você deveria jogar na cara de todos, fazê-los pagar pelos seus desprezos. Eu ajudo com prazer! Por todas as montanhas geladas, eu faço!

O garoto negou com a cabeça.

— O que eu conseguiria com isso?

— Satisfação! Eles merecem pagar pelo que lhe fizeram passar!

— O ódio só gera ódio...

— Que besteira é essa? É isso o que ensinam os malditos Guardiões?

— Não, Ulf, foi meu pai quem me ensinou isso.

O grandalhão jogou a cabeça para trás. Passou o antebraço pelo olho ruim; estava incomodado.

— Não estou aqui por vingança... e não acredite que eu não gostaria de fazer o que você está dizendo, porque parte de mim deseja isso. Mas uma outra parte sabe que isso não me traria nada além de mais problemas. Não. Vou conter a vontade de gritar na cara de todos o quanto foram injustos e desprezíveis comigo — respondeu Lasgol.

Ulf soltou uma série de impropérios.

— Mas agradeço por se oferecer.

— Se mudar de ideia, não precisa dizer duas vezes — respondeu, levantando o punho como se fosse sacudir alguém.

— Pode deixar.

— E me diga, o que vai fazer agora que limpou o nome do seu pai? Esse é o motivo pelo qual se juntou aos Guardiões, não negue; você não me engana. Voltou para ficar de vez ou está de passagem e vai voltar para eles?

Lasgol suspirou fundo.

— É algo em que tenho pensado muito. Tem razão, eu me juntei aos Guardiões com a única intenção de limpar o nome do meu pai e, agora que consegui, não tenho nenhum motivo para ficar. Mas...

— Mas? Sabe que odeio os *mas*.

Lasgol sorriu.

— Encontrei um lugar entre os Guardiões; mais do que isso, encontrei uma família. A que perdi e já não tenho...

— Família?

— Sim, meus colegas se transformaram em minha família. E os próprios guardiões, que dificultaram tudo para mim quando me juntei a eles, são o meu lar agora. É o que sinto.

Ulf negou com a cabeça.

— Continuo achando que teria uma carreira melhor no Exército, ainda mais agora que é um herói do reino.

— Obrigado, mas quero continuar com os Guardiões, ainda tenho muito a demonstrar, tanto para eles quanto para meus colegas…

— Pelo que entendi, você teve dificuldades…

— Sim, não foi fácil. Quero demonstrar aos meus colegas que sou digno de sua amizade, e aos guardiões, que mereço ser um deles. Sei que será difícil. Tenho mais três anos muito complicados pela frente, mas algo dentro de mim me dá coragem para seguir. Quero ser um guardião como meu pai foi.

O soldado solitário assentiu várias vezes.

— Não tem nada ruim nisso, ainda mais sabendo que está seguindo os passos de seu pai. Não insistirei mais para que vá para o Exército.

— Obrigado, Ulf. Sei que você fala pensando no que é melhor para mim.

O norghano suspirou.

— Quero que saiba que sempre achei estranho o que aconteceu com o seu pai. Eu o conheci e acho que sou bom julgando o caráter das pessoas. Não era da índole de Dakon fazer o que diziam que ele tinha feito.

— Obrigado, Ulf. Não era, afinal ele estava dominado por Darthor.

— Dominado?

— Controlado. Darthor consegue dominar as pessoas para que façam a vontade dele.

— Por todos os icebergs do Norte! Isso é magia suja!

— Sim. Usando runas poderosas, ele marca as pessoas e as controla para que obedeçam aos seus desejos.

— Há poucas coisas que eu odeio mais do que a magia traiçoeira.

— Você e praticamente todo mundo — garantiu o garoto.

— Não me diga que não temos razão, olhe o que fizeram com seu pai.

— Sim, têm razão… Mas…

— Mas? Não me venha com *mas*!

Ao ouvir a expressão favorita de Ulf, Lasgol teve que segurar um sorriso.

— Não acho que a magia seja ruim por si só, é quem a usa que a faz servir ao bem ou ao mal.

— Outra maldita bobagem de guardiões! Toda magia é ruim! Mas o que é que lhes ensinam lá?

— E os magos do Gelo do rei Uthar?

Ulf ficou sem palavras.

— Bom... São magos do rei... isso é diferente.

— Não, na verdade, não é muito diferente. O que importa é a pessoa que usa a magia, não a magia em si. Foi meu pai quem me ensinou isso...

— Pode ser... Eu só sei que prefiro o aço das armas à magia.

Lasgol riu.

— Como diria qualquer bom soldado norghano.

— É isso aí! — exclamou Ulf, bebendo o restante da infusão de um só gole, como se fosse cerveja.

Lasgol se sentia à vontade na companhia do antigo senhor, que tinha sido duro com ele, muitas vezes injusto, mas tinha sido honrado. Ulf não tinha maldade, só um temperamento como uma tempestade de inverno. O garoto percebeu que tinha sentido saudade de Ulf e que, no fundo, gostava muito dele.

— Me conte, por que veio, então? Não pode ter sido para visitar este velho soltado aposentado com más qualidades e um gênio ainda pior...

— Vim reivindicar as posses de meu pai. O rei devolveu todos os seus bens e terras e, em agradecimento, me deu uma quantia significativa de moedas.

— Olha só o garoto! Vai ser o mais famoso da aldeia e o mais rico! Isso tem que ser celebrado com uma rodada na estalagem!

— Talvez depois, Ulf. Primeiro quero recuperar a casa do meu pai.

— Isso vai ser divertido!

— Você vem comigo?

— Se vou junto? Não perco isso por nada!

— Bom, então vamos.

— Pegue a minha espada.

Lasgol olhou para ele sem compreender.

— Não vamos precisar dela, né? — perguntou, com certa apreensão.

— Ha! É o que veremos. Pegue-a.

Lasgol obedeceu e saíram da casa.

Capítulo 2

Chegaram à praça principal. Estava abarrotada, não cabia mais uma alma. Lasgol observou com estranheza a multidão; não esperava aquilo, a praça não costumava ficar daquele jeito tão cedo. A maioria das pessoas estaria trabalhando.

— É dia de mercado — explicou Ulf com um sorriso de satisfação, e ergueu-se o mais alto que pôde, apoiando-se na muleta de modo que todos o enxergassem.

Lasgol entendeu; os aldeões e mineiros da região aproveitavam o dia de mercado para adquirir alimentos e ferramentas para a semana. Ele teria preferido que fosse um dia normal e que a praça estivesse meio deserta, como de costume. Não teria essa sorte.

Ulf decidiu atravessar pelo centro, entre todas as bancas de mercadorias. Não só não ia deixar que a visita de Lasgol passasse despercebida, como ia se encarregar de que todos naquela aldeia sofressem a vergonha e o remorso que considerava tão merecidos. À medida que passavam em direção à casa do chefe, as conversas cessavam, os rostos viravam e os olhos se cravavam em Lasgol, demonstrando uma grande surpresa que, após um instante, se transformava na culpa que tentavam disfarçar desviando o olhar. Aumentavam os murmúrios de assombro dos fregueses. Ulf parou no meio do mercado e começou a olhar para as pessoas contrariadas. Lasgol suspirou ao seu lado.

— O que é? Por acaso vocês nunca viram um herói? — Lasgol ruborizou e se acomodou na capa. Queria passar despercebido... — Todos olhem bem para ele! Este é Lasgol Eklund, que foi meu servente, a quem todos trataram como um cachorro sarnento! — gritou Ulf a plenos pulmões, e toda a praça o ouviu.

— Ulf... Não precisa... — sussurrou Lasgol, tentando evitar que a situação ficasse ainda mais constrangedora para todos.

— Besteira! Merecem ouvir por serem cretinos e desalmados!

Lasgol engoliu em seco. As pessoas, envergonhadas e chateadas, tentavam continuar as compras enquanto disfarçavam, fingindo que não os viam.

— Um herói norghano veio nos visitar. Olhem bem para ele, pois o trataram como uma sombra durante anos.

— Ulf...

— Hoje, Lasgol Eklund, o filho de Dakon, nos dá a honra de sua visita. Herói do reino! Salvador do rei! Envergonhem-se todos e peçam perdão, seus estercos de vaca.

— Por favor... Ulf... deixe para lá.

O soldado bufou.

— Tudo bem. Porque você está pedindo, mas, se fosse por mim, enterraria todos com neve até o pescoço e os deixaria assim um dia inteiro.

— Já desabafou? — Era a voz de Gondar Vollan, o chefe da aldeia.

Lasgol e Ulf se viraram e o viram se aproximar, seguido por Limus Wolff, seu ajudante.

— Estou apenas começando.

Gondar observou Lasgol durante um longo tempo. O chefe sempre o impressionava com sua presença; era tão grande quanto Ulf, mas muito mais jovem. Um guerreiro norghano nato.

— Ainda bem que o rapaz tem o bom senso que falta em você. Estamos no meio do mercado, envergonhar toda a aldeia não é a coisa mais sensata que você poderia fazer hoje.

— E quando eu fiz o que é mais sensato? — respondeu Ulf.

— Nunca...

— Pois bem, por todos os gólens do gelo, não vou começar hoje!

— Como chefe, tenho que manter a paz na aldeia... então, pare de gritar com as pessoas — pediu Gondar.

— Vou deixar de dizer quatro verdades que merecem ouvir, não porque você está dizendo, mas porque o garoto me pediu.

— Bem, como quiser, porém deixe de criar alvoroço. Que passemos o dia em paz.

— Por mim, não passaríamos.

— Sim, eu sei muito bem disso.

— Os alvoroços em dia de mercado são muito ruins para a economia da aldeia — disse Limus com sua voz aguda, quase feminina, mexendo o dedo indicador na frente de Ulf como se expressasse desaprovação.

Limus era um homem pequeno com cara de rato e, pelo que todos diziam, muito inteligente. Era responsável por todos os afazeres administrativos e logísticos da aldeia.

— Não balance o dedo na minha cara, que eu o arranco com uma mordida.

O ajudante retirou a mão imediatamente e se protegeu atrás do chefe. Gondar bufou.

— Percebi que está de ótimo humor hoje — ironizou ele.

— Você não estaria se o seu servente voltasse para vê-lo depois de se tornar um herói nacional?

— Sim, estaria.

— E não compartilharia vários bons sentimentos entre seus vizinhos, que se comportaram tão bem com ele?

— Entendo seus motivos, mas passemos o dia em paz.

— Passaremos. E lembro que você e esse aí escondido às suas costas também devem um pedido de desculpas ao garoto.

Lasgol ficou rígido. Ulf tinha acabado de desafiar Gondar. Ninguém fazia isso. O chefe fechou a cara; seu olhar endureceu. As pessoas que os rodeavam e as das bancas próximas olharam e cochicharam, algo que Gondar percebeu.

— Cuidado, Ulf. Sou o chefe e ninguém me diz o que tenho que fazer.

Os dois norghanos enormes trocaram olhares intensos, como dois ursos selvagens, um jovem e outro já velho e marcado pelas cicatrizes, a ponto de se engalfinharem em uma briga.

— Acalmem-se... — interferiu Limus, tentando apaziguar os ânimos.

— Não é preciso pedir desculpas, de verdade — disse Lasgol.

Gondar virou a cabeça e lançou um olhar fixo na direção de Lasgol, como se o analisasse.

— É, sim — respondeu o chefe, deixando Lasgol perplexo. — Você é um herói, salvou a vida do rei Uthar, e nós... toda a aldeia... — apontou ao redor. — Nós tratamos você muito mal. Por isso lhe peço desculpas, em meu nome e em nome desta que é a sua aldeia e da qual sou a máxima autoridade.

Ulf relaxou e um sorriso sutil de satisfação apareceu em seu rosto de velho soldado.

— Obrigado... — aceitou Lasgol, que nem em mil anos teria esperado o reconhecimento.

Todos na praça os olhavam e murmuravam.

— Devo ressaltar que são dois momentos diferentes e muito contrapostos no tempo. Lembremos que Dakon tinha sido condenado como traidor — disse Limus, tentando justificar o chefe diante dos aldeões.

— Ainda assim — disse Gondar. — O rapaz não tinha nenhuma culpa e o tratamos com desprezo. Isso não voltará a acontecer, não enquanto eu for o chefe.

— É assim que se fala! — exclamou Ulf.

— Obrigado, chefe Gondar — disse Lasgol, comovido.

— Vamos, continuem o que estavam fazendo! E honrem o herói que nos visita! — disse Gondar, dirigindo-se a todos que estavam olhando.

A multidão voltou às compras, às conversas e aos tratos entre vizinhos. Gondar começou a andar.

— Chefe, tenho um assunto... — murmurou Lasgol.

— Diga, o que posso fazer por você?

Lasgol levou a mão ao bornal de viagem que carregava nas costas. Então o abriu e puxou um pergaminho com o selo real.

— Tenho que entregar isso ao senhor.

O chefe viu o selo, o reconheceu e passou o pergaminho para Limus. O ajudante o abriu e leu com atenção.

Por decreto Real, todas as honras, títulos, propriedades e bens de Dakon Eklund, primeiro-guardião do Reino de Norghana, são restituídos a ele de maneira imediata.

Sua majestade
Uthar Haugen
Rei de Norghana

— Interessante... — disse Limus.
— O que diz? — indagou Gondar.
— Todos os bens, títulos e propriedades de Dakon devem ser devolvidos. Visto que o filho, aqui presente, é seu único familiar, deverão ser devolvidos a ele.
— Bostas geladas! — lamentou-se Gondar, com uma pisada forte no chão. — Isso será um problema...
Ulf, que já sabia disso, sorria de orelha a orelha.
— É um Decreto Real. É incontestável e inapelável — atestou Limus.
Gondar bufou.
— Percebo que no fim das contas você vai ter a briga que estava procurando — disse ele para Ulf.
O soldado aposentado deu de ombros, sem parar de sorrir.
— Limus, vá buscar meus ajudantes. Mande que se apresentem.
— Muito bem, senhor.
Gondar se dirigiu a Ulf e a Lasgol.
— Eu, e só eu, falarei. Não quero derramamento de sangue hoje. Entendido? — perguntou, apalpando a empunhadura da espada.
— É claro — disse Ulf, que continuava sorrindo, com cara de quem nunca tinha quebrado um prato.
Gondar negou com a cabeça e bufou.
Os seis homens do chefe não demoraram para se apresentar. Eram corpulentos, escolhidos pessoalmente por Gondar para ajudá-lo na manutenção da paz da aldeia e protegê-la de meliantes e pessoas de índole semelhante.

Em uma pequena aldeia como Skad, não precisava de mais homens. Andavam armados com lança e escudo redondo de madeira reforçada. Um deles portava a lança e o escudo do chefe, a quem os entregou.

Gondar fez um sinal para Lasgol.

— Você, do meu lado. Ulf, atrás. E nem se atreva a provocá-los ou vai se ver comigo.

— Tudo bem... — grunhiu o soldado, não muito satisfeito com a ordem.

Com passos firmes, enquanto as pessoas na praça os observavam com grande interesse, se dirigiram à fazenda Eklund, o lar onde Lasgol tinha sido criado e de onde o tinham expulsado a pontapés. Era a maior fazenda do povoado, portanto não sofreu perdas. Pararam ao chegar na frente da porta, no muro de pedra que rodeava a casa e grande parte da propriedade. Na entrada, havia um portão alto gradeado de aço, arrematado com pontas de lança na parte superior para evitar que o escalassem.

Ao ver sua antiga casa, uma construção alongada, feita de pedra e madeira no estilo norghano, Lasgol sentiu um calafrio descer pela espinha. De repente, as lembranças começaram a surgir em sua mente. Foi tomado por sensações de felicidade, nostalgia, perda... Lembrou-se do pai e da mãe, dos bons tempos com ambos, dos ruins quando ela desapareceu de sua vida... a morte de seu pai... a traição... o ódio das pessoas... tudo ao mesmo tempo. Os olhos dele umedeceram. Para se distrair e não começar a chorar, se concentrou em examinar o edifício. Era a maior casa da aldeia e estava em perfeito estado. Isso se devia ao fato de agora estar ocupada por Osvald, apelidado de Chicote, primo de segundo grau do conde Malason, senhor daquele condado; tinham concedido a ele a casa e as terras de Dakon.

— O que houve? — perguntou um dos guardas de Osvald atrás do portão ao vê-los chegar.

Lasgol percebeu que também andavam armados com lanças e escudos redondos. Carregavam peitorais com o emblema do conde Malason.

— Chame o seu senhor — respondeu Gondar, sem mais explicações.

Os dois guardas trocaram olhares, depois observaram a meia dúzia de homens de Gondar e decidiram obedecer.

Um deles entrou para buscar o senhor enquanto o outro, muito tenso, observava a comitiva.

Osvald, o Chicote, não demorou a aparecer.

— Chefe Gondar, o que significa isto? — indagou enquanto se aproximava do portão de entrada.

Parou ao ver Lasgol. Fechou o rosto. Comentou algo em voz baixa ao guarda que o acompanhava. Este deu meia-volta e correu para a casa.

— Temos que conversar, assunto oficial — disse Gondar, solene.

— Sobre o quê? — perguntou Osvald, com um tom suspeito.

Ele foi até o portão, mas não o abriu.

— Não vai nos deixar entrar? — disse o chefe, erguendo uma sobrancelha.

— Não. Não com ele aqui — respondeu, apontando para Lasgol.

— Isso é uma falta de educação — interveio Limus.

Osvald deu de os ombros, indiferente.

— Abra o portão, sou o chefe da aldeia.

— Eu só respondo ao conde Malason, não ligo para quem seja o chefe da aldeia.

— Cuidado com o que está dizendo; nesta aldeia, eu sou a lei e ninguém está acima dela, sirva a quem sirva — advertiu Gondar.

— Pode ser, mas o conde Malason é a lei neste condado e você deve obedecê-lo. — Osvald sorriu com complacência.

— Temos um Decreto Real — disse Limus, mostrando o pergaminho. — Deve abrir a porta, recebê-lo e acatá-lo.

— A única coisa que vou fazer é esperar o conde. Enviei um pombo. Não vai demorar — disse, ao ver que o guarda que tinha enviado para a casa estava ao seu lado e assentia. Estava acompanhado de outros quatro guardas.

Gondar olhou para Ulf, que levou a mão à espada e fez um sinal para mostrar que estava pronto para lutar.

— Sabe que se você se negar, vai me obrigar a agir. Ninguém pode questionar minha autoridade — advertiu o chefe da aldeia, olhando de soslaio para um grupo grande de aldeões que tinha se aproximado para ver o que estava acontecendo.

— Será à força e terá que o justificar para o conde — ameaçou Osvald.

Mais aldeões se aproximaram vindos do mercado. A notícia de que algo estava acontecendo tinha se espalhado.

— Por decreto real, você deve entregar a fazenda e todas as posses a Lasgol Eklund, filho de Dakon, aqui presente — anunciou Gondar em alto e bom tom para que todos pudessem ouvir.

Havia cada vez mais gente. Após as palavras do chefe, começou um burburinho atrás dele.

— Nem em sonho! — respondeu Osvald, fechando o trinco.

Os murmúrios se transformaram em exclamações afogadas. Previam o enfrentamento.

Gondar suspirou.

— Eu avisei.

— E já tem a minha resposta.

O chefe deu meia-volta e sussurrou alguma coisa para Limus.

— Agora mesmo — disse Limus, e saiu rápido.

Lasgol retrocedeu até ficar ao lado de Ulf.

— Não haverá derramamento de sangue, certo? — sussurrou o garoto, mais em tom de súplica do que de pergunta.

— Gondar não pode permitir que isso fique assim. Ele é o chefe e o desobedeceram na própria aldeia. Agora é uma questão de honra, e um verdadeiro norghano nunca deixa passar um ataque à sua honra.

— Mas não é necessário...

— Gondar e eu nem sempre concordamos, mas ele é um verdadeiro norghano, posso garantir. Isso não vai ficar assim. Por isso ele tem o meu respeito.

Lasgol suspirou. Não desejava causar problemas. Só queria que lhe entregassem o que era seu por direito, mas sem enfrentamentos.

— Chefe, senhor... não é necessário... vamos voltar outro dia... — implorou o garoto para Gondar.

O enorme norghano olhou para ele com a cara fechada e cruzou os braços fortes sobre o torso amplo.

— Ninguém fecha a porta para mim em minha aldeia. Tirarei eles dali agora mesmo. Se resistirem, serão destroçados — sentenciou.

Esperaram um instante. Cada vez mais pessoas se aproximavam. Toda a aldeia já estava presente e os cochichos incessantes pareciam os sussurros do vento frio da região. Limus chegou acompanhado de Ulmas, o criador de bois, seguido de seus melhores animais.

— Chefe — cumprimentou Ulmas, com a cabeça, e, após Gondar lhe devolver o cumprimento, perguntou: — Aqui estão, como o senhor pediu. O que deve ser feito?

O chefe sussurrou algo para Ulmas, que assentiu.

Antes que Osvald conseguisse entender o que estava acontecendo, Gondar deu uma ordem e avançou com seus homens até a grade, formando uma fileira, escudo com escudo e lança na frente. Assustados com o ataque, os guardas deram um passo para trás com um salto e ficaram em posição de defesa. Gondar aproveitou a desorientação. Ulmas lhe passou a longa corrente e o chefe a enganchou na grade.

Osvald então pareceu entender o propósito daquilo.

— Defendam o portão! — ordenou a seus homens.

Tarde demais. Gondar levantou o braço e Ulmas atiçou suas duas bestas enormes. Na terceira tentativa, a grade cedeu, se desprendeu do muro e foi arrastada rua abaixo pelos dois bois.

— Não deixem que entrem! — gritou Osvald.

Gondar largou a lança e desembainhou a espada. Com o escudo na frente, entrou como um vendaval. Seus homens o seguiram. Ulf também desembainhou e foi mancando se juntar a eles. Os guardas de Osvald os enfrentaram.

Lasgol observava o embate sem saber o que fazer. Queria ir ajudar Ulf e Gondar, mas sabia que não devia interferir.

Os homens da aldeia lutavam com mais ímpeto do que habilidade, mas esse não era o caso de Gondar e Ulf. O chefe desarmou um guarda e estampou o escudo na cara dele. O homem caiu no chão, desacordado e com o nariz quebrado. Ulf estava lutando com Osvald.

— Aleijado maldito! Vou partir você ao meio! — gritou Osvald.

— Este velho soldado vai lhe ensinar uma lição! — disse Ulf, apontando a espada para ele.

Osvald atacou rápido, girando em volta de Ulf para aproveitar a vantagem proporcionada por sua falta de mobilidade, embora o outro lidasse muito bem com a espada em uma mão e a muleta na outra. Bloqueava todos os ataques da espada de Osvald com alguma facilidade, como o gato que brinca com o rato.

— Velho maldito! — disse Osvald, cheio de fúria, lançando um golpe violento na barriga de Ulf.

A espada do soldado desviou o golpe com maestria.

— Cuidado, Ulf, ele tem uma adaga! — gritou Lasgol, que tinha visto Osvald levar a mão às costas e tirar a arma.

— Calado, moleque! — grunhiu Osvald.

— Obrigado. Ele fez isso do lado do meu olho ruim, eu não tinha visto.

Osvald lançou um golpe no pescoço seguido de um corte na barriga; Ulf se desviou da espada e, com um giro do punho, a fez sair voando. Por outro lado, a adaga foi na direção de seu estômago. Com um movimento seco, a bloqueou usando a muleta como segunda arma. Osvald praguejou e atacou com a adaga. Ulf, surpreendentemente, apoiou o peso do corpo sobre a perna boa e soltou uma muletada na cara de Osvald. Este, com o nariz quebrado, caiu no chão desnorteado e sangrando pela boca e pelo nariz.

Gondar e seus homens derrubaram o último guarda e o combate terminou. As pessoas aplaudiram e comemoraram a atuação do chefe e de seus homens.

— Você tinha que ter deixado ele para mim... — disse Gondar para Ulf.

— E perder toda a diversão? De jeito nenhum.

— Foi a mim que ele desrespeitou.

— Eu sei, mas também sei que você se preocupa mais com seus homens — disse Ulf, apontando para eles. — Você não preferiria lutar com eles e garantir que não sofressem nada em vez de se gabar diante desse cretino? — perguntou, batendo outra vez em Osvald com a cabeça do cajado para que ele não se levantasse do chão.

O chefe assentiu.

— Tem razão. Por sorte, não houve ferimentos graves. — Olhou para seus homens. — Uns cortes e algumas batidas. Nada sério. A situação deles ficou pior. Um morto e um ferido. Temos que chamar o curandeiro.

— Isso não será necessário — disse uma voz que vinha de fora.

Gondar e Ulf saíram e pararam perto de Lasgol.

O conde Malason tinha chegado com trinta homens. Montavam cavalos reais do Norte, fortes e de pelo longo.

— Trouxe meu cirurgião, para o caso de ser necessário. Vejo que sim. Ele cuidará disso.

— Obrigado, meu senhor — agradeceu Gondar, ajoelhando-se no chão em reverência.

Na mesma hora, todos os aldeões o imitaram. Ulf se apoiou em Lasgol para se curvar em respeito.

— Todos de pé. O que aconteceu aqui? — perguntou o conde enquanto o cirurgião descia do cavalo para atender os feridos.

— Querem me tirar da minha fazenda! — disse Osvald, ficando em pé. — A fazenda que você me cedeu, primo.

— Isso é verdade, chefe…? Gondar é seu nome, não?

— Sim, Gondar, meu senhor, e não, não é verdade.

— Vieram armados me colocar para fora. Derramaram sangue. Seu sangue! — disse, mostrando o rosto com o lábio e o nariz cortados.

O conde assentiu.

— É uma acusação muito grave — aceitou, erguendo-se sobre o cavalo. — Não posso consentir que ninguém derrame meu sangue… Osvald é meu primo de sangue, afinal de contas… e sua aparência lamentável é prova do que ocorreu aqui.

Ao escutar seu senhor, uma dúzia de homens avançaram as montarias e rodearam Gondar, Ulf e Lasgol. Outra dúzia fez a mesma coisa com os homens de Gondar. Lasgol notou que Gondar e Ulf ficaram tensos. Sentiu um frio no estômago.

— Agora vocês vão pagar por isso! — disse Osvald, levantando o punho.

— Meu senhor, se me permitem — falou Limus de repente.

O ajudante se aproximou do conde e lhe mostrou o pergaminho real.

— O que é isso? — perguntou o conde de cima da montaria, com um olhar desconfiado.

— Não é nada — disse Osvald, tentando não dar importância.

— É um Decreto Real, meu senhor, que trata desta situação — respondeu Limus, oferecendo o pergaminho com uma reverência.

O conde duvidou por um instante; no entanto, pareceu reconhecer o selo. Pegou e o abriu, depois permaneceu lendo durante um longo instante e perguntou:

— Dakon Eklund morreu. Seu herdeiro está aqui?

Limus se virou e apontou para Lasgol.

— Lasgol é o filho de Dakon, senhor.

— Aproxime-se, garoto.

Lasgol fez o que lhe ordenaram.

— Você se lembra de mim?

— Sim, meu senhor... — Lasgol tinha uma vaga lembrança do conde, de tê-lo visitado com seu pai.

— Faz muito tempo. Você cresceu muito, tem o tipo físico do seu pai, mas o rosto e os olhos da sua mãe. — Lasgol não soube o que dizer. O conde continuou: — Em um tempo, seu pai e eu fomos amigos. Acho que me lembro de você ter visitado meu castelo com ele.

— Sim, senhor, eu me lembro muito bem.

— Fico feliz que tenha aproveitado.

— Aproveitei, e muito. Meu pai também.

— Depois aconteceu... o que aconteceu... e nossa amizade terminou. Coisas da vida. Devo dizer que nunca fiquei de todo convencido das afirmações de Uthar sobre o que tinha acontecido com Dakon. Agora existe uma explicação. Pelo que me informaram as minhas fontes, e pelo que chegou da corte em Norghânia, Darthor foi o responsável pelo ocorrido. É verdade que ele pode dominar as pessoas? — perguntou, com súbito interesse.

— Sim, meu senhor.

— Isso é algo muito perigoso... para nós... Por acaso não é você o guardião iniciado que salvou a vida do rei Uthar?

Lasgol assentiu.

— E por isso este decreto... Já entendi...

Houve um momento de silêncio.

Todos observavam o conde, que parecia estar debatendo a questão mentalmente. Por fim, pronunciou-se:

— Uthar e eu temos nossas diferenças, mas ele é nosso rei, e, enquanto o for, sua palavra é lei. Um Decreto Real não pode ser contestado. A fazenda é sua, bem como todas as propriedades e os títulos que pertenceram a seu pai.

— Obrigado, meu senhor — disse Lasgol, estranhando o comentário do conde.

Ele sempre pensou que todos no reino apoiavam o rei, mas, tendo em conta o que Egil tinha lhe contado sobre seu pai e o que o conde acabara de dizer, não parecia ser o caso.

— Mas, primo... e a ofensa à minha pessoa? Isso não pode ficar assim! — protestou Osvald.

— Você se negou a obedecer a um Decreto Real. Tem sorte de ainda estar vivo. Considerarei o que aconteceu com o seu rosto punição suficiente. Quanto a você, chefe Gondar, fez o correto. Os mandatos do rei devem ser sempre cumpridos.

— Obrigado, meu senhor — disse Gondar, cumprimentando o conde com respeito.

O conde Malason se dirigiu às pessoas ali reunidas:

— Lembrem-se todos de que a lei sempre deve ser cumprida. Voltarei em uma semana com uma ordem de recrutamento. O rei Uthar precisará de todos os homens com capacidade para lutar contra as forças de Darthor. Se alguém pensar em se negar ou fugir, saiba que será pendurado na árvore mais próxima. Por decreto de Uthar e pela minha mão executora.

Deu a ordem a seus homens e saíram andando. Osvald montou o cavalo e saiu depois dele.

Ulf sussurrou para Lasgol:

— Isto está ficando cada vez mais interessante.

Capítulo 3

Lasgol tinha recuperado seu lar. Durante três dias não fez nada além de limpar e tentar colocar algo em ordem na grande casa. Voltou a organizar o quarto, comovido pela saudade, para que ficasse o mais parecido possível com a sua lembrança. Mal podia acreditar que estava de volta. Era tomado por milhares de sentimentos profundos e intensos. Quantos bons momentos tinha passado naquela casa. A cozinha que trazia tantas gratas lembranças... Sobretudo de Olga, a governanta da vida toda, uma grande mulher de idade avançada que quase criou Lasgol na ausência de seus pais. A sala com a lareira de pedra e o escritório do pai o lembravam tanto dele... A biblioteca, por outro lado, o fazia pensar na mãe, Mayra, e lhe passava uma sensação de paz e serenidade. Não se lembrava de quase nada dela, pois morrera quando ele era criança, mas sabia que aquele era seu cômodo favorito e que ali ela havia lido inúmeros contos e histórias. Bastava entrar naquele lugar e Lasgol já relaxava.

A casa era muito grande, tinha três andares, além do sótão. Na parte de trás, havia um barracão para a lenha e os arreios; um pouco mais afastado, um pequeno estábulo com capacidade para quatro cavalos; Trotador descansava ali. Camu aproveitava correndo e pulando de um lado para o outro. Estava se tornando mais brincalhão e inquieto. Não parava de explorar tanto a casa quanto o entorno. Lasgol tinha o proibido de sair dos limites da fazenda e sobretudo de subir em Trotador, coisa que adorava fazer.

Alguém chamou na porta. Lasgol usou seu dom para ordenar que Camu se escondesse. Por sorte, a criatura sempre obedecia quando ouvia o chamado mental; na conversa, a situação era muito diferente. Metade das vezes o ignorava completamente e fazia o que queria. Lasgol adorava o espírito inquieto e brincalhão de Camu, mas nunca reconheceria: não daria motivos além dos que já tinha para a criatura desobedecê-lo. Desceu as escadas e abriu a porta.

— Bom dia, senhor Lasgol — cumprimentou Limus, muito educado e com um sorriso.

Como as coisas mudaram, pensou Lasgol ao lembrar como o ajudante do chefe o tratava antes.

— Bom dia, senhor Limus.

— Ah! Não é necessário o tratamento formal — disse Limus, sorrindo. — Eu sou só o assistente do chefe Gondar. Ninguém importante.

— É quem administra todos os assuntos da aldeia. Eu acho importante.

— Que surpresa agradável! Alguém que aprecia meu trabalho, diferente da maioria dos aldeões, que acham que as coisas se fazem sozinhas e, quando têm problemas, vêm correndo reclamar. — Lasgol respondeu com um sorriso. — Enfim… Trago uns documentos para assinatura e tudo será passado para o seu nome. Assim, não terá mais problemas.

— Entre, por favor.

Limus entrou e Lasgol lhe mostrou a mesa grande no meio da área comum, perto da lareira de pedra. Sentaram-se e Lasgol assinou os papéis. Foi preenchido por uma sensação de respeito e grande alívio. Sentia que herdava não só as propriedades de seu pai, mas também recuperava seu bom nome.

— Muito bem. Tudo em ordem — disse Limus, guardando os documentos.

— E o outro assunto sobre o qual conversamos?

— Ah, sim. Hoje à tarde virão três mulheres da aldeia interessadas na vaga.

— Explicou para elas que é para ser minha governanta e cuidar deste lugar na minha ausência? O segundo ponto é muito importante. Ficarei fora o ano todo, vários anos, na verdade, na formação de guardião; visitarei muito pouco a fazenda.

— Sim, não se preocupe, elas sabem. Eu mesmo escolhi as mais qualificadas. Uma dúzia de candidatas se apresentou, mas havia ervas daninhas entre elas. Fiz uma pré-seleção.

— Ah, obrigado...

— Não agradeça. Não me comportei bem com você em outros tempos, devo corrigir meu comportamento e tentar reparar a falha cometida.

— Não é necessário...

— Ainda assim, permita que eu faça um ou outro favor para remediar as ofensas. Além disso, agora você é uma pessoa muito relevante na nossa pequena, mas querida Skad. Um herói do reino, e com a maior fazenda do povoado. Devo tratá-lo como merece — disse Limus, com um sorriso acolhedor.

— Tudo bem — respondeu o garoto, dando de ombros e devolvendo um leve sorriso.

Limus fez uma reverência e saiu.

Era a primeira hora da tarde quando as três candidatas a governanta se apresentaram na casa. Lasgol estava um pouco nervoso. Nunca tinha feito nada assim. Como saberia qual das três era a mais apropriada? Teria que se guiar pelos seus instintos. Certificou-se de que Camu ficasse escondido e pediu a ele que não destruísse nada enquanto elas estivessem ali. Não estava muito convencido de que a criatura fosse obedecê-lo.

Saiu para recebê-las. Fez todas entrarem e se sentarem diante da lareira. Não pôde oferecer nem um chá, pois não tinha absolutamente nada na casa. Todos os dias ia até a pousada para almoçar e jantar com Ulf e ainda não tinha ido às compras. Percebeu que era justamente para isso que elas estavam ali. Ao observá-las mais de perto, notou que conhecia duas de vista do povoado. No entanto, não se lembrava de ter visto a terceira, a mais jovem. Subiu com a primeira candidata até o escritório de seu pai no terceiro andar. Sentou-se atrás da escrivaninha de carvalho e indicou à mulher que se sentasse à sua frente. A luz entrava por uma janela francesa que dava para um mirante atrás de Lasgol. Os raios de sol banhavam a mesa e o resto da casa. O garoto podia apreciar a senhora Úrsula com uma claridade cristalina. Era uma mulher redonda, com bochechas rosadas e de meia-idade. Tinha olhos castanhos e o rosto agradável. Usava o cabelo recolhido em um coque. Era a imagem perfeita do que se imagina de uma governanta. Lasgol logo descobriu que ela falava muito... até demais.

— ...E minhas credenciais são impecáveis, trabalhei para várias famílias importantes do condado: os Laston, família grande, muito numerosa. O senhor é capataz responsável pela mina de ferro, muito bem relacionado; sua esposa, uma mulher encantadora; os filhos, um pouco levados, mas bem-educados... — Lasgol a escutava e assentia. Mal tinham se cumprimentado e a boa senhora começou a relatar todas as experiências dos últimos vinte anos. — Servi os Ostason por cinco anos até que transferiram o capitão para Norghânia, a capital. Eles me fizeram a oferta de acompanhá-los, me estimavam muito, mas, claro, Norghânia fica longe e minha família e meus amigos estão aqui no condado. Tive que recusar a oferta. Além disso, não poderia me afastar do túmulo do meu falecido Rufus, sempre vou visitá-lo e conversar com ele...

Lasgol continuava assentindo e se perguntou se Úrsula não teria matado acidentalmente seu pobre marido de um ataque prolongado de verborragia. O rosto de Viggo, com um sorriso malicioso, surgiu na mente de Lasgol e ele se sentiu mal pela mulher, viúva e desempregada. Teve que se livrar da ideia piscando com força.

— ...e posso garantir, jovem senhor, que não encontrará uma governanta que conheça melhor seus afazeres e a administração de uma fazenda. Lembro que os Jules hesitaram em me contratar e depois de uma estação não podiam viver sem mim. Sei tudo o que deve ser feito e, mais importante, a melhor forma de fazer. Depois de tantos anos, a gente se especializa em tudo relacionado à limpeza da casa, lavar e remendar a roupa, cozinhar, comprar as melhores mercadorias, ou a mais econômica, mas sem perder a qualidade...

Um suspiro saiu da boca de Lasgol sem querer, mas Úrsula não pareceu notar e continuou falando durante um tempo interminável. No fim, Lasgol teve que se imbuir de coragem e cortar a tagarela ou anoiteceria e ainda estariam ali — e ele ainda tinha que falar com as outras duas candidatas.

— Obrigado, senhora Úrsula. Acho que já tenho uma boa ideia...

— Ah, mas não expliquei todas as minhas virtudes e habilidades... Sou honrada, pode perguntar a qualquer pessoa...

— Sim, sim, não tenho dúvidas disso — insistiu Lasgol.

— ...e boa vizinha, ninguém falará mal de mim...

— Sim, estou convencido — disse o garoto, e ficou de pé para que ela parasse de falar. Como não parou, ele estendeu a mão. — Muito obrigado, senhora, levarei em consideração todas as suas inquestionáveis qualidades.

— Ah, bom, tinha mais coisas para lhe contar — desculpou-se e, após aceitar a mão de Lasgol, levantou-se da cadeira.

O garoto a acompanhou até onde esperavam as outras duas aspirantes. Despediu-se dela com um breve "Adeus e obrigado".

Virou-se e sorriu para as outras duas senhoras que aguardavam.

— Quem será a próxima?

— Eu mesma, sou a senhora Roberta — disse a mais magra das duas, ficando em pé com um impulso, e cumprimentou Lasgol com uma pequena reverência.

— Muito bem — disse ele, observando-a enquanto lhe devolvia a saudação.

Não era muito alta, mas era magérrima, praticamente pele e osso. Também era de meia-idade, de rosto sério e tinha uns olhos acinzentados intensos sob duas sobrancelhas que pareciam estar sempre contraídas. Duas tranças simétricas caíam pelos ombros, uma de cada lado do pescoço esguio.

Subiram até o escritório e se sentaram.

— Senhora Roberta, por favor, me conte sua experiência e o motivo pelo qual deseja esta vaga...

— Claro, serei sucinta. — Lasgol precisou conter uma exclamação de alegria ao ouvir aquilo. — A eficiência é a minha primeira virtude, e meu ódio pela extravagância, a segunda. Sou de mão firme e punho fechado. — Olhou para Lasgol com aqueles olhos rudes para confirmar que ele tinha entendido.

— Punho fechado...

— Gerencio o dinheiro com muito cuidado, como toda boa governanta deve fazer.

— Ah, muito bem — respondeu Lasgol.

— Veja, jovem senhor: fui governanta da família Ostofson desde muito jovem. Infelizmente, por motivos econômicos, a família não pôde mais contar com meus serviços nem com os de outros serventes, então não tiveram alternativa além de nos despedir.

— Entendo...

— Sou uma boa pessoa que fala pouco, trabalha muito e não perde tempo. Dizem que sou puro nervos; eu chamo isso de ímpeto. Isso me ajuda a executar minhas tarefas na metade do tempo que outras fariam. Não gosto de conversa-fiada nem de me entreter. Nunca fui casada nem tenho descendência ou família. Todo o meu tempo e esforço serão dedicados a esta fazenda. Depois de tantos anos trabalhando para a família Ostofson, acho que sou bem capacitada para cuidar desta casa. Isso é tudo. — Depois assentiu com energia enfatizando que já tinha terminado.

— Ah, muito bem — disse Lasgol.

De fato, ela não gostava de perder tempo.

Lasgol a acompanhou até a saída. Estava ponderando qual das duas senhoras seria mais conveniente para o cuidado da casa. Uma falava muito, mas parecia boa pessoa, enquanto a outra era seca e eficiente.

Virou-se e observou a terceira senhora. Era muito mais jovem, devia ter a idade de seu pai, e, a julgar pela aparência, não parecia uma governanta. Tinha cabelo castanho, preso em uma trança longa e grossa que chegava até a cintura. Os olhos azuis e um rosto sereno o fitavam com atenção. Brilharam com um lampejo de reconhecimento que deixou Lasgol desconcertado. Pela vestimenta, parecia uma camponesa.

— Obrigada pela oportunidade, senhor; sou Martha — apresentou-se, com uma rápida reverência.

— Olá, senhora Martha, meu nome é Lasgol.

— Sim, eu sei — respondeu ela, com um sorriso.

— Ah, claro — disse, sentindo-se um pouco estúpido. — Vamos lá?

Ela assentiu e foram até o escritório. Ao se sentar à mesa, Martha analisou o ambiente com atenção.

— Está tudo um pouco descuidado... tentei limpar... não ficou tudo bem-arrumado... — desculpou-se Lasgol.

— Foi para isso que viemos — disse a mulher, sorrindo.

— Sim, claro.

— Acho que será melhor se eu começar explicando por que nunca fui governanta... — começou, com franqueza.

— Ah...

O garoto virou a cabeça, surpreso com o comentário e a sinceridade.

— Estou aqui porque preciso de trabalho. Faz pouco tempo que voltei para a aldeia. Perdi minha granja, no condado vizinho, Beriksen. Meu marido desapareceu há três anos e nunca mais se soube dele. Eu não pude cuidar da granja sozinha, então tive que voltar para a casa da minha tia, minha única parente viva, que graças aos Deuses me acolheu. Ela falou com Limus e por isso estou aqui...

— Sinto muito...

— A vida é assim, injusta às vezes. Mas sou uma lutadora. Encontrarei um trabalho e seguirei em frente. — Os olhos dela brilharam com determinação.

Lasgol assentiu. Conhecia bem aquela sensação e o contexto em que Martha se encontrava.

— Sei que Úrsula e Roberta são muito mais capacitadas. Skad é uma aldeia pequena, todos nos conhecemos. O condado em si é pequeno, ficamos sabendo de tudo. Ambas as mulheres têm ótimas credenciais. Sendo sincera, qualquer uma delas faria um excelente trabalho nesta fazenda. Minha tia as conhece bem e me garantiu isso.

— Agradeço a sinceridade — respondeu o garoto, com empatia.

— Mas, se me der uma oportunidade, senhor, não vai se arrepender. Prometo. — Agora, o tom de Martha era de súplica. — Trabalharei tanto quanto na minha granja. O que eu não souber, aprenderei em um piscar de olhos. Serei a melhor governanta do condado. Só preciso de uma oportunidade. Por favor. — disse, parecendo angustiada.

Lasgol a fitava com um embrulho no estômago. Estava tão desesperada quanto ele quando foi posto para fora de casa, quando Ulf o acolheu.

— Fique tranquila... — Lasgol fez um gesto para que ela se acalmasse.

— Sinto muito... é o meu jeito. Sou um pouco impulsiva. E a situação em que estou...

— Entendo. Eu mesmo passei por tempos difíceis.

— Certo. O que aconteceu com vocês foi horrível. Nunca acreditei na culpa de Dakon. Minha alma se alegra que tudo tenha sido esclarecido.

Lasgol ficou surpreso com aquele comentário.

— Como assim? Todos achavam que ele era culpado.

— Não todos. Quem o conheceu não pensava isso.

O garoto ficou tenso.

— Você conheceu meu pai?

— Sim, senhor — afirmou ela.

— Como? Quando?

— Isso faz anos, quando éramos mais jovens.

— Eu não sabia.

— Na verdade, também conhecia o senhor.

— Eu?

— Sim. Não deve se lembrar porque era muito pequeno, mas o senhor e eu brincamos muito nesta casa muitos anos atrás.

Lasgol balançou a cabeça. Não se lembrava de nada.

— Passei bons momentos entre estas paredes — disse ela, olhando em volta. — É um dos motivos pelos quais adoraria trabalhar aqui em vez de em outro lugar.

— Se conhece meu pai e brincava comigo quando eu era criança, então conheceu minha mãe, Mayra...

Martha assentiu.

— Não só a conheci como éramos muito amigas. Melhores amigas. Por isso conheço seu pai e o senhor, por meio de sua mãe. Crescemos juntas nesta aldeia. Nós nos conhecíamos desde que aprendemos a andar. Éramos inseparáveis. Bom, até que nos casamos — lembrou-se, com um sorriso.

— Depois eu me mudei para o condado de Beriksen com meu marido. Ele era de lá. Ainda assim, não perdemos contato. Costumávamos nos visitar a cada duas estações para ver como estavam as coisas.

Lasgol ficou sem palavras. Ele quase não se lembrava de sua mãe. Era uma imagem desfocada no fundo da memória que ele não conseguia definir por mais que tentasse. Muitas perguntas começaram a surgir em sua mente. Ele não sabia quase nada sobre Mayra, só o pouco que o pai lhe tinha contado, e agora percebia que, na verdade, não era o bastante. Dakon só tinha dito que era uma grande mulher a quem ele amava com todo o seu coração, que o que Mayra mais amava na vida eram o filho e o marido, e que tinha morrido em um acidente enquanto andava a cavalo quando Lasgol era pequeno.

— Não era minha intenção trazer lembranças dolorosas... — desculpou-se Martha ao ver que o garoto devaneava e que seu rosto demonstrava contrariedade.

— Não, não é isso... sinto muito.

Ela assentiu e baixou o olhar.

— Espero que não considere um atrevimento, mas posso garantir que Mayra os amava profundamente. Seus "garotos travessos", como ela os chamava.

Lasgol sentiu uma pontada no peito e dificuldade para respirar.

— Obrigado... — disse, com um longo suspiro.

— É a verdade, seus olhos verdes brilhavam com um lampejo especial quando estava com seus garotos.

— Acho que o que você me contou já é suficiente — disse, sorrindo. — Vou pensar hoje à noite e tomar uma decisão. Amanhã a comunico para Limus.

Martha assentiu.

— Obrigada por me receber.

Lasgol a acompanhou até a porta. Despediram-se e ele ficou perdido em pensamentos enquanto a via ir embora. *Sei tão pouco sobre minha mãe, sobre a vida dela, sobre a nossa vida. Meu pai não me contou quase nada. Por quê? Se ela nos amava tanto, por que meu pai nunca falava dela? Pensando agora, ele mal falava. Não entendo. Só respondia às minhas perguntas com frases curtas e sei que era incômodo para ele. Talvez fosse por causa da dor que sentia pela sua morte. Parecia-lhe tão desagradável que parei de perguntar.* Havia muito tempo que ele não pensava em tudo isso. Tinha ficado tão concentrado em sobreviver que não tinha parado para analisar o passado. Agora, naquela casa que lhe trazia tantas lembranças, era um bom momento para refletir. Havia algo estranho na atitude de seu pai.

De repente, sentiu que Camu subia pela perna. Estava ganhando peso e agora Lasgol percebia o corpo da criatura sobre ele. Já não era mais aquele pequeno imperceptível; tinha a mesma medida do seu antebraço e estava começando a ficar pesado. A criatura ficou em cima de seu ombro e enroscou a longa cauda em seu pescoço. O bicho se camuflou e lambeu a bochecha de Lasgol.

— Camu! Alguém pode ver você! — repreendeu Lasgol, fechando a porta rapidamente.

A criatura emitiu um guincho e o lambeu outra vez.

— Você é impossível — Lasgol bufou. — Vou ter que colocar você de castigo para que se comporte. — Semicerrou os olhos e mostrou um dedo ameaçador.

Camu abriu os olhos esbugalhados e ficou quieto.

— Entendeu? — Lasgol ficou surpreso e inclinou a cabeça.

A criatura o lambeu de novo e começou a dançar como fazia quando estava contente, flexionando as pernas sem sair do lugar.

— Não, já percebi que não.

Lasgol suspirou. Devia aprender a dominá-lo, senão cedo ou tarde teriam algum problema. Se alguém o visse... Camu só obedecia quando ele usava o dom. Lembrou-se das palavras de seu pai: *Para desenvolver o dom, deve praticar todos os dias. É algo vivo que está dentro de você. Se não o exercitar, se não cuidar dele, morrerá e desaparecerá.* Após a morte do pai, Lasgol decidiu justamente isso: deixar que o dom morresse, pois só queria ser normal, como todos. Já tinha muitos problemas além do ódio e do desprezo que sofriam todos os que possuíam o dom. No entanto, o ataque do urso e todos os acontecimentos do acampamento o haviam obrigado a voltar a usá-lo. Se não tivesse feito isso, teria morrido. Ele e algum dos seus colegas de equipe.

Enquanto ia relembrando o ocorrido, de maneira inconsciente se dirigiu ao segundo andar, à biblioteca. Observou o cômodo repleto de livros. As quatro paredes estavam cobertas do chão ao teto com volumes de toda sorte. Duas poltronas confortáveis perto das janelas o lembraram de que aquele era o lugar onde seus pais liam. O tapete grosso de lá era onde ele tinha brincado na infância. Era curioso como se lembrava daqueles detalhes e, ainda assim, outros muito mais importantes, como o rosto da mãe, estavam apagados. Passou o dedo pela fileira de livros perto da poltrona em que o pai lia e parou em um de capa dourada. Pegou o volume e leu o título em voz alta:

— *Princípios do dom*, por Mirkos, o Erudito.

Era o livro de referência sobre o dom que o pai tinha conseguido com muito esforço e em segredo. De acordo com Dakon, ele tinha comprado o livro no Reino de Rogdon de um mago do rei Solin, um dos poucos estudiosos que tinha estampado seus conhecimentos em livros, usando-os para instruir seus aprendizes. Os magos do gelo do rei Uthar também tinham um códice, mas não permitiam que fosse estudado por ninguém que não fosse da Fraternidade do Gelo.

Sentou-se na poltrona e releu algumas passagens que conhecia muito bem. Lasgol e o pai tinham passado muito tempo estudando e tentando compreender os princípios enigmáticos do livro. Por serem princípios gerais sobre o dom, não descreviam como conseguir habilidades específicas nem como realizar tipos concretos de magia, mas explicavam como tratar o dom e começar a desenvolvê-lo para esses fins, sem deixá-lo morrer na pessoa. Depois disso, pai e filho passavam ainda mais tempo desenvolvendo o dom e criando habilidades que Lasgol poderia usar. Aquele tinha sido um longo e árduo processo. Só poderia ser conseguido por tentativa e erro, sendo este em maior quantidade que aquele.

Com esforço e dedicação, Lasgol tinha conseguido desenvolver algumas habilidades extraordinárias, como Reflexos Felinos, Agilidade Melhorada, Olho de Falcão e outras menos importantes. Lasgol bufou. Nunca tinha entendido por que ele, entre todos os norghanos, tinha sido abençoado com o dom. Não era ninguém importante; era o filho de um guardião odiado por todos até pouco tempo atrás. Para Lasgol, o dom era algo tão incrível e valioso que ele considerava um desperdício dos Deuses o fato de ter sido escolhido. Bem, não dos Deuses, porque, de acordo com os *Princípios* de

Mirkos, o dom era herdado e transmitido pelo sangue de pais para filhos, apesar de nem sempre se manifestar em todas as gerações. Seu pai e sua mãe não o tinham, por isso Lasgol deduziu que algum antepassado seu deve ter tido, mas não sabia quem. De qualquer forma, deviam ter concedido seu dom a uma curandeira para que ajudasse os necessitados, ou a algum mago do gelo para que defendesse o reino de inimigos como Darthor, não a ele, que não tinha nenhum valor.

Estava tão absorto em seus pensamentos que foi pego de surpresa pelo guincho de Camu e deu um pulo na poltrona. Ficou de pé com o coração na boca. Saiu da biblioteca. A criatura guinchou outra vez, um grito agudo de perigo. Vinha de cima. Lasgol subiu correndo as escadas até o terceiro andar. Não sabia onde Camu estava, mas tinha certeza de que algo ruim estava acontecendo. Usou seu dom. Concentrou-se e tentou localizá-lo. Um lampejo dourado o fez olhar para o final do corredor. Pendurada de cabeça para baixo, a criatura estava apontando para o alçapão que dava no sótão. Estava rígido, com a cauda apontando para a abertura. Camu lampejou e guinchou outra vez.

Aquilo só podia significar uma coisa: tinha detectado magia!

Capítulo 4

Lasgol se aproximou de Camu em estado de alerta.

— Quieto, não faça nenhum barulho, vou pegar minhas armas — sussurrou.

Afastou-se correndo rapidamente e foi até o quarto. O bornal de viagem estava em cima da cama. Revirou dentro dele e tirou um facão e o machado curto de guardião que tinha ganhado por ter passado no primeiro ano de instrução. Veio à sua mente a imagem de seus colegas, os Panteras das Neves, Ingrid, Nilsa, Gerd, Egil e Viggo em formação na frente da cabana e o instrutor-maior Oden entregando oficialmente as armas a eles. Tinha vivido uma sensação única, mistura de orgulho, camaradagem e sofrimento. Um sentimento que apreciaria sempre.

Sacudiu a cabeça para isolar as lembranças e se concentrar no problema que tinha diante de si. Com as armas, voltou até onde Camu estava. Continuava rígido, pendurado no alçapão de cabeça para baixo. Lasgol esticou a mão, mas não alcançava o trinco, que estava a duas varas de altura. Como faziam para abri-lo e subir? Ele nunca tinha estado ali, ou ao menos não se lembrava. O pai o proibira quando era pequeno. Desconhecia o motivo. Virou-se e, junto do alto aparador no final do corredor, vislumbrou algo metálico, longo e preto. Guardou as armas no cinto de couro e o pegou. Era uma vara com a ponta em forma de gancho. Observou o alçapão e viu um aro metálico.

— Camu, mexa-se, vou abri-lo.

Mas o animal não se moveu.

Lasgol suspirou e se concentrou, fechando os olhos e buscando sua energia interior. Encontrou-a repousando debaixo do peito, formando o que ele sempre tinha a impressão de ser um pequeno e agradável lago azul. Canalizou o dom e, por meio do uso de energia, invocou a habilidade que lhe permitia se comunicar com alguns animais. *Mexa-se, Camu*, ordenou. Um lampejo verde surgiu da cabeça da criatura; a habilidade tinha sido invocada. Camu olhou para Lasgol e obedeceu, movendo-se para trás e liberando o alçapão. *Obrigado, amigo*. Com outro lampejo verde, Camu lhe indicou que tinha recebido a mensagem e flexionou as patas enquanto permanecia pendurado no teto.

Lasgol usou a varinha; encaixou o gancho no aro e o puxou. Em seguida, ouviu-se um click metálico e o alçapão se abriu até a parede com o próprio peso. Depois, uma escada de corda caiu e ficou pendurada diante dele.

— Que curioso... — sussurrou.

Começou a subir pela escada, tentando não balançar muito. Assim que a cabeça passou da abertura, pôde ver o sótão. Era enorme, com um teto baixo, e ocupava todo o andar superior da casa. Lasgol tinha subido em uma das extremidades e não conseguia ver onde terminava. Era pura bagunça e tudo estava coberto de pó e teias de aranhas. Estava cheio de casacos, móveis antigos, baús, roupas, livros amontoados, estantes repletas de frascos, objetos estranhos e todo tipo de coisas diferentes que tinham ficado guardadas ali durante anos e sido esquecidas. Inclusive, havia também um armeiro com espadas, machados e arcos, e até um boneco de madeira com uma pesada armadura norghana.

Lasgol ergueu o corpo devagar e analisou com cautela aquele universo abandonado, coberto pela sujeira que a passagem dos anos amontoa nas coisas. Cheirava a mofo, a ambiente carregado. Esteve a ponto de espirrar, mas levou a mão ao nariz para evitar. Camu ficou ao seu lado, mexendo a cabeça e a cauda ao mesmo tempo, o que o deixava nervoso. Havia algo estranho ali em cima. A viga mestra tremia muito. As casas norghanas tinham telhados altos e muito inclinados para evitar que a neve, presente em boa parte do ano, se acumulasse e os afundasse com seu peso. Tirou o facão e o machado. Avançou devagar, muito alerta, olhando para todos os lados.

Havia pouca visibilidade, e Lasgol descobriu duas claraboias pelas quais passava a pouca luz que iluminava aquele espaço enorme. O pó entrou pelo nariz e dessa vez ele não pôde segurar um espirro. *Caramba! Agora, seja o que for, sabe que estou aqui.* Não quis correr riscos. Usou o dom e invocou a habilidade de detectar a presença de homens ou animais. Seu corpo emitiu um lampejo verde. Permaneceu concentrado com os olhos fechados enquanto percebia o que havia ao redor. Nada, nenhuma presença de qualquer ser vivo. Ficou um pouco mais tranquilo, mas não totalmente: o fato de não ter captado nada não queria dizer que não houvesse ninguém. Suas habilidades ainda eram muito pouco desenvolvidas, ainda tinha muito a aprender para que fossem potentes e eficazes de verdade. *Com tempo e muito treinamento, vou melhorá-las.* Seu pai sempre o animava dizendo isso.

Avançou em sigilo e com cuidado. Havia muitos objetos pelo chão e era difícil não pisar neles. Camu deu um salto e subiu pelas costas de Lasgol até parar no ombro direito, seu lugar favorito. O garoto se agachou na metade do sótão enorme e se concentrou. *É a hora de experimentar um pouco. Talvez tenha sorte.* Não conseguia ver o que Camu tinha detectado. Com certeza não era um mago, mas poderia se tratar de outro ser menor, difícil de enxergar em meio àquela bagunça.

Concentrou-se e invocou uma nova habilidade na qual estivera trabalhando. No primeiro ano no acampamento, ele teve a oportunidade de estudar as corujas: aves extraordinárias com uma audição privilegiada. Esben, guardião-maior da maestria de Fauna, dizia que não havia ave que ouvisse melhor. A partir de seu conhecimento sobre as corujas, ele teve a ideia de captar uma habilidade que lhe permitisse melhorar sua recepção auditiva até alcançar o nível dessas belas aves. Lasgol tinha praticado muito, embora não tivesse sido bem-sucedido. Não tinha conseguido desenvolver a habilidade, mas sabia que estava perto de conseguir. Tentou mesmo assim. E, nessa ocasião, infelizmente, também fracassou.

Bufou. Quando uma habilidade falhava, sentia que sua energia interior se consumia, mas sem efeito algum. Se tivesse uma energia ilimitada, teria continuado tentando até conseguir, mas não era o caso. Seu "lago de energia", como ele chamava, era muito limitado e, quando se esgotava, Lasgol ficava exausto a ponto de cair vencido onde quer que estivesse, sem conseguir evitar. Precisava dormir e recuperar um pouco de energia para continuar de pé. Pensou em como seria ridículo e fatalmente perigoso utilizar suas habilidades até esgotar sua energia e cair impotente aos pés do inimigo... Um final dramático e muito triste.

Tentou mais uma vez. Nada. Relaxou completamente e fechou os olhos para se concentrar melhor e focar somente o sentido da audição. Começou a ouvir um leve som, primeiro como um sussurro distante, quase imperceptível; aos poucos, foi aumentando até ficar mais nítido. Era um tique-taque que repetia seguindo uma cadência. Se concentrou nesse som, isolando o resto como se não houvesse mais nada ao redor; só a escuridão e aquele ruído estranho. Então, aconteceu. Um lampejo verde percorreu sua cabeça e seus ouvidos captaram o som com perfeita clareza e potência. Em sua mente, apareceu o ponto onde o objeto se encontrava: à sua direita, a três passos, atrás de um baú. Tinha conseguido! Tinha criado uma nova habilidade! A chamaria de Ouvido de Coruja.

Abriu bem os olhos e fitou o lugar, mas só viu um velho baú coberto de sujeira. Aproximou-se. Para sua surpresa, não havia nada atrás dele. *Será que me enganei? Poderia jurar que o som vinha daqui. Que estranho.* Camu pulou de seu ombro para o chão e apontou com a cauda para o lugar que Lasgol estava observando.

— Você também está sentindo?

A criatura emitiu um guincho curto que Lasgol interpretou como um sim.

Agachou-se e apalpou o chão. Não havia nada. Concentrou-se e o tique-taque voltou; no entanto, ali ainda não havia nada. Nada sobre o chão. Mas e embaixo? Tentou levantar a madeira com o facão. Um pedaço de um palmo de comprimento pulou como se estivesse solto. Lasgol introduziu a mão e procurou até tocar em algo. Tirou e viu que era uma caixinha. Ele a reconheceu, era idêntica à que havia recebido com o ovo de onde Camu saiu, mas muito menor. Com certa apreensão pelo que poderia conter, Lasgol abriu a caixa. Dentro dela, havia um anel. O garoto o observou sob a luz da claraboia. Era azulado, metálico e tinha uma inscrição estranha em um idioma que ele desconhecia. Camu deu um salto e o pegou com a boca.

— Camu, o que está fazendo?

A criatura saiu correndo com o anel.

O garoto revirou os olhos.

— Para que você quer isso? — reclamou.

Camu emitiu um guincho no outro extremo do cômodo.

— Venha aqui, pode ser perigoso...

De repente, um lampejo dourado surgiu sobre Camu.

— Camu! Está tudo bem?

A criatura correu até Lasgol dando saltos. Estava com o anel na cauda. Parecia se sentir bem.

— Deixe eu ver.

Camu mostrou o anel para Lasgol, que o pegou e o analisou na palma da mão. Era mágico, não havia dúvidas.

— Que anel mais estranho. Você está bem mesmo?

Camu mexeu a cabeça e a cauda e começou a flexionar as patas como fazia quando estava contente.

— Isso é muito estranho...

Camu ficou invisível. Lasgol suspirou. *Não sei por quê, mas tenho a sensação de que este anel vai me trazer problemas. Muitos problemas.*

Na manhã seguinte, o garoto cuidou de Trotador no pequeno estábulo da fazenda.

— Você gosta do seu estábulo, não é? — disse enquanto dava um pouco de alfafa seca ao cavalo.

Trotador movimentou a cabeça e, brincalhão, mordeu o capuz da capa. De repente, Camu ficou visível na frente do animal e emitiu um guincho agudo. O cavalo relinchou assustado, foi para trás e bateu em Lasgol, que caiu no chão.

— Camu! — exclamou o garoto, chateado.

A criatura começou a flexionar as patas e a movimentar a cabeça e a cauda.

— Isso não é divertido!

Trotador bufava, muito inquieto. Lasgol ficou de pé e tentou acalmá-lo; o pobre animal quase tinha morrido de susto. O garoto o afagou e falou em um tom suave e tranquilizador, mas o animal não se acalmava. Deu-se conta de que nunca tinha tentado usar o dom com Trotador; talvez funcionasse. Fechou os olhos e se concentrou. Invocou sua habilidade de se comunicar com os animais e tentou captar a mente de Trotador. Como não conseguia, pôs a mão sobre o pescoço do cavalo e tentou com mais ímpeto. De repente, a percebeu, a pequena aura difusa esverdeada. Olhou para ela fixamente e lhe enviou uma mensagem: *Tranquilo, amigo, tranquilo.*

Trotador virou a cabeça e olhou para ele. No mesmo instante, o animal se acalmou e resfolegou.

Tranquilo, está tudo bem, repetiu. O cavalo assentiu e começou a comer.

Lasgol abafou uma exclamação de triunfo e alegria. Tinha conseguido! A habilidade de se comunicar com os animais o deixava cada vez mais pasmo. Era algo espetacular. Decidiu dar um nome a ela. Percebeu que nomear as habilidades o ajudava a invocá-las com mais rapidez e facilidade. Não entendia por quê, nem aquilo nem muitas outras coisas relacionadas ao dom, mas era assim. Pensou em qual seria um bom nome, rápido de lembrar. Testou meia dúzia e, no fim, decidiu-se: Comunicação Animal.

Virou-se para Camu. *Comunicação Animal,* invocou. Localizou a aura da mente da criatura. Brilhava com um fulgor esverdeado rodeando a cabeça. Era imensa. *Camu, mau!*, brigou.

Camu ficou rígido. Emitiu um guincho como um choro e saiu correndo.

Feio, muito feio, repreendeu Lasgol.

Tinha outros afazeres, por isso deixou os dois companheiros e se dirigiu à aldeia. Encontrou Limus na casa do chefe. O magro ajudante estava revisando algumas contas, sentado atrás de sua mesa de trabalho. Gondar estava falando com um dos capatazes da mina, que reclamava que os suprimentos da aldeia não chegavam a tempo.

— Isso acontece porque temos que inventariar os suprimentos — disse Limus, sem tirar os olhos das contas.

— Pois então que contem mais rápido. Preciso dos suprimentos na mina para ontem, não com quatro dias de atraso — reclamou o capataz.

Lasgol os observava da porta sem saber se poderia entrar ou não. A porta da casa do chefe sempre estava aberta, dia e noite. O lema de Gondar era que sua porta deveria permanecer sempre aberta para ajudar o povo.

— Demoraremos o tempo necessário na contagem — disse Gondar.

O capataz bufou, soltou um impropério e saiu. Passou furioso por Lasgol. Então, o chefe se deu conta de sua presença.

— Entre, já terminei com o capataz — disse, com um sorriso.

— Os negócios deixam as pessoas impacientes — observou Limus.

— Os negócios e o conde — adicionou Gondar. — As minas são sua fonte principal de riqueza.

— E de sustento desta aldeia — enfatizou Limus.

— Sim, também. Tente contabilizar os suprimentos da mina o mais rápido possível. Deixe ele pensar que suas reclamações surtiram efeito. Já tivemos problemas o bastante com o conde nesta temporada...

Lasgol se sentiu culpado por ter criado a situação à qual o chefe se referia.

— Veio falar comigo? — perguntou Gondar.

— Vim falar com Limus... sobre a vaga de governanta.

— Ah, muito bem — respondeu o chefe, e se sentou de frente para a lareira.

— E diga-me, jovem senhor Lasgol, você gostou das três candidatas que selecionei? — perguntou Limus.

— Ah, sim, muito.

— Precisa de mais informação, alguma recomendação ou já tomou sua decisão?

— Já decidi... fico com Martha.

Limus sorriu e seus olhos brilharam.

— Escolha curiosa, é a menos preparada.

— Mas ainda assim você a selecionou.

— Às vezes, os laços afetivos são mais importantes. Além do mais, é uma boa mulher e está em uma situação difícil. Pensei que poderia ser uma boa opção. Vejo que acertei.

— Você acerta muito, por isso é meu ajudante — disse Gondar, com um sorriso.

Limus riu, agradecido.

— Obrigado, Limus — disse Lasgol.

— Não precisa me agradecer. É bom para a aldeia e, portanto, faz parte do meu trabalho.

— Eu queria perguntar outra coisa...

— Sobre Martha?

— Não... É sobre minha mãe... Mayra...

De repente, houve silêncio. Limus e Gondar trocaram olhares tensos.

— Eu gostaria de saber como ela morreu, onde descansa...

— Seu pai não lhe contou? — perguntou o chefe.

— Não... Ele só me disse que ela morreu em um acidente... ao cair do cavalo. Pensei que, como foi uma morte na aldeia, Limus teria isso anotado nos livros...

O silêncio voltou ao ambiente.

— Diga a ele, Limus — pediu Gondar, depois de um longo instante, quebrando aquela situação constrangedora.

Limus pigarreou.

— A morte de sua mãe não está incluída em meus livros.

— Não entendo...

— Veja bem... — explicou Gondar. — Sua mãe não está nos livros porque não morreu aqui.

— Não? Meu pai...

— Um dia, seu pai apareceu aqui na minha casa. Estava muito alterado. Perguntei o que estava acontecendo e ele me contou que Mayra tinha falecido em um maldito acidente enquanto montavam nas terras do duque Olafstone. Sendo seu pai quem era, o primeiro-guardião, é claro que o demos por verdadeiro. Além de tudo, tinha consigo um certificado de óbito com o selo do duque.

— E por isso não existe o registro de óbito; não aqui — concluiu Limus.

O garoto estava muito confuso. Sempre acreditara que o acidente tinha acontecido em Skad.

— Posso ver o certificado?

Limus negou com a cabeça.

— Seu pai nos mostrou, mas não o entregou.

— Deixe-me lhe dar um conselho, jovem guardião — disse Gondar, com um tom amistoso —: é melhor não mexer no passado, deixe estar. Olhe para o futuro e faça seu próprio caminho; a cada dia você vai avançar mais em direção a um futuro brilhante, já começou bem.

Lasgol enrugou o nariz. Alguma coisa não se encaixava em tudo aquilo. Mas talvez estivesse vendo coisas onde não havia. O fato de seu pai não mencionar onde o acidente tinha acontecido não era motivo suficiente para desconfiar, ainda mais se, como bem disseram Limus e Gondar, não tinham razões para suspeitar.

— Tem razão, chefe. Desculpe pelas perguntas.

— Não se preocupe, garoto, não foi nada.

— Limus, pode dizer à Martha que comece assim que puder, por favor?

— Claro.

E, com um cumprimento, saiu da casa do chefe.

Conforme saía da praça em direção à sua casa, perdido em pensamentos, passou por Dana e Alvin, os filhos de Oltar, o moleiro. Eles se conheciam desde crianças, eram da mesma idade, e tinham sido melhores amigos até o dia em que seu pai se tornara o traidor. Desde então, não só não lhe dirigiam a palavra como o olhavam com desprezo, o que tinha ferido Lasgol como se tivesse sido marcado com uma barra de ferro. Não apenas por perder os amigos da infância, mas porque sempre havia gostado de Dana. Ao vê-los, se lembrou da última vez que tinham se cruzado, no ano anterior, e do desprezo com que olharam para ele.

Lasgol desviou o olhar e continuou andando.

— Sinto muito — disse Dana, de repente.

O rapaz parou e deu meia-volta.

— Sinto muito, de verdade — repetiu a garota.

— Eu também — adicionou o irmão.

Lasgol os observou e viu em seus olhos que não estavam mentindo. Sentiam de verdade.

— Está tudo bem — aceitou ele.

— Não está — disse Dana —, devemos um pedido de desculpa enorme a você.

— Nosso pai nos obrigou — explicou Alvin. — Já sabe como ele fica... Nos proibiu de ver e cumprimentar você sob ameaça de uma surra.

— No início não obedecemos, queríamos continuar sendo seus amigos — prosseguiu Dana —, mas depois... todo mundo... e não agimos certo.

— E levamos algumas surras... — concluiu Alvin.

— Já não importa... passou...

Lasgol tentou dissimular o mal-estar que estava sentindo. Seu peito doía como se fosse atravessado por uma lança.

— Peço perdão — disse Dana, olhando para o irmão, que assentia envergonhado —, sentimos muitíssimo.

Lasgol inspirou fundo.

— Está tudo esquecido. Vamos começar de novo — propôs Lasgol, sorrindo para os dois, embora a dor não tivesse abandonado sua alma.

— Você é uma boa pessoa. — Dana se aproximou e beijou a bochecha dele.

Lasgol enrubesceu. Em outras épocas, aquele beijo o teria feito ver estrelas, mas já não era mais assim. Despediu-se dos dois irmãos com um cumprimento amistoso e se separaram. Embora a experiência tivesse sido dolorosa, houve uma coisa boa: Lasgol entendeu que Dana podia ser a garota mais bonita da aldeia, mas não se comparava a Astrid. Com aquele encontro e a lembrança da outra garota, o encanto que Dana causava sobre ele estava quebrado para sempre. *Como a vida é curiosa*, pensou, e seguiu até a casa. Os olhos cor de esmeralda, o lindo rosto selvagem e os cabelos pretos de Astrid capturaram sua mente.

No dia seguinte, Martha se apresentou na porta da casa à primeira hora com um enorme sorriso no rosto.

— Não sei como agradecer, senhor... Isso significa tanto...

— Não é necessário. Quero alguém que tome conta da fazenda, principalmente na minha ausência, que será muito longa.

— Sei que eu era a menos qualificada... A confiança que deposita em mim... Espero estar à altura.

— Não se preocupe, tenho certeza de que fará um bom trabalho. E, por favor, nada de "senhor" e nada de tratamento formal. Peço que me chame de Lasgol e eu a chamarei de Martha.

— Como preferir, senhor.

— Lasgol...

— Como preferir, Lasgol — repetiu ela.

— Afinal de contas, tenho só dezesseis anos.

— Sim, mas é o senhor da fazenda.

O garoto sorriu.

— É estranho, sempre penso em meu pai como o senhor deste lugar.

— É natural. Com o tempo, com certeza vai senti-lo como seu.

Lasgol assentiu.

— Vou me instalar perto da área dos criados — informou Martha.

— Não é necessário, a casa tem muitos quartos livres.

— Não seria digno. Devemos respeitar os costumes e as formalidades, caso contrário as pessoas vão comentar.

— Tem razão. A última coisa que quero é dar motivos para que mexam comigo de novo.

— Muito bem. Vou me instalar e começar com os afazeres. De novo, muitíssimo obrigada, senhor... Lasgol.

O garoto sorriu. Martha entrou na casa, e, de repente, ele se sentiu um pouco menos só.

Capítulo 5

Uma semana depois, o conde Malason voltou a Skad como tinha prometido. Estava acompanhado de cinquenta soldados montados em cavalos robustos e peludos do Norte. Ordenou a Gondar que reunisse toda a aldeia na praça. Com voz severa, leu alto a ordem real de recrutamento.

> Por ordem real, todos os homens hábeis maiores de dezesseis anos deverão se apresentar para serem recrutados e servirem sua pátria na luta contra as forças de Darthor. As mulheres que desejarem juntar-se à defesa de suas terras também poderão fazê-lo.
>
> Sua Majestade
> Uthar Haugen
> Rei de Norghana

Lasgol esperava que a notícia da guerra, já uma realidade, causasse temor e protestos entre os aldeões, mas estava enganado. Eram norghanos, duros e fortes como as frias montanhas que habitavam. Se haveria guerra, pegariam os machados e os escudos e acabariam com o inimigo entre gritos e golpes ou morreriam tentando.

O conde posicionou o posto de alistamento na praça, próximo à fonte; todos os homens deveriam se apresentar ali. Caberia ao recrutador qualificar quem era útil de acordo com sua constituição, estatuto e profissão. Malason tinha estabelecido cotas para cada profissão e família. Não poderiam enviar todos os camponeses para a frente de batalha, pois sem eles não haveria colheitas nem comida. O mesmo aconteceu com os mineiros, pois precisavam de aço e ouro para sustentar a guerra. Outras profissões, como comerciantes e artesãos, também tinham cotas fixas. Nem poderiam se alistar todos os membros da mesma família. Como esse processo levaria dias, o conde pediu a Limus que ajudasse o recrutador. Ele lembrou a todos que, depois de selecionado, se alguém recusasse ou fugisse, seria enforcado sem exceção nem piedade. O recrutamento forçado era um preceito do rei Uthar, e o conde não aceitaria desculpas. Dito isso, ele deixou metade de seus soldados e voltou ao castelo para continuar os preparativos para o conflito.

No dia seguinte, Lasgol voltou do almoço com Ulf, que havia ficado na estalagem afogando a raiva em vinho, com um humor péssimo após ter o alistamento negado. Lasgol, sendo membro dos Guardiões, estava isento. Alguém se virou para ele no posto de alistamento; estava cara a cara com um de seus maiores pesadelos: Volgar. O valentão estava maior e mais feio do que nunca, parecia um ogro. Atrás dele, como sempre, estavam os dois comparsas: Igor, o magrelo, e Sven, o estoico. Lasgol sentiu um arrepio percorrer a espinha. Lembrou-se da surra terrível que recebeu no dia em que deixou a aldeia. Por um momento, seus joelhos tremeram, mas ele se recompôs. Endireitou-se e olhou Volgar nos olhos. Não demonstraria medo.

— Olhe quem está de volta! — exclamou o grandalhão, com um nítido tom de desdém.

— Volgar — cumprimentou Lasgol, calmo.

— O grande herói voltou para Skad para se exibir — disse Igor.

— Não estou me exibindo.

— Pode ser que você tenha recuperado sua fazenda e suas terras, mas para nós sempre será um verme — continuou.

— Nunca duvidei disso — respondeu Lasgol.

— É uma pena que depois da surra que lhe demos não tenha ficado nenhuma marca nessa sua cara de tonto — provocou Igor.

— E olha que fizemos isso para dar um jeito nela, com toda a nossa boa intenção — respondeu Volgar aos dois comparsas.

Os três soltaram uma gargalhada, como se o comentário tivesse sido o mais engraçado que já tinham ouvido.

— Vejo que algumas coisas não mudam em Skad.

— Muito cuidado, não se faça de esperto com a gente. Apesar de você andar com os Guardiões e ter voltado como um herói, ainda vamos te dar a maior surra da sua vida. Então, muito cuidado — ameaçou Volgar, tocando em Lasgol com seu enorme dedo indicador.

O garoto não saiu do lugar; no entanto, o contato fez com que a raiva que nasceu no estômago ficasse visível no rosto.

— Ui, que medo, ele ficou chateado — ironizou Volgar.

Lasgol se enfureceu ainda mais.

— Talvez ele até se atreva a fazer alguma coisa — disse Sven, rindo.

— Nunca teve coragem de fazer nada — adicionou Igor.

Lasgol resfolegou.

— Não vou permitir que amarguem meu dia, apesar da vontade de dar uma lição em vocês.

— Ah, é mesmo? — disse Volgar, com cara de chacota. — O senhorzinho guardião acha que pode dar uma lição nos tontos aldeões?

— Poderia.

A raiva falava por Lasgol.

— Podemos resolver isso. Na ponte, amanhã, ao meio-dia.

— Está me desafiando?

— Estou.

O garoto queria aceitar com todo o seu ser, embora algo dentro dele dissesse que era uma má ideia, que não fizesse aquilo. Ignorou a advertência.

— Estarei lá.

— Muito bem. Iremos para a guerra depois de dar uma surra em você. Grande despedida.

— Vocês se alistaram?

— Sim, os três — disse Igor.

— Mas ainda não têm dezesseis.

— Teremos na primavera — respondeu Sven.

— Fomos aceitos. O recrutador disse que precisa de jovens valentes como nós — disse Volgar, inflando-se como um pavão real.

Burros como vocês é o que você quis dizer, na verdade, pensou Lasgol, mas se calou.

— Espero que sobrevivam — disse Lasgol, com um tom frio.

A cara de Volgar se fechou e o medo apareceu em seus olhos.

— Preocupe-se em estar na ponte ao meio-dia. Nós cuidamos da guerra.

O valentão deu um empurrão em Lasgol e abriu caminho, seguido dos outros dois.

O garoto os viu se afastarem e balançou a cabeça, zangado consigo mesmo. Não devia ter aceitado. Foi um erro. Mas ele era um norghano, e um verdadeiro norghano nunca recuava.

Na manhã seguinte estava brincando de esconde-esconde, do jeito tradicional, com Camu à vista. Eles tinham subido ao sótão para garantir que Martha não os visse e brincaram em meio à multidão de objetos estranhos. Tantas coisas estavam guardadas lá em cima, e tudo estava tão desorganizado que foi muito difícil para Lasgol encontrar o amigo.

— Peguei você! — exclamou ele, e correu para tocar a criatura, que estava escondida debaixo de um velho capacete de ferro.

Camu soltou um pequeno guincho de empolgação e começou a correr. Lasgol o perseguiu, rindo. Tudo o que viu foi um capacete fugindo dele como se tivesse vida própria. De repente, o capacete colidiu com um baú com um forte *clonc* e Camu gritou novamente, desta vez com raiva. Lasgol começou a gargalhar. O animal saiu de baixo do capacete e olhou para ele com uma cara hostil. Seu sorriso perpétuo tinha desaparecido. O garoto não parava de rir enquanto Camu balançava a cauda em desagrado e começava a se camuflar com o ambiente.

— Não, não, isso não vale, é trapaça! — repreendeu Lasgol.

A criatura moveu a cabeça de um lado para o outro e seu sorriso voltou. Um momento depois, Camu desapareceu.

— Assim é claro que você vence — reclamou. Ouviu mais ao fundo um ruído que parecia uma risada. — Você está roubando, não se mexa.

Mas Lasgol sabia que Camu não ia obedecer. Era espertinho e estava se divertindo muito, embora reclamasse. Adorava brincar e, mais ainda, não ficar quieto nem por um instante.

— Então, se você trapaceia, eu também — ameaçou Lasgol, e fechou os olhos.

Concentrou-se e procurou a energia dentro dele. Tentou capturar a presença da criatura. Um lampejo verde saiu de sua cabeça. Ele permaneceu imóvel, silencioso, concentrado, mas não conseguiu. Quando Camu se camuflava, fazia isso tão bem que Lasgol não conseguia vê-lo nem ouvi-lo, mesmo com magia. Tentou mais algumas vezes, mas sem resultado.

Lasgol tinha desenvolvido a habilidade de detectar a presença de animais e pessoas com a ajuda de seu pai. Como com a maioria de suas habilidades, descobriu essa por acaso, experimentando. Lembrava-se perfeitamente daquele dia. Ele estava trabalhando para melhorar a concentração, que era quebrada com muita facilidade. Estava com os olhos fechados e as mãos nos ouvidos atrás da casa do ferreiro, que martelava uma espada na bigorna. Com o barulho alto, era impossível para ele se concentrar; era por isso que praticava lá. Pensou que iria falhar mais uma vez, como vinha acontecendo o mês inteiro, mas de repente deu certo. Ele conseguiu e, com os olhos e ouvidos tapados, a presença de uma pessoa chegou até ele pelas costas. Alguém que ele não tinha visto nem ouvido. Sentiu como se uma onda tivesse deixado seu corpo e colidido com alguma coisa. Virou-se, abrindo os olhos e baixando as mãos para descobrir que Atos, o filho do ferreiro, voltava carregando um saco de lenha. Mais tarde, com a ajuda do pai, descobriu que conseguia perceber pessoas e animais, mas não objetos.

Era uma habilidade que ele dominava bem e que nunca falhava em distâncias curtas. Portanto, o problema não era seu dom, mas sim que, por algum motivo, não conseguia detectar seu amigo, que estava em algum lugar a poucos passos dele.

Curioso. Camu não só consegue detectar magia, mas também se esconde dela. Hum... faz algum sentido. É invisível aos sentidos e à magia. Tenho certeza de que Egil ficará entusiasmado com essa descoberta.

A conclusão a que chegou o desconcertou um pouco, mas ele se animou. Precisava descobrir muito mais sobre Camu e sobre si mesmo. Ainda havia inúmeras coisas que Lasgol não sabia sobre seu dom e o que poderia fazer com ele. *Tenho que continuar experimentando e aprendendo.*

De repente, Camu apareceu e pulou por cima de alguns pacotes, ganhou mais impulso e pulou novamente para descansar em alguns objetos enrolados em panos e amarrados com cordas.

— Venha cá, ferinha — ordenou Lasgol.

É claro que a criatura não obedeceu e começou a dançar flexionando as patas e movendo a cauda.

— Você é impossível — disse Lasgol, aproximando-se da criatura.

Camu pulou outra vez para que o garoto não o pegasse. Ao fazer isso, um dos pacotes caiu e com ele mais dois que estavam encostados na parede. O barulho assustou o bicho, que desapareceu de novo ao ver o que tinha causado. Lasgol bufou e tentou pegar os pacotes. Começou a colocá-los como estavam. Então, percebeu que dois poderiam ser pinturas ou espelhos. Decidiu abrir um deles com cuidado e ver o que era. Ele estava certo; eram pinturas, embrulhadas para protegê-las da passagem do tempo. A primeira o surpreendeu: era um retrato de seu pai, posando com roupas formais. O segundo o deixou sem palavras. Era um retrato igual ao anterior, só que de uma mulher, uma mulher muito bonita, com cabelos loiros e olhos verdes brilhantes que o olhavam intensamente. *Será... Será que é a minha mãe?* Tinha que ser. Mas Lasgol não se lembrava de como ela era, tinha apenas uma sensação muito vaga e distante. Ele olhou para a pintura com a boca aberta.

Um pequeno guincho de Camu o trouxe de volta à realidade.

— Fique aqui, já volto — disse Lasgol.

Ele pegou o retrato com cuidado e desceu ao andar inferior.

— Martha!

— Estou na cozinha, senhor.

Lasgol a encontrou cozinhando.

— Encontrei isto no sótão — disse ele, mostrando-lhe o quadro.

Os olhos da governanta se arregalaram.

— Que retrato realista… Captura toda a beleza e essência.
— É ela?
Martha assentiu.
— Sim. É Mayra, sua mãe.
O garoto olhou para a pintura mais uma vez.
— Ela era muito bonita…
— Era, sim. E veja esses olhos, a personalidade que eles transmitem.
— Sim, são intensos.
— Ela era assim.
— Você sabe quem fez isso? Há outro, do meu pai, que combina com esse.
— Não, sinto muito, não sei. Mas posso garantir que são bem fiéis.
— Obrigado, Martha. Agora tenho um rosto para lembrar…
— Vai ser bom para você. — Ela sorriu docemente.

Lasgol assentiu e saiu com a pintura. Subiu de volta ao sótão, colocou o quadro próximo a uma claraboia, sentou-se no chão e o observou durante muito tempo à luz, memorizando aquele rosto, os traços, a essência. Camu sentou-se ao lado dele e o imitou. O garoto sentiu uma paz interior que raramente tinha experienciado. Gostou daquilo.

— Senhor! — disse Martha, lá de baixo.
— Já vou! — exclamou ele, enfiando a cabeça para fora do alçapão.
— Desculpe incomodar, um mensageiro chegou. Aguarda a resposta na porta — explicou ela, olhando para cima com uma expressão de surpresa, imaginando o que Lasgol estava fazendo ali e sozinho.
— Um mensageiro?
— Sim, diz que a mensagem deve ser entregue em mãos ao senhor da casa. Não pude receber.
— Ah! — Ele desceu pela corda com grande agilidade para ficar na frente de Martha, que deu um passo para trás, surpresa com o movimento rápido.
— Se for preciso organizar o sótão, eu poderia…
— Não! Quer dizer… Não é necessário, não se preocupe, Martha. Eu gosto que fique assim.

A mulher o encarou com estranhamento.
— É o sótão… a desordem…

— Sim, mas há muitas coisas que trazem lembranças... Gosto de andar entre elas...

— Ah, entendo. Não se fala mais nisso, não vou chegar perto.

Ela sorriu.

— Obrigado, Martha.

— O mensageiro aguarda na porta.

— Vamos ver o que ele quer.

O garoto saiu primeiro e a governanta ficou atrás dele. O mensageiro cumprimentou com a cabeça.

— O guardião iniciado Lasgol Eklund, senhor desta casa?

— Sou eu — respondeu, assentindo.

— Trago uma mensagem — disse o estranho, e a entregou.

Lasgol observou o mensageiro, sua vestimenta, seu cavalo na entrada. Parecia um homem de confiança de um conde ou duque. Tinha um escudo de armas que Lasgol não reconheceu, bordado na capa bordô. Não era do conde Malason... Que outro membro da nobreza estaria interessado nele? Cheio de curiosidade, abriu a mensagem.

Saudações do ilustre ducado de Vigons-Olafstone.

Espero que tenha recuperado as posses de seu pai sem mais problemas. Apesar de que, se os tivesse, não duvido que conseguiria resolvê-los. Por isso é um herói do reino e um guardião iniciado excepcional.

Pensei que, se não tiver muitas obrigações, pudesse vir passar alguns dias comigo, no castelo de meu pai. Assim saberia em primeira mão como nós, nobres, vivemos bem. Conheceria minha família e entenderia melhor minha situação pessoal.

Gostaria muito que nos víssemos. Daqui, partiríamos para o acampamento na data para iniciar o segundo ano, por isso não se preocupe.

Se a resposta for afirmativa, Marcus, o mensageiro, acompanhará você até aqui.

Espero que possa vir.

Um abraço,

Egil

Lasgol sorriu de orelha a orelha. Tinha pensado que eram más notícias, como geralmente acontecia. Não esperava receber um convite de Egil para ir ao castelo de sua família. O tom irônico da carta o fez voltar a sorrir. Refletiu por um instante.

— Está esperando minha resposta...

— Sim, senhor — confirmou o mensageiro, com uma pequena reverência.

Lasgol pensou mais um instante. Virou-se para trás.

— Martha, você acha que consegue se virar se eu for embora amanhã?

Surpresa, a governanta arregalou os olhos.

— Eu... tão rápido... Bom, imagino que sim, senhor.

O garoto sorriu e se virou para encarar o mensageiro.

— Seu nome é Marcus, certo?

— Sim, senhor.

— Muito bem, Marcus. Aceito o convite. Partiremos amanhã ao nascer do sol.

— Muito bem, senhor.

— Martha, por favor, acomode-o na casa e providencie tudo o que for necessário.

— É claro, senhor — respondeu ela.

— Não é necessário... — disse Marcus, surpreso. — Sou um mensageiro, posso dormir na estalagem, na aldeia.

— Aqui cuidaremos melhor de você, não vamos desmentir a famosa hospitalidade do Norte — disse Lasgol olhando para Martha, que sorriu para ele.

— Obrigado, senhor, é uma honra.

— Entre e vamos comer alguma coisa. Tenho um encontro ao meio-dia e quero estar cheio de energia.

Chegou à ponte com o sol mais alto e coberto por nuvens que ameaçavam temporal. Como o que estava por vir. Vestia sua capa vermelha com capuz de guardião iniciado. No meio da ponte, os três valentões o esperavam. Volgar na frente, com Sven e Igor atrás.

— Você veio! E vestindo vermelho! Assim não vai dar para ver o seu sangue direito! — disse Volgar, rindo.

— Eu disse que viria, e sou um norghano de palavra — alfinetou Lasgol, aproximando-se até ficar a um passo de Volgar.

Ao se ver cara a cara com os três valentões, ele sabia que cometera um erro grave. Tinha errado em aceitar. Tomara uma decisão errada e agora estava em uma situação difícil. Balançou a cabeça enquanto se arrependia de não ter pensado melhor. *Me deixei levar pela raiva e pelo orgulho. Eu não devia ter feito isso. Agora alguém vai se machucar e sem necessidade.* Ele suspirou. *Talvez consiga evitar maiores danos. Vou tentar, mesmo que isso fira meu orgulho.*

— Não precisamos brigar. Essa inimizade não faz sentido. Não sou mais o filho do Traidor. Vocês não têm motivos para me odiar. Não há razão para brigar.

Volgar olhou para Lasgol surpreso. Franziu a testa enorme e pareceu refletir sobre as palavras do garoto. Jogou a cabeça para trás. Um sorriso começou a aparecer, cobrindo todo o seu rosto. Lasgol tinha esperança. O outro se voltou para ele com desprezo e seu sorriso se tornou zombeteiro.

— Achava que ia se livrar com conversa-fiada? Nada disso!

E a esperança desapareceu.

— Se acha mais esperto que a gente — disse Igor.

— Sempre se achou melhor que nós — adicionou Sven.

— E hoje vamos dar uma lição para baixar a bola dele, já que a última parece não ter surtido efeito.

— Estou disposto a fazer as pazes. Vamos esquecer o passado e começar de novo. Amanhã vocês seguirão o caminho de vocês, e eu, o meu.

— Vou começar de novo sobre a sua cabeça arrebentada — ameaçou Volgar, mostrando o punho enorme.

Igor e Sven começaram a rir diante da afirmação de seu líder.

— Isso, como nos velhos tempos — disse Igor, rindo.

— Vamos acabar com ele! — gritou Sven.

Antes que Volgar movesse seu corpo enorme para atacar, Lasgol usou o dom. Invocou a habilidade Reflexos Felinos. Um lampejo verde, que só podia ser visto por quem tinha o dom, percorreu seu corpo. Da última vez, foi pego de surpresa e não teve oportunidade de usá-lo; não cometeria o mesmo erro duas vezes.

O punho de Volgar se encaminhou direto para seu rosto. Lasgol jogou a cabeça para o lado e o punho passou roçando sua bochecha, mas sem atingi-lo. O grandalhão deu um passo à frente e lançou um golpe circular com a esquerda. O garoto jogou o corpo para trás e o punho passou pela frente do seu nariz, sem chegar a encostar. Igor e Sven avançaram pela esquerda e pela direita de Volgar, cairiam em cima de Lasgol a qualquer momento.

Lasgol usou o dom de novo, dessa vez a Agilidade Melhorada, e outro lampejo verde percorreu seu corpo. Sven se jogou em seus pés e tentou derrubá-lo, mas ele sentiu o contato e, com um salto instantâneo, retrocedeu antes que o outro o bloqueasse. Isso fez com que Sven desse com a cara no chão. Com um grito, Igor foi para cima de Lasgol, que se virou para o lado com a velocidade de um raio. Igor deu com a cara no corrimão da ponte.

— Vou acabar com você! — gritou Volgar, fora de si.

Lasgol notou que o treinamento no acampamento fazia com que as habilidades referentes ao dom fossem ainda mais assombrosas. Devido a todo o treinamento físico, sem dúvidas, seus reflexos e sua agilidade aumentaram a níveis que nunca tinha alcançado.

Desviou-se de um golpe de direita de Volgar, depois de uma tentativa de chute no estômago. O garoto ficou desequilibrado. Lasgol aproveitou e o empurrou com força. O valentão correu para trás e caiu de costas. Bateu a cabeça no chão. Grunhiu de dor.

— Acabem com ele! — gritou Volgar aos comparsas, fazendo uma careta de dor enquanto segurava a cabeça.

Igor e Sven mostraram os facões longos, como o que os açougueiros usavam. Lasgol ficou tenso. A coisa estava ficando muito feia.

— Isso é um erro, parem — disse ele, desabotoando a capa para que ela caísse no chão e os outros vissem que ele também estava armado.

No entanto, os dois grandões não tinham intenção alguma de parar. Lasgol balançou a cabeça. Tirou a faca e o machado curto de guardião. Igor o atacou por um lado, lançando facadas enquanto Sven tentava pelo outro.

Lasgol se concentrou e fez uso do que aprendera no acampamento. Defendeu-se bloqueando e desviando com a faca e o machado. Sven o enganou com um drible e, ao se erguer, Igor o cortou no antebraço. Lasgol sentiu a dor e apertou os dentes.

— Isso mesmo! Vou pegar minha arma! — disse Volgar, recuando até onde estava escondida.

Lasgol aproveitou que Igor estava olhando para o líder e deu um salto potente até o garoto, chutando-o no peito. O grandão correu para trás, bateu contra o corrimão da ponte e caiu no rio.

— Seu porco! — gritou Sven e, atacando pelas costas, fez um corte na perna de Lasgol enquanto o garoto se virava para encará-lo.

Lasgol gritou de dor. A faca foi na direção de seu rosto. Ele afastou a cabeça e deu uma joelhada na barriga de Sven.

O grandalhão se contorceu, soltando todo o ar dos pulmões. O guardião aproveitou para dar um golpe forte em sua cabeça com o cabo da faca, e Sven caiu no chão, inconsciente.

— Vou partir você em dois!

Volgar avançava armado com um facão enorme.

Lasgol esbugalhou os olhos. *Ah, não!* Um corte com essa arma, com a força daquele brutamontes, poderia parti-lo ao meio. *Não vou correr riscos.* Concentrou-se.

Volgar deu um passo à frente com o facão erguido. Com um movimento do braço direito, Lasgol girou o machado no ar até bater com o dorso na testa do outro. Ouviu-se um pequeno *plum*. Volgar deu um passo para trás, perdeu o equilíbrio e caiu para o lado como uma árvore talhada. Não se levantou.

Lasgol bufou. Recuperou a arma e a capa. Deu uma última olhada e balançou a cabeça.

— Espero que vocês sobrevivam à guerra.

E foi embora.

Chegou em casa e subiu para o quarto com a maior discrição; queria evitar ter que contar a Martha o que havia acontecido. Camu, porém, vendo o sangue e percebendo que Lasgol estava ferido, começou a guinchar fora de si.

— Quieto, Camu, vão te ouvir!

Martha estava embaixo, na cozinha, com Marcus. A princípio eles não ouviram nada, pois conversavam animados, mas os gritos desconsolados da criatura se transformaram em uma espécie de choro. Camu pulava de um lado para o outro, mas, por mais que Lasgol tentasse acalmá-lo, não conseguia.

— Algum problema, Lasgol? — perguntou a mulher, lá de baixo.

— Nada! Está tudo bem! — respondeu ele, tentando esconder o que estava acontecendo.

Camu choramingou novamente.

— *Shhh*, cale a boca. Cale a boca, por favor.

— Tem certeza de que está tudo bem, senhor?

— Calado, Camu, vão nos descobrir.

Mas a criatura, desconsolada ao ver Lasgol ferido, não se conteve e soltou outro guincho.

Tenho que fazer algo. Ele não se acalma. Concentrou-se e, com o dom, deu a ordem: *Silêncio! Se esconda!* Camu olhou para ele com seus grandes olhos arregalados e Lasgol viu medo neles. Por um momento pareceu que ia gritar de novo, mas assim que a porta do quarto se abriu a criatura desapareceu em silêncio.

— Lasgol, o que está acontecendo? — disse Martha, enfiando a cabeça pela abertura da porta.

— Não é nada — respondeu ele, tentando se cobrir.

— Pelos curandeiros! Você está machucado!

— Não é nada — Lasgol tentou acalmá-la.

Imediatamente, Martha foi para cima dele e olhou as feridas.

— Sente-se na cama e não se mexa. Volto já.

Lasgol a ouviu descer as escadas correndo. Ele segurou a túnica ensanguentada contra o corte na perna, que era profundo e não parava de sangrar.

Martha apareceu com uma bacia com água, sabão, panos e algumas pomadas.

— Deixe-me limpar essas feridas antes que infeccionem.

— São apenas alguns cortes superficiais…

— Cortes superficiais? Ambos são profundos e requerem sutura. Vou limpá-los e procurar o curandeiro da cidade.

— O velho Turic?

— Sim, ele cuidará disso.

— Prefiro que isso fique entre nós... Turic vai contar ao chefe Gondar...

— Como deve ser. Machucaram você, que é o senhor desta propriedade. O chefe tem que saber disso e agir.

— Não, eu não quero isso.

Martha olhou para ele por um longo momento. Depois assentiu:

— Se você não quer que saibam disso, ninguém vai saber. Não por mim.

— Obrigado, Martha. Eu não quero que haja mais derramamento de sangue.

— Vou suturar as feridas. Eu sei como fazer isso.

— Eu sabia que você seria a governanta perfeita.

O garoto sorriu, e Martha revirou os olhos e balançou a cabeça enquanto ele ria.

Demorou um pouco para limpar e suturar as feridas. Quando terminaram, Lasgol se deitou na cama. Estava cansado e dolorido.

Martha olhou para ele com o olhar perdido.

— Está tudo bem, Martha?

— Ah, sim — respondeu ela, voltando à realidade. — Desculpe, você me lembra tanto seu pai...

— Ele dizia que eu parecia mais com minha mãe, embora vendo o retrato... eu diria que não...

— Isso é porque ele a adorava. Beijava o chão em que ela pisava.

— Conte-me sobre eles. Eu não sei muito.

— Seus pais se amavam muito. Dakon se apaixonou por Mayra assim que a viu. Ele me confessou em uma noite em que bebemos muito vinho. Sua mãe, com aquela personalidade, não facilitou as coisas para ele durante o cortejo. Dakon teve que trabalhar duro. Ela admitiu para mim que percebeu imediatamente as intenções de seu pai, mas que não queria um guardião como companheiro.

— Por causa da má reputação que temos?

— Por isso e pelas longas ausências.

— Ah, entendo.

— Mas, embora ela tenha resistido, o amor a venceu. E, deixe-me dizer, ela tentou muito. Sua mãe era adorável. Mas a vida é assim, quando o amor chega nada o faz parar.

— Eles se amavam?

— Muito. As ausências só fizeram com que ela o amasse ainda mais. Seu pai teria dado a vida por ela sem pestanejar, instantaneamente, de tanto que a amava.

Lasgol suspirou. Percebeu uma sensação de bem-estar que encheu sua alma de paz e alegria.

— Mas nem tudo foi bonito. Na vida, as coisas belas raramente duram. Eles tiveram problemas. Bastante... complicados.

— Entre eles? Ou com outros? — perguntou Lasgol, interessado.

— Ambos... não sei se devo te contar isso, me sinto uma velha fofoqueira revelando o passado de outras pessoas...

— Por favor — implorou o menino. — Gostaria de saber o que aconteceu, saber mais sobre eles, sobre a vida deles. Sei tão pouco...

Martha suspirou fundo.

— Acho que ela não se importaria se eu contasse. Sim, acho que ela gostaria que seu "bebê precioso e especial", como ela lhe chamava, soubesse mais sobre ela e o que aconteceu.

— Obrigado, Martha, de verdade.

Ela assentiu.

— Eles não compartilhavam a mesma visão sobre o reino e o dever para com a Coroa. Seu pai era todo dever e honra. Não havia nada mais importante do que servir ao Rei Uthar. Ele o idolatrava. Não era assim com sua mãe, ela não gostava de Uthar e não compartilhava do cego senso de lealdade do marido.

— É o dever de um guardião. — Lasgol tentou defender o pai.

— Sua mãe dizia que o dever de todo homem ou mulher é raciocinar primeiro, usar a cabeça. Ela não aprovava que seu pai e o resto seguissem cegamente o rei como se ele fosse um deus que sempre fazia a coisa certa. Para Mayra, o rei nada mais era do que um homem, e não era o melhor entre eles.

— Ela não aprovava o rei? — perguntou, surpreso e contrariado.

Ele respeitava muito Uthar, que era um grande rei. Aos olhos de Lasgol, era a personificação da figura de um bom monarca.

Ao ver a expressão do menino, Martha tentou explicar:

— Sua mãe era uma pessoa muito especial... Era uma pessoa de personalidade e ideias próprias. Mayra era o completo oposto da doce donzela que se esperava que fosse. E realmente gostava de colocar todos em seus devidos lugares sempre que surgia uma oportunidade. Ela desconcertava muito aqueles norghanos brutos enormes e estúpidos, porque era linda, de aparência delicada, mas por dentro escondia um vulcão. Não sei o que tinha contra Uthar; Mayra não me confidenciou, mas, em uma das últimas vezes que a vi, estava furiosa e era por causa do rei.

— Podia ser por causa do meu pai? Por causa do tempo que passava a serviço do rei?

— Ciúme? Não, não era isso. Havia outra coisa. Mayra não me contou, mas havia medo em seus olhos. E se sua mãe estava com medo, então era uma coisa muito ruim, porque nunca conheci mulher mais determinada e corajosa.

Lasgol ficou pensativo. O que poderia ser? Do que sua mãe tinha medo? E o que tinha contra o rei?

— Além disso, houve problemas devido à condição dela...

Lasgol olhou para ela de forma estranha.

— Condição? Que condição?

Martha olhou em volta. Depois, se aproximou da porta e olhou para fora para ter certeza de que não havia ninguém no corredor ouvindo.

— Sua mãe... Sabe... não sei se devo te contar...

— Por favor... preciso saber... entenda...

— Isso pode mudar o que você pensa dela. É algo que a maioria prefere não saber. Você tem certeza de que quer saber?

Lasgol assentiu com força. Fosse o que fosse, ele preferia saber e encarar. Não se consegue nada fugindo de seus medos, foi isso que o pai lhe ensinou.

— Sua mãe... tinha... um dom.

O garoto jogou a cabeça para trás, surpreso. Agora entendia, finalmente sabia por que tinha o dom! Ele sorriu de orelha a orelha.

— Você sorri? A maioria se espantaria. Você é realmente filho de sua mãe.

— Isso não me assusta. Ela te contou que tipo de habilidades tinha?

— Não, isso nunca foi falado. Eles mantiveram em segredo. Você sabe como as pessoas são. Odeiam o que não entendem. Sei disso porque estávamos juntas quando o dom se manifestou nela ainda criança. Fizemos um juramento de não contar a ninguém; eu não o quebrei até este momento.

— Você não o quebrou, Martha. Eu sou o filho dela.

Ela assentiu.

— Que problemas eles tiveram por causa do dom?

— Sei que foram graves, mas não me contaram... A personalidade dela, combinada com a condição... era uma mistura poderosa demais.

— Entendo...

— Se quer minha opinião, é só a intuição de uma mulher, de uma amiga, mas acho que a condição dela influenciou em sua morte...

— O que a faz pensar isso?

— Dakon. A maneira como ele se comportou. Não foi natural...

— Sim, o pouco que estou sabendo também me dá essa impressão. O incidente que causou a morte dela e a reação do meu pai são muito estranhos. E o fato de ele não ter me contado nada, ainda mais.

— Acho que contei o suficiente. É melhor você descansar e se recuperar. Direi a Marcus que a viagem será adiada por alguns dias.

— Sim, acho que será melhor — concordou ele, sentindo a ferida na perna.

A governanta sorriu docemente e caminhou até a porta.

— Martha — chamou o garoto.

— Diga.

— Obrigado.

— De nada.

Dois dias depois, recuperado e pronto para a viagem, Lasgol despediu-se. Martha deu-lhe um abraço forte.

— Quero agradecer por me dar essa oportunidade, por ter me resgatado da pobreza... Significa muito para mim...

— Não importa, Martha. Quem sai ganhando sou eu — disse ele, com um sorriso.

Ela o abraçou novamente com carinho.

— Tome cuidado, você tem um coração muito bom e existem pessoas perversas no mundo cruel por aí.

— Terei.

— Eu cuidarei de tudo. Não se preocupe com nada.

Lasgol assentiu. Ele acenou com a cabeça para ela e pendurou o bornal no ombro.

— Vejo você em um ano.

— Boa sorte — despediu-se a governanta.

Ulf estava esperando por ele no portão com Trotador.

— Esse seu cavalo norghano pode ser pequeno, mas ele caga como um verdadeiro puro-sangue rogdano — disse ele, apontando para o esterco próximo ao pé. — E fede ainda mais.

Lasgol riu.

— Não me diga que você também não gosta de cavalos.

— Como vou gostar deles se tudo o que fazem durante o dia é comer e cagar? E esse cheiro terrível! Eu sou um soldado de infantaria! Cavalos são para fracos que não conseguem andar na estrada! Por todas as montanhas nevadas!

Trotador bufou como se entendesse que Ulf estava se referindo a ele.

Lasgol riu outra vez.

— Vou sentir sua falta, Ulf.

— E eu a sua, garoto. Cuide-se e vigie sua retaguarda. Este velho cachorro tem um mau pressentimento.

— Sobre mim?

— Sim, desde que você chegou não consigo dormir tranquilo. Tenho pesadelos e o coto da minha perna dói. — Ele olhou para o céu com o olho bom. — E não há tempestade à vista. Tem alguma coisa errada...

— Deve ser por causa da guerra com Darthor. Acho que não tem nada a ver comigo.

— De qualquer forma, ouça este soldado aposentado que tem muito mais cicatrizes do que você tem de anos.

— Está bem. Tomarei cuidado.

— É assim que eu gosto, quando você escuta o velho Ulf como quando era meu servente.

— Então eu não o escutava, apenas o obedecia — disse o menino, com uma careta brincalhona.

— Por todos os gólens de gelo! Se você ainda fosse meu servente, ia ver o que é bom! — exclamou, gesticulando sobre a muleta, o rosto vermelho de tanto gritar.

Trotador ficou assustado e relinchou.

— Calma, amigo, não tem nada de errado — disse Lasgol e, com as rédeas na mão, acariciou seu focinho e pescoço para acalmá-lo.

— Não se preocupe com a fazenda — tranquilizou-o Ulf, e fez um gesto para Martha, que os observava da porta da casa. — Passarei por aqui para ter certeza de que tudo está em ordem e de que ninguém está mexendo com ela.

— Obrigado, Ulf. Eu poderia te pagar para cuidar de…

— Nada disso! Não preciso de caridade!

— Não é caridade, pelo contrário; é gratidão. Você foi o único que se comportou bem comigo, que se mostrou um ser humano decente… Jamais poderei compensá-lo por ter me recebido em sua casa e me aceitado como seu servente. Nunca…

Ulf permaneceu em silêncio. Seu olho bom lacrimejou.

— Bobagem… não foi nada… precisava de um servente…

— Obrigado, Ulf.

Lasgol o abraçou e o norghano sentiu-se tão desconfortável que não sabia o que fazer. Estava emocionado, mas a situação era tão estranha que começou a pigarrear.

— Bem… sim… é uma coisa do passado — disse ele, e se recompôs como pôde.

Lasgol o tranquilizou e montou Trotador.

— Até a volta — despediu-se, fazendo sinal para Marcus, que o esperava em sua montaria.

— E lembre-se: bata primeiro e pergunte depois! Conselho de Ulf!

Lasgol soltou uma gargalhada; porém, no fundo, ele sabia que não era um mau conselho para o que o esperava.

Capítulo 6

Lasgol aproveitou a viagem até o ducado de Vigons-Olafstone. Cavalgar pela extensão do território do reino das neves era uma experiência que ele não tivera a oportunidade de viver antes e estava sendo fascinante. Sua alma se preenchia de paz e alegria com a beleza das paisagens nevadas e a liberdade que elas transmitiam. A primavera se aproximava, e ele apreciava isso com todos os sentidos. A neve estava se derretendo nos vales e os rios desciam com águas novas e cristalinas. O ar ainda estava gelado, mas já não doía ao respirar fundo; transmitia cheiros frescos de pinheiro e bétula, terra úmida, natureza, vida.

Camu tinha se comportado muito bem, mantendo-se invisível durante o dia e saindo para explorar à noite enquanto Lasgol e Marcus dormiam. Além disso, não tinha assustado Trotador, coisa que o cavalo temia. Aos poucos, os dois iam se acostumando um com o outro. Lasgol usava seu dom para se comunicar com ambos e garantir que nenhum deles o colocasse em apuros na presença de Marcus. Quanto mais usava o dom, mais tinha facilidade e melhor era compreendido. Era como se sua habilidade fosse crescendo e se tornasse mais e mais potente.

Marcus desmontou ao chegar no cume de uma pequena colina nevada e apontou para o vale. Lá embaixo, distante, via-se uma grande cidade murada com um castelo no centro.

— Estocos, capital do ducado de Vigons-Olafstone — anunciou.

Lasgol a observou, boquiaberto. Era uma cidade fortificada espetacular, rodeada por uma muralha majestosa de rocha preta de mais de vinte varas de altura. O castelo enorme de formas quadradas, com suas três torres retangulares, parecia talhado diretamente na rocha de uma montanha de granito. Milhares de telhados vermelhos minúsculos amontoados em toda parte se estendiam do castelo até as muralhas.

— Impressionante, não é? — disse Marcus.

O garoto deixou escapar um assovio.

— Com certeza. Parece uma fortaleza indestrutível.

— Eu não diria que é indestrutível, mas é uma das maiores e mais bem-construídas do reino. Essas muralhas têm duas varas de profundidade. Não é possível derrubá-las. Não sem armas de cerco, mas ainda assim aguentariam meses de pancadas, ou até anos rodeados.

— São tão robustas assim?

— Sim. Essa cidade foi construída pelo avô do duque, quando o reino era dividido em dois, e se transformou na capital do Reino do Oeste.

— Quem liderava a outra metade do reino?

— O avô de Uthar, o rei atual. Ficaram com a parte Leste do reino e nomearam Norghânia como capital.

— E agora todo o reino pertence a Uthar e a capital é Norghânia.

— Sim, mas do lado de cá tratam o duque Olafstone como o rei legítimo e consideram Estocos a capital do reino. Aqui são apegados ao passado e é perigoso falar sobre isso abertamente...

Lasgol o encarou preocupado. Contar aquilo poderia ser considerado uma alta traição. No entanto, Marcus tinha falado como uma advertência, para que o garoto tomasse cuidado com o que dizia ali. Ele assentiu e se calou.

— Parece que vai chover, vamos nos apressar — disse Marcus, e atiçou a montaria.

Entraram na cidade com a tempestade começando a cair por meio de gotas frias. As portas enormes da cidade estavam abertas e os guardas não impediram a entrada deles. Não passava pela cabeça de Lasgol que Egil morasse em uma cidade tão grande. Milhares de pessoas se apressavam pelas ruas e praças em busca de abrigo do frio e da chuva enquanto terminavam seus afazeres. O céu ficava cada vez mais escuro. À medida que subiam até o castelo pela avenida principal composta de pedras, o garoto observou soldados a postos com o emblema do duque: um machado de guerra e uma espada cruzados sobre uma montanha nevada ao fundo.

Quando chegaram ao castelo do duque Olafstone, os guardas lhes mandaram desmontar na porta e Marcus se identificou. Chamaram o capitão da guarda. Olvan se apresentou rapidamente. Era tão grande e feio quanto Ulf, com uma cicatriz que descia da testa por toda a bochecha direita. Por milagre, tinha salvado o olho. Após verificar a identidade de Marcus, os deixou entrar, embora tenha analisado Lasgol dos pés à cabeça, o que deixou o garoto bastante nervoso. Desmontaram e alguns serventes levaram os cavalos aos estábulos da fortaleza. Lasgol sentiu o peso de Camu sobre o ombro direito. A criatura tinha ficado com ele ao ver Trotador ser levado. Usou sua habilidade Comunicação Animal: *Fique invisível e quieto.*

— Lasgol! — chamou uma voz.

O garoto deu meia-volta e viu Egil se aproximar com um sorriso enorme. Continuava magro e baixinho, como sempre, embora Lasgol soubesse que agora tinha um pouco de músculo devido ao ano de treinamento com os guardiões. O que não tinha mudado era sua altura; continuava sendo o mais baixo dos iniciados e, embora parecesse esquelético, havia uma confiança renovada em seu rosto.

— Oi, Egil! — respondeu ele, alegre por ver o amigo.

Eles se abraçaram.

— Você veio! — Egil estava eufórico.

— Como é que eu ia perder isso? — disse Lasgol, olhando pasmo para o castelo e as torres altíssimas.

— Isto é só uma parte; espere para ver o interior e a vista dali de cima, vai ficar estupefato.

— Não duvido.

Egil se virou para Marcus.

— Obrigado por tê-lo acompanhado.

— Sempre às ordens, meu senhor — disse ele, com uma reverência. Então cumprimentou Lasgol com a cabeça, e o garoto lhe devolveu o cumprimento. Depois, se retirou.

— Vamos para dentro, você deve estar exausto da viagem.

— Guardiões nunca se cansam de viajar.

Egil soltou uma gargalhada.

— Certamente os ensinamentos recebidos no acampamento ficaram gravados em você.

— Sem dúvida, com sangue.

Os dois riram. Egil o conduziu para dentro do edifício. O lugar era imenso, um labirinto de rocha, granito e soldados. Por algum motivo, o interior do castelo era um formigueiro de soldados com as cores do duque. Havia muita atividade, eles transportavam alimentos e armas de um lado a outro com urgência. Estavam se preparando para alguma coisa. Lasgol parou para observá-los.

— Estão se preparando, ordens do meu pai.

— Para enfrentar Darthor?

— Pode ser que sim, ou talvez não — respondeu Egil, e a seriedade dele deixou Lasgol preocupado.

Subiram para o primeiro andar por uma escada de granito em caracol e percorreram um longo corredor até um cômodo gigantesco, com longas mesas e bancos compridos. Parecia um grande refeitório.

— Senhor... — disse um servente muito idoso que se aproximou deles com um andar corcunda.

— Albertsen, meu amigo Lasgol está faminto. Poderia nos trazer um pouco de comida e bebida?

— Pois não, meu senhor, agora mesmo — disse, retirando-se com movimentos pesados e andar muito lento.

— Quando Albertsen diz "Agora mesmo", na verdade quer dizer em uma hora — explicou Egil, com um sorriso. — O bom homem é muito idoso, mas não quer se aposentar e, por algum motivo, meu pai deixa que ele continue servindo. Teremos tempo de colocar o papo em dia enquanto a comida não chega.

— Obrigado por me convidar. Eu não sabia se estava tudo bem entre nós...

— Está tudo bem — garantiu Egil. — Mas chega de segredos — advertiu, apontando o dedo indicador.

Lasgol assentiu.

— Chega de segredos.

— Então, amigos — disse Egil, estendendo a mão.

Lasgol a apertou.

— Amigos.

— Camu está com você?

— Sim, está no meu ombro.

Egil olhou para os lados para ter certeza de que estavam sozinhos e apalpou o ombro do garoto até encontrar a cabeça de Camu e fez um carinho nela. O animal deu uma lambida em Egil, e ele riu.

— Está começando a ficar visível — avisou Egil.

Lasgol invocou a habilidade Comunicação Animal. *Não. Fique invisível.* Camu obedeceu.

— Quer brincar. Está cada vez mais inquieto e travesso. Devemos ter muito cuidado com ele.

— Ou ela.

— Ela?

— Pode ser. Não sabemos o sexo.

— Certo, nunca tinha pensado nisso. Na verdade, para mim é neutro. Egil riu.

— Pode ser, mas acho que é mais provável que seja fêmea ou macho.

Lasgol deu de ombros.

— Acho que em breve descobriremos.

— Temos tantas coisas para conversar! — exclamou Egil, entusiasmado.

Lasgol assentiu.

— Sim, muitas.

— Quem é esse? — interrompeu uma voz inquisitiva.

Lasgol e Egil deram meia-volta e viram que dois jovens se aproximaram. Lasgol disfarçou uma olhada rápida. Eram altos e fortes, mas atléticos, e vestiam armaduras de guerra. A qualidade das vestimentas e proteções, assim como a presença e o comportamento, mostravam que eram senhores do lugar. Os rostos refletiam o peso dessa responsabilidade.

— É Lasgol, meu colega dos Guardiões — respondeu Egil, e Lasgol percebeu certa inquietude em sua voz.

— Nosso pai sabe que ele está aqui? — perguntou o que parecia mais velho entre os dois, cruzando os braços sobre o torso.

Era loiro e tinha o cabelo curto, algo nada comum em Norghana. Devia ser cinco ou seis anos mais velho que Egil e seus olhos azuis estavam carregados de responsabilidade e preocupação.

— Sim, Austin, sabe. Pedi a permissão dele.

— E ele a concedeu? — perguntou o outro.

Era uns dois anos mais novo que Austin e uns dois anos mais velho que Egil. Também tinha cabelo curto, castanho. Seus olhos marrons mostravam animosidade, coisa que deixou Lasgol inquieto.

— Estranho ele ter dado permissão... visto que é sempre contra visitas nestes momentos... complicados... É muito estranho.

— Eu garanto que tenho a permissão dele, Arnold. Também fiquei surpreso, mas ele não só gostou da ideia, como insistiu que eu o convidasse para vir ao castelo em duas ocasiões desde que cheguei aqui.

Os jovens se entreolharam, surpresos e confusos.

— É realmente estranho... Ele não suporta visitas. Bom, não suporta as pessoas de modo geral... — comentou Austin.

— Deve estar querendo algo com ele, não tem outra explicação — acrescentou Arnold, analisando Lasgol.

— Com certeza ele não fez isso para me agradar — reconheceu Egil.

— Com certeza não — concordou Austin.

Egil fez uma careta de resignação.

— Ah, perdão, Lasgol. Estes são meus irmãos, Austin e Arnold. — Apontou para cada um.

— Prazer — disse o garoto.

Os dois irmãos o cumprimentaram com a cabeça.

— Temos mil coisas para cuidar, é melhor continuarmos — disse Austin.

— Lasgol, o que acontece aqui fica aqui — acrescentou Arnold, apontando com o indicador, sem esconder que aquilo era uma ameaça.

— Arnold, não precisa... — disse Egil.

— É claro que precisa. Estamos a ponto de entrar em guerra. Um deslize custa vidas, pode até custar uma guerra.

— Não se preocupem — interrompeu Lasgol, que não queria causar problemas para Egil. — Nunca revelarei a ninguém o que eu vir aqui. Dou minha palavra.

— É melhor cumpri-la — avisou Arnold, e os dois irmãos saíram com passos decididos.

— Seus irmãos estão um pouco tensos, não?

— Meu pai os criou para isto, para a guerra. Por isso se comportam assim. Não são pessoas más, são duros, mas justos. Apesar de, nos assuntos referentes ao ducado e ao reino, poderem ser um pouco rudes... até agressivos.

— Já percebi. Mas por que tanta tensão? Seu pai sem dúvida apoiará Uthar contra Darthor.

Egil ficou em silêncio.

— Ele não seria capaz! — exclamou Lasgol, surpreso com o que aquilo implicava.

— *Shhh*... meus irmãos...

Lasgol levou a mão à boca.

— Meu pai e o rei são rivais pela Coroa. Ele não apoiará Uthar sem um motivo importante ou inapelável, a não ser que a pressão pública seja insustentável. É um homem duro, mas muito inteligente.

— Rivais pela Coroa?

— Quando o reino foi dividido em dois, há uns dois séculos, foi devido ao fato de que esta, a minha casa, era herdeira da Coroa. Era a Casa de Vigons, de meu bisavô, para ser mais exato. Ele e seus aliados se juntaram para reivindicar o trono que tinha ficado vazio após a morte por febre branca do rei Misgof Ragnarssen, que não tinha descendentes.

— O que aconteceu? Pelo que sei da história norghana, houve uma batalha pelo trono e quem venceu foi a casa que tinha o direito real.

Egil sorriu, fazendo uma careta:

— Lembre-se sempre, amigo, de que a história é escrita pelos vencedores, não pelos perdedores.

— Não entendo.

— Que o que dizem não é a verdade, é o que o vencedor quer que todos acreditem. O avô do meu pai, Ivar Vigons, perdeu a batalha para o avô de Uthar, Olav, da Casa Haugen, que ficou com o trono e o reino. Foi coroado rei de Norghana, mas o direito, por descendência direta, era do meu avô, não do avô de Uthar, que era de descendência secundária.

— Descendência direta?

— O avô de meu pai, Ivar, e o rei Misgof eram primos. Mas Olav, o avô de Uthar, e o rei Misgof eram primos de segundo grau.

— Ah, entendi.

— Por isso ele e meu pai nem se olham. Uthar obrigou meu pai a renunciar seu direito à Coroa e a adotar como nome da família o de Olafstone, em vez de Vigons, pois este último daria direito à Coroa. Meu pai teve que jurar lealdade a Uthar assim como o restante dos duques e condes do reino. Mas se Uthar morresse sem descendência, que ele de fato não tem, a Coroa poderia passar para minha casa, para meu pai.

Nesse momento, Albertsen chegou com a comida, acompanhado de outros dois serventes. Pediram mais verdura. Albertsen estranhou, mas foi buscar. Era para Camu. De repente, um grupo de soldados e oficiais do castelo entrou no lugar e se sentou perto deles.

— É melhor eu te contar mais tarde… o que descobri…

— Sim, é melhor — disse Lasgol, olhando em volta.

Começaram a comer.

— Você consegue acreditar em tudo o que vivemos no ano passado no acampamento? — disse Egil, fazendo uma cara de espanto e depois sorrindo.

— Consegue acreditar que não fomos expulsos?

— Hei de reconhecer que nos primeiros dias fiquei muito perto de renunciar. Não acreditava que conseguiria, que conseguiríamos.

— E por que não desistiu?

— Não daria essa satisfação ao meu pai. Se me expulsarem, aceitarei, mas não vou claudicar.

— Claudi...?

— Não vou me render.

— Ah, eu também não.

— Ouvi dizer que o segundo ano é ainda mais difícil que o primeiro.

— Sério? Impossível.

— Temo que sim. Pelo que entendi, cada um dos quatro anos para se tornar guardião é mais difícil que o anterior.

Lasgol balançou a cabeça entristecido.

— E quem são os loucos que se inscrevem no quinto, o de especialização?

— Seu pai se inscreveu...

Lasgol soltou um suspiro profundo.

— Eu acho que não chego lá. Não tenho a força física nem a garra dele.

— Não vamos pensar nisso agora. Devemos enfrentar cada desafio com altivez e energia. Superaremos todos, um por um, até alcançar nossa meta. Seremos guardiões e demonstraremos aos nossos detratores que erraram a nosso respeito.

Lasgol sorriu.

— Esse é o espírito.

De repente, Olvan, o capitão da guarda, se aproximou deles, seguido dos soldados.

— O duque solicita a sua presença — anunciou.

— Meu pai deseja nos ver agora?

— Ele os espera em seu escritório. Tenho ordens de acompanhá-los.

Egil e Lasgol se entreolharam. Não era um convite amistoso. O que o duque queria?

Capítulo 7

Dois soldados norghanos enormes estavam de guarda na frente das dependências do duque no segundo andar da ala oeste. O capitão chamou à porta diante do olhar atento dos guardas.

— Em frente! — Ouviram a voz do duque.

Entraram. Primeiro Olvan, seguido de Egil e depois de Lasgol.

— Meu senhor, o convidado... — anunciou o capitão com uma reverência.

— Obrigado, Olvan. Pode se retirar.

Lasgol observou o duque Olafstone, que impressionava. Deveria ter cinquenta anos e era um verdadeiro norghano, grande e forte como uma montanha nevada. Os cabelos acobreados começavam a ficar grisalhos e chegavam na altura dos ombros. Tinha uma barba com cavanhaque. Diferente da maioria dos norghanos, a barba dele era muito bem-cuidada, assim como suas vestimentas, que, embora fossem sóbrias, eram de excelente qualidade. Cuidava de sua aparência como alguém da nobreza devia fazer, ainda que os norghanos fossem famosos em toda a Trêmia por serem um pouco desleixados nesse sentido. Tinham ganhado por si mesmos a fama de brutos, toscos e malcuidados.

— Entrem e sentem-se — ofereceu o duque, de pé, apontando para as cadeiras na frente da elaborada escrivaninha de carvalho.

Sentaram-se, e em seguida o duque fez o mesmo. Até mesmo sentado emanava força. Seu rosto não era agradável; ao contrário, era duro e tinha olhos acinzentados penetrantes. O duque os fixou em Lasgol, e o rapaz se encolheu na cadeira.

— Queria nos ver, pai? — perguntou Egil ao perceber o escrutínio pelo qual o amigo estava passando.

Olafstone desviou o olhar para o filho. Franziu as sobrancelhas como se tivesse ficado incomodado com a pergunta.

— Sim. Sou o duque Olafstone, você é Lasgol Eklund, não é? — perguntou, sem rodeios.

— Sim, senhor...

— Foi você quem salvou Uthar de ser assassinado no acampamento dos guardiões?

— Sim, senhor...

— Relate o que aconteceu. Com todos os detalhes. Não omita nada.

— Pai... Eu já contei... Eu estava lá, vivi tudo.

— Calado. Quero ouvir da boca dele.

Lasgol olhou para Egil de soslaio; estava nervoso, sentiu como se estivesse sendo interrogado. Egil baixou o olhar.

— Muito bem, contarei tudo... — disse Lasgol, e com um forte suspiro começou seu relato.

Explicou o ocorrido tentando não se esquecer de nenhum detalhe. Olafstone observava Lasgol com um olhar arisco; no entanto, não o interrompeu nem uma vez sequer. Ao terminar, Lasgol ficou calado, esperando a reação do duque.

Olafstone fechou os olhos e pareceu ponderar por um longo instante. Depois, os abriu e voltou a fixá-los no garoto, que se sentia incomodado diante daquele olhar inquisitivo, como se tivesse feito algo ruim. Sem dúvidas, já não se sentia como um herói por ter salvado a vida do rei. Não ali.

— Conte-me sobre as tentativas de acabar com a sua vida — pediu o duque.

Antes que Egil pudesse reclamar, o duque levantou um dedo em sua direção como advertência. Egil baixou a cabeça e não disse nada.

Lasgol sabia que o que o duque queria era interrogá-lo. Narrou o acontecido nas duas ocasiões em que tentaram matá-lo. Falou devagar, tentando não deixar de mencionar nenhum detalhe importante.

— Você estava com ele?

— Sim, pai. Nos dois ataques.

— Egil matou o mercenário — Lasgol apressou-se em apontar.

— Com a ajuda de uma garota — disse o duque, com uma careta de desagrado.

— Na verdade, foi com a ajuda de todos — disse Egil.

— Já estava estranhando que você conseguisse matar alguém, mesmo que sua vida dependesse disso.

— Poderia, pai…

— Poderia? Tenho grandes dúvidas. Você se encolheria, tremeria como um cagão e morreria.

— Posso garantir, senhor, que, se não fosse por Egil, o mercenário teria me matado.

— Não o defenda. Conheço bem meu próprio filho. É um lânguido e sempre foi. Uma vergonha para a Casa de Vigons-Olafstone.

Egil se afundou mais ainda na cadeira, com o queixo encostado no peito. Lasgol se sentiu péssimo pelo amigo. Ouvir palavras tão injustas e duras do próprio pai devia ser esmagador para o pobre Egil.

— Uma coisa que, sim, me surpreende… — continuou o duque, e os dois olharam para ele — …é como ele conseguiu terminar o primeiro ano. Pensei que se renderia na primeira semana.

— Não vão fazer com que eu me renda — respondeu Egil.

Lasgol notou a raiva implícita no comentário. A dor que a impulsionava. O duque se endireitou na poltrona.

— Me poupou da vergonha que isso causaria. Uthar me faria pagar. Como ele se divertiria esfregando isso na minha cara. E o mais importante: não tive que enviar Austin em seu lugar. Uthar está furioso. Contava com o seu fracasso. Quer me controlar a todo custo e teria conseguido com Austin a seu serviço como refém. No entanto, a jogada foi malsucedida.

— Sim, isso é o mais importante… — disse Egil, sarcástico.

— É. De qualquer forma, embora não tenha se rendido, não entendo como conseguiu terminar o ano sem ser expulso. Jamais pensei que conseguiria. Você não tem porte de guardião, nem de nenhuma outra profissão militar ou que exija esforço físico. Deve ser pelo que aconteceu com Uthar. Devem ter perdoado sua expulsão.

Lasgol saiu em defesa do amigo:

— Não, senhor. Eu garanto que não foi assim. Egil conseguiu passar por mérito próprio.

— Se você diz... — respondeu o duque, pouco convencido.

— Garanto, senhor.

— E diga, Lasgol, como soube que o atirador ia acabar com a vida do rei? — perguntou Olafstone, aproximando o rosto ao do garoto e semicerrando os olhos. Queria uma resposta verdadeira.

Lasgol percebeu que aquela não era uma pergunta fortuita.

— Um pressentimento... suponho. Vi o atirador posicionado e reagi por instinto.

— Pressentimento... instinto... Hum... interessante. Não são termos que escuto com frequência.

— O que importa é que o rei saiu ileso — acrescentou Lasgol.

O duque Olafstone se encostou na poltrona.

— Sim, isso é o que importa para o reino...

Lasgol captou certo sarcasmo no tom do duque, que o disfarçava com um sorriso falso.

— Por acaso, seu pai, Dakon, não teria te contado algo sobre os pormenores dos dias anteriores à própria morte? — perguntou Olafstone de repente.

Lasgol e Egil se olharam de soslaio. Era uma pergunta muito estranha.

— Não... meu pai não me contava nada relacionado aos Guardiões ou às suas missões.

— E não percebeu que estava "possuído" por Darthor?

Lasgol sentiu que a conversa ia se tornando cada vez mais incômoda.

— Não... a verdade é que não estivemos juntos nesses últimos dias. Acho que só o vi uma vez.

— E ele não comentou nada com você? Não viu nada estranho em seu comportamento?

— Não, senhor... não me lembro de ter nada estranho acontecendo... estava mais sério do que o habitual, mais preocupado, mas pensei que era devido à próxima missão. O comportamento dele não me pareceu estranho.

— Entendo... E não disse nada singular?

— Não, não que eu me lembre, senhor.

— Por que tanto interesse por Dakon? Por acaso você o conhecia, pai? — perguntou Egil.

— Nossos caminhos se cruzaram em alguma ocasião, sim — respondeu o duque. — Mas meu interesse por ele não concerne a você. Não me interrompa. — Egil voltou a baixar a cabeça. — Pelo que dizem, estava sob o controle de Darthor, o que me parece estranho. Queria saber se o filho dele não tinha notado nada estranho — acrescentou, para amenizar a tensão.

— Estava dominado, posso garantir — disse Lasgol —, mas não notei nada estranho. Devia ter percebido, mas não percebi...

— Dizem que é muito difícil notar — afirmou Egil para Lasgol, sem levantar a cabeça. — Não se culpe.

— E sua mãe? — perguntou Olafstone de repente.

— Minha mãe tinha morrido fazia dois anos...

— Você se lembra dela?

— Quase nada... — respondeu Lasgol, constrangido por estar falando disso com um estranho.

— Ocorreu algo recentemente que tenha despertado a lembrança dela?

Lasgol ficou desconcertado. Pensou em Martha e no que ela tinha lhe contado sobre sua mãe; no entanto, não quis contar isso ao duque.

— Não... nada que valha mencionar...

— Você também a conheceu, pai? — interveio Egil, apesar da advertência.

— Sim, a conheci. Uma grande mulher.

Lasgol não saía do estado de assombro. O duque Olafstone conhecia seus pais pessoalmente.

— Acho que já os distraí bastante — disse o duque, ficando de pé. Os dois garotos o imitaram. — Saiam, tenho muito o que fazer. Avisem-me quando partirem para o acampamento.

— Tudo bem, pai.

— Ah, mais uma coisa. O que virem aqui não é do interesse de ninguém. — Apontou para os dois com o dedo indicador. — Não digam nenhuma palavra a ninguém, caso contrário arrancarei a língua dos dois.

Lasgol e Egil assentiram assustados e saíram andando.

— Seu pai é um homem difícil...

— Pois ele estava muito contido, diria quase gentil, tendo em conta como ele é — disse Egil, fazendo uma careta de espanto.

Lasgol sorriu. Os dois se afastaram com passos rápidos, como se temessem que o duque saísse e os perseguisse.

Para esquecer o mau momento, Egil mostrou o castelo para Lasgol, que ficou fascinado. Era um lugar que só existia em seus sonhos. Uma fortaleza de beleza régia, construída para a guerra, tão robusta e majestosa que impunha respeito e admiração.

Subiram à torre mais alta e de lá contemplaram a cidade aos seus pés e as terras do duque, que se estendiam em volta.

— É incrível, sinto como se eu fosse um pássaro aqui em cima — confessou Lasgol.

— Um pássaro que se aninhou sobre uma fortaleza cheia de soldados.

Lasgol observou os soldados do duque em uma incessante agitação por toda a fortaleza e as ruas da cidade.

— Estão se preparando para a guerra... — disse, preocupado.

— Norghana toda está.

— No fim das contas, seu pai vai apoiar Uthar, não é?

Egil verificou se estavam sozinhos.

— Ele se encontra em um dilema... não deseja fazê-lo, mas o contrário seria um suicídio. Meu pai busca uma aliança com o resto dos duques e condes do Oeste para derrubar Uthar, porém este não é o melhor momento. Agora o inimigo é Darthor; é o inimigo de todos. É um rival externo, poderoso. Para vencê-lo, todos têm que se unir sob a bandeira de Uthar.

Meu pai sabe que tem que fazer isso, apesar de a ideia o corroer por dentro como se ele tivesse engolido um ácido.

— Quantos duques e condes estão do lado do seu pai?

— A situação em Norghana não variou muito desde que o reino foi dividido em dois, duzentos anos atrás. Os nobres do Oeste, meu pai e seus aliados são uma dúzia. Os aliados de Uthar, os nobres do Leste, outra dezena, mas são mais poderosos e possuem mais terras e mais riqueza.

— Os nobres são duques tão poderosos quanto seu pai?

— Não, a maioria dos dois lados é formada por condes humildes com poucas terras. Há apenas meia dúzia de duques poderosos. Três de cada lado, para ser exato, embora haja dois que nunca se sabe de que lado estão e que se aproveitam disso para conseguir favores. Mas Uthar reforça a situação com seu próprio exército e poder. Norghânia, a capital onde o rei reside, é o ducado mais poderoso de todos.

— Entendi. Como é complexa a política. Eu não fazia ideia disso. Só conhecia meu condado, o do conde Malason.

— É dos nossos — disse Egil, com um sorriso.

— Veja só, sou seu aliado sem saber!

Os dois riram.

— Meu pai e seus aliados formam a Liga do Oeste e procuram recuperar o trono para o Oeste. Muitos são relacionados por sangue, são primos de primeiro ou segundo grau; algo semelhante acontece com os nobres do Leste, muitos são familiares.

— Entendo. A luta por poder entre famílias ocorre até na Coroa.

— Isso mesmo. Mas, diante da ameaça de Darthor, todos vão se unir contra ele. Isso aconteceu na primeira vez que ele tentou, quando seu pai…

Lasgol assentiu baixando a cabeça. *Deixarão que a disputa continue quando se libertarem deste perigo imediato.*

— Vamos torcer para que consigam.

— Vamos torcer…

À noite, jantaram com os oficiais, coisa de que Lasgol gostou, pois pôde escutar da boca deles inúmeras histórias, cada uma mais diferente da outra.

Os rumores cresciam a cada dia. O último falava que Darthor contava com criaturas monstruosas entre seus aliados. Falavam de serpentes albinas gigantes de mais de cem passos de comprimento, com a cabeça do tamanho de uma casa e uma boca enorme.

— Como se não bastasse um exército de Selvagens do Gelo, apoiados em Trolls das Neves, ogros corruptos e outros seres bestiais, reforçados com elementais e Gigantes do Gelo… — disse Egil, revirando os olhos.

— Me conte mais sobre os Selvagens do Gelo, estou interessado.

— São fascinantes. Li que são nossos ancestrais. Que a atual etnicidade de homens do Norte, dos norghanos, provém deles; descendemos deles.

— São nossos… bisavós?

Egil sorriu e assentiu.

— São nossos antecessores. Os remanescentes. De acordo com as lendas, provêm de um continente no Nordeste, um lugar gélido, quase sem vida. Só é possível chegar lá de barco. Esses homens vivem dentro de cavernas enormes espalhadas em grande parte daquelas terras. O exterior é praticamente inabitável por causa das baixas temperaturas e da brisa glacial. Saem durante a primavera ou a estiagem, quando a temperatura não os mata. São muito primitivos, selvagens e enormes, medem mais de duas varas e meia de altura, e são fortes como ursos. Mas o que mais chama a atenção neles é a cor da pele: é de um azul-gelo intenso.

— Está brincando.

— É sério. E eles têm uma força descomunal. Andam armados com machados e conseguem partir um homem em dois com um golpe.

— Que ótimo…

— Ainda há alguns grupos na costa mais ao Norte do nosso reino.

— Lá só tem gelo…

— Fascinante, não é? O que eu daria para ver um desses…

— Não acho nada fascinante e não tenho nenhum desejo de me encontrar com um desses selvagens.

Egil riu e negou com a cabeça.

Após o jantar, se retiraram para o quarto de Egil, ou melhor, para seus aposentos, pois era enorme. Havia dois cômodos, o trocador-escritório e o dormitório, que tinha uma cama com dimensões fora do comum. Lasgol nunca tinha visto um quarto tão suntuoso.

— Quanto luxo... — disse enquanto caminhava observando tudo ao redor.

— Mais do que luxo, é conforto; gosto de estar confortável.

— E esses lençóis de seda? E as almofadas estofadas? E os travesseiros noceanos? São noceanos, não?

Egil assentiu, incomodado.

— É para que sejam mais do meu gosto — respondeu, tentando disfarçar, embora tivesse enrubescido.

— Quando eu contar ao restante da equipe... nessa cama dorme meia dúzia.

— Não! Isso não pode chegar aos ouvidos de Viggo. Ele não vai se cansar de me torturar por isso, coisa que já faz bastante.

Lasgol sorriu.

— Minha boca é um túmulo.

— Obrigado. Além do mais, não tenho culpa de ter nascido no seio dessa família, para o bem ou para o mal.

— A verdade é que neste momento eu não trocaria o bem pelo mal.

— Nem eu. No entanto, não posso fazer nada a respeito. Sou filho de quem sou.

— Igual a mim.

— É verdade, meu amigo.

— Talvez um dia as coisas melhorem.... Talvez seu pai...

— Não acredito, não nesse aspecto, mas obrigado.

— Não perca a esperança.

Egil trancou a porta.

— Fique à vontade. Pode dizer a Camu para brincar, ninguém vai nos incomodar.

Lasgol usou o dom e, após se comunicar com a criatura, esta apareceu sobre a cama enorme de Egil. Começou a dar pulos, brincalhona e sorridente.

— Camu! Que alegria vê-lo! — disse Egil, atirando-se na cama para brincar com a criatura.

Lasgol os observou com um sorriso enorme no rosto.

— Vou pegar você!

Egil ria enquanto Camu soltava risinhos e guinchos e dava grandes saltos para escapar.

Lasgol ficou à vontade e relaxou enquanto os dois amigos brincavam. Precisava de um pouco de tranquilidade para descansar. Depois de um tempo, Egil se deixou cair ao seu lado.

— Camu... é incansável... — disse Egil, sem fôlego.

Lasgol sorriu.

— Cada vez mais.

Camu deu um pulo e caiu entre os dois. Emitiu um gritinho e flexionou as pernas, mexendo a cabeça e a cauda. Egil acariciou a cabeça dele.

— Agora me conte tudo sobre seu dom e as habilidades que conseguiu desenvolver. Estou intrigadíssimo.

— Tudo?

— Tudo. Não aceito menos. Foi um estratagema trazê-lo até aqui e trancá-lo em meus aposentos para você me contar tudo o que anseio saber.

Lasgol riu.

— Vai demorar.

— Não tenho pressa.

Lasgol contou ao amigo tudo o que ele queria saber sobre seu dom e suas habilidades. A cada explicação, o garoto ficava mais impressionado. Como não poderia ser de outro jeito, fez uma infinidade de perguntas a que Lasgol respondeu com prazer. Estava muito consciente de que quase tinha perdido a amizade de Egil e do resto da equipe por não ter sido sincero. Tinha aprendido a lição, que ficara gravada a fogo nele; aquilo não aconteceria outra vez. O desprezo dos colegas tinha doído de forma muito, muito profunda.

Já estava amanhecendo quando Lasgol foi para os seus aposentos na outra extremidade do corredor. Estava muito sonolento, mas também muito contente, pois agora Egil sabia mais sobre seu segredo e, portanto, já não era um segredo nem lhe traria mais problemas com os amigos. Camu estava em seu ombro com o eterno sorriso no rosto e os olhos curiosos analisando tudo em volta. Chegaram a uma bifurcação do corredor. De repente, Camu soltou um guincho de alarme e pulou de seu ombro.

— O que aconteceu?

A criatura saiu correndo pelo corredor à direita. Os quartos de hóspedes ficavam à esquerda.

— Camu! — chamou o garoto.

Mas já era tarde demais.

Maldição, se o descobrirem, estarei em apuros!

Capítulo 8

Lasgol espiou pela bifurcação. Examinou o corredor com cuidado para não ser visto e notou a cauda de Camu perdida escada abaixo. *Ah, não!* No andar inferior ficavam a enorme biblioteca e as dependências do duque, que eram vigiadas por soldados da guarda!

Lasgol desceu atrás de Camu e parou de repente ao chegar ao andar inferior. Algo disparou todos os seus alarmes. Quatro soldados do duque que deveriam estar na guarda jaziam no chão. Pareciam adormecidos. Lasgol andou devagar até eles, tentando não fazer nenhum barulho.

Um soldado de guarda pegar no sono é uma possibilidade, mas quatro ao mesmo tempo é muito improvável, algo aqui cheira a problemas.

De repente, sentiu algo na mente, uma sensação que não era própria dele. Era Camu. Estava enviando uma sensação para ele.

Perigo!

Procurou pela criatura com o olhar, mas não a viu. Concentrou-se e usou o dom. Invocou a habilidade Presença Animal e chegou até ele um lampejo dourado vindo do fim do corredor. Aproximou-se com cuidado e encontrou a criatura atrás de um dos guardas que estavam no chão. O corpo do soldado o cobria. Camu estava rígido, com a cauda apontando em direção à porta dos aposentos do duque. Começou a emitir um guincho que parecia um lamento.

O garoto agiu. Usou o dom e se comunicou com Camu. *Silêncio. Nem um pio*, ordenou. A criatura se calou, mas não mudou a postura solene.

Lasgol já sabia o que aquilo significava: Camu tinha detectado magia. Observou os soldados e compreendeu. O mago ou feiticeiro os havia deixado fora de combate. Devia ser o que Camu tinha detectado. O pequeno se lançava como uma fera a cada vez que detectava magia, como se fosse um cão de caça diante de uma perdiz.

Inspirou fundo e pensou no que fazer. Fosse o que fosse, o que estava acontecendo não tinha a ver com ele nem com os Guardiões. Não tinha por que intervir. Por outro lado, aquilo cheirava a problema. Se fosse um atentado contra a vida do duque, deveria fazer algo, não podia deixar que o matassem. Decidiu. Aproximou o olho direito da fechadura e olhou o interior do quarto. Estava escuro, mas, perto da janela, ao fundo, distinguiu duas figuras de pé. Uma delas era o duque Olafstone, inconfundível. À sua frente, estava um homem de pele escura. Por um momento, Lasgol pensou que fosse Haakon; no entanto, não. Aquele homem era de meia-idade e tinha um cabelo cacheado branco e olhos verdes. Era chocante o contraste das três características. Sem dúvida, muito diferente. Devia proceder das terras do Sul de Trêmia, onde regia o império noceano. Mas o que ele estava fazendo ali com o duque? O estrangeiro não estava armado e parecia que discutiam por algo. Não era uma tentativa de assassinato.

Lasgol quis escutar a conversa, mas não ouvia nada. O rosto de ambos demonstrava tensão, inimizade. A discussão não ia por um bom caminho. Lasgol decidiu utilizar a habilidade Ouvido de Coruja, embora não a dominasse. Ele se concentrou e tentou, sem sucesso. A invocação falhou.

Vamos, você consegue!, animou a si mesmo. Tentou outra vez. Pôs toda a atenção em captar a conversa que via pelo olho da fechadura. Concentrou-se ao máximo para captar o menor som. De repente, um lampejo verde percorreu sua cabeça. Umas palavras chegaram aos seus ouvidos, longínquas, pouco perceptíveis.

— ...não me ameace...

— Não estou o ameaçando, duque Olafstone, estou lembrando-o de sua obrigação — disse o estrangeiro, com forte sotaque do sul.

As palavras começaram a chegar mais nítidas.

— Eu não tenho dívida com ninguém.

— Você fez um trato, não pode quebrá-lo agora.

A cara do duque expressava pura ira.

— Ninguém me diz o que posso fazer ou não.

A conversa foi ficando cada vez mais audível. Agora, Lasgol sentia que estava perto deles, ouvindo.

— O orgulho é um veneno que corrói o coração dos homens — respondeu o estrangeiro.

Falava bem a língua unificada do Norte, mas o sotaque era inconfundível: noceano.

— Escute bem, feiticeiro: não me venha com provérbios estúpidos. Farei o que for preciso quando chegar a hora, o que for mais conveniente para a minha causa.

— Permita-me lembrá-lo de que meu senhor não perdoa traições.

— Eu também não.

— Nesse caso, esperamos que minha próxima visita seja como mensageiro, e não como executor — disse o estrangeiro, em um claro tom de ameaça.

— Se tentar me matar, será a última coisa que vai fazer.

O estrangeiro sorriu. Seu rosto estava cheio de confiança. Não temia o duque. Sabia que podia matá-lo.

— O aço das armas não pode contra a magia — recitou.

— Já falei para guardar os provérbios para si. Você já tem sua resposta. Esta conversa acabou.

— Como desejar. Vou comunicá-la ao meu senhor.

O estrangeiro se virou para a porta. Lasgol viu que tinha uma espada curva enfeitada com joias de um lado da cintura e algo esférico pendurado em um saquinho preto do outro. Teve um mau pressentimento.

— Mais uma coisa...

O estrangeiro parou sem dar meia-volta.

— Diga a Darthor que se me ameaçar de novo, vai pagar caro.

O feiticeiro sorriu e seguiu até a porta.

Lasgol pegou Camu com uma mão e correu como o vento.

O estrangeiro saiu no corredor bem no momento em que o garoto virou a esquina. Ficou contra a parede e escutou. O coração batia como um tambor e com o sentido da audição aguçado, parecia que ia explodir. Conseguiu isolar as batidas e se concentrou nos passos do feiticeiro. Iam no sentido contrário. Lasgol soltou um longo suspiro. *Por pouco!* Com o coração inquieto, dirigiu-se ao seu quarto. Teria que contar tudo para Egil quando amanhecesse.

Seu amigo estava esmurrando a porta, o que pareceu um suspiro para Lasgol.

— Acorde! Está tarde e temos muitas coisas para fazer!

O garoto levantou-se da cama. Cobriu Camu, que ainda estava dormindo, com os lençóis e foi até a porta. Assim que a abriu, encontrou um Egil sorridente.

— Vamos, dorminhoco, prepare-se — disse, levando-o aos empurrões até o banheiro para que se lavasse.

Lasgol tirou as remelas e tentou despertar com a água fresca de uma bacia de prata. Vestiu-se enquanto Egil brincava de esconde-esconde com Camu por todo o quarto. Lasgol os observou. Era hilário. Camu ficava invisível e emitia gritinhos para que Egil o encontrasse. Estavam se divertindo. Esperou um pouco, não queria interromper a diversão. Sua alma ficava alegre ao vê-los brincar e aproveitar.

Terminou de se arrumar e observou a cidade através da janela. Daquela altura na ala este do castelo, ao lado de uma das torres, tinha uma visão ampla do Nordeste da cidade amuralhada. Era deslumbrante e barulhenta, em contraposição com a paisagem atrás dos muros. Ao fundo, ao longe, os bosques e as montanhas nevadas tão característicos do reino transmitiam serenidade.

— Magnífica a vista, não? — Egil apareceu ao seu lado.

— Sim... — concordou Lasgol, com o olhar perdido no horizonte.

— Tudo bem? Você parece melancólico.

— Tenho que contar uma coisa...

— A informação leva ao conhecimento, então vá em frente.

— Você não vai gostar...

— Lembre-se, nada de segredos.

— Certo.

Lasgol narrou todo o ocorrido da noite anterior com o duque e o feiticeiro. Egil escutou muito atento, como sempre fazia, sem interromper. Ao finalizar, Lasgol o fitou, esperando sua reação. Mas Egil continuou calado, pensando. Nem os chamados de Camu o fizeram voltar.

— Esta descoberta é o indício inequívoco de uma situação grave da qual eu já suspeitava — disse, afinal.

— O que acha que significa?

— Significa que meu pai está brincando com fogo. Agora temos provas.

— Não entendo...

— Meu pai está jogando dos dois lados. Fez um trato com Darthor e agora vai fazer outro com Uthar.

— Você acha isso?

— Sim, o primeiro é voluntário; o segundo, forçado. Uthar não permitirá que ele fique de fora. Será obrigado a lutar junto a suas forças.

— Ah...

— Preciso falar com meus irmãos.

— Tem certeza?

— Eles precisam saber disso. Meu pai não deve ter contado a eles. Quero que saibam que riscos estão enfrentando.

Lasgol assentiu. Compreendia o que impulsionava o amigo, embora suas boas intenções talvez não fossem compreendidas como tais. Os irmãos de Egil não haviam parecido especialmente gentis e abertos. Lasgol e Egil desceram ao pátio de armas, onde havia soldados por toda parte ocupados com afazeres de organização; preparavam-se para sair logo. Encontraram Austin e Arnold na porta da armaria dando ordens aos soldados que transportavam as armas até carroças perto dos estábulos.

— Meus queridos irmãos — cumprimentou Egil.

— Estamos um pouco ocupados... — disse Austin, com a intenção de despachá-lo.

— É importante — garantiu.

— É melhor que seja — respondeu Arnold, com uma careta de desagrado.

— Vamos entrar, tenho que contar a vocês algo que não é adequado a ouvidos estranhos.

Entraram na sala de recepção do castelo, que estava vazia. Egil fechou a porta e narrou o que Lasgol tinha presenciado entre o duque e o feiticeiro de Darthor. Os rostos de Austin e Arnold foram ficando mais fechados à medida que escutavam. Quando Egil acabou, Arnold explodiu de imediato:

— Você estava espionando o nosso pai! Como se atreve? — acusou, avançando um passo na direção de Lasgol.

— Espere, irmão.

Austin segurou Arnold pelo braço.

— É um espião! Temos que enforcá-lo!

— Nem pense nisso — disse Egil, interpondo-se entre o irmão e o amigo.

— Deixe-me pensar um instante — pediu Austin.

— Não há nada para pensar, é traição!

— Pode ser que ele tenha espiado o nosso pai, mas não é um espião — disse Austin.

— Qual é a diferença? Devemos enforcá-lo! — Arnold levou a mão até a espada.

Assustado, Lasgol deu um passo para trás. Não gostava do rumo que a conversa estava tomando.

— O que Egil contou é verdade? — perguntou Austin para Lasgol.

— Sim, tudo.

— Quer sair com vida deste castelo? — continuou, dessa vez cravando os olhos nos de Lasgol.

— Austin… você não se atreveria a tremenda atrocidade, mancharia sua honra para sempre — interveio Egil em defesa de Lasgol.

— Se quiser sair daqui com vida — prosseguiu Austin —, jure por sua honra não contar o ocorrido a mais ninguém. Nunca.

Lasgol aceitou:

— Juro pelo nome de meu pai.

— É muito arriscado, não podemos deixá-lo ir. E se ele contar aos Guardiões? Uthar ficará sabendo — disse Arnold para o irmão mais velho.

— Não ouviu nosso pai fazer nenhum trato com Darthor, não é? — perguntou Austin.

— Não, ele não se comprometeu. Recusou as ameaças de Darthor.

— Portanto, não há traição. Se você o acusar de tal coisa, pedirei um duelo de honra e te matarei — sentenciou o irmão mais velho de Egil.

— Não será preciso. Não houve traição e não vou revelar o encontro a ninguém — garantiu o garoto.

— Muito bem — disse Austin. — Vão embora agora mesmo para o acampamento. Se nosso pai souber disso, e saberá — olhou de soslaio para Arnold —, Lasgol não sobreviverá. Ele não pode arriscar que Uthar descubra seus movimentos escusos, não agora que a guerra está prestes a explodir. Devem ir embora e se refugiar com os Guardiões. Sem despedidas — aconselhou a Egil. — Recolham suas coisas e partam.

— Obrigado, Austin, faremos isso — garantiu Egil.

— E lembre-se, Lasgol — advertiu Austin —: se Uthar descobrir, a vida de Egil estará em jogo.

O garoto assentiu.

— Nunca saberá. Não por mim.

— É bom mesmo — ameaçou Arnold.

— Irmão — disse Austin para Egil, pondo as mãos sobre os ombros dele —, você fez bem em contar para nós. O pai não nos confiaria isso, e o que está fazendo é muito perigoso. Pode custar a vida dele. Pode custar a vida de todos nós. Devemos ter muito cuidado com cada movimento daqui em diante. Obrigado.

— Obrigado — respondeu Egil, que não parecia muito convencido de ter feito a coisa certa.

— Vão. Boa sorte.

— Sorte, irmãos — desejou Egil.

Egil e Lasgol abandonaram o castelo em suas montarias um instante mais tarde. De sua torre, o duque Olafstone os observava se afastar.

Tempos obscuros se aproximavam de Norghânia… a passos enormes.

Capítulo 9

Os dois garotos cavalgaram durante dois dias em direção ao leste. Camu ia agora no ombro de Egil, o que Lasgol agradecia, pois Trotador não tinha se acostumado à inquieta criatura. Ao cair da noite, acamparam sob um grande carvalho, perto da estrada. Tinham água e mantimentos, por isso não precisavam adentrar na floresta para caçar ou procurar um riacho.

Egil preparou uma fogueira com uma facilidade que deixou Lasgol sem palavras.

— A sabedoria adquirida com os Guardiões é assombrosa — comentou Egil, piscando um olho.

Lasgol sorriu e foi buscar mais lenha. A criatura ficou brincando com o amigo, ou melhor, com um besouro que havia descoberto perto dele.

— Não o coma — disse Egil.

Camu bateu com o rabo e o besouro se enrolou em uma bola. A criatura pulou de susto. Vendo que era inofensivo, começou a empurrá-la com o focinho.

— Posso confirmar que ele é de fato um ser muito especial — disse Egil a Lasgol quando este voltou com a lenha. — Tenho que registrar isso.

Então, ele foi até o cavalo e tirou seu diário de estudo de um dos alforjes. Sentou-se perto do fogo e começou a estudar a criatura. Anotava todas as descobertas naquele caderno surrado e depois as revisava para concluir o raciocínio.

Lasgol preparou as porções para o jantar. Camu se cansou do besouro e, após perseguir um morcego, pulando como um louco, aproximou-se do fogo e adormeceu aos pés de Egil.

— Se tem alguém que consegue descobrir que criatura é Camu, esse alguém é você — disse Lasgol ao amigo.

— Sim, vou tentar. Prometo. O inusitado é que às vezes ele se comporta como um cachorro; outras, como um gato, até como um pássaro. No entanto, o mais desconcertante de tudo é que se trata de um réptil...

— Você é quem vai me dizer ...

— Estou cada vez mais convencido de que nosso querido Camu pode estar relacionado com alguma raça de criaturas místicas.

— Você acha? — perguntou Lasgol, muito interessado.

— Sim... algumas características peculiares se encaixam. Réptil desconhecido, pequeno, com o poder de se tornar praticamente invisível e captar a existência de magia... Vou me dedicar a estudá-lo em detalhes e tirar conclusões significativas.

— Você é muito bom nisso. — Lasgol sorriu.

— Obrigado. Será um estudo fascinante. Mais do que isso, é uma oportunidade única. Quem mais em Norghana pode se orgulhar de ter a chance de estudar um espécime mágico vivo?

— Ninguém?

— Exato! Só nós, algumas pessoas privilegiadas. É uma oportunidade extraordinária, uma honra. Tenho que continuar anotando tudo que observo sobre nosso amiguinho.

— Mas se ele está dormindo... Ele passa boa parte do dia e da noite dormindo.

— Esse comportamento, por si só, é algo que devo observar e estudar.

— Ele dormir muito?

— De fato, há alguma razão por trás disso.

— Ele deve ficar cansado de tanto se mexer. Só que não para nem um instante quando está acordado.

— Pode ser esse o motivo. No entanto, também pode ser devido a uma razão fisiológica.

— Fisio… o quê?

— Por causa de seu corpo, de sua natureza.

— Ah… Bem, estude o quanto quiser. Será bom para nós. Quanto mais soubermos sobre ele… ou ela… melhor. Talvez possamos controlá-lo um pouco e evitar que se meta em encrencas.

— Farei isso. Não tenha a menor dúvida. — Egil sorriu.

Eles jantaram e conversaram um pouco. O assunto foi novamente o dom de Lasgol, o favorito de Egil. O amigo queria saber tudo. Para ele era a mais fascinante das matérias. Ao contrário de todos que ficavam assustados e não queriam saber de nada, Egil queria mergulhar de cabeça e descobrir tudo. Desta vez falaram sobre as limitações do dom em Lasgol.

— Quando você usa suas habilidades, como Reflexos Felinos, quanto tempo duram? Um dia inteiro?

Lasgol soltou uma gargalhada:

— Quem dera. Duram só um pouco. Depois desaparecem.

— E você não pode invocá-las de novo e continuar usando-as indefinidamente?

— Não… A cada vez que invoco uma habilidade, ela consome energia da minha "reserva interna" e, uma vez esgotada, não consigo invocar mais nenhuma habilidade.

— Muito interessante… Eu tinha lido que toda magia tem limitações. Os magos do gelo, por exemplo, não podem lançar feitiços além de duzentos passos. É por isso que os arqueiros de elite podem matá-los. Mas há pouquíssima documentação sobre limitações, provavelmente porque não querem que sejam conhecidas. Afinal, são uma fraqueza.

— Posso lhe contar todas as minhas — respondeu o garoto, entre risadas.

— Isso seria fantástico!

— Muito bem. Todas as habilidades exigem um longo período de aprendizagem. Após dominada, a invocação consome energia interna. Quanto mais recente a aprendizagem, mais energia é consumida. Algumas habilidades, as mais complexas ou mais poderosas, gastam muito mais energia do que as outras. Quando toda a energia acaba, fico sem sentidos. Preciso dormir para recuperá-la.

— Ah! Isso afeta diretamente seu corpo? Fisicamente?

— Meu corpo e minha mente. Se eu não tomar cuidado e consumir tudo, caio, como uma árvore derrubada.

— Fascinante!

— Tem mais. Minhas habilidades não são limitadas apenas quanto ao tempo, mas também quanto ao espaço. Por exemplo, meu Ouvido de Coruja não ultrapassa uma dúzia de passos ao meu redor. Com o tempo, vou melhorar. No início eram apenas cinco passos, e não sei se esse limite vai passar dos vinte.

— Que interessante. Elas melhoram, mas seu limite é desconhecido.

— Agora que penso nisso, todas as minhas habilidades têm limites, tanto de duração quanto, digamos, de extensão ou área de efeito.

— Essa informação é muito valiosa.

— Não sei se isso acontece com os outros, mas acontece comigo.

— Acredito que as principais leis, princípios e limitações se apliquem igualmente a todos, sejam eles mágicos, feiticeiros, curandeiras, assassinos… Como e quanto são o que vai variar. Um mago do gelo deve ter uma reserva de energia maior que a sua, mas que deve se esgotar mais cedo ou mais tarde com o uso de magia. E, quando isso acontecer, ele também terá que descansar e se recuperar. Eu li que houve curandeiras que morreram por esgotar seus corpos, consumindo até a última gota de energia no processo de cura de uma pessoa doente.

— Ah, uau…

— É um mundo extraordinário. Você tem que me contar tudo. Com detalhes.

— Vou contar, mas… O que você acha de deixarmos isso para outro dia e descansarmos?

— Ah, claro; é a emoção, ela me vence.

Lasgol sorriu para o amigo.

Deitaram-se sob a proteção do carvalho e aconchegaram-se nos cobertores ao calor do fogo. Lasgol estava prestes a adormecer quando Egil falou:

— Sinto muito pelos meus irmãos…

— Não se preocupe.

— Não pensei que eles iriam tão longe.

— Ficou tudo bem, isso é o que importa.

— Por um momento, temi que eles não fizessem a coisa certa. Mas sabia que Austin, assim que recuperasse o juízo, faria isso. Ele é durão, mas seu coração é honrado.

— E Arnold?

— No fundo o dele também é, embora se esforce tanto para se destacar aos olhos de meu pai que às vezes sua razão fica turva e ele vai longe demais.

— Entendo.

— Terei mais cuidado com minha família de agora em diante.

— Tranquilo. Descanse.

Ambos dormiram, mas seus sonhos estavam cheios de perigos. Mal sabiam que era exatamente isso que os esperava e a toda Norghana.

Com os primeiros raios de sol, eles se levantaram e tiveram que acordar Camu, que dormia tranquilamente entre eles.

— Quanto falta? — Lasgol perguntou enquanto preparava Trotador.

— Não muito. Chegaremos ao ponto de encontro ao pôr do sol — respondeu Egil, cobrindo os restos do fogo com terra.

— Ansioso para começar o segundo ano de instrução?

Egil bufou.

— Não há outro jeito... Preferiria mil vezes me dedicar ao estudo do dom, analisar Camu e pesquisar centenas de assuntos que devoram meu interesse e alimentam meu intelecto, mas não tenho escolha...

Lasgol sorriu para o amigo. Entendia o sentimento. No entanto, para sua surpresa, ele estava ansioso para chegar ao acampamento e começar o segundo ano. Quem diria isso apenas um ano antes! Como era estranha a vida e as reviravoltas que ela dava.

— Então vamos — disse Lasgol, e eles partiram.

Era meio-dia quando chegaram à encruzilhada. A estrada se dividia em três: leste, norte e sul. O estômago de Egil rugiu como um leão. Camu olhou para ele pelo ombro direito de Lasgol e mostrou a língua azul.

— Parece que alguém está com fome.

— Diria que sou eu — disse Egil, com um sorriso, as bochechas vermelhas.

— A boa vida dos nobres...

— Sim, nos acostumamos rapidamente.

— Vamos descansar e comer? — propôs Lasgol.

Egil observou o cruzamento e avançou. Depois pegou o mapa que havia enrolado no alforje e o estudou.

— Saímos da estrada aqui. Temos que atravessar aquela floresta — disse ele, apontando. — É melhor descansarmos depois de atravessá-la e chegar ao rio. A partir daí é necessário seguir o leito do rio até o ponto de encontro. Não tem erro. Está de acordo?

— Sim, senhor — zombou Lasgol.

Saíram da estrada e entraram em uma pequena floresta de faias, que atravessaram sem dificuldade, para sair em um vale de grama alta. O rio podia ser visto ao fundo. Eles ouviam seu incessante murmúrio úmido. Pararam e o observaram.

— Bonito, não é? — disse Egil.

— Bastante.

De repente, um grunhido bestial e aterrorizante veio do limite da floresta, atrás deles. Os dois cavalos empinaram. Egil não conseguiu controlar sua montaria e caiu no chão. Uma silhueta monstruosa emergiu da floresta e correu em direção a eles. Era enorme, uma criatura de pelo branco com formato vagamente humanoide, mas mais parecida com um macaco descomunal devido ao comprimento dos braços musculosos, o torso poderoso e à maneira como corria sobre seus braços e pernas. Ele soltou um rugido assustador e Trotador empinou outra vez até derrubar Lasgol, que não conseguiu mais se segurar. As duas montarias fugiram assustadas da besta terrível.

— É um troll das neves! — disse Egil, sacando suas armas.

Lasgol levantou-se e pegou a faca e o machado. Ele não conseguia acreditar no que seus olhos lhe mostravam. Um troll! E ele os estava atacando! Sua mente lhe disse que aquilo não podia ser verdade. Bestas assim raramente eram vistas em áreas civilizadas, mas o medo lhe dizia que era real e que era bom ele reagir logo se não quisesse morrer.

A besta avançou, rugindo e exibindo presas poderosas na mandíbula assassina. Vendo de perto aquele torso enorme, os braços gigantescos e as garras do monstro, o garoto percebeu que ele era grande e forte demais para os dois. Enfrentar algo assim era uma péssima ideia.

— Egil, vamos correr!

O amigo olhou para ele indeciso. A besta estava quase em cima dele. Lasgol usou o dom e invocou Reflexos Felinos. Egil se virou e começou a correr.

A besta apoiou-se nas fortes patas traseiras e deu um grande salto. Ao descer, atingiu Egil com as patas.

— Egil! — gritou Lasgol.

O pequeno guardião iniciado foi atirado como um boneco de pano e caiu a dez passos de distância com um golpe seco na grama. Ele tentou se levantar, mas caiu. Lasgol, vendo Egil deitado, mudou de plano; teria que distrair a besta até que o amigo pudesse se recuperar. O troll olhou para ele com olhos vermelhos e rugiu aos céus. Lasgol invocou a Agilidade Aprimorada e o enfrentou. A besta abriu os dois braços e foi capturar Lasgol entre eles; se o ataque fosse bem-sucedido, Lasgol seria esmagado como uma marionete. Os dois enormes braços peludos envolveram o garoto. Com um salto digno de um tigre, ele escapou do abraço antes que este se fechasse sobre seu corpo.

O troll das neves olhou para ele com uma expressão de descrença. Ele rugiu e se impulsionou para a frente com as patas traseiras, direto no peito de Lasgol. Foi para cima dele com uma potência tremenda. O garoto não hesitou, moveu-se para o lado com um movimento muito rápido e fluido. A besta passou reto, rugiu outra vez e levantou os braços poderosos no ar, furiosa por não conseguir pegar sua presa.

Se ele me pegar, me destruirá. Tenho que continuar me esquivando dele até que Egil se recupere. Lasgol olhou para o amigo e viu que ele ainda estava caído no chão, não estava se movendo.

O troll se lançou contra Lasgol, correndo com os quatro membros. O garoto esperou, concentrado. Quando o troll estava quase em cima dele,

Lasgol rolou para o lado. A besta falhou e rugiu fora de si. Lasgol se preparou para o próximo ataque e algo estranho aconteceu. O troll não atacou. Colocou as mãos às costas e rugiu; estava tentando pegar alguma coisa, mas o garoto não conseguia entender o quê. O troll se virou com raiva e Lasgol de repente o viu.

Camu!

A criatura subiu nas costas do troll. Lasgol não sabia o que estava fazendo, mas o troll estava fora de si de raiva. Seus braços eram muito grossos, não conseguiam alcançar a pequena criatura.

Muito bem, Camu! Lasgol viu a oportunidade e aproveitou. Ele se concentrou e procurou Trotador. O pônei estava perto do rio, talvez perto o suficiente para usar o dom com ele. Lasgol invocou a Comunicação Animal. Não conseguiu. Estava muito longe; então, começou a correr. Depois de dez passos, parou. Tentou outra vez. *Vamos, tem que funcionar!* Nada. Ele assobiou como os guardiões o ensinaram a fazer para chamar as montarias. O pônei reconheceu o som e começou a se aproximar. *Sim! Venha!* Porém, Trotador sentiu o cheiro da besta e, com um relincho, parou. Não chegaria mais perto.

Lasgol tentou usar o dom uma última vez, e então funcionou.

Estava no limite da distância. Um lampejo verde percorreu sua cabeça e capturou a mente de Trotador. *Venha até mim!* Ordenou com urgência.

O pônei obedeceu. A ordem foi mais forte que o medo que o pobre animal sentia. Ele alcançou Lasgol, que montou com um salto. *Siga minhas instruções*, pediu e, segurando as rédeas, guiou para ir até Egil. A besta girava em círculos, tentando se livrar de Camu, sem sucesso, e rugia de raiva, agitando os braços.

Lasgol montou Egil, que ainda estava inconsciente, em Trotador. Ele estava prestes a chamar Camu quando pressentiu algo estranho. Aquela sensação que costumava ter quando estava sendo observado. De repente, começou a sentir muito sono. Invocou a habilidade Detectar Presença Animal. No limite da floresta, a cerca de cem passos de distância, descobriu uma presença. Ele se concentrou e a viu com claridade. O feiticeiro noceano! Ele apontou a espada curva com joias para Lasgol enquanto lançava um feitiço. *Maldição, ele vai me fazer dormir como os guardas!* Lasgol tentou resistir, mas a magia era muito poderosa. Seus olhos estavam se fechando. Com um último esforço, ele chamou Camu para fugir. *Camu, aqui!* E adormeceu montado em Trotador.

O feiticeiro sorriu. Já estavam dominados.

Camu pulou das costas do troll e correu em direção a Lasgol. No entanto, a besta partiu atrás da criatura; ela ficou tão furiosa que parecia possuída por um demônio, mas o feiticeiro a controlou.

— Quieto! Venha aqui.

O troll parou e olhou para ele. Não queria obedecê-lo.

— Se você se aproximar do cavalo, ele fugirá. Venha aqui. Eu me encarrego. Vou fazê-lo dormir.

A besta não parecia muito convencida, estava furiosa.

— Ou prefere que eu coloque você para dormir?

Isso convenceu o troll, que relutantemente se aproximou do feiticeiro.

Camu subiu no ombro de Lasgol e lambeu sua bochecha, mas os dois garotos estavam inconscientes em cima de Trotador. O feiticeiro começou a conjurar sobre o cavalo. Camu captou sua presença, enrijeceu e apontou o rabo para o feiticeiro. E algo estranho aconteceu: Trotador não adormeceu e Lasgol acordou.

— Quê…? O que está acontecendo?

Camu gritava. Lasgol viu o mago conjurando e sabia o que estava acontecendo. Reagiu: pegou Egil com força para não cair e esporeou Trotador.

— Vamos, Trotador!

O cavalo obedeceu e saiu a galope. O feiticeiro os viu fugir de seu alcance e amaldiçoou em noceano.

— Criatura interessante… — comentou ele com o troll, que rugiu em desacordo.

Observaram as presas fugirem por mais um instante e depois desapareceram na floresta.

Capítulo 10

ELES CAVALGARAM AO LONGO DO RIO, E ASSIM ESCAPARAM DO PERIGO. O cavalo trotava tão rápido quanto seu corpo robusto permitia. Levava Egil, Lasgol e Camu nas costas, o que exigia um esforço significativo. Lasgol olhou por cima do ombro, com medo de que estivessem sendo seguidos. Finalmente, com o ponto de encontro à vista e sem rastros do inimigo, ele parou para que o animal pudesse descansar. Estava prestes a cair, e a última coisa que Lasgol queria era matá-lo por esforço excessivo.

Eles desmontaram e Lasgol acariciou a montaria.

— Obrigado, meu amigo. Você fez isso muito bem. Descanse.

De repente, Egil acordou.

— O que aconteceu? Como nos salvamos? — perguntou, com um olhar assustado e desconcertado.

— Foi Camu.

— Camu? Como?

— Nosso pequeno amigo tem outra habilidade além de detectar magia em pessoas e objetos. — Egil olhou para Camu sem entender. Lasgol continuou: — Acho que pode evitá-la. Ele evitou que Trotador caísse no feitiço do mago.

— Fascinante! — exclamou Egil, acariciando a cabeça de Camu, que lambeu sua mão com a língua azul.

— É, sim — concordou Lasgol, que também fez um carinho em Camu, parabenizando-o. A criatura ficou encantada com todo o carinho que estava recebendo. — O mais curioso é que o mago também tinha me feito dormir.

Egil olhou para ele com um olhar de quem estava analisando o que havia acontecido.

— Mas como você conseguiu acordar?

— Hum... não sei... Não foi por nada que eu fiz... Deve ter sido coisa de Camu também.

— Que interessante! Devemos estudar essas habilidades únicas que ele manifesta.

— Acho que ele me acordou dissolvendo de alguma forma o feitiço que me mantinha dormindo.

— Detecta e desativa magia... fascinante... espetacular e fascinante — disse Egil, ponderando o que sabiam sobre a criatura. — Fascinante. Mais do que isso, estamos diante de um ser único, incomparável. Precioso. Devemos protegê-lo e estudá-lo.

Lasgol sorriu.

— Para mim é Camu, o Travesso.

Ao ouvir seu nome, Camu soltou um grito de felicidade e saiu correndo pela grama.

— Era o mago que você viu com meu pai?

— Sim, ele mesmo.

— Ele tinha um troll das neves com ele, isso é altamente incomum.

— Um noceano do Sul com uma besta selvagem do Norte gelado, você quer dizer?

— Sim, mas não é só a incongruência geográfica. Um feiticeiro capaz de controlar uma besta não é comum.

— Eu não estou seguindo o raciocínio...

— O controle mental sobre humanos e bestas é uma habilidade de dominadores. Magos ou feiticeiros especializados nesse ramo da magia... são raros, pois é uma das formas mais difíceis. E controlar um troll é algo notável. São extremamente agressivos e têm pouca capacidade mental, sendo muito difícil dominá-los. Não acredito que vimos um em ação. É algo muito único.

— Você quer dizer que aquele feiticeiro é uma raridade?

— Uma raridade muito poderosa, o que o torna muito perigoso.

— Escapamos por um triz, isso eu sei. Mas por que ele nos atacou? Coincidência?

Egil olhou para o céu, pensou por um momento e sorriu.

— Não, não pode ser coincidência, porque, na verdade, são duas.

— Duas?

— Você encontrou uma pessoa singular em duas ocasiões diferentes, o que implica existir uma razão além do que é implicitamente observável. A primeira poderia ser considerada uma coincidência, a segunda já não, e muito menos em tão pouco tempo.

— Não sei se te entendo…

— O feiticeiro viu você? Talvez seja por isso que ele tentou matar você, para salvaguardar o segredo das relações dele com meu pai.

— Acho que ele não me viu…

Egil levou a mão ao queixo. Aquilo não era um bom sinal, algo o preocupava.

— Se não for por esse motivo, resta a possibilidade de ele ter agido por outra razão.

— Qual?

— Ordens de seu senhor.

— Darthor?

Egil assentiu com tristeza.

— Você quer dizer que… que… que Darthor quer me matar?

— Pode ser, sim. É uma opção possível, vendo o que aconteceu.

— A mim? Por que a mim?

Egil deu de ombros.

— Teremos que investigar isso — respondeu ele, e seus olhos brilharam de emoção.

— Não pode ser, foi coincidência. Nós cruzamos o caminho deles, simples assim.

Egil negou com a cabeça.

— Eles saíram da floresta pelas nossas costas sem qualquer necessidade ou causa e vieram atrás de nós. Não nos cruzamos. Por que fizeram isso?

Nós não os tínhamos visto. Por que eles se revelariam senão para nos atacar?

— Não gosto dessas suas teorias...

— Porque você sabe que estou certo, gostemos ou não do que elas implicam.

— Você pode pensar o que quiser. Fico com o fato de que foi uma infeliz coincidência. O simples azar de sempre. Lembre que tenho muito disso.

— Muito bem, mas também não vou mudar de opinião, é uma dedução lógica e ponderada.

— Eu sei.

— Além disso, esse encontro nos traz outras incógnitas muito significativas.

— Mais?

— Sim, claro. O que um noceano está fazendo colaborando como agente de Darthor? O Império noceano, conquistador do Sul de Trêmia, está em conluio com o Senhor Sombrio do Gelo? Estão criando instabilidade no Norte para depois invadi-lo vindo do Sul?

— Você não acredita nisso...

— Por que não? É uma possibilidade. O Império noceano é ganancioso; se ele vir a possibilidade de tomar o Norte de Trêmia, não a deixará passar. O Leste e o Oeste resistem a ele, mas no Norte... estamos só nós, os norghanos.

Lasgol bufou, e seu rosto demonstrava toda a preocupação que sentia.

— Não se preocupe, é uma possibilidade remota. Não podemos deduzir o envolvimento de um império nas ações de um único homem. Mas isso leva a muitas reflexões...

— Para você, tudo leva a reflexões.

Egil riu.

— Tem razão. E o que estou pensando agora...

— Mais? O quê?

— Se os dois estão aqui, deve haver mais agentes de Darthor que cruzaram as montanhas.

— Isso me parece mais provável.

— Finalmente concordamos em algo. E, se houver mais agentes e um queria te matar, provavelmente os outros também querem.

— Por favor! Ninguém quer me matar! Foi uma coincidência!

Egil ergueu as mãos.

— Está bem. Vou deixar assim… mas você deveria pensar nisso.

Lasgol balançou a cabeça e foi procurar Camu, que havia descoberto um sapo e o perseguia com muita excitação.

Chegaram ao ponto de encontro próximo ao rio e Lasgol sentiu-se mais calmo. Uns dez guardiões vigiavam os três navios que os levariam pelo rio Sem Retorno até o Vale Secreto, onde o Acampamento dos Guardiões estava localizado. Sentadas em frente aos barcos, formando círculos em grupos, estavam as treze equipes que haviam disputado o primeiro ano e se preparavam para enfrentar o segundo.

Cumprimentaram os guardiões e entregaram Trotador, que foi levado para outro barco, o de carga. Egil contou que havia perdido a montaria sem dar muitas explicações de como, e recebeu um belo sermão de um dos guardiões.

— Você perdeu sua montaria? — interveio um deles, com uma cara de profundo desapontamento e balançando a cabeça. — Um guardião nunca perde sua montaria. O instrutor-maior Oden cuidará de você.

— Sim, claro, ele vai adorar, e Esben também — disse o outro guardião. — Vamos, juntem-se aos outros. Partiremos em breve, vocês são os últimos.

Egil suspirou com resignação. Contar o que realmente havia acontecido os colocaria em problemas ainda maiores, então ele ficou quieto e aceitou receber qualquer punição que lhe impusessem quando chegassem.

— Ótima maneira de começar o segundo ano… — disse ele para Lasgol em um sussurro enquanto eles se afastavam.

— Não se preocupe, no ano passado começamos muito pior.

— É verdade, quase morri antes de chegar.

Lasgol deu um tapinha encorajador nas costas do amigo e eles procuraram o restante da equipe. À medida que avançavam, todos os olhos se fixaram em Lasgol. No entanto, ao contrário do ano anterior, não expressavam ódio. Não sabia do que eram aqueles olhares, mas não pareciam ser de ódio. Todos, exceto um. Um ainda era ódio puro: o de Isgord. Os Águias estavam sentados no centro. Lasgol os observou com o canto do olho. Isgord lançou-lhe um olhar venenoso e seus olhos brilharam com malícia. Ele não havia mudado muito, embora desse a impressão de ter crescido um pouco: os mesmos cabelos loiros curtos e olhos azuis em um rosto atraente e determinado, mas agora mais atlético e alto. Ao seu redor estavam os gêmeos Jared e Aston, dois típicos guerreiros norghanos. Ao lado deles, dois garotos mais baixos e mais corpulentos: Alaric e Bergen. Por fim, Marta, uma menina loira de cabelos longos e cacheados e cara de poucos amigos.

— Egil! Lasgol! — cumprimentou Nilsa.

A ruiva sardenta levantou-se tão de repente, levada pela emoção, que caiu de bunda. Egil e Lasgol sorriram ao ver sua inquieta colega e a cumprimentaram. Eles foram se juntar a ela e ao resto dos Panteras das Neves.

— Egil, pequenino! — disse o grandalhão Gerd, levantando o amigo do chão com um de seus abraços de urso.

— Lasgol, estou feliz em ver você — cumprimentou Ingrid, segurando-o com força pelos ombros e observando-o com atenção. — Você parece um pouco mais forte. Tem treinado?

— Eu? Não. Pelo menos não intencionalmente. — Lasgol sorriu.

— Lasgol! — A voz de Gerd trovejou e, antes que ele pudesse evitar, Lasgol já estava no ar preso em um abraço de urso.

— Estou feliz em ver você também, gigantão. — Lasgol riu sem que seus pés tocassem o chão.

Nilsa deu um beijo na bochecha de Egil, fazendo-o corar. Depois, a ruiva deu um abraço carinhoso em Lasgol.

— Já acabaram com os abraços, as carícias e as repulsivas demonstrações de carinho? Estou prestes a vomitar — disse Viggo, com uma expressão de desgosto.

— Não se preocupe, Viggo, não é nada contagioso. Você está seguro — zombou Egil.

— Espero que sim — respondeu o outro, com um estremecimento exagerado.

Lasgol ofereceu a mão com um sorriso. Viggo olhou para ela, fingiu pensar no assunto e a apertou.

— Só porque você não é mais um traidor, mas um herói.

— E eu? — Egil estendeu a mão.

Viggo retirou a sua enquanto franzia a testa.

— De jeito nenhum, me ofereça a mão de novo só quando você for mais que um rato de biblioteca.

— Tão simpático e amigável como sempre — disse Ingrid.

— E você está bem-arrumada e linda como sempre — reclamou Viggo, apontando para o rosto e os cabelos de Ingrid, fazendo uma cara de terror. A garota mostrou-lhe o punho. Gerd interrompeu.

— É muito cedo para brigas.

— É bom estar de volta à equipe — disse Egil, olhando para os companheiros.

— Não é verdade? — concordou Nilsa, e começou a pular em volta de todos com um grande sorriso.

Enquanto terminavam de se cumprimentar, Lasgol procurou pela equipe dos Corujas. Viu os membros próximos ao primeiro navio e revisou seus rostos. Reconheceu Leana, loira, um tanto exótica e magra; ao lado dela estavam Asgar, magro e de cabelos acobreados, e Borj, forte e determinado; além de Oscar, com cabelos loiros, olhos cinzentos profundos e alto e grande, e Kotar, moreno e mais quieto. Eles conversavam entre si, gesticulando. Então, finalmente, viu quem realmente procurava: Astrid. Sua beleza feroz e os cabelos negros ondulados eram inconfundíveis. Seus grandes olhos verdes o observavam. Ao perceber isso, Lasgol não soube o que fazer e corou como um tomate maduro. Astrid sorriu para ele, o que o cativou.

— Lasgol, e Camu? — perguntou Ingrid de repente.

O garoto voltou à realidade. Apontou para a mochila de viagem no chão.

— Você não trouxe o bicho! — reclamou Viggo.

— Não posso deixá-lo em lugar nenhum. Ele tem que ir aonde eu vou — disse, e abriu a mochila. Lá dentro, enrolada, a criatura dormia.

— Ah, não! — exclamou Viggo.

— Ele se tornou muito brincalhão e mais carinhoso. Sem dúvida, a exposição contínua aos humanos está fazendo com que ele se acostume com nossa presença — disse Egil.

Nilsa e Gerd olharam dentro da mochila. Nilsa franziu a sobrancelha. Não estava totalmente convencida.

— E a magia dele? — perguntou ela, sombria.

— Nós vivenciamos certos eventos... — respondeu Egil vagamente.

— O que significa isso? — A garota exigiu, cruzando os braços sobre o peito.

— Ainda é muito cedo para determinar o significado, porém estamos diante de novas habilidades ou poderes inatos da criatura. — Foi a resposta de Egil.

— Isto é, magia suja e traiçoeira.

— Também não gosto de nada que tenha mais magia — concordou Gerd. A sombra do medo podia ser vista em seus olhos.

— Essa magia salvou nossas vidas — disse Egil.

— Como foi isso? — questionou Ingrid.

— Vamos nos sentar e eu te conto — respondeu Egil, e narrou aos amigos o que aconteceu, em sussurros para que ninguém os ouvisse.

Quando terminou, todos permaneceram em silêncio; eles estavam avaliando o que tinham acabado de ouvir e as implicações daquilo.

— Claro, vocês são campeões em se meter em encrencas. Mesmo sem querer... — comentou Viggo.

— Um feiticeiro noceano... — disse Nilsa, muito descontente, enquanto balançava a cabeça.

— Um troll das neves... — O rosto de Gerd estava branco por causa do susto.

— Tenho que levar Camu comigo, sinto muito — disse Lasgol.

— A criatura não causou nenhum dano. Pelo contrário, ela os ajudou em uma situação muito perigosa. Vamos permitir que continue conosco — disse Ingrid.

— Por enquanto... — apontou Viggo.

— Se algo acontecer, decidiremos o que fazer — acrescentou a capitã.

— Obrigado — disse Lasgol.

— Vamos embarcar! Peguem seus bornais e embarquem! — Ouviram a voz de um guardião.

— Por equipes! Águias, Panteras, Corujas, Lobos, Ursos e Javalis, ao primeiro navio; o restante das equipes, para o segundo. Certifiquem-se de que suas montarias estejam no terceiro barco ou elas ficarão aqui e vocês serão responsáveis por isso — ordenou outro dos guardiões.

— Hora de voltar ao acampamento — disse Ingrid, animada.

— Este ano será ótimo. — Nilsa estava esperançosa.

— Sim, tão bom quanto o ano passado, que foi maravilhoso... — respondeu Viggo, com tanta ironia e aspereza que todos olharam para ele. Tiveram que concordar entre risadas.

— Pelo menos estou com menos medo este ano — disse Gerd.

— E eu estou mais forte, talvez até chegue lá sem me matar.

Egil sorriu.

— Vamos, somos os Panteras das Neves e este ano vai ser ótimo! — Ingrid os encorajou.

Eles embarcaram e ocuparam seus lugares nas bancadas de remo na ordem em que foram chamados.

— Em pares, vinte de cada lado — ordenou um guardião próximo ao mastro.

Ingrid sentou-se primeiro.

— Egil e Gerd, juntos. Não quero repetir o ano passado...

— Mas eu melhorei muito — reclamou Egil.

— Mesmo assim, é melhor prevenir. Gerd é o mais forte de todos, é melhor que você faça dupla com ele.

— Eu cuido disso, você nem vai sentir que precisa remar — disse o grandalhão, dando um tapinha nas costas de Egil.

— Eu vou deste lado. — Antes de terminar a frase, Nilsa já havia corrido em direção ao banco. Foi com tanta pressa que tropeçou e caiu de cara no banco do remo.

— Essa garota é um desastre absoluto. — Viggo balançou a cabeça.

— Eu só quero ir perto da água... — desculpou-se ela enquanto tentava levantar-se lutando com o grande remo.

— Ninguém vai te impedir...

— Você não precisa se jogar de cabeça toda vez que quiser alguma coisa — disse Ingrid a ela.

— Sinto muito.

— Eu vou com a Nilsa — decidiu Ingrid, ajudando-a.

As duas sentaram-se atrás de Gerd e Egil.

Lasgol olhou para Viggo, que lhe fez um gesto, cedendo-lhe o corrimão. O garoto passou e se sentou. Viggo fez o mesmo e depois soprou na nuca de Ingrid. A capitã se virou. Ela estava prestes a praguejar quando uma voz familiar soou na popa:

— Todos prontos! — Era o capitão Astol, o mesmo que os havia levado no ano anterior. — Para aqueles de vocês que não me conhecem ou esqueceram, eu sou o capitão Astol — gritou em voz alta e clara. — Vocês estão em meu navio de assalto, que amo mais do que meus próprios filhos, e garanto que não estou exagerando. Não existe barco mais confiável e rápido em toda Norghana. Vocês o honrarão como se ele fosse sua querida mãe, e a mim, como se eu fosse seu odiado pai. Cumprirão tudo o que eu ordenar enquanto estiverem a bordo. Se eu lhes disser para pular na água, vocês pularão com toda a sua alma. Quem não respeitar a essa regra simples acabará nu no rio gelado. É simples assim. Entenderam? Houve uma explosão de sim quase em uma só voz. A maioria já sabia que o capitão não gostava de respostas tímidas.

— Ele faz o mesmo discurso todos os anos — sussurrou Viggo no ouvido de Lasgol.

Lasgol reprimiu uma risada e assentiu.

— Vamos ver se ano que vem melhora. Ainda assim, vou deixar um recado com algumas sugestões — continuou Viggo, brincando. Lasgol riu e cobriu a boca com a mão. Nilsa, que também ouviu o comentário de Viggo, escondeu uma risadinha.

— Bem, espero que tenham aprendido alguma coisa desde o ano passado! — prosseguiu o capitão Astol. — É hora de partir. Aos remos!

Todos pegaram nos remos. Sabiam que tinham vários dias de trabalho árduo pela frente, mas sabiam o que os esperava e tinham a confiança de terem conseguido no ano anterior. A maioria estava calma e confiante; seus corpos estavam muito mais fortes.

— Quem não conseguir acompanhar, eu vou pendurar na vela grande!

Egil olhou para Gerd com uma expressão preocupada. O gigante piscou para ele e sorriu:

— Não se preocupe. Eu remo pelos dois.

— Obrigado, meu amigo.

— Soltar amarras! Todos juntos! Remem!

Os remos entraram na água.

— Mantenham o ritmo!

Lasgol percebeu que não estavam tão mal. Nem todos foram juntos, mas fizeram isso muito melhor do que ele se lembrava.

— Por todas as serpentes marinhas! — gritou Astol. — Todos de uma vez! UMA!

Lasgol sorriu. O capitão ficaria afônico antes do anoitecer. Os três barcos seguiram rio acima. O acampamento-base ficava dez dias rio acima. Um ano intenso e cheio de emoções os esperava. Lasgol respirou fundo. *Que este ano seja melhor*, desejou. Mas teve uma sensação estranha que lhe deu calafrios. Não, muito provavelmente não seria assim. Guerra, perigos, provações e mistérios os aguardavam.

Capítulo 11

O navio subiu o rio de forma graciosa e rápida. Os dias eram árduos para os remos, os corpos sofriam. No entanto, o castigo era menor agora que eles estavam muito mais em forma. A temperatura diurna já não era congelante e era suportável, embora à noite eles fossem obrigados a vestir roupas quentes, algo natural no reino de Norghana. Os gritos do capitão Astol torturavam os ouvidos durante toda a jornada; as noites eram, no entanto, muito agradáveis: acampavam em terra firme, junto aos navios, e no calor das fogueiras partilhavam jantares, brincadeiras e risadas. A camaradagem entre as equipes foi reforçada sob o luar daquele céu noturno de primavera.

A travessia já durava oito dias. Lasgol levantou-se e alongou os músculos; o calor da fogueira e dos colegas o confortava. Ele olhou para o restante das equipes e manteve os olhos fixos nos Corujas. Queria ir cumprimentar Astrid. Tinha tentado todas as noites, embora, por algum motivo, não tivesse conseguido tomar coragem. Decidiu que seria melhor esperar até que chegassem ao acampamento, para um encontro mais casual que evitasse uma saudação forçada.

— E a fazenda? — perguntou Nilsa a Gerd enquanto comiam a porção diária do jantar.

— Muito bem — respondeu o gigante enquanto devorava a comida como se tivesse jejuado durante três dias. — Meus pais estão bem. Já superaram o inverno, e isso já é muito.

— Fico feliz. — Nilsa sorriu, cheia de empatia.

— Além disso, pela primeira vez pude contribuir. Este será um bom ano para eles. O pagamento que Dolbarar nos deu no final do primeiro ano, depois de nos formarmos, eu dei aos meus pais.

— Você é ótimo! — exclamou Nilsa, jogando-se em cima dele para lhe dar um grande abraço e beijá-lo na bochecha.

— E você, Lasgol? Como foi o retorno à sua aldeia? Imagino que tenha sido interessante — perguntou Ingrid enquanto enfiava a faca em um pedaço de carne-seca e colocava na boca.

Lasgol bufou.

— Sim, foi muito interessante. — Então contou tudo o que tinha acontecido.

— Eu teria esfregado na cara de todo mundo o que fizeram com você — confessou Viggo, cuspindo para o lado.

— Sim, você é assim, todo perdão e bondade — disse Ingrid.

— Desculpe? Bondade? Isso é coisa de fracos, e eu não sou molenga.

— Não me faça descrever o que você é...

Egil interrompeu a discussão:

— Gostei imensamente de brincar com meus irmãos e de desfrutar da imensurável atenção de meu pai, o duque.

Todos ficaram em silêncio e olharam para ele com os olhos arregalados de surpresa.

Egil aguentou o máximo que pôde e começou a rir:

— Como vocês são inocentes, realmente. Olha como engoliram isso... — E continuou rindo.

Os outros juntaram-se às risadas. Até mesmo Viggo não pôde evitar.

— Você tem um senso de humor muito peculiar — disse Ingrid a Egil.

— Melhor isso do que dizer que passei todo o meu tempo confinado na biblioteca porque meus irmãos são ocupados demais para prestar atenção em mim e meu pai não se importa nem um pouco comigo.

— Olhando por esse lado... — respondeu a garota.

— Lamento que seja esse o caso — disse Gerd.

— Tenho certeza de que seus pais são muito amorosos — supôs Egil.

— Eles são — concordou o grandalhão.

— Bem, vocês poderiam me adotar...

Gerd olhou para ele com a boca aberta, sem saber o que dizer.

— Mas se você é... da nobreza...

Egil começou a rir novamente.

— Estou brincando, grandalhão. Não se preocupe.

Lasgol balançou a cabeça. Nilsa deu um tapinha no ombro de Gerd, rindo.

— O que você fez, Nilsa? — perguntou Lasgol.

— Fiquei com minha mãe... e minhas irmãs.

Todos olharam para ela.

— Irmãs? Não me lembro de você ter mencionado isso — disse Egil.

— Há coisas que é melhor não contar aos garotos — respondeu ela, com uma expressão brincalhona. — Tenho duas irmãs.

— São bonitas? — perguntou Viggo, muito interessado.

— Bem, sim, e muito. Mas nenhuma delas nem sequer olharia para você, então esqueça.

— Teríamos que ver isso...

— Está visto — disse Nilsa, e ignorou Viggo. — Eu realmente gostei do tempo que passei com minhas irmãs. Elas cuidam muito bem da mãe. Ela está preocupada comigo.

— Sua mãe se preocupa com você? — questionou Lasgol, interessado.

— Sim. Não quer que eu esteja aqui. Não depois do que aconteceu com meu pai.

— É normal se preocupar...

— Não vai acontecer nada com você — garantiu Ingrid.

— Nadica de nada — enfatizou Gerd, flexionando os braços e os músculos.

— Eu sei, não com a equipe que eu tenho — disse ela, com um sorriso e um olhar agradecido.

— Como você está, Ingrid? — perguntou Lasgol à capitã.

A loira de olhos gelados ficou séria.

— Bem... tenho praticado a espada. A prática leva à perfeição, é o que minha tia dizia.

— Sua tia que não esteve nos Invencíveis do Gelo — acrescentou Viggo em tom combativo.

— Já disse centenas de vezes que esteve!

— E digo mais cem vezes que isso é impossível, porque os Invencíveis do Gelo não aceitam mulheres!

Gerd colocou a palma da mão na testa e balançou a cabeça.

— Não comecem com a mesma coisa de novo...

— Ele que começou.

— Porque você mentiu.

Ingrid cerrou o punho e armou o braço.

— Quietos! — gritou Nilsa, na tentativa de impedir Ingrid.

Ela se desequilibrou com tanto mau jeito que caiu sentada na fogueira. Faíscas voaram em todas as direções. Nilsa tentou se levantar em meio a gritos de surpresa e dor. Gerd e Ingrid tiraram a colega do fogo. Nilsa sacudia o traseiro em chamas enquanto corria como uma louca. Metade das equipes estava morrendo de rir. Finalmente, ela decidiu entrar no rio e sentou-se na água. Os outros correram para ajudá-la.

— Isso é o que eu chamo de guardiã consciente! — disse o capitão Astol, do navio, do qual não saía nem para dormir.

Eles voltaram para o fogo e Nilsa se secou. Não parecia ter se queimado muito. Um dos guardiões veteranos se aproximou e ofereceu-lhe uma pomada fedorenta para queimaduras. A garota aceitou com gratidão.

Viggo olhou para ela e sorriu.

— E você, por que está sorrindo? Se está rindo de mim, vai levar uma — disse ela, com raiva.

Viggo balançou a cabeça.

— Porque graças ao tumulto que você criou, não tive que contar o que fiz nestes dias de descanso.

Lasgol e Egil se entreolharam. O que Viggo teria feito? Lasgol desconfiava que nada de bom... ou talvez fosse apenas a imagem que o menino tentava projetar, e, na verdade, ele vinha fazendo o bem, até ajudando... Lasgol balançou a cabeça. Não, Viggo não. Ele andou fazendo algo obscuro, claro.

— Ninguém se importa — disse Ingrid.

Viggo deu de ombros e examinou-a com aquele olhar perigoso, com um toque de maldade, que às vezes tinha. Lasgol temia que qualquer coisa que ele tivesse feito fosse indescritível.

Na manhã seguinte, os barcos entraram no estreito desfiladeiro com paredes muito altas de pura rocha vertical.

— A Garganta Sem Retorno! — anunciou Astol.

Lasgol ficou surpreso. Eles fizeram a viagem em dois dias a menos que no ano anterior. Isso só poderia significar uma coisa: estavam muito mais fortes e resistentes, já que o capitão não havia utilizado a vela em nenhum momento. Das duas torres de vigia, os guardiões os cumprimentaram assim que cruzaram o desfiladeiro. Já estavam dentro de seus domínios. Lasgol os viu, atentos, em guarda, de arcos preparados. Continuaram remando; todos sabiam que faltava muito pouco. O rosto de Egil, decorado com um grande sorriso por ter conseguido, dizia tudo. De fato, um pequeno porto de madeira apareceu à direita deles.

— Fim da viagem! A base do acampamento!

Enquanto atracavam, Lasgol levantou-se e observou aquele lugar inusitado: o interior de um vale gigantesco cercado por uma enorme cordilheira. Atravessar o desfiladeiro seguindo o rio como haviam feito parecia ser a única maneira de entrar. O vale era insondável, com grandes florestas e lagos nas duas margens do rio, que continuava seu curso até morrer na serra. Ou era mais apropriado dizer nascer? Egil certamente saberia. E, cobrindo tudo, a estranha neblina que nunca saía do lugar. Começava a cem passos do rio e se estendia até as montanhas ao fundo. Lasgol não tinha certeza absoluta de que se tratasse de um fenômeno natural. No entanto, não tinham conseguido descobrir. Talvez naquele ano tivessem a oportunidade, ou talvez não fosse uma boa ideia e seria melhor não se aprofundar no assunto.

Depois de desembarcarem e receberem a ordem de Astol, começaram a descarregar os alimentos e suprimentos que transportavam, principalmente no terceiro navio. Guardaram tudo nos grandes armazéns que formavam o acampamento-base. Lasgol agradeceu por poder alongar os músculos, principalmente as pernas, que sofreram muito no banco do remo. Ele não era o único; Gerd carregava suprimentos enquanto assobiava alegremente.

Os três capitães apresentaram seus relatórios no posto de comando do acampamento-base e entregaram os sacos com as mensagens. Lasgol se perguntou quais notícias eles teriam, provavelmente relacionadas à guerra que se aproximava.

Quando terminaram de descarregar, ordenaram que cuidassem de suas montarias.

Astol despediu-se deles com uma de suas frases memoráveis:

— Espero que vocês não sejam expulsos este ano e remem duas vezes melhor no ano que vem. Vocês são uma vergonha de aprendizes!

— Um verdadeiro motivador — comentou Viggo.

Gerd riu. Lasgol achou que Viggo não estava de todo errado.

Trotador cumprimentou Lasgol com um gesto alegre e um aceno de cabeça, como gostava de fazer. O garoto sorriu para ele e o acariciou.

— Bom cavalo — disse ele, e beijou-o no focinho.

Durante três dias subiram o rio seguindo as suas margens, entrando no imenso vale. Lasgol lembrou que foi Daven quem os guiou no ano anterior. Perguntou-se o que havia acontecido com ele. Havia atacado o rei, embora estivesse possuído por Darthor. Qual teria sido o seu castigo? Estaria preso? Eles o teriam enforcado? Era uma questão complicada, porque, embora Daven tivesse tentado matar o monarca, não tinha consciência disso. Não se lembrava de nada. Tinha agido sob a influência e o controle de Darthor. Lasgol decidiu que seria melhor perguntar a Dolbarar quando chegasse ao acampamento. Talvez tivessem descoberto algo novo sobre os planos de Darthor ou sobre seus poderes...

Chegou a hora de continuar a pé pelas florestas, sob a neblina. Com cuidado para não tropeçar em raízes e ervas daninhas, eles continuaram até o anoitecer. A viagem foi árdua devido ao nevoeiro, que se tornou cada vez mais denso; mal conseguiam enxergar.

Enfim, chegaram ao acampamento.

Lasgol olhou para a frente e tudo o que viu foram os limites de uma floresta grande, muito fechada e densa, que formava um muro intransponível, como uma barreira que cercava o acampamento e o mantinha escondido e seguro. Três longos assobios foram ouvidos. Por um momento, nada aconteceu; então três das árvores se afastaram, deixando uma passagem aberta. Eles entraram por ela. Lasgol sentiu um misto de nervosismo e serenidade ao retornar àquele lugar onde havia vivido tantas coisas em apenas um ano.

O acampamento estava exatamente como ele se lembrava: uma enorme área aberta com grandes florestas, rios e lagos interligados por planícies até onde a vista alcançava. A leste, florestas de carvalhos erguiam-se em torno de vários lagos calmos. A oeste, os abetos povoavam as terras e as florestas eram mais densas. A norte, grandes pastos verdes decorados com alguns bosques entre lagos e rios. Lasgol ficou cativado pelo lugar, assim como na primeira vez que o viu.

Eles continuaram avançando e os primeiros edifícios apareceram. Lasgol reconheceu as diferentes oficinas e artesãos: o forjador, o peleiro, o carpinteiro e o açougueiro. Também reconheceu os armazéns e estábulos. Deixaram as montarias e foram conduzidos às cabanas dos aprendizes de segundo ano. Eram semelhantes àquelas que ocuparam no ano anterior, embora um pouco maiores.

Foram recebidos pelo instrutor-maior Oden. Ele não havia mudado nem um pouco, embora para Lasgol parecesse um pouco menor do que se lembrava. No entanto, era um homem forte. Com o mesmo rosto hostil marcado pelos quarenta anos que devia ter, ainda tinha seus longos cabelos acobreados presos em um rabo de cavalo que revelava o intenso olhar taciturno cor de âmbar. Lasgol o conhecia bem: austero, sem alma. Oden não mediu palavras e fez com que eles formassem filas na frente das cabines.

— No ano passado, quando vocês iniciaram o primeiro ano de instrução, eram treze equipes. Neste ano, iniciarão o segundo ano de instrução, mas, devido a desistências e expulsões finais, o número de equipes foi reduzido para nove. As equipes que perderam pessoas devem verificar as listas. Redistribuímos os componentes e combinamos várias equipes.

Lasgol viu que meia dúzia de equipes se aglomerava na porta das cabines que continham as listas com as novas composições das equipes. Os Águias, os Panteras, os Corujas, os Ursos e os Lobos ainda estavam intactos. As reclamações sobre as novas equipes foram imediatas, mas Oden não permitiu que continuassem:

— Todos calados! Essas são as novas equipes e não há mais o que falar sobre isso! Está claro? — As reclamações cessaram, embora vários estivessem muito desgostosos. — E estejam avisados: este ano será mais difícil que o passado. No primeiro ano somos mais permissivos, mas no segundo, não. A instrução será mais exigente em todos os sentidos, não só fisicamente, mas também no que terão que aprender. Se realmente querem ser guardiões, este é o ano em que devem demonstrar isso. Quem tem dúvidas, quem passou no primeiro ano por milagre, quem não acredita que conseguirá com mais esforço e um treino muito mais intenso, é hora de pensar nisso, e muito bem. Se quiserem renunciar agora, não há nenhum problema.

Gerd virou-se para Egil e sussurrou com os olhos cheios de pavor:

— Mais difícil? Treinamento muito mais intenso?

— Receio que sim — respondeu Egil, com um gesto de grave resignação.

— Isso vai ser muito divertido — disse Viggo, com acentuada ironia.

— Estou morrendo de nervosismo. — Nilsa estava roendo as unhas.

Lasgol não acrescentou nada, mas sentiu um arrepio.

— Não deixem que ele intimide vocês — pediu Ingrid. — Não importa o que Oden diga, seguiremos em frente.

Contudo, daquela vez a mensagem de encorajamento de Ingrid não surtiu efeito. Todos sabiam que o instrutor-maior não estava exagerando e que iriam passar por maus bocados.

— Nós somos os guardiões do reino — continuou Oden. — Aqui não há espaço para os fracos, nem de corpo, nem de espírito. Somente os melhores seguem o caminho do guardião e servem ao rei. E agora deixem os bornais nas cabanas, vão jantar e depois descansem. Passarei por aqui logo pela manhã para começar a instrução. Bem-vindos ao segundo ano do caminho do guardião!

Capítulo 12

Lasgol mal dormiu naquela primeira noite; nervoso demais para pegar no sono, distraiu-se brincando com Camu. A criatura ficou encantada com a nova cabana. Era maior e, portanto, tinha mais cantos para explorar e mais espaço para percorrer com os saltos malucos que gostava de dar. Lasgol pegou o beliche de cima; Egil, o de baixo. Do outro lado da cabine, Gerd ocupava o de baixo, e Viggo, o de cima.

Com o amanhecer, veio a insuportável flauta de Oden. Eles acordaram e começaram a se preparar para sair e ficar em formação. Camu também acordou e pulou da cama de Lasgol para brincar. Viggo o viu pulando em sua direção.

— Saia daqui, bicho! — disse, balançando a camisa de lã para assustar Camu. Mas a criatura interpretou que Viggo queria brincar e mordeu a camisa com um guincho feliz. — Me deixe em paz, seu musaranho horrível!

— Camu! Deixe Viggo em paz — disse Lasgol, e Camu olhou para ele com seus olhos grandes e seu sorriso eterno, soltando um pequeno grito de pergunta. — Não, Viggo não — respondeu Lasgol, tentando fazê-lo entender sem ter que usar o dom.

Ele tinha a sensação de que Camu interpretava suas comunicações mentais como ordens, e não se sentia confortável em lhe dar ordens constantemente. Então a criatura olhou para Gerd. O gigante tinha acabado de vestir as calças. Antes que Lasgol pudesse proibi-lo, Camu foi atrás dele com um gritinho de alegria. O rosto de Gerd mudou. Um medo incontrolável surgiu nele.

— Não, não! — Foi tudo o que ele disse, e começou a correr pela cabana.

Camu, entusiasmado, começou a persegui-lo, saltando e soltando gritos de alegria.

— Ele não vai fazer nada com você — disse Egil, contendo o riso.

Foi um tanto cômico ver alguém com o enorme tamanho e a força de Gerd correndo aterrorizado porque a criaturinha queria brincar com ele.

— Como assim nada? E o que ele fez com o troll? — disse Gerd, que corria em círculos ao redor de Egil, Lasgol e Viggo com a criatura em seus calcanhares.

— Aquilo foi completamente diferente, você não é hostil — respondeu Egil, com um sorriso de orelha a orelha.

— Como sei que ele sabe que sou um amigo? — perguntou Gerd, já ofegante pelo esforço.

— Se você continuar correndo em círculos, vai ficar tonto... — avisou Viggo.

— Lasgol, diga para ele não me perseguir!

— Camu, fique quieto, venha aqui! — pediu Lasgol. A criatura parou, olhou para Gerd, depois para Lasgol, e caminhou até ele. — Muito bem, fique aqui comigo — disse o garoto, colocando-o no ombro. Gerd parou de correr e ficou terrivelmente tonto.

— A cabana... está girando... eu... — Ele não conseguiu dizer mais nada, inclinou-se para o lado, perdeu o equilíbrio e caiu no chão como se tivesse bebido um barril de cerveja.

Viggo caiu na gargalhada. Egil não conseguiu conter uma risada. Lasgol, por sua vez, sentiu-se péssimo pelo grandalhão.

Ouviu-se de novo a flauta de Oden.

— Temos que nos apressar — disse Lasgol.

No fundo dos baús, sob as outras roupas, encontraram as capas perfeitamente dobradas. Quando foram vesti-las, viram que eram amarelas.

— Bem, estamos melhorando — comentou Viggo.

— Gostava mais da capa vermelha — reclamou Gerd. — Você pode ser visto de longe. Perfeita para evitar que alguém te acerte com uma flecha pensando que você é um animal.

— Você, sim, é um animal! — exclamou Viggo, balançando a cabeça.

— A cor da capa dos guardiões é um distintivo do seu grau de instrução. Isso é o que *O caminho do guardião* estabelece — disse Egil enquanto colocava a sua. — No primeiro ano, vermelha; no segundo, amarela; no terceiro, verde, e no quarto, marrom.

A porta se abriu e Ingrid e Nilsa já entraram preparadas.

— Vamos, saiam rápido, vocês parecem ursos preguiçosos — disse a capitã.

Os Panteras saíram e formaram diante da cabana. Então se ajoelharam e olharam para a frente.

— Vejo que as coisas não mudam de um ano para o outro. Os Panteras, como sempre, são os últimos — disse Oden, lançando-lhes um daqueles olhares de "vocês estão de brincadeira". Sigam-me todos!

Oden os conduziu até Dolbarar, que os esperava na Casa de Comando, no meio do lago. Ao vê-los chegar, Dolbarar tirou o capuz e baixou o lenço de guardião que cobria parte de seu rosto.

— Bem-vindos a mais um ano! — cumprimentou-os, com um sorriso amigável.

Todos se ajoelharam em formação diante do guardião mestre maior. Lasgol continuou surpreso com a agilidade e a força que Dolbarar transparecia para a idade avançada. Segundo os rumores, ele tinha mais de setenta primaveras, já perto das 75. Seus longos cabelos brancos chegavam aos ombros. Tinha pele clara e apenas algumas rugas podiam ser vistas em seu rosto. Lasgol conhecia bem aqueles olhos esmeralda depois de tudo o que acontecera no ano anterior. A barba bem aparada parecia uma cachoeira de neve desenhada em seu queixo.

Como era seu costume, em uma das mãos carregava o longo bastão de madeira com adornos de prata e, na outra, um livro com capa verde e gravuras em ouro: *O caminho do guardião*. Egil acreditava que aquele exemplar tinha qualidades misteriosas; Lasgol não estava tão convencido disso. Dolbarar era um guardião, não um mago ou feiticeiro; não poderia lidar com um livro arcano. Para isso, a pessoa teria que ser abençoada com o dom e, até onde Lasgol sabia, Dolbarar não tinha sido. Apesar de que, por outro lado, os guardiões tinham tantos segredos que ele não sabia o que pensar.

— Minha alma se alegra ao vê-los aqui para avançar no caminho do guardião. Eu prometo a vocês que, com muito esforço e tenacidade, chegarão ao fim. Vocês conseguirão se tornar guardiões, e tudo o que está escrito neste livro que nos orienta ficará gravado em seu coração — disse ele, erguendo o braço e mostrando o dogma dos guardiões.

— Acho que eles vão gravar esse livro em nossa carne — murmurou Viggo.

— Como diz a expressão, teremos que dar o sangue... — disse Egil.

— Não fale em sofrimento e sangue, porque estou suando frio — protestou Gerd.

— De medo, como sempre — provocou Viggo.

— Deixe Gerd em paz — repreendeu Nilsa.

Dolbarar abriu os braços.

— Vocês estão todos aqui porque são guiados pelo mesmo desejo: o de se tornarem guardiões. Somos os protetores das terras do reino, de suas florestas, montanhas, vales e rios. Nós as protegemos de inimigos internos e externos. Somos os olhos do rei, os protetores do reino, o coração de Norghana. Nós somos os guardiões.

Lasgol lembrou-se do lema que seu pai lhe repetira tantas vezes quando criança. Ele suspirou profundamente e seus olhos lacrimejaram.

— Tudo bem? — sussurrou Egil para ele.

— Sim, tudo bem, isso me lembra meu pai...

Egil entendeu e fez um gesto afirmativo.

— Somos os cinco sentidos do reino: os olhos que veem o perigo se aproximando, os ouvidos que detectam o rumor do avanço do inimigo, o olfato que localiza o fedor da traição e da morte, o tato que sente o sangue sobre nosso solo nevado, o paladar que revela o sabor da guerra e da ruína. Nada escapa aos nossos sentidos treinados.

Lasgol fez um gesto para Egil mostrando a dificuldade que aquilo acarretava.

— Meus sentidos carecem de atributos tão louváveis — confessou Egil.

— A visão acima de tudo. Você vai ficar cego e perdido de tanto ler — disse Viggo.

— Você vai perder o paladar — avisou Ingrid a Viggo.

— Ah, é?

— Sim, vou cortar essa sua língua venenosa.

O garoto ficou sem saber o que dizer e franziu a testa.

— Sim, é assim que você vai ficar — garantiu a capitã.

Viggo reagiu e mostrou a língua para ela. Ingrid ia responder alguma coisa, mas Dolbarar continuou com a mensagem de boas-vindas e ela ficou em silêncio para ouvi-lo.

— Os guardiões são o órgão especial ao qual o rei confia a custódia do reino. Por isso, treinamos sem descanso, porque o inimigo nunca descansa. Devemos proteger aqueles que não podem proteger a si próprios: os aldeões, os pescadores, os lenhadores, os fazendeiros, os mineiros, os artesãos e os comerciantes. O bom povo de Norghana. E como fazemos isso?

Um longo silêncio seguiu-se à pergunta do líder do acampamento. Ninguém se atreveu a arriscar uma resposta.

— Ficamos à frente do inimigo. Nós o localizamos, o seguimos, o espionamos, o interceptamos e o fazemos cair em uma armadilha. Evitamos que a morte e o sofrimento cheguem aos nossos. Esta é a nossa grande missão: proteger os inocentes do reino. Não esperem glórias e honras, esse não é o nosso caminho. Paramos as guerras antes que elas aconteçam, em segredo, e ninguém, exceto aqueles a quem servimos, saberá dos nossos sucessos e da nossa glória. E esse é o maior orgulho de todos, porque fazemos tudo sem esperar qualquer recompensa ou reconhecimento.

Gerd estremeceu.

— Com o que você está preocupado, amigo? — sussurrou Lasgol, percebendo o medo no rosto do grandalhão.

— Que também morreremos em segredo... Ninguém saberá do nosso destino. Morreremos sozinhos, sem que ninguém saiba por que ou se alcançamos ou não nosso objetivo... Seremos heróis anônimos enterrados em uma triste cova sem nome.

— Não se preocupe, não vamos morrer.

O grandalhão olhou Lasgol nos olhos. Tinha medo.

— Você sabe que isso não é verdade. Muitos de nós não viverão para contar nossas aventuras aos nossos netos.

— Garanto que você, sim. Não se preocupe tanto com aquilo que não pode controlar, isso só gera mais insegurança e medo. Concentre-se no que você pode controlar aqui e agora.

Gerd abaixou a cabeça. Não parecia muito convencido. Lasgol também não, embora tentasse fingir que sim.

— Vivemos em tempos difíceis — continuou Dolbarar —, a guerra está se aproximando. A maioria dos guardiões foi servir ao rei. Tentaremos impedir o avanço de Darthor, o Senhor Sombrio do Gelo, e derrotá-lo antes que ele traga morte e destruição ao nosso povo. No entanto, isso não deve afetar sua formação. Temos no acampamento uma parte mínima de nossos instrutores, o suficiente para cumprir este ano, e faremos isso, tanto para vocês quanto para os de primeiro, terceiro e quarto anos. O caminho do guardião deve ser sempre percorrido. É a única forma de garantir a nossa continuidade. E, para garantir que vocês não se desviem do caminho, os quatro guardiões-maiores permanecerão em seus postos. — Dolbarar voltou-se para a Casa de Comando. — E agora darei lugar aos guardiões-maiores, a mais alta representação das quatro maestrias. Eles também desejam dizer algumas palavras a vocês.

A porta se abriu e Ivana, Esben, Eyra e Haakon saíram. Todos estavam vestidos como guardiões e se aproximaram do líder. A primeira a abordá-los foi Ivana, a guardiã-maior da maestria de Atiradores. Aos trinta anos, era chamada de Infalível. Sempre causou uma sensação estranha em Lasgol. Ela era muito bonita, de uma beleza fria e nórdica. Seus olhos eram acinzentados e emanavam perigo. Ivana costumava usar o cabelo loiro, quase branco, preso em um rabo de cavalo. *Sim, linda, mas fria como gelo.*

Ela fez uma pequena saudação e dirigiu-se ao grupo:

— Minha missão é transformá-los em arqueiros experientes, lutadores letais com faca e machado curto, agentes preparados para guerrilhas e escaramuças. É assim que *O caminho* determina e é assim que deve ser. Neste ano, o segundo de sua formação, vocês começarão a se tornar todas essas coisas. Não será fácil, pois isso requer treinamento duro, esforço extremo e dor. Sigam sempre as minhas instruções, executem o trabalho que exijo e prometo que conseguirão. Mas aqueles que não quiserem fazer o esforço necessário, os fracos de espírito, podem desistir agora mesmo, pois não terão nada além da expulsão no final.

— Nós nos tornaremos lutadores experientes. É magnífico — sussurrou Ingrid, e seu rosto se iluminou.

— Pela primeira vez não vou discutir com você, a verdade é que parece muito bom — disse Viggo.

— Vou me tornar uma arqueira experiente — afirmou Nilsa, estreitando os olhos.

— Isso não vai ajudar muito em distâncias curtas — disse Viggo.

— Não vou deixar que cheguem a menos de duzentos passos.

— Ah, entendi… Você só quer matar bruxos e feiticeiros na longa distância.

Ela assentiu.

— Bem, se você perder um…

— Cale-se, tolo.

Esben deu um passo à frente e Ivana recuou. Ele ainda era exatamente como Lasgol se lembrava, grande como um urso, com muito cabelo castanho e uma barba espessa da mesma cor que ia até a cintura. Os grandes olhos castanhos e o nariz achatado faziam-no parecer um animal selvagem, um cruzamento entre um urso e um leão. Lasgol gostava de Esben, embora às vezes se assustasse por causa de sua personalidade e aparência, ambos um tanto bestiais. Ele os cumprimentou e olhou para todos por um momento, depois se dirigiu a eles:

— Como vocês bem sabem, ou já deveriam saber, a maestria de Fauna é minha disciplina. Comigo vocês se tornarão exploradores, especialistas em reconhecimento, vigilância, rastreamento e fauna. Não haverá presa que possa escapar de nós, animal ou humana. Não haverá nenhum canto do reino que vocês não conheçam como a palma de suas mãos. É assim que *O caminho* determina e é assim que deve ser. Neste ano vocês começarão a desenvolver essas habilidades. Ao final do segundo ano, espero que todos tenham adquirido a competência necessária. Não falhem. Não quero expulsá-los, mas farei isso sem hesitação se não estiverem no nível que exijo. — Ele rugiu como um urso e todos jogaram a cabeça para trás, alguns até pularam de susto. Nilsa pisou em Gerd, que teve que a segurar para que ela não caísse no chão. — Estejam preparados — avisou ele, e retirou-se.

— Prefiro ser um explorador — disse Gerd, com convicção, deixando Nilsa se recompor.

— Bem, do jeito que você é grande, acho difícil para o inimigo não o descobrir a léguas de distância — comentou Viggo, com uma careta cômica.

Gerd torceu o nariz.

A anciã Eyra, a Erudita, foi a próxima a se dirigir a eles. Na casa dos sessenta anos, tinha cabelos grisalhos encaracolados e nariz comprido e torto. Seu rosto era gentil, mas seu olhar tinha um certo tom de aspereza. Lasgol sempre achou que ela parecia uma bruxa boa.

— Para sobreviver neste mundo cruel e chegar à minha idade, é preciso conhecer muito bem a natureza e seus ensinamentos. É por isso que minha maestria é a de Natureza, disciplina que forma os guardiões até que se tornem especialistas na obtenção de informações e na resolução de problemas por meio do conhecimento e da inteligência. É assim que *O caminho* determina e é assim que deve ser. Usamos nossa cabeça. Sempre. Aqueles que não usam a mente não têm lugar entre os guardiões. Os brutos sem cérebro estão nos exércitos do rei e de seus nobres. Os guardiões aprendem e usam esse conhecimento para se informar e resolver problemas. Vou ensinar a vocês como fazer isso usando a cabeça. Não me decepcionem.

— Muito interessante… — murmurou Viggo.

— Por quê? — perguntou Ingrid. — Essa maestria não me convence.

— Você tem que ler nas entrelinhas — respondeu Viggo. — Obter informações e resolver problemas… Pense em seus venenos e preparações…

— Ah, já entendi…

Egil sorriu.

— A melhor maneira de resolver determinada situação é usar a cabeça.

— No seu caso, sempre, rato de biblioteca. — disse Viggo, sorrindo.

— Você sabe que estou certo.

— Sim, mas não vou admitir isso para você — respondeu Viggo, com uma careta brincalhona.

— Não gosto de venenos — admitiu Gerd —, mas gosto dos outros assuntos que aprendemos sobre a natureza nesta maestria.

— Gosto muito das armadilhas que fazemos — disse Lasgol.

— Bom, estou com Ingrid, não gosto muito dessa maestria — disse Nilsa.

Eyra retirou-se e Haakon tomou seu lugar. A presença misteriosa e sinistra que ele irradiava fez cessar todos os comentários.

— Alguns de vocês desejam conhecer as artes mais sombrias e mortais dos guardiões. Elas são ensinadas na maestria de Perícia, minha maestria. — Ele disse isso como se realmente pertencesse apenas a ele. — Não é apenas uma disciplina, é uma arte, garanto a vocês. Essa maestria forma os guardiões para se tornarem sombras que se movem sem serem vistas e detectadas. Enganamos os sentidos, ninguém consegue nos detectar em nosso caminho para chegar aonde somos necessários. É assim que *O caminho* determina e é assim que deve ser. Para conseguir isso, terão que treinar muito corpo e mente, pois o domínio de ambos é essencial. É uma arte complexa que poucos conseguem dominar, mas é esperado de vocês uma competência mínima.

— Isso me interessa muito — sussurrou Viggo, olhando fixamente para Haakon.

— Sim, cai como uma luva em você... — respondeu Ingrid.

— Eu também gostaria de dominar esse assunto... — acrescentou Nilsa, embora dissesse isso como se fosse impossível para ela.

— Não desanime, você vai conseguir — encorajou Egil.

— Duvido, sou de longe a mais desengonçada do acampamento.

— E de grande parte de Norghana — apontou Viggo, com uma cara inocente.

Ingrid lhe deu uma cotovelada nas costelas.

Haakon curvou-se ligeiramente e saiu. Dolbarar deu um passo à frente e continuou, com um sorriso:

— Os quatro guardiões-maiores falaram. Suas palavras foram precisas, sábias, seguindo *O caminho*. Espero que eles ajudem vocês a entenderem o propósito de cada maestria e, mais importante, o que se tornarão ao dominá-las.

Muitos de vocês chegaram no primeiro ano sem entender ou ter uma ideia clara do que significa ser guardião e do motivo das maestrias; espero que agora entendam melhor qual é o objetivo que buscamos. Minha porta está sempre aberta para quem tiver dúvidas — disse ele, apontando para a Casa de Comando. — E, agora, um anúncio importante. — Todos permaneceram atentamente em silêncio. — No segundo ano, serão duas provas: a Prova de Verão e a Prova de Inverno.

— Bom! — exclamou Viggo, um pouco mais alto do que gostaria.

Dolbarar olhou para ele.

— O fato de serem duas também significa que serão duas vezes mais difíceis.

— Ah, não… — Viggo abaixou a cabeça.

— O sistema de pontuação e recompensa permanece o mesmo. Contudo, neste ano, para evitar serem expulsos, vocês deverão obter quatro Folhas de Carvalho em cada maestria.

Os membros dos Panteras se entreolharam, fazendo cálculos.

— Quatro em vez de oito, como no ano passado. Isso parece mais fácil, certo? — disse Gerd.

Egil balançou a cabeça.

— Vai ser mais difícil para nós.

— Para nós? — Ingrid perguntou, chateada.

— Sim, o sistema favorece quem é bom; será mais fácil para eles passarem. Mas, para aqueles de nós que não estão tão bem, será mais difícil. Pensem que, se na primeira prova obtivermos uma Folha de Carvalho em uma das maestrias, para passar teremos que conseguir três na segunda.

— Ah…

— Além disso, como disse Dolbarar, se as provas forem duas vezes mais difíceis, conseguir duas Folhas de Carvalho será muito complicado, extremamente difícil… — explicou Egil.

— Não vamos pensar nisso agora — disse Lasgol, que viu o moral da equipe afundar.

Dolbarar pigarreou para deter o mar de murmúrios que seu comentário havia produzido:

— Na cerimônia de aceitação será decidido quem continua e quem é expulso. Boa sorte a todos!

E com esse desejo eles se retiraram. Lasgol sabia naquele momento que precisaria de muita sorte. Ele temia por si mesmo e pelos colegas. Conseguiriam passar? Todos? Quem seria expulso? Ser expulso... seria terrível, assim como ver um colega ir embora... Um nó se formou em seu estômago.

Capítulo 13

O SEGUNDO ANO COMEÇOU COM TREINOS MATINAIS, COMO ERA DE costume. O instrutor-maior Oden os levou até o lago e os deixou com um instrutor que eles não conheciam: Markoon. De longe dava para ver que era um atleta nato: com uma constituição magra e rija, tinha cabelos loiros e bem curtos. Seu olhar castanho mostrava determinação.

— Este ano, serei o responsável pela sua instrução física — disse ele, e olhou por um momento para o lago de águas calmas e azuis. — Neste ano não daremos a volta no lago de que vocês tanto gostaram no ano passado e que conhecem tão bem.

Por um momento todos se entreolharam, incrédulos. Não teriam que dar a volta no odiado lago que tanto sofrimento lhes trouxera? Gerd olhou para Egil emocionado. Egil sorriu para ele, arregalando os olhos, também esperançoso.

— Eu não acredito... — murmurou Viggo, franzindo a testa.

— Este ano — continuou Markoon —, partiremos todas as madrugadas daqui, do lago, para correr até o topo do Enforcado.

Os rostos de Gerd e Egil mostraram horror.

— Sabia que vinha algo assim — disse Viggo.

— O cume do Enforcado... mas... a inclinação é terrível — disse Gerd, sem acreditar.

Egil bufou.

— Está a meia manhã daqui e com um desnível descomunal.

— Vai ser difícil… — Nilsa torceu o nariz.

— Este ano — continuou Markoon —, treinaremos força física nas colinas. Forçaremos o corpo a subir ladeiras para que fique ainda mais forte. Quando terminarmos o ano, vocês conseguirão escalar quase qualquer um dos picos que cercam o acampamento de uma vez, sem parar, sem que seu corpo exausto falhe. Esse é meu trabalho e minha responsabilidade. Tenho certeza de que conseguiremos isso, porque todo guardião deve conseguir andar pelas florestas e montanhas do reino como se tivesse nascido e crescido nelas. Vocês serão como lobos selvagens e livres.

— Não há nada a temer, somos mais que lobos, somos os Panteras das Neves. — Ingrid tentou animar o grupo.

— Vamos treinar e vamos conseguir — disse Lasgol, reforçando o ânimo de Ingrid, embora soubesse que o sofrimento que os corpos teriam de suportar seria monumental.

Markoon os colocou ao longo da margem leste do lago.

— Vamos aquecer pernas, braços e pescoço; depois partiremos.

Eles não estavam errados. O percurso era muito mais difícil. Até chegarem às primeiras subidas avançaram em bom ritmo. Cada equipe formava um pequeno grupo e Markoon ia liderando. Ele não estava indo muito rápido, mas estava em um trote leve. Continuou com esse mesmo trote no início da subida e logo as equipes começaram a se separar. Nem todos conseguiram acompanhar o ritmo. Os mais fortes conseguiram seguir o instrutor, entre eles Isgord e os gêmeos Jared e Aston; Astrid, Leana e Asgard, dos Corujas; Luca, capitão dos Lobos, e Jobas, capitão dos Javalis. Os Ursos começaram a ficar para trás. Os Panteras caíram para o último lugar.

As ladeiras deram lugar a uma floresta de abetos. Markoon subiu sem diminuir a velocidade, por um pequeno caminho entre as árvores. Os grupos foram se desintegrando e seus componentes foram deixados para trás. Subiram pela floresta em direção à montanha. Quanto mais avançavam, maior era a inclinação. Lasgol começou a sentir que suas pernas iriam falhar antes de chegar ao topo, bem antes, mas viu Ingrid na frente deles, olhando para trás e erguendo os punhos, tentando fazer com que todos os Panteras a seguissem. Isso os encorajou. Nilsa estava logo atrás de Ingrid. Era tão leve que, a menos que tropeçasse, não teria problemas. Viggo, por sua vez, que corria ao lado de Lasgol, começava a desfalecer. Ele estava com aquela expressão sinistra de que Lasgol não gostava tanto, um sinal claro de que algo estava errado. No caso, seu corpo, que não aguentou a subida. Viggo balançou a cabeça, como se tentasse se livrar dos pensamentos ruins, e continuou avançando. Lasgol começou a respirar pelo nariz; seus pulmões estavam queimando e cada passo exigia mais esforço que o anterior. Com pernas doloridas, cãibras e pulmões em chamas, sua energia era consumida, suas forças estavam se esgotando. Ele olhou para trás sem parar e observou que Gerd e Egil estavam definitivamente desistindo. Não conseguiam acompanhar o ritmo.

Com injusta crueldade, a floresta acabou separando os fortes dos fracos. Lasgol fez sinal para Ingrid para que ela e Nilsa continuassem em frente. Ele voltaria para ajudar Gerd e Egil; também não aguentava mais. Ingrid olhou para Viggo, que balançou a cabeça. Ele também não. Ingrid assentiu e, levando Nilsa, saíram da floresta. Lasgol e Viggo esperaram por Egil e Gerd na saída.

— Não... consigo... mais... — Gerd balbuciou, curvado, com os braços na cintura, respirando como se fosse um fole gigante.

— Nem eu... — disse Egil, tentando respirar, vermelho como um tomate maduro.

Lasgol contemplou o que viria a seguir. Várias ladeiras de terreno escorregadio e, um pouco mais à frente, um bosque de faias. Conseguiu ver Markoon, que já estava entrando na floresta seguido pelo grupo que ia na liderança.

— Vamos, não podemos desistir — disse Lasgol.

— Não consigo... — respondeu Egil.

— Vamos subir andando. Venha.

Egil assentiu. Os quatro começaram a escalar o campo aberto até chegarem à floresta.

— Somos os últimos. — Gerd olhou para trás com uma cara desconsolada.

— Não é a primeira vez — replicou Viggo.

— Nem será a última — acrescentou Egil, com um sorriso.

— Mas somos os Panteras e não desistimos — disse Lasgol.

— Está parecendo Ingrid — repreendeu Viggo.

— Quer ouvir o que ela vai te dizer mais tarde, na cabana?

— Não. Ah, não. Por nada neste mundo.

— Bem, é melhor continuarmos.

— Vamos, para o topo! — exclamou Viggo, e entrou na floresta.

Com dificuldade e coragem, chegaram ao meio da mata e começaram a passar por outras pessoas. Eles continuaram subindo, ultrapassando cada vez mais companheiros parados, os quais haviam tentado ao máximo na primeira parte da jornada e agora não aguentavam mais. Não conseguiam nem andar. Os quatro subiam em bom ritmo. Não estavam correndo, mas quase. Avançavam rapidamente, até o limite de suas possibilidades. De repente, viram Markoon correndo floresta abaixo. Pulava como uma cabra sobre raízes, pedras e árvores caídas. Seu rosto, um tanto corado, não apresentava a palidez ou o roxo do cansaço. Ele os alcançou.

— Não parem. Continuem, todos. No ritmo que puderem, mas continuem subindo. Os primeiros já chegaram ao topo.

— Continuaremos — assegurou-lhe Egil, pálido como um fantasma, encostado em uma árvore e puxando pelo nariz o máximo de ar que conseguia.

— Não se preocupe, instrutor — disse Gerd, que, ao contrário de Egil, estava vermelho como uma pimenta. Mas ambos estavam igualmente exaustos.

Markoon assentiu e continuou descendo a floresta para resgatar aqueles que haviam sido deixados para trás. Lasgol assumiu a liderança e, mantendo ritmo firme, conduziu-os até o limite da floresta. Lá, encontraram uma dúzia de companheiros que também tentavam se recompor. Eles olharam para cima, sem forças.

— O que houve? — perguntou Viggo.

— Isso — respondeu um deles, apontando para o topo.

O topo…

— Por todos os gelos! A subida final é de matar! — exclamou Viggo, com raiva.

— Não… vou… conseguir chegar lá — disse Gerd, e caiu no chão.

— Eu também não, não tenho mais forças… — imitou Egil.

Lasgol estudou a encosta e o cume. Acima conseguia distinguir as silhuetas daqueles que já haviam conseguido subir.

— Não parem! Sigam em frente! — A ordem de Markoon veio de trás deles.

Lasgol ofereceu a mão para Egil.

— Vamos, eu vou te ajudar. Nós vamos conseguir.

Egil respirou fundo.

— Está bem. Vamos.

Lasgol, com um puxão, ergueu o amigo. Então olhou para Viggo e acenou com a cabeça para que ele fizesse o mesmo.

Viggo balançou a cabeça.

— Você sabe quanto pesa esse mastodonte? — disse Viggo, apontando para Gerd.

Lasgol lançou-lhe um olhar de "não seja assim". Viggo bufou, praguejou e apertou a mão de Gerd. Então o ajudou com um forte puxão. Os quatro iniciaram a última parte da subida acabados, com os corpos doloridos, que os torturavam a cada passo, sem forças, mas com a determinação de quem nunca desiste.

A cinquenta passos do cume, onde a inclinação quase os obrigava a subir de quatro, Gerd desabou. Lasgol pensou em parar para ajudá-lo, mas se fizesse isso Egil não conseguiria seguir.

— Vamos, Panteras! — rugiu Ingrid lá de cima. — Venham!

— Eu cuido dele, continue — disse Viggo a Lasgol.

Lasgol pegou o braço de Egil, colocou-o em volta do pescoço e marchou até o cume, meio que arrastando o amigo. Nilsa agarrou-os e puxou-os para o topo para que não caíssem morro abaixo.

— Vamos, Gerd! Você consegue! — gritou Ingrid.

Ao ouvir os gritos de Ingrid, os demais capitães começaram a encorajar os seus, que lutavam contra a última subida. Gerd, quase pendurado nas costas de Viggo, deixou-se arrastar pelo companheiro; com uma mão e um joelho apoiados no chão, ele conseguiu jogar a outra perna e dar dois passos à frente. Então, olhou para o cume.

— Aqui, Gerd! — disse Ingrid, estendendo a mão.

— Vamos, grandalhão — pediu Viggo, que não conseguia dar mais nenhum passo. Gerd levantou um joelho e se jogou com a força que lhe restava. Ele arrastou Viggo consigo nos últimos passos, como se fosse um boi. Ingrid os recebeu com uma trombada tremenda que acabou com os três no chão do cume.

Eles tinham conseguido.

Gerd, Egil, Viggo e Lasgol ficaram deitados no chão, incapazes de mover um músculo; destruídos, exaustos, felizes.

Eles tinham conseguido!

Eles levaram uma eternidade para descer e voltar ao acampamento para comer. Todas as equipes mostravam o cansaço da subida. Isso fez com que chegassem atrasados e Oden ficou furioso.

— Os de segundo ano têm que servir os de primeiro! — gritou.

Os capitães das nove equipes pediram desculpas e tentaram acalmar a fúria do instrutor-maior.

— Dois de cada equipe, vão servir! — ordenou Oden.

Lasgol se ofereceu como voluntário. Ingrid não aceitou.

— As que estão mais inteiras somos Nilsa e eu. Nós faremos isso. Vocês, descansem.

— Como deve ser. Servir é função de... — começou Viggo.

Ingrid cerrou o punho e inclinou o braço para acertá-lo como um ciclone.

— Termine a frase e você ficará sem dentes — ameaçou.

— ...de todos igualmente... — finalizou Viggo, com um enorme sorriso.

— Brinque com fogo e vai ver como vai acabar.

Viggo sorriu de orelha a orelha. Não acrescentou mais nada. Ajudou a acalmar Gerd, que nem conseguia ficar de pé. A hora da refeição parecia um funeral. Estavam todos tão sem vida que nem falavam. Quando Ingrid e Nilsa voltaram, Gerd estava roncando na mesa e Egil havia adormecido no banco. Não foram os únicos. A aparência das outras equipes não era muito melhor.

— Como são os de primeiro ano? — perguntou Lasgol às meninas.

— Parecem cordeiros a caminho do matadouro — disse Ingrid enquanto devorava uma perna de peru cozida com legumes e especiarias.

— Eles parecem apavorados, os coitados — explicou Nilsa.

— Acho que assim como nós quando chegamos.

— É o primeiro dia deles. Estão morrendo de medo — comentou Ingrid.

Eles terminaram de comer em silêncio. Lasgol se perguntou se haveria alguém como ele naquele novo grupo de iniciados. Provavelmente não, embora certamente houvesse alguns interessantes, com histórias que valia a pena conhecer. Infelizmente, a atividade do acampamento iria engoli-los e não haveria oportunidade de conhecê-los. Teriam um ano muito intenso. Bastante. Desejou sorte aos iniciados; eles precisariam disso. Então, pensou em sua equipe e reconheceu que também precisariam de toda a sorte do mundo.

— Nem todos eles — disse Nilsa, apontando para uma das mesas.

Uma garota loira com cabelos longos e ondulados levantou-se e estava varrendo a sala de jantar com o olhar. Dava a impressão de estar procurando por algo ou alguém e não parecia se importar com o fato de seu comportamento parecer estranho. Ela era de uma beleza irrefutável, com a pele branca como a neve e um nariz pequeno e pontudo; os lábios carnudos e vermelhos. Seu rosto mostrava determinação e ela não parecia nem um pouco assustada, muito pelo contrário. Tinha enormes olhos azuis que, de repente, se fixaram em Lasgol.

— Aquela iniciada não parece exatamente tímida... — disse Viggo, percebendo que ela estava olhando para Lasgol. De repente, a garota atravessou a sala de jantar na direção de Lasgol, ignorando todos, como se os presentes não passassem de móveis.

— Acho que ela está vindo até você... — avisou Ingrid.

— Até mim? Não acho...

A garota chegou à mesa dos Panteras, contornou-a e, com os olhos fixos em Lasgol, ficou ao lado dele.

— Você é Lasgol Eklund? — perguntou, com uma voz suave, quase melódica.

O garoto ficou tenso. Ele a observou, inquieto. Estava acostumado a ter surpresas desagradáveis com as pessoas que o abordavam.

— Não incomode, novata — interveio Ingrid antes que ele pudesse responder.

A garota olhou rapidamente para Ingrid e sorriu. Não estava intimidada. Aquilo era muito estranho. Ingrid impressionava até o guerreiro mais condecorado.

— Eu só quero conhecer o herói que salvou o rei e de quem todos falam — disse ela, olhando para Lasgol e dando-lhe um sorriso encantador.

— Era só o que faltava, agora tem admiradores! — reclamou Viggo, com um gesto de desespero.

— Eh... eu... Bem, não foi grande coisa... — balbuciou Lasgol.

— Foi um ato de coragem incrível — disse ela, ainda sorrindo para ele.

O garoto ficou muito vermelho.

— Olha como ele fica vermelho! — exclamou Nilsa, batendo palmas; ela gostava da situação desconfortável em que o amigo estava.

— Eu... não...

— Eu só queria vir e me apresentar. Meu nome é Val Blohm — disse ela, curvando-se formalmente.

— É um prazer — respondeu Lasgol, recuperando a compostura.

— É uma honra cumprimentá-lo — acrescentou ela. — Vou voltar para a minha equipe, não quero incomodar, mas, se tiver tempo um dia... adoraria conhecer você...

— Lasgol tem muitos afazeres, não tem tempo para bobagens — disse Ingrid, franzindo a testa e tentando dissuadir a jovem.

— Se não for problema, prefiro que Lasgol me responda — contestou a garota, com voz neutra e calma, sem olhar para Ingrid.

— Eu... uh... Sim, claro — murmurou Lasgol.

— Ótimo — disse Val, e se despediu com outro sorriso que teria tirado o fôlego do mais galante conquistador do reino.

Todos a observaram partir.

— "Adoraria conhecer você" — repetiu Viggo sarcasticamente, imitando a voz doce de Val.

— Ela não parece tímida — observou Nilsa.

— Nem fácil de intimidar — disse Ingrid, chateada por não ter conseguido dissuadi-la.

— Ela é... linda... — comentou Lasgol, sem perceber que estava falando alto.

Seus companheiros olharam para ele e riram.

— Termine a refeição, galã — disse Ingrid, balançando a cabeça, sem conseguir evitar o riso.

— Nosso Lasgol é uma celebridade entre as garotas — comentou Nilsa, rindo.

O garoto continuou comendo enquanto pensava no que havia acontecido. De uma mesa próxima, outra pessoa observava a cena e olhava para Lasgol com expressão de desagrado. Era a capitã dos Corujas: Astrid.

À tarde, receberam instruções de pontaria. Felizmente, ou talvez porque os instrutores os tivessem visto tão exaustos, em vez do ensino prático, optaram pelo ensino teórico.

Eles levaram todos para os campos de tiro e os separaram em três grupos de três equipes.

— Panteras, Ursos e Javalis, comigo. Sentem-se ao meu redor em um grande círculo, dessa forma será mais fácil explicar para vocês — disse a instrutora. — Meu nome é Marga e sou instrutora do segundo ano da maestria de Atiradores.

Lasgol a analisou por um momento. Eles não a conheciam. Seu cabelo castanho estava preso em um rabo de cavalo e os olhos castanhos olhavam para eles como se os analisassem. Ele ficou impressionado com o fato de ela ter inúmeras sardas por todo o rosto. Parecia que o sol havia espirrado nela. Havia dois arcos pendurados em seu ombro. Ela pegou o primeiro e mostrou para que todos pudessem ver.

— Vocês reconhecem isto, certo? — Todos assentiram. Era o arco com que tinham aprendido a atirar no ano anterior. — Este arco que vocês conhecem é o que chamamos de arco simples. Se estão aqui hoje, significa que sabem fabricar as peças, montar o arco e atirar com ele.

Eles assentiram outra vez, orgulhosos de terem conseguido e de estarem no segundo ano tendo passado na instrução da maestria de Atiradores do ano anterior.

— Isto não é um arco de guardião — disse Marga, segurando-o e quebrando-o em dois na perna. Depois, jogou-o no chão com desprezo.

Surpreso, Lasgol arregalou os olhos e ficou boquiaberto.

— Esse é o arco de um caçador furtivo, de um malfeitor, de um ladrão. Um arco simples e funcional. Prático e resistente. Mas não é um arco de guardião. *O caminho* ensina que nós, guardiões, vivemos e morremos pelo nosso arco. Nunca se esqueçam disso. A faca e o machado curto são armas de apoio, ferramentas, mas o guardião é sempre guiado pelo seu arco. Entendido?

"Sins" foram ouvidos, embora o rosto de alguns, incluindo o de Gerd e o de Nilsa, mostrasse que ainda não haviam se recuperado da quebra do arco. Ingrid, chateada, balançou a cabeça.

— Este é o arco de um guardião — continuou Marga, mostrando o outro arco que carregava. — Peguem-no. Examinem-no.

O arco foi passado de mão em mão. Quando chegou a Lasgol, ele o inspecionou cuidadosamente; era muito diferente daquele que estavam utilizando.

— Este é um arco composto. Chama-se assim porque não é feito de uma única peça principal, como é o caso do simples. Isso torna a sua fabricação, montagem e utilização mais complexas. Mas, graças aos diferentes componentes, é possível obter um alcance muito aprimorado e uma maior estabilidade. Ou seja, vai mais longe e desvia menos, só esclarecendo para vocês que me olham com cara confusa. — Então, ela perguntou: — Qual é o alcance do arco simples?

— Entre cento e cinquenta e cento e setenta e cinco passos — respondeu Ahart, o capitão dos Ursos.

— Correto. No entanto, o alcance do arco composto é de cerca de duzentos a trezentos passos.

Ingrid assentiu várias vezes. Ela gostava daquilo.

— Qual é o alcance de um mago ou feiticeiro com seus conjuros?

— Cerca de duzentos a duzentos e setenta e cinco passos — disse Jobas, o capitão dos Javalis.

— Digam-me, então: qual dos dois arcos vocês preferem usar?

— O complexo! — disse Nilsa, com tanta força que soou como um grito.

A instrutora se aproximou de Nilsa:

— Contra a magia, o melhor amigo de um guardião é seu arco composto. — Nilsa assentia entusiasmada. — Além disso, é muito mais potente: na mesma distância pode atravessar madeira e até metal, e é mais leve. O amigo perfeito do guardião — concluiu Marga, com um sorriso.

— Pode atravessar uma armadura de malha? — perguntou um garoto moreno da equipe dos Ursos.

— Com certeza. A menos de duzentos passos, sem problemas. Entre duzentos e trezentos, depende da qualidade da armadura.

— Mesmo uma armadura pesada, como a dos rogdanos?

Egil estava muito interessado.

— Boa pergunta. Armaduras pesadas, feitas de placas ou chapas de aço, são mais complicadas de perfurar. É preciso alguma prática para fazer isso, mas é possível. A menos de cinquenta passos é viável. Vou ensinar-lhes como fazer isso ao longo deste ano.

— Fascinante — disse Egil.

— Mas o arco composto tem uma desvantagem importante que vocês nunca devem esquecer. Alguém se atreve a adivinhar qual é?

— O cordame? — propôs Mark, um menino loiro da equipe dos Javalis.

A instrutora Marga negou com a cabeça.

— Requer flechas especiais? Mais pesadas? — disse Niko, outro garoto dos Javalis.

— Não. — Marga negou com a cabeça outra vez.

— É mais poderoso e mais leve... — disse Egil, pensando em voz alta. — Portanto, pode-se deduzir que quanto maior a potência e menor o peso... maior a fragilidade?

A instrutora olhou para ele, surpresa.

— Exatamente... Vejo que você usa a cabeça.

Egil sorriu. Gerd deu um tapinha nas costas dele em reconhecimento.

— Na verdade, o problema desses arcos é que eles são frágeis e é preciso ter extremo cuidado, principalmente na presença de umidade. Eles não devem ser molhados em hipótese alguma. Entendido? — Todos assentiram. — Agora, vou explicar as diferentes partes, os materiais utilizados para o preparo, a composição e os cuidados que devem tomar. Prestem atenção, toda a sua atenção.

Marga explicou a eles sobre o corpo de madeira revestido de chifre de cabra. O exterior coberto com tendão. As três partes eram coladas com cola animal. Uma vez unidas, eram reforçadas com tiras de couro. Ela continuou com as explicações até o anoitecer.

Quando se retiraram para descansar, uma coisa estava na cabeça de todos: eles tinham que experimentar aquela nova arma que seria sua companheira inseparável depois de se tornarem guardiões. Ingrid sonhou que estava perfurando escudos e armaduras com seu arco; Nilsa, que atingia o coração de magos e feiticeiros a trezentos passos sem que eles pudessem fazer nada para impedir. Lasgol sonhou que acertava seis vezes mais rápido e a cada vez acertava o centro do alvo.

Infelizmente, naquele momento, aqueles eram sonhos inatingíveis.

Capítulo 14

Os dias passaram em um piscar de olhos. Eles treinavam muito todas as manhãs; contudo, o desempenho não parecia melhorar. Pelo contrário, piorava. Nos primeiros dias as equipes fizeram o possível para chegar ao topo do Enforcado e ficar bem diante do instrutor Markoon. Infelizmente, não tinham previsto que teriam que pagar um preço muito elevado por esse esforço excessivo.

Lasgol não conseguia mais chegar ao cume, seu corpo não respondia. A ajuda que vinha prestando aos colegas acabou deixando-o exausto, sem um pingo de forças para se recuperar. O mesmo acontecia com Viggo, que não conseguia mais chegar ao topo. Até Ingrid começava a vacilar, pois precisava ajudar Nilsa, que começava a dar sinais de fraqueza. As demais equipes estavam passando por uma experiência muito semelhante. Apenas alguns, entre eles Isgord, os gêmeos de sua equipe e os capitães dos Ursos, Lobos e Javalis, tinham conseguido melhorar. O restante sofria horrores para completar o teste todas as manhãs.

Todos os dias, ao meio-dia, os Panteras voltavam exaustos para o refeitório. Sentar-se à mesa tornou-se uma bênção, e não pela comida que iriam saborear, que também ajudava, mas porque podiam descansar. O simples fato de poder sentar e descansar era a maior das bênçãos.

— Está sendo difícil, mas com o tempo vamos nos acostumando — incentivou Ingrid.

— Você acha? — perguntou Nilsa, incerta.

Gerd e Egil nem falaram. Estavam comendo para repor as energias. No entanto, seus corpos e mentes estavam tão exaustos que não conseguiam falar.

— Quanto mais tentarmos, mais forte nosso corpo se tornará — garantiu Ingrid.

— Ou isso, ou certamente vamos sucumbir — acrescentou Viggo.

— Não creio que nos levem a esse extremo — disse Lasgol.

— Tem certeza? Olhe para nós. Mais uma semana disso e não estaremos aqui para contar — garantiu o outro.

— Markoon sabe o que está fazendo — disse Ingrid.

— Tomara... — Foi o comentário de Viggo.

Pelo menos a instrução da maestria de Fauna, a favorita de Gerd, estava se mostrando muito divertida. Eles estavam indo para as florestas do Sul para atualizar o conhecimento adquirido no ano anterior. O novo instrutor responsável era um tanto brusco. Seu nome era Guntar e ele era parecido com Sven, exceto que Guntar tinha tanto o cabelo quanto a barba espessa loiros platinados. Ele parecia o irmão albino do guardião-maior. Se o céu estivesse limpo, poderia ser visto a uma légua de distância, com o cabelo e a barba brilhando em contato com os raios do sol. Era realmente pitoresco. Além de ter uma aparência única, Guntar tinha hábitos um tanto inusitados, como dar um chute no traseiro de quem errasse. E os chutes eram dolorosos. Gerd estava gostando dos erros dos outros até chegar a sua vez.

— Vamos ver, grandalhão. Esse rastro é de que animal?

Gerd estava de quatro examinando cuidadosamente os rastros. Tinha dúvidas. Ele olhou para Lasgol com o canto do olho.

— Nem uma palavra. — Guntar ameaçou Lasgol, apontando o dedo indicador para ele.

Gerd suspirou e se concentrou. Um momento depois, deu sua resposta:

— É de raposa — disse ele, olhando para Lasgol com uma expressão de dúvida.

Antes que o colega pudesse dizer alguma coisa, Gerd recebeu um tremendo chute nas nádegas.

— São de lobos jovens! — corrigiu Guntar.

— Mas são muito pequenas — reclamou Gerd.

Recebeu outro chute.

— Porque são de um animal jovem, de um filhote — disse Guntar.

— Ah...

— Vejo que muitos de vocês não conseguem distinguir o esterco de vaca do de cabra-montesa. Não se preocupem, minha bota e eu vamos ensinar. Será um prazer e uma honra.

Gerd se levantou e colocou as mãos nas nádegas doloridas. Não estava mais se divertindo tanto.

— Hoje vamos fazer um novo exercício — disse Guntar. — Faremos um teste de força e equilíbrio. Vou ensinar a vocês a luta do urso. Peguem esses arneses e coloquem-nos.

Eles se aproximaram de uma cesta em que havia alguns cintos estranhos de corda trançada. Lasgol pegou um e viu que dele pendiam duas meias-luas, também feitas de corda trançada, presas pelas pontas.

— Coloquem o cinto no chão. Primeiro passem as pernas pelas duas partes penduradas e depois amarrem bem na cintura. — O instrutor demonstrou como fazer.

Gerd teve alguma dificuldade devido ao tamanho da cintura, mas conseguiu enfiar as duas pernas e amarrar o cinto.

— Muito bem, agora vão de dois em dois, mas com alguém de uma equipe diferente, não da sua.

A busca por um par foi um pouco caótica, ninguém sabia ao certo com quem queria formar dupla.

— Vamos! Não temos o dia todo! — rugiu Guntar.

Eles foram se unindo graças aos gritos dos instrutores-assistentes de Guntar, que os apressavam.

De repente, Lasgol viu Isgord afastar um colega e se aproximar dele. Ele avançou com passo determinado e olhar de ódio intenso. Iria formar dupla com ele.

Ah, não... ele está vindo para brigar, pensou Lasgol, e seu estômago se apertou. Ele não queria um confronto. Alguém avançou na frente de Isgord e ficou diante de Lasgol com um rápido passo para o lado.

— Eu serei sua dupla — disse uma voz feminina.

Lasgol desviou o olhar de Isgord e descobriu o rosto de Astrid à sua frente. Ficou chocado.

— Você não se importa, não é?

— Eu... Não... Claro que não. — Ele conseguiu reagir.

— Ótimo. Quero descobrir do que são feitos os heróis.

— Bem... herói... também não ...

— Bobagem. Você é um herói. Todo mundo sabe. Você salvou o rei.

— Por puro reflexo...

Astrid sorriu e seu rosto se iluminou. O garoto não sabia o que dizer ou fazer. Ficou olhando para ela deslumbrado.

— Eu vou te pegar, você não conseguirá fugir toda vez — ameaçou Isgord, fazendo um gesto de ódio com o punho.

Lasgol ia responder, mas Astrid sussurrou para ele:

— Ignore. A inveja o corrói.

— Não entendo por quê, se ele é o melhor em tudo...

— Mas não é um herói — ressaltou a garota, com um sorriso.

Lasgol sorriu com o comentário e imediatamente se sentiu melhor. Guntar ergueu a mão.

— Vejam como fazemos isso.

Um dos instrutores com o arnês no cinto ficou na frente de Guntar. Eles se inclinaram um para o outro com as pernas flexionadas e abertas, agarraram os cintos um do outro, uma mão em cada lado do quadril, e Guntar começou a contar:

— Três, dois, um... Agora!

Naquele momento, os dois lutadores tentaram derrubar um ao outro sem tirar as mãos dos cintos, usando a força.

— O primeiro a derrubar seu rival vence! Suas mãos nunca podem soltar os cintos, vocês devem usar as pernas!

Os dois lutadores usavam os braços para levantar o adversário do chão e tentavam desestabilizá-lo com as pernas. Lasgol entendeu por que chamavam aquilo de luta de ursos. Pareciam dois ursos abraçados, lutando para derrubar um ao outro. Finalmente, Guntar conseguiu levantar o oponente do chão o suficiente para bater com o quadril nele e fazê-lo cair no chão com um grande puxão.

— Agora é a vez de vocês — ordenou Guntar. — Segurem firmemente os cintos de segurança.

A luta começou. Lasgol olhou para Astrid e sentiu um misto de vergonha e nervosismo pela situação que o deixou paralisado.

— O quê? Você tem medo de mim? — disse ela, piscando para ele.

Lasgol corou. Ele respirou, se abaixou e agarrou o cinto de Astrid. Ela fez o mesmo. A cabeça de cada um estava no ombro do outro. Ele podia ouvir a respiração dela, sentir o hálito quente em seu pescoço. O cabelo dela cheirava a flores e a algo doce que ele não conseguia identificar. Por um momento, Lasgol esqueceu onde estava e o que estava fazendo. Uma sensação agradável percorreu seu peito, tão excitante que ele nem conseguia pensar. Astrid o trouxe de volta à realidade com um puxão forte que o ergueu três dedos do chão e quase o derrubou.

Os mais fortes pareciam ter uma clara vantagem, mas logo descobriram que não era necessariamente esse o caso.

— Usem a força excessiva do oponente para desequilibrá-lo — destacou Guntar.

Gerd foi um dos primeiros a experimentar isso. Ele dominava com facilidade seu adversário, Axel, um garoto bem menos forte do time dos Lobos. Mas, em determinado momento da luta, quando Gerd puxou com força o garoto, ele, em vez de usar a força na direção oposta, deixou-se levar sem oferecer resistência, o que fez com que Gerd caísse de costas.

Gerd começou a rir.

— Muito bom! — parabenizou o rival, que o ajudou a se levantar.

— Este teste fortalecerá todo o seu corpo, além de ajudar a melhorar o equilíbrio, essencial para um guardião.

Lasgol lutou com Astrid, aproveitando cada momento, e torceu para que a aula nunca acabasse. A garota deu uma surra nele, o que Lasgol aceitou de bom grado. Cada vez que ela o derrubava, os dois riam e Lasgol sentia-se tão feliz por estar com ela, ao lado dela, que as derrotas lhe pareciam insignificantes. Infelizmente chegou a hora de voltar para jantar e Guntar encerrou a sessão.

— Não foi ruim, herói — disse Astrid.

— Sete a dois. — Lasgol contou o resultado do confronto.

— Eu venci. Estou feliz, mas um pouco decepcionada; esperava mais de um herói — disse ela, com um olhar cheio de zombaria.

— Os heróis não são como nas lendas.

Astrid de repente ficou séria.

— Você não teria me deixado vencer, não é? Diga que não...

— Não! Claro que não. Você me derrotou, garanto que não me deixei vencer. Tenho meu orgulho... amor-próprio e tal...

— Melhor assim — disse ela, sorrindo. — Até mais, herói. — Depois, foi embora com a própria equipe.

Lasgol a observou partir e seu estômago embrulhou.

— Foi ótimo! — exclamou Gerd, e deu-lhe um tapa nas costas que quase o derrubou.

— Sim, foi ótimo — concordou Lasgol, seguindo Astrid com os olhos.

— Vamos jantar.

— Vamos, grandalhão, estou morrendo de fome.

Depois do jantar, já na cabana, Viggo começou a praticar com sua adaga. Estava atirando em um pequeno alvo que havia desenhado na veneziana do seu lado da cabana. Ele jogava do beliche, descia, pegava a adaga e voltava a subir para começar de novo. Nunca falhava; sempre acertava o centro.

— Você tem que fazer isso o tempo todo? Está me deixando nervoso — reclamou Gerd.

— Você está é com medo.

— Estou embaixo de você, se eu me levantar, você vai acertar o meu pescoço!

Viggo riu.

— Seria muito divertido.

— Não vejo graça nisso.

— Tenho que praticar — disse Viggo e, ignorando as reclamações de Gerd, lançou a adaga novamente. No alvo mais uma vez.

— Não é verdade, você está jogando com sua própria adaga, e não com a faca de guardião, que está guardada no baú.

— Esta é uma adaga de arremesso noceana, uma arma requintada — disse ele, mostrando-a.

Um feixe de luz da lamparina a óleo banhou a lâmina e a arma emitiu um perigoso brilho prateado.

— Se você já tem a faca de guardião e vão nos avaliar com ela, não sei por que quer aprender a usar essa arma.

— Esta arma — disse ele, mostrando-lhe os dois gumes — é muito mais precisa do que a faca de guardião. É equilibrada, foi criada para ser lançada. A forma e o peso seguem o desenho criado por um armeiro experiente.

— Como você conseguiu isso? — Interessou-se Lasgol, que estava alimentando Camu com alface e frutas.

— Vocês querem saber, não é? Bom, não vou contar, basta vocês saberem que tenho meu jeito de conseguir as coisas.

— Não seja misterioso — reclamou Gerd. — Eu acho que o que você ganha são punhais, gazuas e outros "utensílios" que não servem para nada de bom.

Viggo sorriu e em seus olhos surgiu um brilho sinistro.

— Eu não vou negar. Também posso arranjar venenos, armadilhas, álcool…

— Não, obrigado. Eu não quero nada disso. E também não entendo por que você quer essa adaga.

— Para acertar contas — disse isso com um tom tão sério e frio que Lasgol sentiu um arrepio.

— Tenha cuidado… não siga o caminho errado… — Gerd o aconselhou.

— Não se preocupe, gigante; eu irei pelo caminho que tenho que seguir. Tenho contas pendentes e um dia irei liquidá-las.

Lasgol ficou intrigado, embora já conhecesse Viggo o suficiente para saber que ele não contaria nada. Camu gritou pedindo mais comida e Lasgol deu mais vegetais e ele. Tanto no almoço quanto no jantar, todos guardavam alguns legumes e frutas para Camu, para que não suspeitassem de Lasgol por ele estar pedindo comida nas cozinhas. Até Nilsa, embora se recusasse a saber qualquer coisa sobre a criatura por ela ter magia, também não queria deixá-la morrer de fome. No fundo, ela tinha um grande coração, mas a magia, pelo que havia acontecido com seu pai, a transformava em outra pessoa. "O ódio cega os homens", dissera o pai de Lasgol a ele. E estava certo.

— O que você está fazendo com esse livro, sabichão? — perguntou Viggo a Egil, que estava absorto lendo um livro de capa marrom.

Egil levantou a cabeça e disse:

— Estou revisando minhas anotações.

— Anotações? Que anotações?

— Estou anotando o que acho interessante, descobertas que considero valiosas.

— Espero que não esteja escrevendo nada sobre mim...

— Ainda não encontrei nada de valor para escrever sobre você. Sinto muito. Seguirei procurando.

Houve um momento de silêncio enquanto Viggo, Gerd e Lasgol digeriam as palavras de Egil.

— Seu... — murmurou Viggo entre dentes ao perceber que Egil o havia insultado com muita delicadeza.

Gerd começou a rir e caiu da cama no chão, onde continuou rindo. Lasgol não conseguiu se conter e começou a rir também. Vendo todos rindo, Camu começou a flexionar as pernas e abanar o rabo com muito ânimo.

— Meus estudos se concentram principalmente em Camu e Lasgol — disse Egil, para que Viggo não ficasse mais irritado.

— Sobre esses dois esquisitos? Por quê? — Viggo não se conteve.

— O fato de Lasgol ter esse dom é algo fascinante que devemos estudar e compreender. Descobrir os segredos, as limitações, a forma como as habilidades se desenvolvem... São tantas incógnitas para compreender e decifrar... É tão complexo, desconhecido e, ao mesmo tempo, incrível...

— Isso já não foi estudado? O dom, quero dizer — perguntou Gerd.

— Sim e não. Existem manuais escritos principalmente por magos e feiticeiros que estudaram o assunto, mas são tendenciosos, parciais, condicionados pelos próprios dons e pelas observações que fizeram sobre si mesmos, sobre a própria pessoa. Ainda há muito para investigar, descobrir e compreender. Não há nenhum livro que eu conheça que fale, por exemplo, sobre o tipo de dom que Lasgol tem, que explique por que não é um mago e suas habilidades parecem estar ligadas ao seu ambiente, à natureza. É realmente intrigante. E, claro, não há nada escrito sobre uma criatura tão excepcional como Camu. Perguntei aos bibliotecários e eles me garantiram que não. Nem mesmo na Biblioteca Real. Embora nós, norghanos, não sejamos exatamente os mais inclinados aos estudos e às artes, talvez haja algo na ilustre biblioteca de Bintantium, localizada em Erenalia, capital do Reino de Erenal. O que eu não daria para poder viajar ao Reino do Oriente e visitar a biblioteca! Dizem que é a maior de toda a Trêmia.

— Como você gosta de livros e bibliotecas! Você não tem jeito, sabichão — disse Viggo.

— Não seria perigoso para você estudar Lasgol e Camu? E se acontecer um acidente? — perguntou Gerd, com o rosto refletindo o medo diante daquela possibilidade. — Lasgol já teve vários percalços com o ovo de Camu...

— Não se preocupe. Serei muito cuidadoso. Pense que o fato de Lasgol ter o dom é algo que deve ser analisado e anotado para as futuras gerações de estudiosos. Ou para ajudar pessoas que, como Lasgol, têm o dom, mas não sabem quase nada sobre ele. Isso prevenirá acidentes e protegerá outros escolhidos.

— Não estou muito convencido... — confessou Gerd.

— Não estou nem um pouco convencido — ressaltou Viggo. — E você vai permitir ser estudado assim mesmo? — perguntou para Lasgol.

O garoto deu de ombros.

— Ele me convenceu. Não estou muito entusiasmado com isso, mas acho que pode ser bom para mim, para entender o que está acontecendo comigo e como controlar meu dom... E, claro, para outros como eu.

— Você não sabe como controlar seu dom? — disse Gerd, cada vez mais assustado.

— Bem, eu posso controlar as coisas que conheço, as poucas habilidades que consegui desenvolver. Mas há muitas coisas que não sei, se não quase todas.

Gerd balançou a cabeça.

— Eu não gosto nada disso.

— Seja lá o que fizer, faça daquele lado da cabana, não do nosso. — Viggo traçou uma linha invisível com sua adaga, dividindo a cabana em duas.

— Sem problemas. Realizaremos os estudos nesta seção.

— Se algo acontecer com a gente, vocês vão pagar por isso — ameaçou Viggo com a adaga.

— Não se preocupe. O estudo será completamente inofensivo. A maior parte será teórica.

— É melhor mesmo...

Viggo voltou a jogar a adaga e Gerd deitou-se na cama para descansar. Lasgol sussurrou no ouvido de Egil:

— Teóricos? Inofensivos? Tem certeza?

Egil sorriu e seus olhos brilharam de excitação:

— Nem um pouco. Eles serão práticos. Será extremamente emocionante!

Lasgol suspirou profundamente e balançou a cabeça. Aquela ideia ia acabar mal, muito mal...

Capítulo 15

De repente, não eram só os dias que passavam voando, as semanas também. Os aprendizes estavam tão absortos na instrução, tentando assimilar todo o conhecimento que lhes transmitiam e não sucumbir ao treinamento físico, que cada piscadela parecia consumir o dia.

Naquela tarde, Lasgol e Egil chegaram à instrução da maestria de Natureza com um pouco de atraso. Camu tinha decidido ir explorar enquanto todos estavam comendo após o exercício matinal, e Lasgol havia demorado uma eternidade para encontrá-lo e fazê-lo voltar à cabana. A criatura estava cada vez mais inquieta. Em pouco tempo, Lasgol não conseguiria mais controlá-la. Egil o tinha ajudado a procurar e, agora, teriam que enfrentar o aborrecimento de Eyra.

— A pontualidade é uma virtude para trabalhar — repreendeu a guardiã-maior anciã.

— Sinto muito, senhora — desculpou-se Lasgol, e rapidamente se sentaram à mesa comprida, com o restante dos colegas.

— Que isso não se repita, jovens Panteras, ou direi a Iria que experimente as novas poções em vocês dois.

A instrutora Iria sorriu e em seus olhos brilhou uma advertência.

— Vocês não vão gostar do efeito — garantiu ela.

Estavam em uma das cabanas reservadas para a maestria de Natureza na região da grande floresta. Dentro dela, havia quinze mesas longas e estreitas com seis cadeiras em cada uma. Cada equipe ocupava uma daquelas mesas de trabalho e experimentação. Apoiadas em cada uma das quatro paredes, havia estantes enormes com centenas de instrumentos, plantas e matérias-primas de todo tipo, armazenadas em recipientes diferentes, adequados para cada tipo de substância. Na frente, na única parede de pedra, havia três fornos de adobe reforçado e, junto a eles, outras três grandes lareiras em que ardia um fogo baixo. Havia utensílios para cozimento e poções que precisavam ser aquecidas e levadas à ebulição. Ao lado de cada lareira, havia uma mesa com utensílios, vasilhas, potes e inúmeras ferramentas.

— Quero lembrá-los — prosseguiu Eyra — de que, na maestria de Natureza, é fundamental conhecer o mundo que nos rodeia: as florestas, as montanhas, cada planta, cada árvore, cada elemento da natureza. *O caminho do guardião* nos diz que um bom guardião deve conhecer à perfeição o entorno que deve proteger, e não só isso: deve conseguir fazer parte dele. Eu me certificarei de que não se esqueçam disso e que dia após dia vocês se fundam com a natureza ao nosso redor.

— Hoje, com a ajuda de Iria e Megan — informou Eyra, cumprimentando as duas instrutoras —, aprenderemos uma poção muito útil que todo guardião deve saber preparar. Hoje vocês aprenderão a elaborar o Sonho de Verão.

Lasgol e Egil se entreolharam. O que seria isso? E, mais importante, para que serviria?

— Não, não é um veneno — continuou a guardiã-maior. — Já sei que todos ficam fascinados pelos venenos, mas vamos deixar para vê-los mais adiante. Ainda não os vejo capacitados para começar a prepará-los e não quero que "acidentes irreparáveis" ocorram. O Sonho de Verão é uma poção muito especial. É difícil de preparar, não vou mentir, porém será de grande utilidade quando a dominarem.

Todos estavam interessadíssimos. Nilsa quicava na cadeira, mas Gerd não parecia muito contente; tinha medo dos venenos e das poções com efeitos perniciosos ou estranhos.

— Esta poção — disse Eyra, mostrando uma garrafa de vidro fechada com uma tampa de rolha — permite fazer com que alguém adormeça como um bebê. A pessoa entra em um sono de verão agradável do qual não acorda por pelo menos um dia.

— Fascinante! — exclamou Egil.

— Sim... muito interessante... — acrescentou Viggo, com um olhar sinistro.

— Ah! Eu já sei fazer isso — disse Ingrid, que parecia desapontada.

— Algumas situações requerem mais sutileza — respondeu Egil.

— E dissimulação — apontou Viggo.

— Eu não gosto disso... — reclamou Gerd.

— Será divertido. — Nilsa aplaudia sem deixar as palmas se tocarem, para não fazer barulho.

— É melhor termos cuidado — disse Lasgol.

Eyra pigarreou para acabar com os cochichos de todas as mesas.

— Iria e Megan ajudarão vocês com os ingredientes, que estão espalhados nas estantes. Vocês aprenderão as propriedades de cada um deles e, em seguida, os tempos de cozimento e o modo de preparo. Recomendo que prestem muita atenção. E quando digo muita, quero dizer toda.

Iria se aproximou da mesa dos Panteras e os levou às estantes. Ela foi explicando cada um dos componentes de que precisavam, o nome, onde poderiam ser encontrados e qual era a função na poção. Os Panteras ouviam sem perder nenhum detalhe. Voltaram à mesa e prepararam os ingredientes como Iria lhes tinha explicado. Depois, esperaram a vez de ocupar uma das chamas. Quando os Javalis liberaram uma, Iria indicou que a usassem. Egil era o preparador. Calçou duas luvas de couro reforçado, e Gerd colocou a preparação em uma caçarola e tampou o nariz e a boca do amigo com um lenço especial muito grosso.

— Após a ebulição, esperem que mude de cor e misturem o restante dos componentes — indicou Iria.

Egil se portava como se fosse um alquimista experiente, o que não os surpreendeu. Fez a mistura com muito cuidado; então começou a sair uma fumaça amarronzada após a reação. Todos, menos ele, deram um passo para trás, assustados.

— Calma, é uma reação normal — disse Iria. — Agora devem deixar que chegue ao ponto de ebulição pela segunda vez e retirar do fogo.

Egil seguiu todas as instruções. Ao finalizar, se afastaram do fogo com a preparação: um líquido verde. Egil segurava o recipiente com um alicate para não se queimar. Ele o colocou no meio da mesa.

— Tampem-no e esperem que a cor mude — disse Iria.

Aguardaram, intrigados. Todos olhavam para o recipiente.

Iria foi responder às perguntas dos Lobos.

— Acham que fizemos certo? — perguntou Gerd, com cara de quem não estava gostando nem um pouco daquilo.

— Com certeza, sim — respondeu Ingrid. — Seguimos as instruções ao pé da letra.

— Sim, mas isso não significa que tenha dado certo — disse Viggo.

— O que acha, Egil? — perguntou Lasgol.

— Só resta esperar e descobrir o resultado da nossa interação brilhante.

— Não entendi…

— Logo saberemos.

Alguns minutos se passaram e o líquido ficou azulado diante dos olhos dos Panteras.

— Que emocionante! — disse Nilsa, aplaudindo, desta vez com som.

— Hmm… o nosso é azul, mas o dos Lobos é verde — comentou Viggo, apontando para a mesa ao lado com uma sobrancelha arqueada.

— E o dos Corujas é avermelhado… — Lasgol observava Astrid e a equipe dela.

— Curioso e fascinante… Resultados diferentes com os mesmos parâmetros e instruções — disse Egil. — Teremos que esperar a avaliação de Eyra.

A guardiã-maior dirigiu-se a eles:

— Como podemos perceber, há disparidade de cores na preparação final. Só uma cor é a correta. Peço que cada equipe aproxime sua poção para que eu dê meu veredito.

Ingrid ia levar o recipiente, mas Nilsa se adiantou.

— Eu levo, com certeza nós ganhamos — disse, emocionada.

Ingrid sorriu.

— À vontade.

— E não faça nenhuma burrada — disse Viggo.

— Claro que não — respondeu Nilsa, mostrando a língua.

Ela o levou até Eyra. A guardiã-maior mandou os nove representantes fazerem uma fila e os fez apresentar os recipientes. Aproximou-se do primeiro representante: poção avermelhada. Negou com a cabeça. O segundo: verde. Negou outra vez. O terceiro: marrom.

— Nem reagiu... — reclamou Eyra.

Continuou até chegar ao recipiente de Nilsa. Estudou a cor e assentiu:
— Azulado, correto.

Os Panteras gritaram, cheios de alegria; tinham acertado. A emoção tomou conta deles. A ruiva inquieta levantou os braços em sinal de triunfo, mostrando a todos o recipiente com o líquido azul. De tão emocionada que estava, deixou o vidro escorregar da mão. Tentou pegá-lo no ar, mas não conseguiu. O vidro caiu no chão e se partiu em mil pedaços. O líquido se esparramou diante de Nilsa e um cheiro adocicado começou a se espalhar pelo salão.

— Não respirem! Todos para fora! Rápido! — gritou a guardiã-maior, levando as mãos à boca e ao nariz.

Saíram em debandada da cabana. Todos, menos os nove representantes que já haviam inspirado a preparação e caíram no chão sem sentidos por causa do Sonho de Verão. Demoraram um bom tempo para que fossem resgatá-los. Eyra não permitia que ninguém entrasse. Então quebraram as janelas para arejar o local e deixar os gases escaparem. Depois, foram até os aprendizes. Estavam bem, mas não acordariam até o amanhecer. Ainda assim, os levaram para a enfermaria, até a curandeira. Edwina se encarregou de observá-los, embora não pudesse fazer nada para acordá-los.

Viggo riu da cena toda. Não conseguia parar de fazer comentários sobre Nilsa e sua falta de jeito inata e insuperável. Até Ingrid teve que reconhecer que, naquela ocasião, sua amiga tinha criado um caos terrível. Também tiveram que suportar os comentários das outras equipes.

— Nossa Nilsa é assim. — Foi a frase com que Gerd desculpou a colega, dando de ombros.

Um por um, todos tiveram que dar razão a ele e sorrir.

Uma semana depois, Oden levou todos os iniciados de segundo ano para a Casa de Comando, onde Dolbarar os esperava. Não disse o motivo, apenas o habitual "façam o que eu mando e fiquem calados".

— Bem-vindos, aprendizes — cumprimentou o líder do acampamento, com um sorriso, abrindo os braços para recebê-los.

Em uma mão, segurava seu cajado de comando e, na outra, o livro com o dogma dos Guardiões. Lasgol sorriu. Era sempre reconfortante receber o cumprimento do líder do acampamento. Era caloroso, carregado de uma mistura de carinho e cordialidade.

— Pensei que um pequeno descanso seria bom para vocês nesta bela manhã. Deixamos a primavera para trás e o verão anuncia sua chegada. — Dolbarar inspirou com força. — Seu aroma é inconfundível aqui no acampamento. Hoje não terão treinamento físico. Acredito que precisem de um respiro após uma primavera tão intensa.

— Concordo — sussurrou Viggo.

— Sinto dor em tudo — comentou Gerd enquanto esticava os músculos com cara de sofrimento.

— Parem de reclamar. Assim não se tornarão líderes — grunhiu Ingrid.

— É que estamos muito cansados — disse Nilsa, inclinando a cabeça em sinal de esgotamento.

— Não se junte a eles. Fique sempre comigo, senão eles a levarão pelo caminho dos medíocres — respondeu Ingrid, lançando um olhar assustador para Viggo.

A maioria dos aprendizes recebeu a notícia de bom grado, exceto Isgord e sua equipe, a equipe dos Ursos e alguns dos componentes dos Lobos, que faziam cara feia. Queriam continuar treinando e melhorando.

— Esta manhã, vocês vão me acompanhar a um lugar muito especial — continuou Dolbarar. — Sigam-me.

O líder do acampamento os guiou por uma região que ninguém costumava frequentar, adjacente ao acampamento, pois o acesso era complicado. Subiram uma pequena colina, cruzaram o rio e subiram uma parede de rochas. Lasgol observava Dolbarar escalar, apoiando-se em seu grande cajado de madeira e prata. Ficou surpreso e maravilhado com a agilidade e destreza que o líder demonstrava para sua idade. Ao passar pelas rochas, encontraram uma floresta enorme e entraram nela. Era um carvalhal imenso, de uma beleza estonteante. Dolbarar os levou até o coração do lugar. À medida que avançavam entre as árvores centenárias, Lasgol sentiu um calafrio na nuca; havia algo naquele lugar, não era um carvalhal comum.

— Este lugar é especial... — sussurrou ele para Egil, que caminhava ao seu lado.

— A luz que atravessa as árvores e o calor do ar são um pouco mais fortes do que poderíamos esperar de um carvalhal do Norte de Norghana — analisou Egil.

— Acho que há algo que causa isso...

— Magia? — perguntou Egil, entusiasmado.

— *Shh...* Nilsa e Gerd não podem ouvi-lo, senão teremos problemas.

— Desculpe, é que fico emocionado. Às vezes me deixo levar — disse Egil, com um sorriso de desculpas.

— Vou usar meu dom.

— Fantástico. Conte-me o que captar.

Lasgol se concentrou e invocou a habilidade Detectar Presença Animal. Tentou sentir a presença de animais ou seres estranhos no lugar. Produziu-se um lampejo visível só para aqueles com o dom e Lasgol procurou ao redor. Não detectou nada estranho, mas, claro, com tantos aprendizes ali, era difícil que conseguisse interceptar algo. Fez um gesto negativo para Egil.

— Ah... que pena.

Chegaram ao centro do carvalhal e Dolbarar parou diante de um carvalho majestoso. Era imenso, régio, e a luz que o banhava parecia sair refletida e mais intensa.

— Este é um lugar muito especial — anunciou Dolbarar.

Os aprendizes formaram uma meia-lua diante do líder, que acariciava o tronco enrugado da árvore com carinho, como se fosse uma velha e querida amiga.

— Estamos em meio ao Carvalhal Sagrado. Este lugar tem um significado e uma importância absolutos para nós. Aqui nasceram os Guardiões, neste mesmo ponto, há trezentos anos, diante desta árvore grandiosa: o Guardião

Sagrado da Floresta. É assim que está narrado em *O caminho do guardião* — disse, mostrando o livro. — É um lugar sagrado para nós: aqui nascemos e aqui morreremos um dia. Mas, enquanto o carvalhal sobreviver, nós também sobreviveremos. Devem amar, respeitar e proteger este lugar com todo o seu ser. — Os aprendizes escutavam absortos as palavras de Dolbarar. — Está escrito que Magnus Lindberg, rei de Norghana, refugiou-se neste carvalhal com seus últimos fiéis. Fugia dos zangrianos que haviam invadido o reino e que o tinham derrotado na grande batalha final do Sul, onde agora ergue-se a nossa amada capital, Norghânia. Era a época das guerras sangrentas do Oriente. Neste mesmo lugar, aos pés deste carvalho — disse Dolbarar, apontando —, lutou e se defendeu com seus homens até o fim. Em uma defesa desesperada, conseguiram repelir os zangrianos, que queriam matar o rei e apoderar-se de Norghana. Mas Magnus acabou ferido. O comandante de seu exército jazia morto uns passos mais adiante. Seu último mago do gelo tinha morrido ao seu lado, atravessado por uma lança. Não restava nenhuma esperança. Ele disse aos companheiros que fugissem antes que o inimigo voltasse com reforços e pediu que o deixassem morrer lutando por sua pátria. Os últimos soldados do rei se deram por vencidos e fugiram, deixando que ele cumprisse seu desejo final. No entanto, um grupo de homens da região, em sua maioria caçadores, permaneceu ao seu lado, dispostos a defendê-lo até a morte. O rei perguntou ao líder do grupo, Harald Dahl, um homem calejado de olhar determinado, por que ficariam quando já não havia esperança. Harald respondeu que tinham jurado com sangue proteger suas terras do inimigo até o final e que aquele carvalhal fazia parte de seus domínios. Não se renderiam diante do invasor, suas famílias dependiam disso. Magnus interrogou o restante dos homens. Responderam que defenderiam o reino até a morte. Então pegou sua espada, ficou de pé e, agradecendo a todos por sua lealdade e coragem, os nomeou protetores das terras do reino, desta floresta. Os nomeou guardiões. Essa foi a nossa origem. — Dolbarar inspirou e fez uma pausa, como se estivesse perdido em lembranças.

— O que aconteceu com eles, senhor? — perguntou Egil, cativado pela história.

Dolbarar voltou à realidade.

— Assim como o rei Magnus temia, os zangrianos voltaram com reforços. Uma bruma espessa cobria o carvalhal quando vieram matá-los. Os homens defenderam o rei. Lutaram com honra, com valentia. — Suspirou. Fez-se silêncio. Todos observavam Dolbarar, hipnotizados. — E morreram. Todos.

Ouviu-se um murmúrio de surpresa e desgosto entre os aprendizes.

— A terra em que estamos pisando agora é sagrada, está banhada com o sangue de norghanos valentes que deram a vida pelo rei, pelo reino nevado, com o sangue dos primeiros guardiões.

— Como ficaram sabendo do ocorrido? — indagou Ingrid, intrigada. Dolbarar assentiu.

— No dia seguinte, Visgard, o filho do rei Magnus, acompanhado de um dos generais, os encontrou. Vinham ajudar o rei, mas não chegaram a tempo. O local Harald, dado como morto, ainda respirava e relatou o ocorrido ao príncipe, mas o valente não chegou a ver o próximo amanhecer. O príncipe Visgard, impressionado pelo que havia acontecido e seguindo o exemplo de seu pai, criou o corpo dos Guardiões, formando-o com homens do Norte. Com eles, começou a reconquistar o reino dos zangrianos e, após cinco anos de escaramuças, emboscadas e luta de guerrilhas com um exército composto em sua maioria de homens locais, soldados sobreviventes e debandados que tinham voltado para o exército do novo rei, conseguiu expulsar os zangrianos.

— É isso o que está escrito nos livros de História — disse Egil —, exceto a parte dos Guardiões.

— Os livros de história lembram os vencedores, os grandes líderes, como o rei Visgard, que reconquistou o reino. O nascimento dos Guardiões naquele dia, aqui, ficou esquecido com o passar do tempo. Mas nós o lembramos, o honramos e o celebramos. É por isso que os trouxe para este lugar.

— Nós o honraremos e respeitaremos — disse Ingrid.

— Fascinante — concluiu Egil, sem conseguir conter o entusiasmo.

— Será aqui, diante do Guardião Sagrado da Floresta, nosso carvalho sagrado, que vocês serão nomeados guardiões ao finalizar o quarto ano de instrução. Se passarem, é claro.

Murmúrios mistos de nervosismo e confiança foram ouvidos entre os aprendizes; uns estavam muito certos de que conseguiriam; outros, convencidos de que não passariam.

— É aqui que os guardiões recebem seu medalhão — disse Dolbarar, mostrando o dele mesmo, que estava pendurado no pescoço. — Estes medalhões representam quem somos e a qual maestria pertencemos. — Ele o exibiu durante um longo instante, depois voltou a guardá-lo debaixo da túnica. — O medalhão com a representação de um arco, da maestria de Atiradores. O medalhão com a representação de um urso, da maestria de Fauna. O medalhão com representação de uma folha de carvalho, da maestria de Natureza. O medalhão com a representação de uma serpente, da maestria de Perícia. Todos são talhados com as madeiras destes carvalhos que nos rodeiam — disse, apontando com o grande cajado. — O meu e o dos guardiões-maiores são talhados com a madeira do próprio Guardião Sagrado da Floresta. Todos carregamos o espírito deste lugar no pescoço, perto do coração. Nunca se esqueçam deste lugar e de seu significado, pois daqui procedemos e aqui seremos enterrados.

— Enterrados? — perguntou Isgord.

Dolbarar assentiu.

— Aqueles que caírem com honra serão enterrados no Carvalhal Sagrado. É assim que determina *O caminho do guardião*, e assim o honramos — explicou Dolbarar, mostrando o livro.

Houve silêncio. As implicações de tudo aquilo eram muito profundas.

— E agora é a hora de honrar os nossos.

Dolbarar se ajoelhou diante do carvalho sagrado. Os aprendizes o imitaram. Entoou uma balada melódica, uma ode aos caídos, com uma voz profunda, mas com um tom de doçura. A ode, tradição no Norte, exaltava os caídos e lhes desejava uma vida próspera no eterno reino gelado, junto de seus antepassados e entes queridos. Ao finalizar, o líder ficou de pé e saudou o carvalho com respeito, depois, deu meia-volta:

— Vamos voltar.

Os aprendizes abandonaram o local em silêncio, respeitosos. Lasgol se perguntou se conseguiria se formar naquele lugar e se obteria o medalhão. De que maestria ele seria? Balançou a cabeça. Faltava muito para esse dia. Melhor enfrentar um desafio de cada vez, pois sabia que muitos dias difíceis o aguardavam.

Capítulo 16

A instrução na maestria de Perícia ficou extremamente intensa desde o primeiro dia e só piorava. Haakon, o Intocável, garantia que fosse assim. Se tinham sofrido com o duro treinamento daquela maestria no primeiro ano como iniciados, o segundo, como aprendizes, estava sendo ainda mais árduo.

Lasgol não se sentia confortável com a presença de Haakon. Depois do ocorrido com Isgord e Nilsa, e da oportuna intervenção do guardião-maior, Lasgol deveria estar tranquilo, porém não estava. Não sabia por quê, mas Haakon ainda o deixava nervoso. Lasgol sabia que não era devido à aparência; atribuía mais ao ar sombrio e de ameaça que sempre emanava do homem. Magro e definido, tinha uma expressão realmente sinistra. Sua cabeça raspada também não ajudava, mas eram sobretudo os pequenos olhos negros sobre um nariz adunco que provocavam apreensão em Lasgol.

— Esta maestria trata de explorar ao máximo o que podemos fazer com nosso corpo e os cinco sentidos que temos — disse Haakon, acariciando o medalhão de madeira talhado com uma serpente e pendurado sobre seu peito. — Vejo por suas expressões que não compreendem. Ensinaremos vocês a caminhar com o sigilo de um predador, a desaparecer entre as sombras como um caçador noturno, a se camuflar como um camaleão, a caminhar sem serem vistos nem ouvidos. Aprenderão a cair sobre suas vítimas sem que elas saibam o que ocorreu. E, se o enfrentamento for inevitável, aprenderão a levar seu corpo ao limite de suas possibilidades para saírem vitoriosos. Mas tudo isso requer estar em plena forma física... e vejo que não estão. Então teremos que remediar isso.

E começou a tortura. Haakon os obrigou a treinar duro, sem trégua. Utilizava três de seus instrutores, cada um mais sombrio que o outro, para garantir que todos os aprendizes se esforçassem ao máximo. Realizaram exercícios para praticar equilíbrio, coordenação e agilidade.

— O descanso debilitou seus corpos e mentes — disse Haakon.

Os instrutores os obrigavam a superar a prova do poste escorregadio sobre o vale, a subir e descer das árvores em um piscar de olhos e a permanecer durante horas ocultos sem se mexer para evitar que fossem detectados. Repetiam as provas várias e várias vezes. Chegavam à cabana completamente exaustos. Se a instrução física matinal era esmagadora, as tardes em que tinham instrução de Perícia eram tão difíceis quanto. Os instrutores não tinham piedade deles.

Após oito semanas de árduo trabalho, Haakon se deu por satisfeito, por fim:

— Aprecio uma minúscula melhora em seu estado físico e mental, isso me agrada. Podemos dar o período de condicionamento por finalizado.

Lasgol suspirou aliviado, e não foi o único. Egil estava sofrendo e Gerd não estava muito melhor. Até Ingrid soltou um "até que enfim", aliviada.

— Chegou a hora de começar a treinar a capacidade de caminhar entre as sombras sem ser detectado — anunciou Haakon.

Aquela frase deixou Lasgol e os companheiros desconcertados. Todos olharam para Egil, mas este deu de ombros.

— Isto não cheira bem — disse Viggo depois de um instante.

E Viggo tinha um instinto para essas coisas. Raramente se enganava.

Dois dias depois, Haakon os convocou para a instrução após o jantar. Na calada da noite, no meio da floresta do Nordeste, próximo à rocha da Lua. As equipes obedeceram inquietas àquele chamado tão inusitado. Aquilo era novo, e o novo, todos sabiam, costumava ser ruim.

— Por que nos convocou à noite? E aqui, no meio do nada? — perguntou Ingrid, contrariada.

— Deve ser para algo legal, com certeza — disse Nilsa, muito animada.

— Sim, muito excitante... — respondeu Viggo, com o sarcasmo habitual.

— Eu não gosto nem um pouco disso, está tudo muito escuro... — reclamou Gerd, que olhava em volta como se esperasse que alguém surgisse da penumbra para se jogar em cima dele.

— Deve haver uma razão lógica e estudada para nos trazer aqui à noite. Haakon está planejando algo. É a explicação mais plausível — argumentou Egil.

— Sim, mas o quê? — questionou Lasgol, que observava as outras equipes.

Os Javalis, Ursos e Águias tentavam fazer parecer que não se importavam com o que estava acontecendo. Faziam piadas e brincadeiras. Isgord andava como um pavão real, exibindo-se, deixando claro que não estava intimidado. Lasgol o observava consciente de que não era brincadeira. De fato, o garoto não estava intimidado. Ainda faltava muito para que ele sentisse medo.

Haakon apareceu, seguido de três de seus instrutores. Em seu pulso, havia uma coruja branca de grande porte. Sua cara nívea era redonda e tinha enormes olhos escuros.

— Esta noite, vamos comprovar o que vocês aprenderam — anunciou Haakon. — Desta vez, não seremos nem eu nem os instrutores que julgaremos seu desempenho. Será minha amiga Alma. — Mostrou a coruja às equipes.

— O que ele pretende fazer com essa coruja? — sussurrou Ingrid.

— Não faço ideia, mas coisa boa não é — disse Viggo.

— Isso é muito estranho... — acrescentou Gerd.

— Ela é linda — observou Nilsa, que não tirava o olho da ave.

— É o caçador noturno com a melhor visão de noite que existe na natureza — disse Egil.

Haakon olhou a lua entre as nuvens.

— Capitães, aqui.

Ingrid fez um gesto com a cabeça para a equipe e foi. Juntou-se a Astrid, Isgord e aos outros capitães.

— É hora de praticar, e será melhor que façam isso direito ou vão passar a noite toda aqui.

— O que devemos fazer, guardião-maior? — perguntou Ingrid.

— Estão vendo a floresta de faias? — respondeu Haakon, apontando para a floresta. — Devem atravessá-la em completo sigilo, de um extremo ao outro sem serem detectados. Um dos instrutores ficará deste lado e lhes ordenará a saída, o outro estará esperando na extremidade oposta. Devem chegar até ele.

— Como seremos detectados? — perguntou Astrid.

— Ela fará isso — disse Haakon, acariciando Alma, que observava com seus olhos enormes o que acontecia ao redor, girando a cabeça de um lado para o outro. — Foi adestrada para caçar aprendizes como vocês. Ela os vigiará das alturas. Se os detectar, descerá e marcará vocês com suas garras: se ela fizer isso, terão falhado. Basta ela detectar um membro da equipe e o grupo todo terá fracassado.

— Ah… — disse Astrid ao perceber a dificuldade da prova.

O rosto de Haakon, habitualmente sombrio, exibiu um sorriso.

— Os Águias vão conseguir — garantiu Isgord.

— Não fique tão confiante. Cada equipe disporá de três tentativas. Se não conseguirem, vão praticar até o amanhecer.

Ingrid e Astrid trocaram olhares de consternação. Voltaram às suas equipes e explicaram a prova.

— Nada escapa à agudez visual de uma coruja… — afirmou Egil.

— Esse homem não está bem da cabeça — reclamou Viggo.

— Temos que tentar — disse Ingrid. — Por mais difícil que pareça.

Lasgol não disse nada, mas teve a nítida impressão de que seria uma prova da qual se lembrariam. Eles ficaram com o terceiro lugar. As duas primeiras equipes haviam fracassado quase no início da prova. Não tinham avançado mais de vinte passos quando Alma os detectou, descendo entre as árvores como se fosse caçar uma ninhada de ratos.

— Lembrem-se, devemos nos movimentar todos de uma vez e em silêncio — disse Ingrid.

Todos assentiram.

O instrutor ordenou que saíssem. Eles se embrenharam na floresta e se agacharam para ficar ocultos no matagal. Haakon soltou Alma, que ganhou altura e sobrevoou a floresta imediatamente. Os Panteras esperaram com calma, sem ficarem nervosos. Ingrid deu o sinal e os seis avançaram de uma vez, sem fazer nenhum barulho, como tinham treinado durante semanas. A escuridão era sua aliada, mas ao mesmo tempo sua inimiga, pois, caso pisassem onde não deviam, a ave os detectaria. Seguindo o treinamento, esperaram camuflados no matagal, diminuindo a respiração, mimetizando-se com a vegetação… imperceptíveis ao olho. Ao olho humano, não ao da coruja.

De repente, Alma sobrevoou por onde eles estavam. Lasgol prendeu a respiração. A coruja planou sobre as árvores, sem detectá-los. Esperaram com paciência. Ingrid fez o gesto e eles se movimentaram de uma vez, como uma sombra enorme, e avançaram quatro passos para desaparecer outra vez no matagal. Alma não os tinha visto. Repetiram a ação mais três vezes. Lasgol ficou animado, estava dando certo. Ingrid deu a ordem e avançaram mais quatro passos, e, ao se agacharem, Alma desceu como um raio nas costas de Gerd. Pego de surpresa, o garoto deu um grito, meio berro, meio choro. A prova acabara para eles.

— Não acredito que uma coruja nos caçou… — disse Ingrid enquanto saíam da floresta para voltar à clareira.

— O que eu não acredito é que Haakon use essas aves de rapina malditas para nos caçar à noite no meio de uma floresta — reclamou Viggo.

— Ele dificultou mesmo para nós — disse Nilsa.

— Da próxima, vai nos caçar com lobos — resmungou Viggo.

— Tomara que não… — desejou Lasgol, que não estava nem um pouco convencido de que não seria assim.

— Agora somos aprendizes; este ano será mais difícil que o dos iniciados, sempre devemos ter isso em mente — disse Egil.

— Sim, como se o ano passado tivesse sido muito fácil… — respondeu Viggo.

Eles afundaram em um desalento que aumentava à medida que todas as equipes iam fracassando na prova. Alma não tinha piedade. Caçava os grupos antes que conseguissem atravessar a floresta. Inclusive os Águias. Todos tentaram três vezes e fracassaram as três vezes. A única alegria daquela noite foi ver a cara de raiva e frustração de Isgord e dos amigos por não terem conseguido passar na prova.

— Que decepção… — disse Haakon quando acabaram. — Esperava que alguma equipe conseguisse, mas já vejo que ainda estão muito longe de cumprir minhas expectativas. Entrem na floresta e treinem até amanhecer. Quando os primeiros raios saírem, poderão voltar para as cabanas.

Foram ouvidas algumas reclamações afogadas que desapareceram instantaneamente com um olhar sinistro de Haakon. As equipes treinaram a noite toda enquanto Alma os observava das alturas sem intervir. Ao amanhecer, retiraram-se mortos de sono e cansaço, mas, antes que pudessem se deitar, o instrutor-maior Oden se apresentou com sua flauta infernal e os chamou para o treinamento matinal.

Nenhum deles esqueceria aquela experiência. Estavam exaustos, ficaram o dia todo e a noite toda se exercitando e deveriam continuar com outra jornada de instrução sem ter dormido.

Ao anoitecer, caíram desfalecidos em seus catres. Camu saiu para brincar e viu que os quatro companheiros dormiam e era impossível acordá-los. A criatura pulou e guinchou por toda a cabana, buscando atenção, mas naquela noite não conseguiria nenhuma. Aproximou-se de Lasgol e lambeu suas bochechas. Como o garoto não acordava, aninhou-se ao seu lado e dormiu com ele.

Alguns dias mais tarde, após o jantar, Lasgol estava esperando na biblioteca que Egil terminasse de examinar alguns livros "muito interessantes", como ele havia descrito. De repente, alguém se aproximou dele.

— Olá, Lasgol — disse uma voz feminina suave.

Lasgol se virou e viu Val saindo da biblioteca com um livro na mão.

— Olá, Val — cumprimentou ele.

— Ah, vejo que você se lembra do meu nome.

— Por que eu não me lembraria?

— Vocês heróis devem estar ocupados demais para coisas tão sem importância quanto uma mera iniciada…

— É… Não, bem, eu não… eu não sou um herói… quer dizer, eu me lembro do seu nome.

— Isso me deixa muito feliz. — Ela sorriu.

— Bem… eu me lembro da maioria dos nomes, tenho boa memória.

— Ah… que decepção, me senti especial por um momento — disse ela, com um sorriso deslumbrante.

O garoto corou e não sabia o que dizer.

— Vou contar um segredo — continuou ela —, mas só porque é você.

— Segredo?

— Na verdade, meu nome é Valéria. Mas prefiro ser chamada de Val. Acho que é mais íntimo. Valéria parece muito frio. Você não acha?

— Sim, Val é mais bonito.

— Então você não gosta do meu nome.

— Não, não é isso, Valéria é um nome muito bonito.

— É brincadeira, não se preocupe — disse ela, com uma careta engraçada.

— Ah.

Lasgol sorriu, engolindo em seco. Sentia-se desajeitado e seu cérebro ficava um pouco lento quando Val falava com ele.

— Você é sempre tão tenso? É algo dos heróis? Sempre prontos para agir?

— Não, nem um pouco. Costumo ficar muito relaxado… quase sempre.

— Ah, então sou eu que deixo você nervoso?

— Não, claro que não. — Ele se apressou em responder.

— Sem problemas. Algumas pessoas não gostam de mim, simplesmente acontece. Dizem que sou muito direta. "Delicada, mas incisiva" é como me descrevem.

— Eu acho você legal, sério. Bem, mal te conheço…

— Menos mal — respondeu ela, bufando e passando a mão na testa. — Eu gostaria muito que fôssemos amigos. — Ela enfatizou a palavra "muito" com a voz doce.

— Claro, eu também.

— Ótimo! — exclamou Val, dando um sorriso tão grande que derreteria um iceberg.

Ele sorriu desconcertado. Estava ficando confuso com aquela conversa.

— Você veio para a biblioteca? — perguntou a garota de repente.

— Não, estou esperando por Egil.

— Ah, sim, eu o vi no andar de cima. Ele passa muito tempo lá.

— É verdade. Ele gosta de aprender.

— Ótima característica. E você?

— Bem, eu nem tanto...

— Claro, você é mais um homem de ação.

— Eu? Também não.

— Não disfarce, dá para perceber que sim.

Saindo da biblioteca, uma figura se aproximou deles.

— Olá, terminei a consulta — cumprimentou Egil, parando ao lado dos dois.

— Ah, nesse caso vou deixá-los, não quero incomodar — disse Val, e despediu-se dos dois com duas reverências leves.

Ao sair, lançou a Lasgol um olhar cheio de intenção.

— O que a iniciada Val queria?

Lasgol deu de ombros.

— Não tenho a menor ideia — respondeu ele, confuso.

— Garotas... são difíceis de decifrar, um verdadeiro mistério — disse Egil.

— Acho que sim...

Capítulo 17

A Prova de Verão se aproximava de forma inevitável. Dias quentes, pelo menos para os norghanos. Na verdade, estava um pouco frio em comparação com as temperaturas habituais dos reinos mais ao Sul, especialmente considerando as altas temperaturas dos desertos do Império Noceano.

Cada dia debaixo daquele sol tornava-se mais intenso que o anterior. Estavam todos tão concentrados na instrução que parecia que suas vidas dependiam daquilo. Ninguém queria falhar e todos sabiam que a prova seria muito difícil. Isso pesava na mente e no ânimo de todos, além de outro assunto sobre o qual pouco se sabia, embora alguns rumores tivessem conseguido chegar rio acima, ao acampamento.

— Vocês ouviram a última? — perguntou Nilsa aos colegas enquanto era servida de uma sopa quente e condimentada.

O refeitório estava lotado e a atmosfera era inquietante.

— Sobre a Prova de Verão? — questionou Lasgol.

— Dizem que vai ser difícil, muito mais do que as provas do primeiro ano — disse Gerd, com desânimo.

— Não se preocupe, treinamos muito e somos bons, vamos passar — garantiu Ingrid.

— Eu não teria tanta certeza — argumentou Viggo, e mordeu uma coxa de frango assado.

— Não, não é sobre a prova — disse Nilsa, balançando a cabeça. — É sobre a guerra!

— O que você ouviu? — indagou a capitã.

Todos pararam de comer e prestaram atenção.

— Dizem que o exército do Rei Uthar atravessou as Montanhas Eternas e atacou as forças de Darthor.

— Bom! — exclamou Ingrid.

— Bem, não tão bom...

— Não?

— Eles foram forçados a recuar.

— As forças do rei? — perguntou Ingrid, assustada. Estava visivelmente incrédula.

— Dizem... que depois de três grandes batalhas tiveram que se retirar. Devem ter ocorrido muitas mortes.

— Que notícias terríveis! — disse Gerd, horrorizado.

— Onde você ouviu isso? — perguntou Ingrid.

— Etor, do terceiro ano, me contou que Olaf contou para ele; a esposa de Olaf é prima do moleiro de Atos e seu filho está no Exército de Uthar.

— Parece muito confiável — reclamou Viggo, fazendo um gesto de desdém com a mão.

— Pode ser verdade. As forças de Darthor são temíveis e o poder do Senhor Sombrio do Gelo é enorme — disse Gerd em tom de pesar.

As palavras do grandalhão deixaram todos muito preocupados.

— Eu tenho outra notícia... — acrescentou Egil em voz muito baixa para que ninguém além dos companheiros pudesse ouvi-lo. Todos esticaram o pescoço e inclinaram a cabeça para mais perto dele.

— O que houve? — perguntou Lasgol.

— Recebi uma carta de meu pai.

— Seu pai, o duque? — disse Viggo, estranhando. — Ele nunca escreveu para você...

Egil assentiu pesadamente.

— É por isso que são más notícias...

— Explique, não estou entendendo nada — pediu Ingrid.

— Que meu pai tenha escrito para mim… é algo fora do comum. E o conteúdo, mais ainda… — Todos ficaram em silêncio, esperando que Egil continuasse. Em um murmúrio quase inaudível, ele acrescentou: — Ele ordena que eu fique com os guardiões e enfrente o que acontecerá nos próximos dias.

— Não entendi — disse Nilsa, franzindo o nariz.

— Nem eu — concordou Gerd.

— São más notícias — explicou Viggo.

Ingrid olhou para Viggo, surpresa com sua perspicácia. Egil assentiu.

— Sim, são más notícias… para mim… e temo muito que para todos.

— Você pode nos explicar? — Ingrid ficava cada vez mais intrigada.

Lasgol já imaginava o que o amigo iria dizer e sentiu um nó na garganta.

— Meu pai ordena que eu não fuja e aja como o que sou: um refém do Rei Uthar para forçar meu pai a obedecê-lo. E, se ele me ordena isso, é porque alguma coisa vai acontecer. Algo que me colocará nessa situação. Alguma decisão que ele tomará.

— Seu pai vai trair o rei? — perguntou Ingrid, com os olhos arregalados.

Egil encolheu os ombros.

— Não precisa ser uma traição explícita em todos os sentidos, pode ser simplesmente que ele não apoie o rei nesta campanha contra Darthor.

— Isso é mais ou menos a mesma coisa que traição — disse Gerd.

— Não exatamente — rebateu Viggo —, não apoiar uma causa não é o mesmo que se aliar ao inimigo.

— Exatamente — disse Egil. — Suspeito que alguns duques e condes não tenham apoiado o rei e daí as suas dificuldades em derrotar Darthor.

— E a posição deles será fortalecida se o rei sair enfraquecido do confronto — explicou Viggo, com um sorriso malicioso.

— Eles não ousarão ir contra o rei! — exclamou Ingrid, indignada, um pouco mais alto do que deveria, e vários garotos da mesa ao lado se viraram.

Gerd sorriu para eles e disfarçou.

— Ela ama o rei Uthar — disse ele, apontando o polegar para Ingrid e fazendo um gesto cômico para eles.

— Não abertamente ou enquanto o rei for mais poderoso, mas se Darthor o enfraquecer… — disse Egil.

— E nem seu pai e seu povo... — apontou Viggo.

Egil fez um gesto afirmativo com a cabeça.

— Você quer dizer que seu pai e seus aliados traiçoeiros não estão ajudando o rei e é por isso que ele está perdendo?

— Temo que sim. É apenas uma dedução, mas pode muito bem ser o caso.

— Não acredito! — exclamou Ingrid, indignada.

— É, foi uma boa jogada — disse Viggo, refletindo.

— Você deve ter cuidado, Egil — aconselhou Lasgol, preocupado. — O rei e seus aliados poderão fazer retaliações contra você.

— Não só contra mim... — respondeu Egil, apontando para as outras mesas. Há mais de meia dúzia como eu, ou melhor, em uma situação idêntica à minha, neste refeitório...

Todos olharam em volta.

— Talvez estejamos nos precipitando — sugeriu Nilsa, nervosa. — Talvez não seja para tanto.

— Tenho mais um boato que reforça a teoria de Egil — disse Viggo.

— Qual? — perguntou Ingrid.

— Os guardiões enviarão suas últimas reservas. Deixarão o acampamento amanhã. Eu descobri nos estábulos.

— Vamos ficar sem instrutores? — perguntou Gerd.

— Não. Acho que ficaremos apenas com o mínimo necessário para continuar a instrução.

— Se for assim, minha dedução parece correta. O rei chamará todos os seus homens. Ele não tem apoio — concluiu Egil.

Naquela noite, após o jantar, para se preparar para o que enfrentariam na Prova de Verão, Lasgol treinou tiro com arco com o auxílio de Ingrid, algo que inclusive os ajudava a pensar na guerra e em suas consequências para Egil. Eles estavam nos campos de tiro e tinham colocado uma lamparina a óleo ao lado do alvo e outra onde estavam para que pudessem atirar no escuro.

— Lembre-se, solte suavemente, muito suavemente — orientou Ingrid.

Lasgol puxou o arco e mirou. A distância era de duzentos passos e, por ser noite, apesar das lamparinas, era difícil atirar. Ele se concentrou, apertou o olho direito, como costumava fazer para mirar melhor, e soltou o cordame. A flecha traçou uma parábola e seguiu direto para o centro do alvo; na última seção, desviou para a direita. Embora tenha acertado o alvo, o tiro foi medíocre.

— Você não levou em conta o vento — disse Ingrid.

— Sim, considerei, juro.

— Considerou? Que estranho. A pegada é boa, a postura está correta, a forma de soltar também está correta... não sei o que pode ser...

— Ao nascer, devo ter sido amaldiçoado com má pontaria por uma bruxa vaidosa. — Lasgol bufou.

A capitã riu.

— Acho que não é isso, deve haver outra explicação. Você treinou dia e noite, já devia ser um bom arqueiro. Não consigo decifrar o que está acontecendo com você.

— Talvez eu possa ajudar — disse uma voz.

Ingrid e Lasgol se viraram. Diante deles estava um dos capitães do terceiro ano. O garoto era quase tão alto quanto Gerd e bastante forte, embora não tão forte quanto ele. Tinha longos cabelos loiros trançados e olhos azuis muito intensos em um rosto charmoso com queixo pontudo. Era evidente que ele era um guerreiro nato. Lasgol reconheceu isso. Pelo que ouviram, era um dos melhores capitães de seu ano. Inteligente, impetuoso, determinado. Falavam muito bem dele, chegando a dizer que era um dos principais candidatos a uma especialização de elite. Era apenas um ano mais velho que eles, mas parecia ter mais idade e ser mais maduro.

— Quem é você? — perguntou Ingrid, embora tanto ela quanto Lasgol soubessem perfeitamente quem ele era.

— Meu nome é Molak Frisk, capitão do terceiro ano — apresentou-se, cumprimentando-os com um breve gesto.

— Eu sou Ingrid e este é meu companheiro de equipe, Lasgol. Estamos no segundo ano, na equipe dos Panteras das Neves.

Molak assentiu.

— Vejo que vocês têm problemas com o arco. É uma das maestrias em que sou melhor. Talvez eu possa ajudá-los, se quiserem, é claro — disse ele em tom amigável.

— Sim, com certeza — respondeu Lasgol, que estava desesperado.

Ingrid fez uma careta.

— Já tentei de tudo com ele… Acho que você não poderia contribuir muito mais.

— Deixe-me tentar. Não podemos nos dar ao luxo de ter entre nós um herói que seja um atirador medíocre — disse ele, sorrindo.

Lasgol fez um gesto de desespero e depois sorriu.

— Vá em frente — disse Ingrid a Molak, sem tirar os olhos dele.

— Atire três vezes e eu observarei para ver onde está o problema — sugeriu Molak a Lasgol.

Lasgol realizou o exercício com muita atenção, tentando não cometer erros. Mesmo que colocasse toda a sua concentração a cada vez, os tiros não eram muito bons. Ele acertava o alvo, mas nunca o centro.

— Isso não é para mim. Que pena… — bufou, desesperado e envergonhado por fazer papel de bobo na frente de um capitão de terceiro ano.

Molak sorriu e deu um tapinha nas costas dele.

— Não se preocupe, nem tudo está perdido.

— Não?

— Não. O engraçado é que você faz tudo certo, mas acho que o problema é que não faz certo o suficiente.

— Como assim? — questionou Ingrid.

— Não há nenhuma área específica em que você se saia mal, o que geralmente é mais comum. Cada pessoa falha em uma fase ou geralmente em duas ou três, que são rapidamente percebidas e o erro pode ser corrigido. No seu caso acontece algo diferente: não há um erro específico, mas a necessidade de pequenos ajustes em todas as etapas. Muito curioso. Difícil de ver e resolver.

— Ah…

Os ombros de Lasgol caíram.

— Eu já tinha dito que não vi nada de errado — disse Ingrid, um pouco mais calma agora que sabia que o fracasso de Lasgol não era culpa dela.

Molak olhou para ela por um momento e seus olhos brilharam.

— É difícil ver. O arco é o que eu manejo melhor, treino há muitos anos e tenho bom olho para essa arte. É provável que no próximo ano vocês também consigam identificar esses detalhes — explicou, para não fazer com que se sentissem mal, principalmente Ingrid.

— Duvido muito — disse o garoto, cujo ânimo havia diminuído bastante.

— No ano que vem serei capaz de identificar qualquer erro, mesmo que demore dia e noite para fazê-lo — afirmou Ingrid.

— Você é sempre tão determinada?

— Sim. Você acha isso ruim?

— Não. De forma alguma. É uma ótima qualidade.

— Ah, que bom.

Molak fez um gesto para Lasgol com os olhos, um gesto que dizia "Que temperamento essa garota tem". Ele entendeu e sorriu.

— Por que estão sorrindo assim?

— Por nada, Ingrid — respondeu Lasgol rapidamente, para evitar uma explosão da capitã.

— Me entregue o arco e eu o explicarei os cinco pontos em que você deve melhorar.

— Bem, se são apenas cinco... — disse Lasgol em tom sarcástico.

O capitão do terceiro ano soltou uma pequena gargalhada.

— Você não está fazendo errado, só precisa lapidar um pouco o seu estilo. Primeiro ponto: o agarre. O arqueiro agarra, mas não sufoca a arma. Um erro comum dos arqueiros é segurar o cabo com muita força ao apertar a corda para atirar. Isso resulta em um ligeiro desvio em direção a um dos quatro pontos cardeais — disse Molak, pegando a arma pela empunhadura.

— Entendo. Não vou colocar tanta força.

— Tem que medir a força, pressionar o suficiente para manter firme, mas não muito, porque vai desviar o tiro.

— E como saberei qual é a medida exata?

— É para isso que serve o treinamento. Com o tempo você vai perceber isso.

— O que eu sempre digo: treinar e treinar para triunfar — disse Ingrid.

Molak olhou para ela surpreso. Pela sua expressão, parecia que ele tinha gostado do comentário.

— Segundo ponto: o atirador nunca abaixa o braço ao soltar. Isso não deve ser feito, de jeito nenhum. Você deve treinar para manter o braço firme até que a flecha atinja o alvo; só então poderá baixá-lo.

— Já tentei, mas é que o peso...

— Certo, mas você deve treinar o braço para que o peso não te vença.

— Terceiro ponto: se você quer garantir um tiro ruim no tiro com arco, olhe para ele — disse Molak, fazendo o gesto de afastar o arco para seguir com os olhos a trajetória da flecha. Lasgol e Ingrid olharam para Molak sem entender. — Nada deve distrai-lo do tiro. Não observe se a flecha está indo em direção ao alvo nem antecipe o lançamento. Finalize o movimento e depois veja se acertou o alvo, não antes, pois você desestabiliza o tiro.

Ingrid e Lasgol assentiram.

— Vou me lembrar disso, gostei — disse Ingrid.

— Quarto ponto: o arqueiro atira sempre relaxado e com o braço firme. — Ele imitou um tiro e fez uma cara muito relaxada enquanto seu braço direito estava rígido como um poste. — Você deve relaxar ao atirar, especialmente ao soltar. Seu corpo não pode ficar rígido nem seus músculos devem estar contraídos.

— Certo, é verdade que às vezes fico um pouco tenso, principalmente quando é uma situação complicada, como nas provas...

— É compreensível. Aprenda a atirar relaxado, com a mente em branco, focando o tiro e só o tiro.

— Isso também é difícil para mim — admitiu Ingrid.

— E por último: o bom arqueiro lança de forma limpa e retira a mão suavemente. — Molak fez um gesto, abrindo a mão, com os dedos estendidos, e depois puxou suavemente o braço. — Ao soltar e abrir a mão, ela deve deslizar para trás de maneira limpa.

— Muito obrigado pela ajuda — disse Lasgol, a voz carregada de gratidão. — Tenho certeza de que essas dicas serão úteis.

— Vou me lembrar das cinco lições e ensiná-las ao resto da equipe — acrescentou Ingrid, muito feliz. — Vão nos ajudar muito nas provas.

Molak sorriu.

— Continue praticando até que os cinco pontos que mencionei sejam corrigidos. Não posso dizer quanto tempo vai demorar; pode ser neste ano ou no próximo, mas no final você vai conseguir — disse Molak.

— Muito obrigado. Vou fazer isso.

— Vou garantir que ele treine dia e noite — disse Ingrid, franzindo a testa.

— Não tenho dúvidas — disse Molak, e fixou os olhos em Ingrid, sorrindo para ela. — É um prazer conhecer você, Ingrid… e você, Lasgol.

A garota ficou vermelha como um tomate maduro. Lasgol olhou para ela surpreso. Ingrid nunca corava.

O capitão saiu e os dois ficaram em silêncio por um momento.

— Vamos praticar! — exclamou Ingrid de repente.

Lasgol sorriu e atirou.

Capítulo 18

Chegou a noite da véspera da importante e temida Prova de Verão. Por sugestão de Ingrid, todos foram dormir cedo. Eles deveriam descansar o máximo que pudessem, pois precisariam de todas as forças no dia seguinte. Lasgol estava nervoso e, pela forma como seus companheiros se mexiam nos beliches, eles também estavam. Ele demorou um pouco para adormecer. Enfim conseguiu, com Camu deitado em seu peito. A criatura cochilava com seu sorriso eterno.

Pesadelos tomaram conta do sono do garoto. Ele se mexeu desconfortavelmente na cama e quase derrubou Camu do beliche. A criatura grudou na cabeceira da cama com os quatro membros e imediatamente adormeceu onde estava.

No sonho, Lasgol corria por uma floresta nevada perseguido por um monstro com corpo de urso-polar e cabeça de uma enorme águia branca. Ele avançava o mais rápido que podia, mas a criatura era muito mais veloz. Estava quase em cima dele. Ia capturá-lo!

Então Lasgol estava na cabana e a porta se abriu apenas um palmo com um leve rangido. Uma mão apareceu e jogou uma bola de pano que rolou pelo chão. O monstro dos sonhos dele o alcançou e começou a devorar suas costas com seu enorme bico amarelo. A esfera começou a soltar uma fumaça azulada, como se tivesse pegado fogo e queimasse por dentro. Ele lutou contra a criatura, que estava prestes a arrancar sua cabeça. Duas novas bolas rolaram pela cabana até parar embaixo dos beliches e começarem a emitir a mesma fumaça estranha.

Lasgol acordou assustado do pesadelo, com a testa molhada de suor, e se sentou no beliche, tentando respirar e se acalmar. Um cheiro doce chegou até ele. Surpreso, olhou para a área comum e descobriu a singular fumaça azulada. Então ele as viu. Duas figuras envoltas em capas com capuzes avançaram em direção aos beliches em total sigilo, com movimentos letárgicos.

— O quê...?

Isso foi tudo o que ele conseguiu articular. Uma enorme sonolência tomou conta de sua mente. Lasgol tentou resistir, sem sucesso. Sentiu um cansaço terrível, seus olhos se fecharam. Ele tentou se mexer, mas seus braços estavam pesados como troncos. *O que está acontecendo comigo...?* Não conseguia nem pensar...

— Narcótico... — Ele ouviu Egil gaguejar.

Viu Viggo com o canto do olho. Ele se levantou, pegou a adaga escondida no cinto e se virou para os invasores. Tentou lançá-la, mas seu movimento estava muito lento. Um dos desconhecidos bateu em sua cabeça. Viggo caiu no chão, inconsciente.

— Estamos... sendo... atacados... — balbuciou Lasgol.

Em meio à fumaça azul, viu Camu se desprender e cair entre a cabeceira da cama e o colchão. A criatura estava inconsciente. Lasgol tentou descer, mas caiu no chão. Uma bota pisou em sua cabeça com força e a pressionou contra o chão. Um instante depois, o garoto perdeu a consciência.

A flauta e os gritos de Oden os acordaram.

— Em formação! É a Prova de Verão!

Lasgol acordou no chão de madeira com uma dor de cabeça terrível.

— O que aconteceu? — perguntou ele, levantando-se.

— Alguém nos atacou — respondeu Viggo, com a mão no local onde tinha sido atingido.

— Estão todos bem? — Lasgol estava preocupado, tentando raciocinar sobre o que havia acontecido com eles.

— Eu estou bem — disse Gerd.

Egil não respondeu. Os três se viraram para o beliche. Não estava lá!

— Egil! — exclamou Lasgol, com o coração na boca.

— Eles o levaram — disse Viggo.

— Levaram? Mas quem? Por quê? — questionou Gerd, com um olhar de quem não entendia o que estava acontecendo.

— Em formação! — Escutaram a voz poderosa do instrutor-maior.

— Não sei o que aconteceu, mas temos que contar a Oden — disse Lasgol, correndo em direção à porta.

Ele saiu voando da cabana e, por causa da urgência, quase bateu em Ingrid e Nilsa, que já estavam em formação.

— Instrutor-maior! — chamou Lasgol.

Viggo e Gerd corriam atrás dele.

— Silêncio e em formação!

— Mas... instrutor!

— Sem mas! Em formação e em silêncio!

— Aconteceu alguma coisa! — Ele ouviu Astrid dizer algumas cabanas mais abaixo.

— Eu sei, agora calados e em formação!

Lasgol ficou boquiaberto. O que estava acontecendo?

— Protesto! Falta um dos nossos! — reclamou Isgord.

— Todos quietos e em formação! Ajoelhem-se e olhem para a frente!

Lasgol não entendia o que estava acontecendo, mas começava a perceber que não eram os únicos que haviam sofrido o ataque. Viggo sussurrou contando o ocorrido a Ingrid e Nilsa, cujos rostos expressavam o espanto e a preocupação que todos sentiam. Outros capitães tentaram falar com Oden. Ele, no entanto, recusou-se a ouvir categoricamente. No final, resignados e perturbados, todos se posicionaram.

— Muito bem. Agora sigam-me até a Casa de Comando para a Prova de Verão. E nem uma palavra.

Dolbarar esperava por eles como era costume nos eventos oficiais; os quatro guardiões-maiores o acompanhavam. Todos vestidos a caráter para a ocasião, com capas e medalhões que os identificavam.

Os iniciados estavam muito nervosos. As mãos de Lasgol estavam suadas e ele as esfregava nas calças. Não entendia o que estava acontecendo, e a preocupação pelo que tinha ocorrido com Egil o atormentava.

Dolbarar deu um passo à frente para se dirigir aos aprendizes. Como era habitual, carregava o grande cajado em uma mão e o precioso livro *O caminho do guardião* na outra. Ele sorriu pacificamente, tentando acalmá-los.

— Hoje é um dia especial. Hoje é a Prova de Verão. Vejo rostos ansiosos, corpos tensos, nervosismo e preocupação. É natural. A primeira coisa que quero dizer é que o que aconteceu ontem à noite faz parte da prova. Podem ficar tranquilos, seus colegas estão bem. Nada aconteceu com eles. Embora eu deva dizer que estou um tanto decepcionado com a pouca resistência oferecida. Um guardião deve permanecer sempre alerta, mesmo no local mais sagrado, como a própria casa. Isso é o que *O caminho* indica — disse, mostrando o livro —, e é assim que devemos nos preparar e agir. Cada equipe perdeu um componente, escolhido aleatoriamente por mim.

Lasgol trocou olhares surpresos com os colegas. O que Dolbarar andava tramando para a prova? De qualquer forma, o importante era que Egil estava bem. Lasgol se assustara muito.

— Estamos diante de uma prova muito importante — continuou Dolbarar. — No entanto, vocês devem respirar fundo e relaxar. Confiem em tudo o que aprenderam; não só neste semestre, mas também no ano passado. Isso será muito útil. O nervosismo e o medo são maus companheiros. Confiem nas suas possibilidades e na sua equipe.

Ingrid fez um gesto de determinação com a cabeça para eles e, com as mãos, segurou Nilsa, que não parava quieta de tão nervosa.

— Isso vai ser ótimo — murmurou Viggo sarcasticamente.

Gerd assentiu com tristeza.

— Esta é uma das minhas provas favoritas — continuou Dolbarar em tom cordial. — Desfruto dela intensamente todos os anos. Tenho certeza de que este ano não será uma exceção. Denominamos esta prova "Captura e Resgate", um clássico entre os guardiões. Vocês competirão contra as outras equipes em uma única prova, como uma grande eliminatória. Só haverá uma vencedora. Aquela que conseguir a vitória será recompensada com uma

Folha de Prestígio. Neste ano, serão apenas duas, nas Provas de Verão e de Inverno, por isso são mais valiosas do que nunca.

— Com certeza vamos consegui-las! — encorajou-os Ingrid.

— Essa garota não está bem da cabeça — comentou Viggo, revirando os olhos.

— O teste consistirá em resgatar o membro da equipe que foi capturado. As outras equipes serão suas inimigas — acrescentou Dolbarar, com um sorriso um tanto malicioso. — Vocês usarão mantos cinza, carregarão um arco e uma aljava com doze flechas com pontas de marcação; faca e machado cegos, também de marcação. Não preciso explicar como usá-los, vocês os conhecem bem. Quando forem atingidos, um instrutor chamará seu nome. Nesse momento, serão eliminados. Baixarão suas armas e se sentarão no chão no local onde foram atingidos. Não farão mais nada.

— Essas armas deixam uma linda mancha vermelha quando atingem você. Não gosto nem um pouco disso — comentou Nilsa.

— E o mais desanimador: significa que eliminam você. — Gerd não havia esquecido a final do ano anterior.

— Bem, o que nosso querido líder não mencionou é que dói muito quando você é atingido — reclamou Viggo. — Ainda tenho hematomas.

— Não exagere e seja forte — disse Ingrid.

— Sou forte desde que nasci!

— Uma dor de dente é o que você é — respondeu ela.

Viggo deu-lhe um sorriso encantador. Ingrid praguejou várias vezes baixinho. Lasgol só conseguiu rir da reclamação do garoto. A verdade era que ele estava certo. As armas, embora não pudessem ferir, machucavam quando tocavam, e a sensação de ser atingido por uma e ver a mancha vermelha aparecer eram bem ruins.

— Cada equipe deve encontrar o companheiro capturado, libertá-lo e voltar com ele. Mas, aí vem a melhor parte da prova: vocês terão que fazer isso enquanto lutam contra as outras equipes — explicou Dolbarar. — As regras são simples. Todos entrarão na Floresta Insondável, vindos de diferentes direções predeterminadas. Lá, devem encontrar o capturado e retornar com ele até mim, que estarei esperando na saída do vale sul. O interior da floresta será considerado zona de combate. Se encontrarem outra equipe, terão que tratá-la como inimiga e eliminá-la. Se um membro da equipe for pego e marcado, será eliminado. O combate corpo a corpo é permitido. Lembrem sempre: marcar, não ferir. Um guardião instrutor acompanhará cada equipe a certa distância para garantir que ajam de maneira justa; ao mesmo tempo, avaliará suas habilidades e competências. Somente a primeira equipe a sair com seu refém vencerá. Entreguem-se à competição com toda a alma, mas façam com honra ou serão desclassificados. — Um murmúrio, que os capitães rapidamente silenciaram, surgiu entre as equipes. — Um último ponto para tornar a prova mais interessante: se a pessoa capturada for roubada e retirada da floresta, a equipe daquele refém será eliminada e o grupo adversário ganhará uma Folha de Carvalho extra para todos os seus componentes. Vocês terão um momento para se preparar para a prova. Depois, começaremos.

As equipes começaram a planejar. Era uma prova complicada e muito importante. Tinham que analisar como a falta do capturado os afetava, as possibilidades da equipe e a estratégia a seguir.

— Eles não capturaram nenhum capitão — disse Ingrid, olhando para os outros grupos.

— Faz sentido. Os capitães são a peça mais importante das equipes — refletiu Nilsa. — Seria uma grande desvantagem para o grupo se o perdesse.

— Não sei... por mim, teriam levado todos os capitães — disse Viggo. — Mas, bem, o fato de eles terem levado Egil nos ajuda.

— Tem certeza? — comentou Lasgol. — Eu, não...

— Ele é o pior lutador do time e, como não conseguiria lutar a prova inteira, isso nos beneficia — argumentou Viggo. — Não é nada pessoal, mas é a verdade.

— Sim, mas, por outro lado, é o mais inteligente e o que tem mais conhecimento para contribuir com ideias.

Ingrid fez um gesto afirmativo.

— Vocês dois estão certos.

— Acho que se tivéssemos escolhido quem deveria ser capturado, Egil teria se oferecido como voluntário — comentou Gerd.

— Sim, é provável — afirmou Nilsa.

— Ainda acho que terem capturado o sabichão nos favoreceu. Nós também podemos pensar — disse Viggo.

— Cale a boca. Você sabe perfeitamente que Egil é mil vezes mais esperto que você, seu cabeça-oca — disse Ingrid.

— Minha mente é brilhante, só funciona de forma diferente — argumentou Viggo, fingindo arrogância.

— Funciona ao contrário, isso sim — respondeu a capitã.

— De qualquer forma, é isso o que temos. Não há nada que possamos fazer; para o bem ou para o mal, ficamos sem Egil — concluiu Nilsa, suspirando para acalmar a preocupação.

— Então teremos que pensar com muito cuidado em como agiremos em cada situação — disse Lasgol.

— Não tomarei decisões precipitadas — prometeu Ingrid.

— Esta prova está me deixando muito nervosa. Onde eles esconderam Egil? O que nos espera lá dentro? — disse Nilsa, roendo as unhas.

— Estou um pouco assustado... por causa da prova e da densidade daquela floresta... — admitiu Gerd.

— Fiquem calmos. Nós vamos encontrar Egil. Vamos resgatá-lo e retornar triunfantes — garantiu Ingrid.

— Todos juntos, como um só! — exclamou Lasgol.

Dolbarar pediu aos capitães que se aproximassem.

— É hora de começar a prova. Boa sorte a todos e que vença a melhor equipe. Lembrem que o comportamento de cada integrante será avaliado durante a prova. Ajam com inteligência e honra. Lembrem-se de tudo o que aprenderam.

Os capitães voltaram para suas equipes e seguiram em direção à Floresta Insondável. Os Panteras das Neves pegaram Marga, a instrutora de Atiradores, que os acompanharia durante toda a prova. Ela os conduziu até a posição pela qual deveriam entrar. Uma buzina de caça foi ouvida, dando o sinal para o início da prova. Todas as equipes entraram na floresta.

Os Panteras começaram a incursão. Marga ficou para trás para segui-los e observá-los.

— Todos em alerta e em silêncio — ordenou Ingrid.

Os outros assentiram e seguiram a ordem. Avançaram com arcos preparados em direção ao centro da Floresta Insondável. Era denominada assim porque era tão grande e densa que parecia não ter fim. Mais de uma pessoa havia se perdido para sempre ali, então era melhor não se embrenhar nela. Era a primeira vez que pisavam naquele lugar.

Iam com cuidado, não sabiam o que encontrariam e tinham que ficar muito atentos para não serem surpreendidos pelas equipes inimigas. Chegaram a um riacho e pararam para beber água. As duas garotas ficaram de guarda, depois trocaram de papéis e todos puderam se refrescar.

— Não vejo nenhum vestígio de Egil — disse Ingrid, chateada.

— Vou inspecionar. Eles tiveram que atravessar o rio em algum momento — propôs Lasgol.

— Muito bem. Vou com você. Os outros, vigiem esta posição. Voltaremos em breve — concordou a capitã.

Lasgol procurou na margem do rio a leste, mas não encontrou nenhum vestígio. Voltaram ao ponto de partida e fizeram o mesmo, mas em direção ao oeste. A cem passos, ele viu o rastro.

— Aqui! — disse o garoto, apontando para o rio. — Eles atravessaram por aqui. As pegadas são de algumas horas atrás. Três homens e Egil.

Ingrid se abaixou e estudou os rastros.

— Vejo que são quatro, pelas pegadas. Mas como você sabe que uma delas é de Egil?

— As dele são menores e menos profundas.

— Pode ser alguém capturado de outro time.

Lasgol balançou a cabeça. Apontou para o outro lado do rio. Então os dois o atravessaram e ele mostrou a Ingrid o que tinha visto.

— Aqui ele tropeçou e caiu no chão.

— E?

— Olhe para os joelhos e mãos ao parar a queda.

— Eles parecem… um tanto forçados…

— Correto. É um sinal para nós. Se olhar bem, eles formam uma letra.

— A… A letra *E*!

Lasgol sorriu e assentiu.

— O *e* de Egil. Está nos dizendo onde atravessaram.

— Mas que inteligente! E que olho você tem!

Lasgol e Ingrid se viraram e uma sombra apareceu atrás deles, que ergueram seus arcos com o coração batendo descontroladamente.

Era Marga!

Eles baixaram os arcos e bufaram.

— Você deveria se anunciar — reclamou Ingrid.

A guardiã deu de ombros e fez sinal para que continuassem.

Reuniram a equipe e prosseguiram para o coração da floresta, seguindo a trilha de Egil e seus captores. Revezavam-se no rastreamento para que todos pudessem descansar um pouco. Estavam indo o mais rápido que podiam, sabendo que precisavam terminar a prova no menor tempo possível. Com o passar das horas, a vegetação tornava-se mais abrupta e selvagem, como se tivesse identificado que eram intrusos e os rejeitasse. Chegou o anoitecer. Os Panteras foram forçados a abrir caminho com faca e machado. A vegetação era muito espessa e selvagem. Eles estavam cheios de arranhões e cansados, mas não tinham escolha senão seguir em frente. Ingrid estava estabelecendo um ritmo infernal. Ela queria chegar a Egil e resgatá-lo antes das outras equipes, para que tivessem uma vantagem na hora de partir.

A floresta os impedia de avançar tão rapidamente quanto a capitã queria. A noite dificultou ainda mais o trabalho. Eles pularam por cima de troncos caídos e desceram por um vale. Saindo do outro lado, Ingrid parou de repente. Nilsa tentou parar, mas não teve tempo e se chocou contra as costas da amiga.

— O que...? — reclamou.

A expressão no rosto de Ingrid indicou que Nilsa ficasse em silêncio. Lasgol as alcançou e também parou imediatamente. A vinte passos de distância, havia uma matilha de lobos cinzentos que os observava com olhos ferozes.

— Lobos... nada bom... — sussurrou Viggo, com cautela.

O macho alfa deu um passo à frente e rosnou.

— Quietos... — murmurou Lasgol.

— Vamos voltar devagar — disse Ingrid.

Com extremo cuidado, eles recuaram enquanto os lobos os observavam, ameaçadores.

— Teremos que fazer um desvio — admitiu Ingrid, descontente.

— Sim, mas enfrentar uma matilha de lobos não é uma boa ideia — disse Gerd.

— Isso vai nos atrasar muito.

— Eles não parecem que vão se afastar. Este é o território deles e nós somos os invasores — ressaltou Viggo.

— Temos que enfrentar as outras equipes e a natureza. Aquela matilha de lobos faz parte deste hábitat. É melhor contorná-los e seguir em frente; caso contrário, poderemos ter uma batalha grave à frente — disse Lasgol.

Relutante, Ingrid concordou.

Continuaram avançando e, após se desviarem dos lobos, encontraram a trilha. Isso os atrasou um pouco, mas não tanto quanto parecia. Para compensar o tempo perdido, Ingrid estabeleceu um ritmo ainda mais intenso. Ela parecia possuída pelo espírito de uma amazona incansável. A trilha era mais fácil de seguir naquele trecho. Não havia dúvida de por onde Egil e seus captores haviam passado, eles haviam aberto o caminho. A lua estava bem alta, mas mal conseguiam enxergá-la entre os galhos das árvores. Quando chegou a meia-noite, eles pararam. Estavam exaustos e precisavam descansar urgentemente.

— Tudo bem, vamos descansar — disse Ingrid, cedendo.

— Esta floresta não tem fim — observou Nilsa, com os ombros caídos.

— Isso me traz uma sensação muito ruim — falou Gerd, olhando em volta, embora não fosse possível ver nada entre a vegetação densa e a escuridão da noite.

— Um passeio pelo campo — brincou Viggo.

— Ele não pode estar muito longe agora — disse Lasgol.

— Como você sabe? Esta floresta é enorme e não acredito que estejamos nem remotamente perto do centro — disse Ingrid.

— É um pressentimento... e uma suposição...

— Também acho que estamos perto de encontrá-lo — disse Nilsa.

— Ilumine-nos com sua sabedoria — pediu Viggo.

— A prova é resgatar o capturado e sair da floresta para chegar a Dolbarar no menor tempo possível. Se levarmos em conta que as provas de equipe costumam durar um dia e uma noite inteiros, nós já esgotamos o dia; ou o encontramos logo ou não conseguiremos completar a prova antes do amanhecer, que é o que Dolbarar previu que a equipe vencedora faria.

Todos olharam para a ruiva com rostos surpresos.

— Estou sem palavras — disse Viggo.

— Acho que você tem toda a razão — respondeu Gerd.

Ingrid olhou para Lasgol, esperando que ele falasse.

— Essa era a minha suposição. Eu não poderia ter expressado melhor — comentou o garoto.

— Nesse caso, vamos tomar precauções extremas — disse Ingrid.

Descansaram. O cansaço e a fome os castigavam. A tensão que sentiam pesava sobre eles como uma rocha. Ninguém disse mais nada. Eles permaneceram em silêncio e alertas. Não demorou muito para que Ingrid desse a ordem de retomar a caminhada. Todos acharam que haviam descansado muito pouco, mas não reclamaram.

A trilha os levou até outro rio, maior e com bastante correnteza. Pararam para examinar o local e ver por onde atravessariam. Lasgol estava estudando as pegadas quando percebeu que algo estava errado. No ponto onde haviam atravessado, vários outros rastros convergiam. Pegadas diferentes. Alguém além de Egil e seus captores havia passado por ali. Ele estava indo avisar a equipe quando Nilsa avisou com urgência:

— Movimento ao Leste — sussurrou ela, com urgência.

— Protejam-se! — ordenou Ingrid.

Eles se esconderam atrás de árvores e da vegetação e ficaram imóveis como estátuas. Controlaram a respiração e relaxaram os corpos. Não podiam ser descobertos.

— Movimento para Oeste — sussurrou Gerd de volta.

Lasgol se aproximou de Ingrid e disse baixo em seu ouvido:

— Eles estão seguindo os rastros, como nós. As pegadas convergem nesse ponto. — Lasgol apontou à frente, para o lugar que tinha examinado.

— Maldição. Vamos todos nos encontrar. Vamos recuar, rápido, sem fazer barulho.

Os Panteras se afastaram dez passos com total discrição.

— Posicionem-se. Mantenham os olhos no rio. Eles aparecerão lá.

Ingrid não estava errada. Momentos depois, algumas silhuetas chegaram do Leste, seguindo o rio. Havia muito pouca visibilidade, porém os mantos cinzentos pareciam atrair os raios da lua e refleti-los como um espelho. Lasgol os reconheceu, eram os Javalis, uma equipe muito boa, embora não tivesse percebido os Panteras escondidos ali.

Ingrid se preparou para dar a ordem de ataque. Lasgol pegou seu braço, indicou que não e apontou para Oeste. Seus colegas aguardavam a ordem com os arcos prontos e os nervos à flor da pele. Ingrid entendeu o que Lasgol estava pedindo. Fechou o punho e o mostrou à sua equipe. Todos esperaram.

Os Raposas chegaram do mesmo local que os Javalis. As duas equipes se encontraram a poucos passos do ponto de cruzamento do rio. O combate começou em um piscar de olhos. Flechas e gritos foram intercalados enquanto corpos saltavam e rolavam pelo chão. Ambas as equipes tentaram se proteger, mas, quando conseguiram, já haviam perdido alguns componentes. Os instrutores gritaram os nomes daqueles que haviam sido atingidos e eliminados.

Os Panteras aguardaram o sinal de Ingrid em silêncio, escondidos, como animais de rapina. Os Raposas recuaram em direção à posição dos Panteras, sem perceber que estavam lá. Ingrid deu a ordem.

— Agora!

Os Panteras se levantaram e pularam sobre os Raposas. Pegos de surpresa, eles não conseguiram escapar. Os dois mais próximos foram atingidos diretamente no peito. O terceiro, Azer, o capitão, conseguiu desviar do primeiro ataque, mas Nilsa acertou-o nas costas com um segundo tiro excelente. Todos os três membros da equipe foram eliminados. O ataque foi um sucesso, os Raposas foram eliminados. Mas os Panteras ficaram expostos e agora eram os Javalis que os atacavam.

— Protejam-se! — gritou Ingrid.

Jobas, capitão do Javalis, acertou Nilsa nas costelas com um tiro certeiro. Marga cantou seu nome. A ruiva largou o arco e sentou-se no chão com uma expressão de enorme decepção.

— Maldição! — reclamou Ingrid.

— Temos que atacá-los pelas laterais — sussurrou Lasgol para Ingrid.

Duas flechas passaram perto de sua cabeça.

— Muito bem. Gerd, vá com Lasgol. Viggo, você vem comigo. Vamos pelas laterais.

Eles se jogaram no chão e, como cobras, rastejaram em um zigue-zague, buscando capturar o inimigo.

Os Javalis se reagruparam. Havia restado Jobas e dois de seus melhores atiradores: Mark e Niko. Lasgol e Gerd se aproximaram pelo Leste, fazendo um desvio importante para despistá-los. Eles observaram, protegidos atrás de dois enormes abetos. Ingrid e Viggo apareceram a oeste da posição dos Javalis e atiraram. Atingiram Mark, mas foram repelidos pela furiosa defesa de Jobas e Niko. Lasgol aproveitou que estavam distraídos, atirou em Niko e acertou-o nas costas. Os guardiões gritaram os nomes dos dois marcados. Gerd atirou em Jobas, mas sua flecha atingiu os galhos e errou. Apanhado em um ataque cruzado, o capitão correu e perdeu-se na floresta.

— Está fugindo! — gritou Ingrid, vitoriosa.

— Quase me acertou na cara — reclamou Viggo.

— Foi quase um desastre — disse Gerd.

— E perdemos Nilsa — disse Lasgol, com tristeza.

Eles voltaram para ela, que esperava com uma expressão de resignação.

— Continuem. Encontrem Egil e vençam.

— Faremos isso — assegurou-lhe Ingrid, dando um abraço na amiga.

Os outros se despediram e continuaram. Atravessaram o rio seguindo as pegadas, que agora eram três pares. No meio de uma esplanada, os três rastros se separavam em direções diferentes.

— Qual seguimos?

— Este — respondeu Lasgol, e apontou para uma marca de mão no chão. — É a mão de Egil. Ele tem o selo de sua casa no dedo indicador.

— E é uma mão muito pequena, quase como a de uma criança — ressaltou Viggo.

Lasgol assentiu.

Eles chegaram a algumas pedras grandes cobertas de musgo. O rastro terminava ali. Ingrid sinalizou para que se dispersassem. Procuraram em volta, mas não encontraram nada de incomum. Lasgol deitou-se no chão e analisou o local onde o rastro acabava. Os outros se posicionaram para dar cobertura a ele. O garoto olhou para as pedras grandes e um tronco que havia caído entre elas. Lasgol fez sinal para que Gerd o ajudasse. O grandalhão o seguiu.

— Temos que deslocar esse tronco.

— Deixa comigo.

Usando uma força descomunal, Gerd deslocou o tronco e uma gruta apareceu entre as duas rochas. Lasgol entrou com cuidado. A última coisa que desejava era encontrar um urso na toca.

— Gerd, me ajude — pediu ele ao amigo.

Depois de um momento, o grandalhão saiu da caverna com Egil nos braços.

— Achamos! — exclamou Ingrid.

— Sim, mas ele está inconsciente — disse Lasgol.

Ingrid e Viggo se aproximaram para verificar o que estava acontecendo com Egil.

— Ele está desacordado. — Lasgol estava examinando o amigo no chão.

— Desacordado? — perguntou Ingrid, chateada.

— Eles o envenenaram — disse Viggo.

Capítulo 19

— Como assim o envenenaram? — questionou Ingrid, olhando para trás.

A poucos passos de distância, Marga observava em silêncio. Ingrid lançou-lhe um olhar interrogativo. A instrutora ficou em silêncio.

— Viggo tem razão. Deram a ele algo que o deixou desacordado — disse Lasgol, convencido.

— Quase sempre tenho razão.

— Na verdade, quase nunca — disse a capitã.

— Vamos examinar o corpo e descobrir o que há de errado — disse Lasgol. — Isso deve fazer parte da prova.

— Você acha? — perguntou Gerd, não convencido.

— Sim. Ou eles o teriam levado ao curandeiro.

— Faz sentido — disse Ingrid.

Os quatro examinaram Egil cuidadosamente. Encontraram uma marca semelhante a uma picada no antebraço. Ao redor dela, um hematoma de um azul-arroxeado intenso. Isso lhes deu a pista. Eles continuaram examinando o corpo e os sintomas.

— É o Sonho Violeta — concluiu Lasgol.

— Então é um veneno dos fortes — disse Gerd.

— Um dos meus favoritos — confessou Viggo. — Deixa a vítima inconsciente por pelo menos um dia e uma noite, não há como acordá-la depois que o veneno entra na corrente sanguínea.

— Deve haver algum jeito — disse Ingrid. — Pensem!

Os quatro permaneceram em silêncio, revisando seus conhecimentos sobre a maestria de Natureza.

— Poderíamos tentar o Ressuscitador — propôs Lasgol.

— Mas não é para esse tipo de envenenamento. É usado em febres muito altas e insuficiência cardíaca — disse Gerd.

— Não consigo pensar em outro...

— Nem eu.

— Bem, está decidido. Temos que tentar — disse Ingrid.

— Vamos procurar os ingredientes. Não vai ser fácil.

Lasgol olhou em volta.

— Não podemos perder tempo. Vamos! — ordenou Ingrid.

Os quatro saíram correndo. Encontrar o necessário não seria fácil naquela floresta e à noite, apenas com a luz da lua. Mas, claro, isso fazia parte da prova. Não iriam facilitar as coisas para eles.

Lasgol estava procurando o fungo de que precisava próximo a algumas raízes molhadas. Gerd estava um pouco mais à frente, a cerca de cem passos de distância. Lasgol mudou de árvore e, entre as raízes, finalmente o encontrou. Triunfante, foi avisar a Gerd, que já estava a mais de cento e cinquenta passos de distância.

— Encon...! — Começou a falar, mas não terminou a frase.

Gerd começou a correr por entre as árvores, para longe de Lasgol.

O que ele está fazendo? De repente, vislumbrou várias figuras perseguindo o amigo. Lasgol agachou-se em um movimento fugaz. Estreitou os olhos e os observou. Era a matilha de lobos. Ou, pelo menos, quatro deles. Ele se preparou para atirar, mas pensou melhor; Gerd estava afastando os lobos de onde Lasgol estava. Se atirasse, ele os atrairia, e Egil estava logo atrás, indefeso. Os animais acabariam com todos eles. Suspirou. Não poderia ajudá-lo. *Boa sorte, amigo*, desejou ao grandalhão, que estava se sacrificando para que a equipe não fosse descoberta.

Lasgol voltou à entrada da gruta e explicou aos outros o que havia ocorrido. Ingrid ficou muito chateada. Foi muito difícil encontrarem os ingredientes para a poção, e prepará-la foi ainda mais complexo. Tiveram que acender uma fogueira dentro da caverna e fazer todo o possível para que outras equipes não os descobrissem. Lasgol suspeitava que vários dos capturados estivessem naquela área, portanto as equipes também. No final, conseguiram preparar o antídoto. Eles o deram para Egil e esperaram com os dedos cruzados.

— Não vai fazer mal a ele, certo? — perguntou Ingrid, preocupada.

— Acho que não. Pode ser inútil, mas não creio que faça mal — respondeu Lasgol.

— Os antídotos combatem o veneno; se não houver veneno, eles não devem causar nada — disse Viggo.

De repente, os olhos de Egil se arregalaram e ele se sentou meio ereto.

— Onde estou?

— Egil! — exclamou Lasgol.

— Está bem? — perguntou Ingrid.

— Sim, acho que sim…

— Que bom!

A garota respirou aliviada.

Os colegas o ajudaram a se levantar. Então Egil começou a se lembrar.

— Eu lembro… Eles me sequestraram…

— É melhor contarmos o que está acontecendo — disse Ingrid.

Eles rapidamente explicaram tudo o que havia acontecido e a situação em que se encontravam.

— Ah, entendi. Não devemos perder mais tempo. Eu me sinto bem.

— Tem certeza? — perguntou Lasgol, preocupado.

— Sim, estou bem. Sinto como se tivesse me curado com um sono profundo. Na verdade, sinto-me revitalizado.

— Nesse caso, vamos continuar — disse Ingrid.

— Não há armas para mim? — perguntou Egil.

— Não. A missão é resgatar você. Você não luta.

— Ah…

— E o que é pior, as outras equipes podem sequestrar você, e com isso perderíamos.

— Bem, que situação comprometedora em que me encontro. Graças aos Deuses do Gelo tenho minha equipe comigo, que é a mais habilidosa de todas. Nada vai acontecer. Seremos vitoriosos.

— Acho que ele ainda está delirando por causa do veneno — disse Viggo, colocando a mão na testa de Egil, como se estivesse medindo a temperatura.

Lasgol sorriu.

— Vamos, não há tempo a perder! Rumo à vitória! — disse Ingrid com a determinação inabalável.

Saíram da caverna e seguiram para o Sul, em direção ao vale por onde deveriam sair. Ingrid liderava, seguida por Viggo, com Egil no meio e Lasgol na retaguarda. A instrutora Marga não os perdeu de vista, seguindo-os a certa distância. Ingrid estabeleceu, como era seu costume, um ritmo acelerado. Mas quanto mais para o Sul eles iam, mais cuidado tinham que ter, já que as outras equipes estariam fazendo o mesmo trajeto naquele momento.

Quando Ingrid chegou ao topo de uma pequena colina coberta de pinheiros, parou e se ajoelhou com o punho erguido. Todos pararam e a imitaram, olhando em volta com os olhos bem abertos. Ela fez sinal para que eles se aproximassem silenciosamente. Lasgol chegou ao lado dela e descobriu por que a líder havia parado. Na frente deles, lá embaixo, no meio de uma ampla clareira na floresta, três equipes lutavam para não serem eliminadas.

— Que equipes são essas? — perguntou Viggo em um sussurro.

— Consigo ver os Ursos... os Javalis... e os Serpentes... — respondeu Ingrid.

— É melhor dar a volta pelo Leste — sussurrou Egil.

— Temos a posição elevada, poderíamos esperar até que restem alguns e atacá-los. A vantagem é nossa, acabaríamos com eles — disse Ingrid.

— Essa afirmação é inteiramente correta, mas temos que levar em conta o que é mais importante e o risco que isso implica. Se nos desviarmos deles, ganharemos tempo e correremos menos riscos. Poderíamos chegar ao final da prova e pontuar, que é o fundamental. O confronto sempre envolve riscos e é imprevisível.

— Estou com Ingrid — comentou Viggo. — Vamos acabar com eles agora que temos a chance. Eles não nos perdoariam se fosse o contrário.

— Penso como Egil — disse Lasgol.

Todos olharam para Ingrid. Ela observou a situação e murmurou o que fazer.

De repente, a Oeste, os Falcões apareceram.

Ingrid se jogou no chão instantaneamente; os outros fizeram o mesmo. Eles ficaram parados observando a outra equipe inimiga, que não tinha visto os Panteras. Sua atenção estava voltada para o confronto na clareira.

Ingrid refletiu.

— Faremos o que Egil propõe — sussurrou. — Se atacarmos, eles podem nos surpreender por trás enquanto estivermos em combate.

Os Falcões começaram a atacar as outras três equipes. Aproveitando a confusão, os Panteras deslizaram para o Leste. Ingrid agora avançava com o máximo cuidado, atenta ao menor som, cheiro ou movimento que pudesse denunciar outra equipe. Não estavam indo muito rápido, mas estavam perto de sair daquela floresta sem serem eliminados, e ela não queria arriscar.

— Não seremos os primeiros, mas conseguiremos — disse ela.

Começaram a se animar quando chegaram a um rio grande e bastante agitado, e depois dele avistaram uma área de mata menos espessa banhada pelo luar. Era o início do grande cânion que levava à saída da floresta. Dolbarar estava esperando por eles lá. Já estavam muito próximos. Um tronco caído atravessava o leito do rio. Era forte e muito longo, mais de vinte passos.

— Vamos cruzar por esse tronco, economizaremos tempo — sugeriu Ingrid.

— Egil, tome cuidado e não caia, a água está muito agitada — disse Viggo.

O garoto engoliu em seco e assentiu. Lasgol piscou para ele para encorajá-lo.

Começaram a cruzar em fila. Ingrid primeiro, Viggo atrás, Egil no centro e Lasgol atrás dele. Ingrid chegou sem problemas. Viggo estava prestes a terminar a travessia quando uma flecha o atingiu em cheio no peito.

— O quê?! — exclamou e, antes que pudesse reagir, uma segunda flecha acertou-o nas costelas.

Uma atiradora loira o alcançou por entre alguns arbustos à sua direita, na margem oposta.

— Estamos sendo atacados! — gritou Ingrid, ajoelhando-se e erguendo o arco em um movimento deslumbrante.

Uma flecha passou roçando a cabeça de Lasgol; vinha da margem do rio que eles tentavam alcançar. Era uma emboscada. Ingrid atirou contra os arbustos de onde atacavam e acertou um dos atiradores; um dos gêmeos, Jared ou talvez Aston.

— Emboscada! São os Águias!

Isgord apareceu atrás de uma árvore como um assassino da floresta e atingiu Ingrid no peito com um tiro certeiro. Mais duas flechas acabaram com ela: de Alaric e de Bergen, vindas dos arbustos.

Os guardiões disseram os nomes de Viggo e Ingrid. Tinham sido eliminados. Com um grito de raiva, a capitã baixou o arco e sentou-se no chão. Viggo desceu do tronco e fez o mesmo.

Egil se abaixou quando duas flechas quase atingiram sua cabeça. Com olhos arregalados, olhou para Lasgol.

— Vamos voltar! — gritou, e se ajoelhou no tronco para não ser um alvo fácil.

Começaram a avançar pelo tronco enquanto as flechas passavam por eles. Lasgol levantou a cabeça. Estavam a cinco passos de retornar ao ponto de onde haviam partido. Tinham uma chance. Se conseguissem chegar lá, poderiam correr e procurar abrigo. Foi quando ele viu um rosto a alguns passos de distância. Um rosto amigável. Um rosto que o deslumbrava e lhe dava frio na barriga.

Era Astrid!

Ela chegou com Leana, Asgard e Borj.

— Corujas! — Ele ouviu Isgord gritar na outra margem. — Eliminem todos eles!

De repente, as flechas não procuravam mais os corpos de Egil e Lasgol, mas sim os dos Corujas, que se posicionaram nas laterais do tronco e devolveram o ataque. Flechas voaram de um lado para o outro. Lasgol olhou para trás e depois para Astrid. Ele e Egil não poderiam voltar, apenas seguir em frente, mas então ficariam à mercê dos Corujas. Ele deu um passo à frente. Egil atrás. Lasgol olhou Astrid nos olhos, que confirmaram que poderiam se aproximar. Lasgol hesitou; afinal, era uma competição, por mais próximos que fossem. Astrid os deixaria ir sabendo que estavam encurralados?

A garota gesticulou com a mão para ele se aproximar. Seu rosto mostrava calma; seus olhos, amizade. Lasgol decidiu confiar nela. Quando eles estavam a um passo dela, ouviu:

— O que fazemos? — perguntou Leana à capitã.

Lasgol parou e olhou novamente nos olhos de Astrid. Então viu o brilho da traição. Ele leu o olhar dela e teve certeza de que seriam eliminados. Reagiu na velocidade de um raio. Ele agarrou Egil e os dois pularam no rio. A última coisa que ouviu antes de serem levados pela correnteza foi Astrid dizendo para a equipe:

— Eliminem os dois!

Lasgol lutou contra a correnteza com todo o seu ser. Conseguiu se manter à tona e tentou ajudar Egil, que estava passando por momentos terríveis.

— Aguente firme — disse ele, cuspindo água.

— Não deixe eu... me afogar... — implorou seu amigo, com uma cara de pânico.

Ele resistia com todo o pequeno corpo para se manter à tona no meio da forte correnteza que os arrastava rio abaixo.

Foram valentes e lutaram para não perecer naquelas águas. Lasgol conseguiu controlar a situação. Egil afundou duas vezes, mas seu companheiro vigilante o puxou pelos cabelos. No final, a correnteza os arrastou para uma curva acentuada, onde conseguiram se segurar em alguns galhos e sair do rio.

Permaneceram deitados na praia, incapazes de se moverem devido ao tremendo esforço e ao trauma da experiência.

— Obrigado... meu amigo... — disse Egil a ele. — Eu... engoli um oceano.

— De nada. Eu tinha que tirar você dali. Afinal, fui eu que o empurrei.

Egil riu e começou a tossir. Demorou um pouco para se recuperar.

— O que fazemos? — perguntou Lasgol finalmente.

— Acho que devemos terminar a prova. Você tem o capturado, isto é, eu, e não foi eliminado. Ainda podemos conseguir.

— Tem razão. Embora estejamos em péssimas condições...

— Pelo menos estamos na margem certa — disse Egil, com um grande sorriso.

Lasgol riu.

— Quase nos afogamos, mas atravessamos.

— Vamos continuar em direção à saída. Se não me engano, deve estar muito próxima, na direção Sudeste.

— Vamos.

Os dois amigos avançaram com cuidado. Lasgol havia perdido o arco e só tinha o machado e a faca. Eles estavam encharcados, com frio e muito cansados, mas continuaram andando até chegarem a uma colina muito íngreme, quase como uma parede de montanha.

— Teremos que escalar — disse Egil.

— Tem certeza de que é a direção correta?

— Você realmente acha que eu começaria a escalar agora se não tivesse?

Lasgol riu.

— Ok, vamos subir.

Foi preciso muito esforço, o que acabou esgotando-os. Exaustos, conseguiram chegar ao cume. No topo descobriram que era uma das paredes de saída do cânion.

— Eu estava certo — comentou Egil, ajoelhado e ofegante.

— Você sempre está — respondeu Lasgol, caindo ao lado dele.

— Raramente cometo erros. — Egil sorriu, tentando esconder como estava cansado. Mal conseguia ficar de pé.

— Temos que descer. Essa parte pelo menos será fácil.

— Venha.

Deixaram-se cair para o interior do cânion, deslizando pela encosta molhada, até chegarem ao fundo, e permaneceram deitados no chão, de costas. Levantaram-se com um esforço tremendo e encararam a saída da floresta. Eles olharam para trás, tudo estava claro. Em frente. Algumas árvores e o que parecia ser a saída do cânion.

— O que acha que aconteceu com os Corujas e os Águias? — perguntou Lasgol.

— Imagino que as duas equipes tenham ficado sem flechas e ido para o combate corpo a corpo. É a dedução mais lógica. Não creio que os Águias tenham permitido a passagem. Eles são mais fortes. Melhores.

— Entendi...

— Olhe. Atrás das árvores vejo luzes, acho que são tochas — disse Egil, apontando para o fundo do cânion.

O outro estreitou os olhos.

— Acho que consigo ver uma multidão... esperando atrás das últimas árvores.

— Deve ser a saída — propôs Egil.

— Certo. Já estamos chegando.

— Vamos conseguir! — exclamou Egil, com um grande sorriso, entrando no meio das árvores.

De repente, pés atingiram Lasgol com força no peito. Ele foi jogado para trás, rolou duas vezes e ficou caído de bruços no chão. Isgord estava a quatro passos de distância com um enorme sorriso de triunfo no rosto. Devia estar esperando por eles empoleirado na árvore.

Egil virou-se para Lasgol. Jared, um dos gêmeos, caiu de cima da outra árvore, enterrando Egil sob seu enorme peso.

Lasgol se ajoelhou e desembainhou o machado e a faca. Isgord e Jared não carregavam arcos; teriam que lutar corpo a corpo. Ele não tinha muita escolha contra aqueles dois, mas lutaria. Tentaria até o fim.

Isgord sorriu de orelha a orelha.

— Eu adoraria ficar para lutar com você e lhe dar uma lição, mas tenho uma opção muito melhor. Vou levar seu cativo. Vou vencer a prova e serei recompensado não apenas com a Folha de Prestígio, mas com uma Folha de Carvalho para cada membro da minha equipe por isso. Ah, e a sua será eliminada.

— Não! — gritou Lasgol ao ver a jogada magistral de Isgord.

— Tchau, perdedor.

Lasgol levantou-se. Isgord correu em direção ao objetivo como um relâmpago. Jared colocou Egil no ombro e correu atrás de Isgord. Lasgol os seguiu. No entanto, os poucos passos à frente já eram uma vantagem demais. Chegou à saída das árvores quando os dois rivais cruzaram a linha de chegada.

— Águias, vencedores da Prova de Verão! — Ouviu Dolbarar dizer.

Os aplausos e vivas chegaram até Lasgol.

— Os Panteras das Neves perderam seu cativo. Estão eliminados! — proclamou Dolbarar.

O garoto caiu de joelhos diante da linha de chegada.

Eles tinham perdido.

Capítulo 20

Os dias que se seguiram à Prova de Verão foram longos e tortuosos. O moral dos Panteras das Neves estava no fundo do poço, especialmente o de Lasgol, por ter falhado com a equipe quando estavam tão perto de conseguir.

Gerd colocou o braço enorme nos ombros caídos do menino.

— Não foi culpa sua. — Tentou confortá-lo enquanto comiam.

— Não, foi culpa daquele cretino — disse Viggo, olhando feio para Isgord, que se gabava pelo refeitório entre as mesas do segundo ano como o grande campeão da Prova de Verão.

— A verdade é que ele foi muito bem… — reconheceu Nilsa.

— Você baba toda vez que ele respira. Não percebe que ele é egocêntrico e exala ódio? Se apertar com força suficiente, ele vai explodir e cobrir você de pus da cabeça aos pés — disse Viggo.

Nilsa fez uma cara de nojo.

— Eu sei que ele não se comportou bem. Não pense que não vejo isso. Mas ele ganhou de forma justa.

— Eles foram os melhores — disse Ingrid, que foi a mais afetada pela derrota.

— Uma jogada muito bem pensada, esperar escondido no final da prova — disse Egil. — E executada com perfeição, devo admitir. Digno de uma mente inteligente.

— E podre — acrescentou Viggo, mordendo uma maçã.

— Deram a todos eles uma Folha de Carvalho extra e uma Folha de Prestígio — disse Gerd, balançando a cabeça. — E este ano, estão dando apenas duas.

— A culpa foi minha. No final, confiei muito em mim mesmo — reconheceu Lasgol, desanimado enquanto afogava suas mágoas na sopa de alho.

— Não se culpe, eu estava lá com você e também não esperava — disse Egil.

— Bem, também não nos penalizaram tanto... — Nilsa tentou animá-los.

— Não tanto? — reclamou Ingrid, com raiva. — Recebemos apenas uma Folha de Carvalho em Tiro e Perícia.

— Mas duas em Fauna e em Natureza — destacou Nilsa, em tom positivo.

— Eu chamo isso de medíocre, à beira de um perdedor — disse Ingrid. — Teremos que conseguir três em Tiro e Perícia na Prova de Inverno para sobreviver ao longo do ano. Isso é quase impossível.

— Não para você — disse Viggo —, mas para nós, sim.

— Você entende o que quero dizer. Como vamos todos conseguir a nota máxima nessas duas maestrias, se são as mais difíceis?

— Ingrid tem razão, estamos em uma situação extremamente complicada — disse Egil. — Por sorte, temos coração de leão e mente de raposa, não vamos desistir. Eu, pelo menos, não, e sei que vocês, meus queridos colegas, também não.

As palavras de Egil encorajaram o resto.

— Se Egil não desistir, eu também não desistirei — disse Gerd, cerrando o punho com força.

— Muito menos eu, prefiro matar alguém — acrescentou Viggo, com cara de pouco amigos.

Lasgol assentiu e um sorriso tímido apareceu em seu rosto deprimido. Nilsa movia a cabeça para cima e para baixo, balançando na cadeira, incapaz de ficar parada.

— Está bem. Nós não desistiremos. Vamos lutar — disse Ingrid.

— Lembrem que existem outras equipes em situação pior que a nossa — ponderou Nilsa.

— Certo. Apenas algumas equipes completaram a prova — disse Gerd.

— Aquelas que vão acabar passando de ano — disse Ingrid.

— A competição será acirrada na Prova de Inverno. Precisamos nos preparar — observou Egil.

— Vejo que este será mais um ano magnífico — comentou Viggo, bufando longamente.

— Fascinante, eu diria — disse Egil.

Viggo revirou os olhos e bateu com a mão na testa. Gerd começou a rir e os outros se juntaram a ele. Mais uma vez, a camaradagem e o bom humor os ajudaram a seguir em frente.

À noite, quando retornavam para a cabana, diversas questões atormentavam a mente de Lasgol e o impediam de dormir como os colegas. Camu, seu companheiro jovial e travesso, que ele já adorava, era uma dessas questões. Não entendia sua presença. O que era aquela criatura surpreendente e enigmática? Que habilidades tinha ou poderia desenvolver? Por que estava com ele? Estava relacionada com a morte do pai? Com o fato de terem tentado matá-lo? Provavelmente, não. Porém, todas essas questões estavam na mente de Lasgol e o impediam de descansar.

Ficava cada vez mais claro para ele que precisava descobrir que tipo de criatura era Camu. Isso pelo menos lhe daria uma pista a seguir e ele poderia aprender mais sobre suas habilidades, sua origem ou algo que o ajudasse com o mistério que o cercava. Lasgol e Egil já haviam revisado a biblioteca inteira e não havia menção a nenhum animal remotamente parecido com a criatura em nenhum livro ou pergaminho dos andares superiores.

Uma tarde, Egil e Lasgol foram até o porão da biblioteca, onde corria o boato de que havia uma seção secreta contendo livros sobre magia e feitiçaria, pelo menos foi o que afirmou Gurton, um grandalhão de terceiro ano do mesmo condado de Egil, que havia confiado essa informação ao garoto por ser filho de quem ele era. Lasgol estava começando a entender as vantagens de ser nobre, mesmo ali, no meio de um vale escondido cercado por altas montanhas e sob o domínio dos guardiões. De acordo com o que Gurton lhes contara, textos antigos sobre assuntos misteriosos eram mantidos ali. Mas a seção estava guardada atrás de uma porta de ferro sólida e trancada. Eles pediram aos bibliotecários que os deixassem examinar os livros, mas não lhes deram permissão. Aquela seção era reservada a Dolbarar e aos quatro guardiões-maiores. Continha exemplares muito valiosos, disponíveis apenas para os líderes dos Guardiões e das maestrias, e, claro, eles negavam que houvesse qualquer coisa sobre magia ou feitiçaria lá embaixo. Segundo os bibliotecários, livros sobre esses assuntos eram proibidos em todo o acampamento.

Lasgol e Egil retornaram e discutiram o assunto com o restante do grupo.

— Por que querem entrar lá? Se eles a mantêm trancada, deve ser por algum motivo — disse Ingrid.

Lasgol, que brincava com Camu, apontou para a criatura.

— Por ele. Para descobrir o que é.

— Ou ela — disse Egil, com um sorriso, e foi acariciar Camu.

Estava crescendo muito rápido, só que o corpo já tinha mais de um palmo, e a cauda, outro palmo. Camu adorava correr por todo o corpo de Lasgol. Os pés da criatura pareciam grudar em qualquer superfície e ela nunca caía. Tinha se acostumado com Egil, que sempre queria acariciá-la. E, embora não se deixasse apanhar, permitia que o estudioso lhe fizesse carinhos. Eles brincavam de esconde-esconde, como Egil chamava. O garoto acariciava a cabeça de Camu, que se escondia, ficando invisível para aparecer depois de um momento em qualquer lugar da cabana, e o menino tinha de encontrá-lo. Passavam longos períodos brincando. A criatura parecia gostar daquele entretenimento e eles tinham descoberto que ela podia se mover muito rápido em seu estado invisível de camuflagem.

— Vocês vão se meter em encrenca... — avisou Ingrid, nada convencida.

— Temos que descobrir o que Camu é e por que veio para Lasgol — disse Egil.

— Alguém sabe arrombar fechaduras? — perguntou Lasgol.

Todos olharam para Viggo quase simultaneamente.

— Pelos valentões dos bairros baixos! Por que vocês estão olhando para mim?

— Porque o conhecemos há algum tempo e sabemos que, de todos nós, você é quem tem maior probabilidade de ter essa "habilidade" — disse Ingrid, erguendo uma sobrancelha.

Egil riu e afirmou:

— Bem explicado.

Viggo franziu o nariz e a testa, e seu semblante geralmente enigmático e bonito transformou-se em um de desgosto.

— Vamos, confesse — disse Nilsa, que se aproximou de Viggo até encostar o nariz no dele, como se o estivesse interrogando.

— Tudo bem... sim, eu sei arrombar fechaduras — confessou, virando as costas para eles e cruzando os braços sobre o peito, fingindo que estava muito ofendido com as implicações.

— Viram?! — exclamou Ingrid, erguendo os braços em um gesto de vitória.

— Pegamos você! — Nilsa deu uma risadinha triunfante.

— Você vai nos ajudar? — perguntou Lasgol.

— Está bem, mas, se nos pegarem, a culpa será sua, não minha.

— Precisaremos de ferramentas — disse Egil.

— Nah... vamos precisar disso — respondeu Viggo, e, da parte de trás do cinto, tirou algumas gazuas.

— Não quero saber de onde você as tirou ou por que as tem. Além do mais, não quero saber mais nada sobre o seu passado. Você é tudo, menos boa coisa — acusou Ingrid, apontando o dedo indicador para ele.

Viggo sorriu maliciosamente.

— Eu nunca disse que era.

A capitã bufou e se virou para sair.

— Não quero saber nada sobre tudo isso. Vocês conseguirão ser expulsos, vão ver só — avisou ela.

Mas Lasgol e Egil já estavam convencidos, e Viggo não resistiu a quebrar as regras. Era mais forte que ele, então se juntou aos amigos. Depois de avaliar qual seria o melhor momento, decidiram arriscar.

A primeira vez que tentaram arrombar a fechadura quase foram descobertos por um dos três bibliotecários, que ouviu barulhos e desceu para ver o que estava acontecendo no porão. Disseram a ele que estavam perdidos e que não conheciam bem toda a biblioteca. Felizmente, ele acreditou; afinal, Viggo nunca pisava lá, mas tiveram que se retirar.

Eles praguejaram contra a má sorte. Os três responsáveis pela biblioteca estavam sempre muito ocupados, pois não eram suficientes para atender todos os alunos dos quatro cursos. De idade avançada, eram lentos e pacientes, e dedicavam grande parte do tempo a ajudar muitos dos iniciados que não sabiam ler nem escrever. Quando iam estudar, os guardiões da biblioteca liam e explicavam as matérias que tinham que aprender, geralmente da maestria de Natureza ou Fauna, e aproveitavam para começar a ensiná-los a ler. Era obrigação dos iniciados aprender a ler e escrever para avançar ao segundo ano. Felizmente para os Panteras, isso não foi um problema; todos conseguiam ler e escrever, embora em níveis diferentes. Gerd e Viggo tinham dificuldade, enquanto Egil se destacava, e Ingrid, Nilsa e Lasgol estavam em nível intermediário.

Eles tentaram outra vez, três dias depois. Garantiram que os bibliotecários estivessem ocupados e que o porão estivesse deserto. Viggo tentou arrombar a fechadura por muito tempo; no entanto, não conseguiu.

— Isso é muito estranho — sussurrou Viggo. — Não consigo abrir, e garanto que sou bom nisso, muito bom.

— Eu acredito em você — disse Egil, coçando o queixo.

Lasgol se aproximou da fechadura e colocou a mão nela. Sentiu algo estranho e um arrepio percorreu sua espinha.

— Acho que não podemos forçá-la... — afirmou, e de repente Camu apareceu em seu ombro.

A criatura guinchou e esticou o rabo, apontando para a fechadura. Viggo e Egil olharam para ela com olhos arregalados de surpresa.

— O que esse bicho está fazendo aqui? — queixou-se Viggo, entre dentes, com uma cara de nojo.

— Eu não sabia que ele estava comigo! Ficou invisível todo esse tempo.

— Ele não pode gritar, ou vão nos descobrir — disse Egil.

— E como faço para impedir que ele grite?

Camu ainda estava rígido e apontava para a fechadura com o rabo.

— Por que está fazendo isso? — perguntou Viggo.

— Pode ser por causa de... — começou Lasgol, mas parou antes de dizer "magia".

— Tenho uma ideia — disse Egil. — Coloque-o mais perto da fechadura.

— Tem certeza?

Egil assentiu. Lasgol colocou o ombro na fechadura. De repente, Camu ficou dourado. Todos olharam para ele sem entender o que estava acontecendo. Ele grunhiu e balançou o rabo. A ponta tocou a fechadura e produziu um lampejo dourado.

— Controle esse bicho! Vão nos descobrir! — queixou-se Viggo.

— Fascinante! — exclamou Egil.

A criatura olhou para Lasgol e flexionou as pernas diversas vezes, como se estivesse contente, e ficou invisível novamente.

— Para onde ele foi?

Lasgol apalpou seu ombro, mas Camu não estava mais ali. O garoto deu de ombros.

— Tente agora, Viggo — disse Egil.

— Para quê? Já tentamos isso antes.

— Me escute...

— Está bem, mas você tome cuidado com esse bicho, Lasgol.

Viggo usou as gazuas e, para sua enorme surpresa, a porta se abriu após um clique. Eles terminaram de abri-la com cuidado. Descobriram uma sala enorme com prateleiras grandes e resistentes encostadas em três paredes. A sala tinha uma lareira com fogo baixo aceso. No centro, havia uma enorme mesa redonda com seis cadeiras.

— Rápido, vamos aproveitar a oportunidade, não há ninguém aqui — disse Egil.

Entraram, mas Viggo não gostou da ideia. Ele balançou a cabeça.

— Se não há ninguém, por que a lareira está acesa?

Egil e Lasgol, que já vasculhavam os livros nas estantes, não prestaram atenção nele. Viggo protestou e ficou de guarda do lado de fora. Eles revisaram os títulos; havia todos os tipos: *O dom e suas manifestações*, *Magos do gelo*, *Magia do sangue*, *O desenvolvimento do dom*, *Análise da magia de maldições*, *Magia dos quatro elementos*, *Encantamento de objetos*, *Teorias sobre a magia de ilenia e sua origem*, *Magia sombria*, *Magia de guardiões* e muito mais. Egil estava tão animado que mal conseguia respirar.

— Todos esses livros, todo esse conhecimento! Isto é o paraíso!

— E os bibliotecários nos garantiram que não havia um único texto sobre magia no acampamento... — Lasgol balançou a cabeça.

— Tenho a sensação de que ainda não sabemos muito sobre o acampamento e os guardiões — disse Egil.

— E sobre o que eles estão escondendo de nós — acrescentou Viggo.

— Isso também — concordou Egil.

— Encontre o que procuramos e vamos embora daqui — disse Viggo. — Agora que sabemos o que eles guardam, se nos pegarem, vão nos expulsar.

Lasgol teve o mesmo sentimento. Começaram a procurar em todos os lugares.

— Aqui! *Tratado sobre criaturas mágicas* — disse Egil, e colocou um livro grande sobre a mesa.

Lasgol se aproximou; então, ao passar perto da lareira, Camu apareceu novamente em seu ombro esquerdo. Ele enrijeceu, apontou o rabo para o fogo e gritou.

— *Shhh!* — protestou Viggo. — Faça esse bicho calar a boca!

Lasgol acariciou a criatura, mas ela não mudou de posição.

— Vamos, pequeno, não grite, por favor.

Egil devorou as páginas do tratado.

— Dragões... não. Grifos... nenhum dos dois. Hidras... não. Não sei o que é isso, mas também não...

— Rápido!

— Não consigo encontrá-lo, há uma variedade infinita de criaturas mágicas neste livro, mas nada como o nosso amigo — disse ele, apontando para Camu, que ainda estava rígido e apontando o rabo em direção ao fogo.

— Alguém está vindo! — avisou Viggo.

— Escondam-se! — sibilou Lasgol, deitando-se embaixo da mesa do lado oposto da porta.

Viggo o seguiu e se escondeu ao lado dele. Egil correu para colocar o livro no lugar e, ao voltar, a porta começou a se abrir. Lasgol mordeu o lábio. Viggo fez sinal para que Egil se deitasse no chão. No meio da corrida, ele se deitou e deslizou pelo chão até chegar embaixo da mesa, ao lado dos amigos.

Um dos dois bibliotecários apareceu e examinou a sala. Lasgol procurou Camu, mas ele tinha desaparecido outra vez devido ao choque. O bibliotecário olhou ao redor da sala. Os três garotos permaneceram debaixo da mesa, imóveis como estátuas, rodeados de sombras. Prenderam a respiração para que ele não os detectasse, como tinham aprendido na instrução da maestria de Perícia. Foram momentos tensos; o bibliotecário não se deu por satisfeito, pois algo não estava certo. Finalmente, ele se virou e fechou a porta, trancando-a.

— Ufa…

Viggo bufou.

— Por pouco… — disse Lasgol, estufando os pulmões.

— Muito bom deslizamento, sabichão — disse Viggo, parabenizando Egil.

— Obrigado, parece que um ano e meio de treinamento físico intenso foi maravilhoso para meu corpo já não tão magro — respondeu ele, com um sorriso satisfeito, enquanto flexionava os braços para mostrar os músculos.

— É melhor sairmos daqui antes que eles voltem ou que esse bicho comece a gritar de novo.

— Sim, vamos — disse Egil. — Não encontrei o que procurava.

Os três se aproximaram da porta. Viggo usou a gazua e funcionou. Disfarçadamente, subiram ao andar superior e saíram da biblioteca como se nada tivesse acontecido.

— Deu certo, mas não vamos repetir — disse Viggo, com uma careta engraçada.

— Por que não? — Egil fez a mesma cara. — Não tenho nada para fazer amanhã à noite. Estou à sua inteira disposição.

Lasgol balançou a cabeça e sorriu. Viggo revirou os olhos. Voltaram para a cabana. Haviam se arriscado o suficiente naquela noite.

Capítulo 21

A MAESTRIA DE ATIRADORES ESTAVA SENDO MUITO DIVERTIDA NAquela tarde e, pela primeira vez em muitas semanas, os Panteras estavam gostando da instrução, o que ajudou a elevar um pouco o moral da equipe. Eles estavam no meio de uma floresta densa e a instrutora Marga havia dividido as equipes em duplas que deveriam se enfrentar em uma prova. Ela lhes deu os arcos compostos com os quais treinavam havia algum tempo. No entanto, as flechas eram um tanto especiais: a ponta terminava em uma pequena bola de metal coberta de trapos. Doía, mas não machucava.

— Primeira dupla — chamou Marga.

Eram Astrid e Leana, sua companheira de equipe nos Corujas, uma garota magra, loira e de beleza extravagante, embora para Lasgol a beleza de Astrid fosse incomparável, especial... Ele sentia uma pontada de dor no peito ao pensar no que havia acontecido na Prova de Verão.

Não conseguia acreditar que ela não o tinha ajudado. Balançou a cabeça, aborrecido e com raiva.

— Muito bem — continuou Marga. — Existem duas trilhas que correm paralelamente pela floresta com cerca de cem passos entre elas. Não são naturais, foram criadas para esta prova. Fiquem no início de cada trilha.

Astrid e Leana obedeceram. Elas podiam ver uma à outra, embora houvesse árvores e vegetação abundante no meio.

— Cada uma de vocês tem doze flechas. Devem usá-las para atingir seu rival enquanto correm até chegar ao final do percurso. A vencedora será quem chegar primeiro e com menor número de flechas atingidas. A única regra é que não podem sair da trilha em hipótese alguma. Entenderam?

Leana olhou para Astrid e ela assentiu. Então, a bela garota loira concordou.

— Muito bem. Fiquem posicionadas. Preparar! Já!

Astrid correu pela trilha; Leana também. De repente, Astrid engatilhou o arco enquanto corria e mirava. Leana fez o mesmo. A dificuldade da prova era evidente: tinham que mirar enquanto corriam por uma trilha estreita e irregular, saltando sobre raízes, tocos e ervas daninhas. Um descuido, um tropeço, e seria o fim da prova. Astrid soltou. A flecha percorreu os cem passos que as separavam; ela se esquivou das árvores com maestria, mas não atingiu Leana, que acelerou o passo e deixou a flecha passar atrás dela. Agora era a vez de sua parceira. A flecha roçou o corpo de Astrid, mas também não a atingiu, embora por pouco.

O espetáculo prendeu a atenção de todos, ninguém desviou o olhar por um momento. As duas companheiras trocaram várias flechas enquanto permaneciam na trilha e corriam. Leana foi a primeira a acertar: a flecha bateu no ombro de Astrid e a fez bambear. Por um momento, pareceu que ela iria perder o equilíbrio e desviar da trilha, resultando em uma perda, mas Astrid se recompôs. A colega estava agora à frente. Astrid correu com todo o seu ser. Outra flecha de Leana foi em direção a seu rosto, mas, apenas um momento antes de atingi-la completamente, atingiu uma árvore.

Lasgol bufou.

— O confronto é espetacular — disse Nilsa em voz baixa.

A garota não conseguia ficar parada, de tanta emoção.

Astrid conseguiu alcançar Leana e elas trocaram mais tiros que acertaram árvores ou erraram à direita e à esquerda das corredoras. Parecia que não estavam mais mirando com tanta habilidade.

— É o cansaço — sussurrou Egil. — Isso as impede de atirar bem.

Ingrid assentiu.

— Elas estão chegando ao fim. Isso está ficando bom.

Os últimos cinquenta passos chegaram. As duas garotas estavam empatadas. Apontaram, esperaram um momento para chegar a uma clareira entre elas. Soltaram. Sem as árvores no caminho, as duas flechas cruzaram a distância que as separava e ambas atingiram os alvos. Astrid suportou o golpe no peito. Leana foi atingida com força na perna, desestabilizou-se e caiu no chão. Astrid saiu vitoriosa da floresta.

Os outros aprendizes aplaudiram freneticamente.

— Foi ótimo! — disse Gerd.

— As duas são muito boas! — exclamou Viggo, com certa inveja na voz.

Astrid foi ver como estava a parceira e ajudou-a a se levantar. As duas trocaram algumas palavras e voltaram para o grupo sorrindo.

— Sempre digo que uma demonstração vale mais que mil explicações — disse Marga. — Ficou bastante claro. As duas se saíram muito bem, muito melhor do que eu esperava. Parece que o treinamento está funcionando para vocês. Vamos ver como os outros estão. Próximos!

Todos fizeram a prova e, como suspeitava a instrutora Marga, nem todos se saíram tão bem. Entre eles, Nilsa, que disputou contra Ingrid. No meio do caminho, quando se esquivava de uma flecha da amiga, ela tropeçou em uma raiz e foi jogada para fora da trilha, atingindo uma árvore e ficando inconsciente. Felizmente, não teve outras consequências além de um inchaço na testa.

Chegou a vez de Gerd contra Viggo. Ambos se saíram muito bem, embora estivesse claro que não eram tão ágeis nem tão bons atiradores quanto os outros competidores. Viggo venceu ao acertar o grandalhão seis vezes.

— Você é um alvo fácil, grande demais — zombou Viggo ao terminar.

Gerd riu.

— Sei. Lento e grande como uma montanha.

Lasgol competiu contra Egil. A verdade é que ele se conteve, deixou a prova ir até o fim e aí derrotou o amigo de forma limpa.

— Eu sei que você me deu uma vantagem, obrigado — disse Egil.

— Não vou fazer isso da próxima vez, este foi o aquecimento — respondeu Lasgol.

Os que se destacaram foram os Águias e os Lobos. Principalmente Isgord, que parecia um assassino da floresta. Luca, o capitão dos Lobos, também era temível. Eles corriam a uma velocidade surpreendente e cada um de seus tiros atingia o rival, não importando o quão difícil fosse a visibilidade ou o ângulo do tiro.

— Eles são assustadores — comentou Gerd.

— Sim, eles são muito bons — concordou Lasgol.

— Então fique longe de Isgord. Já sabe que ele está atrás de você e, assim que puder, ele vai pegá-lo — alertou Viggo.

— Eu sei... — disse Lasgol.

Ele sabia muito bem que a ameaça era muito real, embora não entendesse por quê.

Após a prova, de volta às cabanas, Lasgol cruzou com Astrid, que estava acompanhada de Leana. Ele abaixou a cabeça e não disse nada a ela.

— Não vai sequer me cumprimentar? — repreendeu ela, com um meio sorriso.

Lasgol parou e olhou para Astrid.

— Olá, Astrid — disse ele no tom mais neutro que conseguiu.

— Você pode nos deixar a sós por um momento? — pediu Astrid a Leana.

— Claro, vejo você no jantar — respondeu ela, e saiu.

Astrid se aproximou de Lasgol.

— Chateado?

— Eu? Claro que não.

— Eu diria que sim.

— Por que eu deveria estar? — dissimulou ele, sem olhar nos olhos dela.

— É nisso que estou pensando.

— Bom, se não tem motivo, não estou chateado.

— Você disse isso com um tom chateado.

— Nem um pouco. Você está imaginando coisas — disse Lasgol, disfarçando e olhando para as montanhas.

— Não consigo imaginar nada. Você nem me olha nos olhos.

O garoto foi forçado a fazer isso.

— Eu olho para você, viu?

— É por causa da Prova de Verão, certo?

— Você fez o que tinha que fazer — respondeu Lasgol, e começou a sentir uma pontada no estômago, uma mistura de raiva e dor.

— Eu sei.

— Bem, se você sabe, não precisamos mais conversar sobre isso — respondeu ele, um pouco mais irritado do que gostaria.

— Viu? Você está chateado.

— Você poderia ter me ajudado. Eu pensei que fôssemos amigos.

— E nós somos.

— Bem, não pareceu isso. Você atirou em mim.

— Eu não podia fazer mais nada... não naquela situação...

— Sempre há uma saída. Você precisa apenas procurar por ela.

— É meu dever como capitã fazer o que é melhor para a minha equipe.

— E como minha amiga, que, pelo que você diz, você também é?

— Eu não podia deixar você ir, era uma competição por equipes.

— Sim, e sua equipe terminou. Você cumpriu. Não como a minha, que não sobreviveu. Em parte por sua culpa.

— Minha culpa?

— Você me forçou a pular no rio e quase nos afogamos.

— Eu te dei uma chance e você deveria me agradecer.

— Como assim, agradecer?

— Eu podia ter atirado. E teria atingido você.

— Talvez sim, talvez não — respondeu Lasgol, cada vez mais irritado.

— Parece que seus ares de herói estão subindo à cabeça.

— E parece que os de capitã sabichona estão subindo à sua.

— Sabi... sabichona? — Astrid não acreditou no que ouviu.

— Foi o que eu disse.

— Será que suas novas amizades estão confundindo você?

— Que novas amizades?

— Uma certa iniciada loira.

— Val?

— Você já a chama pelo apelido?

— Eu… Ela é apenas uma amiga… — disse ele, confuso.

— Que você vê com frequência.

— Nos encontramos… de vez em quando… É uma coincidência… O acampamento não é tão grande assim.

— É claro, coincidência.

— Não sei o que isso tem a ver com o que estávamos conversando.

— Tem a ver com o motivo pelo qual você se comporta como um tolo.

— Tolo? Eu?

Astrid assentiu com os braços cruzados sobre o peito.

— Pelo menos eu sei quem são meus amigos.

— E eu também.

— Isso está claro. Não há mais nada para conversar — disse Lasgol, com muita raiva, e se virou para sair.

— Arrogante — disse Astrid.

— Sabichona — respondeu ele, e se afastou rapidamente.

O garoto estava com tanta raiva que sentia que ia explodir.

— Da próxima vez eu atiro na sua testa!

Lasgol fez um gesto irritado com a mão e continuou andando; se ele se virasse, diria algo de que se arrependeria.

Dias depois, para tirar Astrid da cabeça, Lasgol decidiu fazer a própria pesquisa sobre Camu. Não queria colocar os companheiros em apuros. Havia uma pista que ele queria seguir, então se dirigiu ao grande armazém na entrada do acampamento. Era um edifício enorme, o maior do local. Era muito curioso. Em formato de um enorme retângulo alongado, estava rodeado de freixos e as paredes e o telhado eram completamente cobertos de trepadeiras e musgo. Aquilo tinha sido tão bem-feito que qualquer um passaria pelo armazém sem nem perceber que estava lá.

O edifício era um lugar fundamental no acampamento: todos os alimentos, víveres, roupas, armas e outros suprimentos que chegavam eram armazenados ali antes de serem distribuídos. Havia um fluxo constante de pessoas e caixas entrando e saindo pela grande porta da frente, e a pessoa que coordenava tudo era um velho guardião chamado Gunnar, embora fosse mais conhecido como Velho Grunt.

— O que quer? — rosnou ele para Lasgol detrás do balcão, sem nem sequer um "bom-dia".

O garoto nem teve tempo de alcançá-lo. Não conseguia falar.

— Vamos, não tenho o dia todo — disse ele.

Seu rosto estava cheio de rugas e ele era careca, mas o que mais chamava a atenção era sua cara de buldogue. A semelhança era impressionante.

— Oi, sou...

— Eu já sei quem você é. O que quer? — bradou.

— Veja... venho por um assunto pessoal...

— Aqui só tratamos de administração. Eu sou o guardião-intendente-maior. Se não é isso que você procura, pode sair.

— É que...

— Você não vê o trabalho que temos? — Apontou para seus auxiliares, que não paravam de transportar caixas e contêineres de um lugar para o outro.

— É sobre o meu pai...

Gunnar se espreguiçou. Olhou para Lasgol.

— O que tem seu pai?

— Recebi os pertences do meu pai após a morte dele. Estava me perguntando se foram enviados daqui.

— Sim. Nós os enviamos. Todos os guardiões têm neste local um depósito com os pertences, uma espécie de banco, embora mais bem protegido. Quando eles estão fora do acampamento, em serviço junto ao rei, guardamos seus bens. Se alguém morre, são enviados para a família mais próxima. É assim que sempre foi.

— Entendo. Queria saber se posso falar com quem pegou as coisas do meu pai.

— Deve ter sido meu primo Murch, ele é o responsável pelos depósitos.

— Posso falar com ele?

— Está nos fundos do depósito. Ninguém pode entrar lá, exceto ele e eu. É para segurança e confidencialidade.

— Há certos assuntos que é melhor deixar de lado — disse uma voz atrás de Lasgol.

Ele se virou e viu Haakon. Lasgol ficou surpreso. Estava observando o garoto com aquele olhar sinistro. Não parecia nada satisfeito.

— Eu só...

— O que aconteceu com seu pai são águas passadas. Águas que não devem ser agitadas. Entendeu?

— Claro, senhor — disse Gunnar, assentindo.

— Mas... — O garoto tentou protestar.

— Tudo está claro agora. Você limpou o nome dele. Não fale mais sobre isso.

— É só que...

— Um aprendiz não se opõe a um instrutor, muito menos a um guardião-maior — advertiu Haakon, com uma frieza letal.

Os cabelos da nuca de Lasgol se arrepiaram.

— Sim, senhor.

— Agora volte para suas tarefas e esqueça esse assunto. Não vou falar de novo.

Lasgol abaixou a cabeça e saiu de lá. Ao se afastar, ouviu Gunnar perguntar a Haakon em que ele poderia ajudar. "Em nada", respondeu o guardião-maior.

O que aconteceu deixou Lasgol com um gosto muito ruim na boca. Por que Haakon não quis que ele investigasse o assunto? Como apareceu lá? Ele o estava seguindo? E se ele não queria nada de Gunnar, por que foi ao depósito?

O garoto ruminou sobre isso por vários dias. Finalmente decidiu agir. Se Haakon o estivesse observando, ele teria que pensar em alguma coisa. Não iria parar de investigar, precisava descobrir o que mais havia acontecido com o pai e faria isso. A oportunidade surgiu em uma noite no refeitório. Haakon estava à mesa com Eyra, Ivana, Esben e Dolbarar. Lasgol observou Gunnar e Murch terminarem o jantar, se despedirem e partirem em direções opostas. Olhou rapidamente para Haakon e viu que estava conversando com Dolbarar. Não pensou duas vezes e foi atrás de Murch.

Ele o alcançou quando o homem chegava à cabana.

— Desculpe! — gritou Lasgol atrás dele.

Murch virou-se instantaneamente com uma velocidade surpreendente para a idade.

— Ah, é você.

— Você me conhece?

— Todos nós conhecemos você.

Lasgol assentiu.

— Tenho uma pergunta — disse ele, olhando para o guardião-intendente. Ele se parecia um pouco com o primo, mas era menos mal-humorado e tinha mais cabelo.

— Sobre seu pai?

— Sim, senhor.

— Achei que tudo já estivesse claro. Eu gostava de Dakon, um dos melhores primeiros guardiões que já tivemos. O que aconteceu sempre me pareceu muito estranho...

— Quem me mandou as coisas de meu pai?

Murch coçou a barba.

— Já faz muito tempo... Deixa eu pensar... Sim, fui eu. É minha responsabilidade. Não chegaram até você?

— Sim... sim, chegaram.

— Estava faltando alguma coisa, então? Sempre envio o que está no depósito.

— Não, não é isso... Havia uma caixa de madeira vermelha como sangue, com estranhos enfeites de ouro, muito marcante, inconfundível...

Murch balançou a cabeça.

— Não, não havia nada disso entre os pertences do seu pai.

— Tem certeza?

— Tenho. Eu mesmo fiz o pacote que foi enviado para você. Não havia uma caixa vermelha ornamentada — disse ele, balançando a cabeça. — Eu me lembraria disso. Gosto de detalhes. Além disso, uma caixa teria que ser cuidadosamente embrulhada. Seu pai quase não guardava nada no armazém. Algumas roupas e alguns livros raros da biblioteca, que devolvi.

— Então, como a caixa chegou até mim?

— Estava no pacote que foi enviado para você?

— Sim. Abri e estava dentro.

— Bom, alguém mexeu no pacote no caminho, porque ele não saiu daqui com a caixa.

O garoto permaneceu pensativo.

— Como foi enviado?

— Descendo o rio em um dos barcos de carga. O capitão Astol é quem faz mais viagens.

— Para quem ele deu?

— Eu não sei, desculpe.

De repente, Lasgol sentiu como se alguém o estivesse observando. Virou um pouco a cabeça e, junto a uma árvore, a três passos de distância, descobriu uma sombra. A sombra de Haakon. Um arrepio percorreu seu corpo.

— Obrigado, senhor.

— De nada. E, se quiser meu conselho, não pense mais nesse assunto.

Lasgol saiu com um passo rápido. Os olhos de Haakon estavam fixos em sua nuca. Ele estava com medo, mas tinha valido a pena. Ele havia descoberto duas coisas. A primeira era que o pai não havia lhe enviado o ovo, o que o deixou completamente desconcertado; e a segunda, que Haakon o estava espionando e não queria que ele investigasse.

Lasgol foi para a cama com duas perguntas em mente. Quem? Quem lhe enviou o ovo? E por quê? Por que Haakon queria que ele parasse de investigar?

Teve um pressentimento ruim. Muito ruim.

Capítulo 22

— Vamos, depressa! Estamos atrasados para a instrução de Fauna! — gritou Ingrid para eles, e, como sempre, já estava meia légua adiante.

— Essa garota nunca dá um tempo? — perguntou Viggo, com a sobrancelha franzida.

— Não deixe que ela ouça isso, você vai levar uma surra — avisou Nilsa, ultrapassando-o, enquanto eles caminhavam para a floresta do Oeste.

— É exatamente isso que adoro nela — disse Viggo, com um sorriso e um tom não tão sarcástico como de costume.

Nilsa parou e olhou para ele de forma estranha por um momento.

— Quero dizer que a mandona é insuportável — corrigiu-se Viggo imediatamente.

A ruiva sorriu e correu atrás de Ingrid. Lasgol e Gerd trocaram olhares divertidos.

O instrutor Guntar, da maestria de Fauna, os aguardava.

Lasgol não conseguia se acostumar com a aparência pitoresca daquele homem. Tanto seu cabelo quanto sua barba espessa eram de um loiro muito claro, ambos completamente desalinhados. Sua pele era tão branca que parecia translúcida. Os raios de sol que se filtravam pelos galhos das árvores brilhavam em seus cabelos e barba. Parecia uma criatura mágica da floresta, um ogro albino. E sua personalidade também era muito parecida com a de uma besta.

— Prestem atenção, seu bando de desajeitados! — cumprimentou ele, com o bom humor de sempre.

As equipes ficaram ao seu redor e ouviram atentamente o instrutor.

— Como vocês já me mostraram que não conseguem distinguir o rastro de um urso-cinzento do de um cervo assustado, resolvi trazer ajuda.

O comentário feriu um pouco o orgulho de Lasgol. Ele era um bom rastreador e conseguia distinguir perfeitamente o rastro de um urso ou de um cervo. Mas não disse nada e continuou ouvindo para ver o que o instrutor pretendia.

Guntar desapareceu atrás das cabanas da maestria de Fauna e voltou um instante depois.

— Vocês sabem o que é isso? Vou escalpelar quem responder.

Todos olharam para o instrutor, que trazia consigo um cachorro de porte médio e aparência calma. Tinha olhos escuros, orelhas largas, focinho de tamanho médio e pescoço longo e claro. A pelagem era espessa e brilhante, com pelos lisos e avermelhados com manchas pretas.

— Vejamos, grandalhão, o que é isso? — perguntou a Gerd.

— É um cão norghano, capaz de farejar grandes distâncias e atravessar extensos terrenos árticos sem desmaiar. Dizem que quando ele encontra um rastro pode segui-lo por semanas até encontrar a presa, por mais difícil que seja o terreno.

— Muito bem. Vejo que você não é um gigante simplório e tem estado atento às instruções que lhe foram dadas. Isso é uma surpresa.

O comentário fez o grandalhão franzir a testa, o que era incomum para ele. Não tinha gostado de nada daquilo.

— Vamos fazer um exercício que vocês vão adorar. É um jogo muito divertido, vocês vão ver.

Lasgol teve a sensação de que a experiência não seria agradável para eles. O bufo e a careta de descrença no rosto de Viggo confirmaram isso.

— Preciso de uma equipe voluntária — pediu Guntar.

Houve silêncio. Os capitães olharam para suas equipes, mas ninguém disse nada.

— Vamos! Vocês querem ser guardiões ou príncipes de contos de fadas?

— Os Águias se apresentam — disse Isgord, estufando o peito e dando um passo em direção ao instrutor.

Ele não havia consultado os colegas, que olhavam para ele não muito convencidos, principalmente os gêmeos Jared e Aston. Marta fez uma careta, mas permaneceu calada.

— Essa aí não vai falar nada — comentou Nilsa com Lasgol. — Ela faz tudo o que ele diz, como se estivesse hipnotizada.

Lasgol percebeu algum ressentimento no tom de Nilsa, embora, sabendo o que havia acontecido entre ela e Isgord, não tivesse ficado surpreso. Ele não respondeu, mas fez um gesto afirmativo.

— Se não tomar muito cuidado, vai se queimar, como as mariposas que chegam muito perto da chama — disse Nilsa.

— Falando por experiência própria? — zombou Viggo, com um sorriso. Como sempre, estava atento a quaisquer comentários ou conversa.

— Suas orelhas nunca descansam? — reclamou Nilsa.

— Ouvidos — corrigiu Egil. — Tendemos a dizer orelhas quando na realidade é por meio do ouvido que...

— Orelhas, ouvidos, fofoqueiros e idiotas! — disse Nilsa, mal-humorada, e ficou ao lado de Ingrid.

— Eu... só... — Egil tentou se desculpar.

— Deixa quieto, sabichão. Isso não é para você. É para aquele presunçoso — disse Viggo, apontando o dedo para Isgord.

Guntar virou-se para a outra equipe.

— Vejo que temos uma equipe com coragem. Assim que eu gosto! Vocês irão longe.

Isgord se inflou ainda mais com o comentário. Olhou para os outros capitães com um sorriso vitorioso e satisfeito.

— Vocês serão a equipe caçada — anunciou Guntar.

O sorriso desapareceu do rosto de Isgord, e ele permaneceu rígido, como os companheiros. Alaric e Bergen pareciam mais feios do que nunca com os rostos irritados que mostravam agora.

Os sorrisos apareceram nos rostos das outras equipes. Nilsa riu de satisfação.

— Preciso de outra equipe, os rastreadores — perguntou Guntar.

Todos os capitães se ofereceram como voluntários. O rosto de Isgord refletia a vergonha e a humilhação. Eles iriam rastreá-lo e caçá-lo.

— A equipe do gigantão, quem são vocês? — perguntou Guntar.

— Panteras das Neves — respondeu Ingrid.

— Muito bem, os Panteras serão os rastreadores. Eles vão levar o bom e velho Rufus — disse ele, acariciando o cão, que retribuiu o carinho lambendo a mão de Guntar.

— Qual é o objetivo? — perguntou Ingrid.

— É muito simples. A equipe dos Águias entrará nas florestas do Norte. Vocês esperarão algum tempo, depois vão rastreá-los e tentar encontrá-los.

— E levaremos o cão?

— Sim.

— Não entendo… Sem o cão de caça conseguiríamos encontrá-los, temos bons rastreadores na equipe — disse Ingrid, olhando para Lasgol. — Com a ajuda do cão, embora não saibamos como usá-lo, deve ser muito fácil.

— Parece que sim, certo? Mas não será assim. Os Águias terão a mim.

O rosto de Ingrid ficou confuso. Isgord e os Águias, por outro lado, ficaram muito encorajados.

— Vamos brincar de gato e rato. Meu jogo favorito. Vocês serão o gato e nós, o rato, só que este rato é muito astuto e esconderá muito bem seus rastros.

— Entendi…

— O gato aprende a rastrear; o rato, a ocultar o rastro. Acredite em mim, aprender a esconder bem seus rastros salvará sua vida. Assim como saber rastrear. Vocês devem dominar ambas as habilidades. Encontrar e ocultar rastros.

— Entendido — concordou Ingrid.

Guntar assobiou em direção às cabanas da maestria e dois instrutores se aproximaram.

— Enquanto brincamos de gato e rato, os dois vão ensinar aos demais como isso deve ser feito. Prestem muita atenção, aprendam a fazer bem. É muito importante para um guardião. Um rastreador experiente pode seguir qualquer rastro, mas não só isso; pode, por sua vez, fazer o próprio rastro desaparecer e enganar os cães, algo extremamente difícil. É isso que aprenderemos nesses exercícios. Quando terminarmos, será a vez de outras duas equipes. Vocês se revezarão como gato e rato, então fiquem atentos para rastrear e fazer seu rastro desaparecer. Se uma equipe me decepcionar, vai se lembrar de mim pelo resto do ano. Está claro?

Os *sins* foram totalmente convincentes.

— Então vamos indo. O rato está se movendo — anunciou Guntar.

Então ele deu Rufus aos Panteras. Gerd imediatamente foi acariciar o cão e disse-lhe palavras afetuosas. O animal parecia acostumado com os humanos. Nilsa se agachou ao lado dele e também começou a acariciar sua cabeça e orelhas caídas enquanto lhe dizia que bom e bonito menino ele era.

Guntar levou os Águias com ele e foram para a floresta.

— Precisaremos de ajuda com ele — disse Ingrid aos instrutores, referindo-se ao cão.

— A primeira caçada é sem ajuda. Vocês terão que se virar.

— Adoro como eles sempre facilitam nossa vida — murmurou Viggo no ouvido de Lasgol.

A verdade é que ele tem razão, pensou Lasgol.

— É hora de caçar o rato. Gatos, vão em frente e cacem-no — disse-lhes um dos dois instrutores, apontando para a floresta.

Eles começaram. Demorou um pouco para Rufus entender que precisava acompanhá-los. Felizmente, pareceu obedecer um pouco a Gerd, que o levou consigo. Foram para a floresta, deixando os instrutores e outras equipes para trás, e imediatamente se depararam com o primeiro problema.

— Não consigo encontrar o rastro — anunciou Ingrid, que foi a primeira.

— Deixe Lasgol procurar, ele é o melhor nisso — disse Nilsa.

O garoto assumiu a liderança e começou a explorar em busca do rastro do grupo.

— Vocês não vão acreditar, mas não consigo encontrar.

— Eu acredito em você, Lasgol — disse Egil. — Todo esse exercício está muito bem pensado e elaborado. Guntar é um excelente instrutor.

— Bem, ele parece um idiota para mim — comentou Viggo, sem esconder sua opinião.

— Essa é a imagem que ele quer que você tenha dele, mas, na verdade, ele é extremamente inteligente e habilidoso. Acredite em mim — garantiu Egil, assentindo.

Lasgol agachou-se próximo a algumas samambaias.

— Ele apagou os rastros — explicou ele, examinando o ambiente. — Acho que já passaram por aqui, mas não tenho certeza e, o que é pior, não consigo saber onde continua o rastro. Não há pegadas...

— Como ele fez os rastros de seis pessoas desaparecerem? — perguntou Ingrid, cruzando os braços sobre o peito.

— Ele é muito habilidoso. — Foi a resposta de Egil, que estava sorrindo.

— Ou somos cegos — disse Viggo, cobrindo os olhos com a mão.

— Não somos tão cegos assim — queixou-se Nilsa.

— O que fazemos? — perguntou Ingrid.

— Vamos tentar com nosso amigo de quatro patas — sugeriu Egil.

Eles se viraram para Gerd, que brincava com o cão a poucos passos de distância, sem prestar atenção no que estava acontecendo.

— Quem é o mais bonito do grupo... quem? Você, você é o mais bonito — disse ele, acariciando as orelhas do animal.

Viggo levou a mão à testa e praguejou.

— Pare de brincar com ele e traga-o aqui — disse Ingrid.

O garoto olhou para eles e assentiu.

— Está bem. Vamos, Rufus, vamos — disse ele, conduzindo o cachorro até onde Lasgol estava agachado. Depois, apontou para as samambaias e acrescentou: — Procure, Rufus, procure.

Porém, o cachorro o ignorou e, levantando uma das patas traseiras, urinou em uma árvore próxima.

— Estamos ferrados! — exclamou Viggo, fazendo uma careta de desespero.

— Vamos, Rufus, aqui, olhe — insistiu Gerd.

O cachorro se virou e se voltou para o acampamento com um olhar perdido.

— Isso está cada vez melhor — reclamou Viggo.

Gerd foi até Rufus e ficou ao lado dele.

— Vamos, garoto, venha comigo — disse ele cara a cara com o cachorro, e começou a rastejar em direção às samambaias.

Rufus não o seguiu.

— Você está arrasando — disse Viggo a Gerd. — E não está nada ridículo, não se preocupe.

— Deixe ele em paz. Pelo menos está tentando — repreendeu-o Nilsa.

— Mas não conseguimos nada. — Ingrid ficou frustrada.

— Totó, aqui! — ordenou Viggo.

Rufus o ignorou completamente.

— Vamos, cachorrinho, por aqui — disse Nilsa, tentando.

Sem sorte também.

— Eu levo ele — disse Gerd, e começou a puxar a coleira de couro do animal, embora ele tivesse decidido não sair do lugar. — É muito pesado. Posso arrastá-lo, mas não acho que seja conveniente. Eles são muito teimosos. Se ele não quer...

— Você tem razão — interveio Egil, que observava o animal. — Não devemos forçá-lo. Na verdade, acho que precisamos fazer o oposto. Deixe-o em paz. É um animal que por instinto e treino, e devemos deduzir que foi muito bem treinado pelos guardiões, sabe perfeitamente o que deve fazer. Portanto, deduzo que, se não fizer nada, é porque não estamos agindo da maneira correta.

— Então o que fazemos? Ignoramos ele? — perguntou Ingrid.

— Nós, sim. Gerd, não. O cachorro sempre tem que saber o seu lugar e quem manda; neste caso, seu humano: Gerd.

Então assim fizeram.

Todos se afastaram e deixaram Rufus sozinho. Depois de um tempo, Gerd aproximou-se das samambaias e, com voz séria e autoritária, ordenou:

— Rufus, aqui — falou, e apontou para o ponto próximo a ele com o dedo indicador.

Por um momento, nada aconteceu. Rufus não se mexeu. Continuou ignorando-os.

— Rufus, aqui — repetiu Gerd, apontando novamente com maior intensidade na voz.

O cão não reagiu nem olhou para ele. Gerd permaneceu firme, imóvel. De repente, Rufus bocejou e começou a se mover lentamente, com relutância. Ele se virou na frente de Gerd, que apontou com firmeza. Rufus começou a farejar a poucos passos dele e, após fazer isso em vários pontos próximos, aproximou-se para farejar onde Gerd apontava.

Rufus ficou rígido, olhando para a frente.

— Ele encontrou o rastro — disse Gerd.

— Vamos esperar um momento — aconselhou Egil.

De repente, o cachorro começou a avançar enquanto farejava para a esquerda e para a direita. Todos o seguiram sem interrompê-lo ou incomodá-lo. Ele liderou o caminho e eles o seguiram. Atravessaram a floresta e Rufus conduziu-os para o leste. Então o cachorro entrou em uma floresta de faias e eles o seguiram.

Ingrid, que ia na frente, virou-se.

— Guntar desviou para cá pensando que iria nos fazer perder o rastro, mas com o cão não vamos perder.

Lasgol se agachou e examinou o terreno. Na verdade, encontrou o rastro. Eles não o haviam escondido naquela parte. Era normal. Não poderiam esconder todos os rastros o tempo todo. Demoraria muito e acabariam capturados.

— Eles são nossos agora, nada escapa de um cão norghano depois que ele encontra o rastro — encorajou-os Gerd.

— Vamos ter cuidado — disse Nilsa —, temos que caçá-los.

— Quero ver a expressão daquele rosto presunçoso de Isgord quando o capturarmos — comentou Viggo, sorrindo.

— Não tenho tanta certeza... — disse Egil.

Todos olharam para ele.

— Por quê? — questionou Ingrid.

— Porque a prova consiste em seguir e esconder o rastro. Em ser o gato e o rato. Só porque o gato está bem não significa que o rato não esteja tão bem ou melhor.

— Não entendi nada — disse Nilsa.

Mas Lasgol, sim.

— Significa que não vendemos a pele do urso antes de caçá-lo. Guntar pode nos fazer uma surpresa.

— Isso mesmo — disse Egil.

— Sabichão desmancha-prazeres... — resmungou Viggo.

— Bem, vamos pegar o rato e pronto — disse Ingrid.

Eles seguiram Rufus pela floresta. O animal parecia saber sempre para onde deveria ir. Seu olfato era incrível, de outro mundo. De tempos em tempos, Lasgol descobria um rastro, então sabiam que Rufus não estava errado.

— Esse rastro é muito, muito recente — disse o garoto, olhando em volta.

— Estamos quase lá — respondeu Ingrid.

— Vamos em busca da vitória! — exclamou Nilsa.

Eles avançaram rapidamente até chegarem a um vale. Atravessaram e encontraram um rio largo; então Rufus aproximou-se da beira e parou. Esperaram para ver o que ele faria. O cão farejou para Leste, ao longo da margem, depois voltou e farejou para Oeste. Ele parou no meio do caminho e ficou olhando para o rio. Lasgol se aproximou e procurou rastros, sem sorte, mas viu que a lama da beira havia sido mexida recentemente.

— Acho que eles atravessaram aqui. Guntar encobriu os rastros.

— Então é aqui que a nossa sorte termina — disse Egil.

— Por quê? — perguntou Viggo.

Gerd suspirou.

— Eles entraram no rio. Rufus perdeu o rastro. Não pode segui-los na água.

— Não mesmo? — disse Nilsa, chateada.

— Receio que não — confirmou Egil.

— Então vamos atravessar e procurar o rastro — decidiu Ingrid.

— Será inútil — respondeu Egil.

Lasgol balançou a cabeça com tristeza.

— Não sabemos em que ponto saíram do rio, e muito provavelmente já partiram e não estão do outro lado, mas deste, voltando para o acampamento.

— Não vou desistir — afirmou Ingrid, com teimosia. — Atravessaremos e procuraremos o rastro.

— Isso, eu também não — disse Nilsa.

— Como quiserem... — cedeu Lasgol, embora soubesse que seria inútil.

Eles atravessaram o rio. Tiveram dificuldade em convencer Rufus a ir junto, mas no final ele atravessou, no seu tempo, quando quis. Procuraram o rastro até o anoitecer. Sem sorte. Rufus não farejou nada novamente e eles também não encontraram pistas para seguir. Não tiveram escolha senão se render às evidências. Guntar os havia derrotado. Algo notável, considerando que tinham um cão de caça. Lasgol percebeu a importância da lição de Guntar. Um guardião habilidoso poderia enganar até mesmo um cão de caça norghano. Incrível.

Ao retornarem ao acampamento, Viggo ficou ao lado de Egil.

— Você é um sabichão e um desmancha-prazeres. Até parece que já estávamos com eles nas mãos...

— Porque eu estava certo?

— Sim, por isso mesmo.

Egil riu e Lasgol também.

— Talvez da próxima vez eu me engane.

— Sim, e as vacas voarão um dia.

Eles chegaram ao acampamento e Guntar e os Águias os receberam com aplausos zombeteiros. Isgord sorria de orelha a orelha, assim como Marta e os gêmeos. As demais equipes não se manifestaram, mas observaram com um ar penoso. E não havia nada pior do que a vergonha de serem dignos de pena.

— Lição aprendida, gatinhos? — perguntou Guntar.

— Aprendida — respondeu Ingrid, com relutância.

Sofreram a humilhação da derrota, mas aprenderam a lição.

Capítulo 23

A MAESTRIA DE PERÍCIA HAVIA SE TORNADO A MAIS ODIADA POR Lasgol, embora ele tivesse que admitir que estavam aprendendo coisas quase inimagináveis... e que gostava disso. No entanto, o preço que tinham que pagar era alto. Estava com o coração partido por causa dessa especialidade.

Segundo Haakon, sem esforço, sem sangue, as recompensas da vida não poderiam ser obtidas. Lasgol sabia que ele estava certo e que, com uma alta probabilidade, o que haviam aprendido salvaria suas vidas no futuro, mas o treinamento era muito difícil para o corpo e para a mente. Era curioso que Haakon raramente usasse outros instrutores; sempre dava as instruções, como se fosse sua obrigação ensiná-las. Ou talvez ele não quisesse perder o menor detalhe.

Naquela tarde, tinha preparado a prova do laço para eles. Ele havia colocado três laços no topo de três abetos muito altos. As equipes teriam que subir nas três árvores, pegar os laços e entregá-las a Haakon antes que ele contasse até sessenta.

— Ele está louco — sussurrou Gerd, olhando para as árvores com olhos cheios de terror.

— Você consegue, não olhe para baixo — disse Nilsa ao amigo.

— E você não perca a aderência, não escorregue nem faça qualquer coisa que sempre faz para acabar no chão — disse Viggo.

A ruiva mostrou a língua para ele.

— Tonto!

— Vai ser difícil — comentou Egil, suspirando.

Lasgol e Ingrid chegaram a tempo. Para Lasgol, que passou quase toda a vida subindo em árvores, foi quase natural. Ele não sofreu tanto. Ingrid, por sua vez, era pura força física e determinação; nada poderia detê-la, e ela subiu quase ao mesmo tempo que Lasgol. Viggo entregou os laços quando Haakon chegou aos sessenta. Nilsa demorou um pouco mais, com o agravante de quase cair e arrebentar a cabeça duas vezes; felizmente, conseguiu se segurar e não acabar nas mãos da curandeira.

Gerd e Egil sofreram para finalizar a prova. As três árvores eram como gigantes inatingíveis para eles e, depois de subir a primeira, superar as duas seguintes era quase impossível, mas tiraram forças do orgulho e não desistiram. Eles lutaram e, com muito esforço e dor, conseguiram. Não a tempo, mas conseguiram. O primeiro foi Gerd, que caiu exausto devido ao próprio peso, que era como uma âncora. Egil pesava pouco, mas não tinha a força de Gerd. Na realidade, tinha pouquíssima força, e as mãos e os pés não estavam habituados a uma atividade tão exigente.

No final do exercício, Haakon dirigiu-se a todos:

— Foi um espetáculo lamentável. Um guardião deve conseguir subir ao topo de qualquer árvore com a agilidade de um macaco e ser quase tão rápido quanto ele. Treinem até conseguir subir nessas três árvores em um piscar de olhos.

E com essas palavras ele se afastou como sempre fazia: totalmente furtivo e com uma elegância incomum.

Os dias foram passando e Lasgol treinava cada vez mais enquanto não parava de pensar. Não tinha desistido da ideia de descobrir o que mais havia por trás do mistério de Camu. Continuou investigando por conta própria. Uma frase de Murch continuava a assombrá-lo: *Seu pai quase não guardava nada no depósito. Algumas roupas e alguns livros raros da biblioteca, que devolvi.* A princípio, Lasgol não dera importância. Seu pai sempre tinha gostado de livros e lia sempre que podia. Mas, depois de muito pensar nisso, um detalhe chamou sua atenção. O que Murch quis dizer com "livros raros"? Só havia uma maneira de descobrir.

Lasgol entrou na biblioteca depois do jantar e dirigiu-se ao guardião da biblioteca, Bolmason. Pela sua aparência, qualquer pessoa diria que tinha mais de cem anos. Por trás dos óculos, havia olhos muito cansados, mas acordados.

— Boa noite, senhor — cumprimentou Lasgol.

— Boa noite — disse ele, mal levantando os olhos de alguns pergaminhos que analisava atrás da grande mesa de trabalho, no fundo do primeiro andar da biblioteca.

— Eu estava me perguntando... se não for incômodo...

— Vamos, pergunte, não tenho a noite toda; caso não tenha notado, não me resta muito tempo e não gosto de desperdiçá-lo.

Lasgol achou que era uma piada, mas o rosto do bibliotecário estava sério.

— Sou...

— Eu sei quem você é, todos sabem quem você é — disse ele, com uma careta entediada.

O garoto assentiu e engoliu em seco.

— Entre os pertences do meu pai havia alguns livros, gostaria de saber quais eram.

O bibliotecário olhou para ele por trás dos óculos.

— Isso foi há muito tempo.

— Sim, mas todos os livros emprestados são anotados, é a regra, e um guardião não quebra as regras — afirmou Lasgol, apontando para o grande livro marrom na lateral da mesa.

— Vejo que você é um garoto inteligente — disse o bibliotecário, com um sorriso sarcástico. — Se os livros estavam no depósito de seu pai, isso significa que ele violou as regras da biblioteca quando não os devolveu. Muito ruim.

Lasgol respirou fundo. Não iria cair na armadilha, não iria ficar com raiva ou se retrair, não importava o que aquele velho guardião dissesse.

— Deveríamos verificar isso — disse ele, apontando para o grande livro.

Bolmason resmungou:

— Muito bem, vamos dar uma olhada.

O guardião abriu o tomo e examinou por um longo tempo suas páginas amarelas, parecidas com pergaminho. Por fim, afirmou:

— Sim, aqui está. Dakon, primeiro-guardião. — Ele sorriu alegremente, satisfeito. — Está tudo registrado aqui. Vejamos dois livros: *Compêndio de história norghana* e *Tratado de herbologia*.

— Posso vê-los?

— Não, são livros da seção proibida; você não pode entrar lá nem obter os volumes que guardamos lá. Apenas os escalões superiores dos guardiões têm acesso.

— E meu pai tinha?

— Dakon, como primeiro-guardião, tinha esse direito, sim.

— Entendo. Mas será que os livros de história e herbologia pertencem à seção proibida?

— Isso não lhe concerne.

Agora Lasgol entendia por que Murch dissera que eram "livros raros".

— E agora, deixe-me em paz, você consumiu um tempo precioso que nunca mais recuperarei.

Lasgol olhou para ele perplexo. Ele estava realmente contando o tempo que lhe restava de vida?

— Vamos, saia! — disse Bolmason, e o dispensou sacudindo um pergaminho.

Dois dias depois, com Camu invisível em seu ombro, Lasgol entrou na biblioteca no último minuto. Discretamente e certificando-se de que ninguém o via, desceu ao porão, até a porta da seção proibida, onde estavam os volumes de magia.

Ele olhou para a fechadura por um momento, tocou-a e um arrepio percorreu sua espinha. *Está protegida por magia. Não posso fazer nada contra essa proteção. Meu dom não tem essa habilidade. Não o meu, mas sei quem tem.* Ele se concentrou, usou o dom e chamou Camu. A criatura apareceu em seu ombro direito e olhou para ele com os grandes olhos esbugalhados e sorriso eterno. De repente, se virou para a fechadura e gritou. Camu endureceu o rabo e apontou para ela.

Shhh... não faça barulho, Camu. Eu já sei que existe magia, não precisa me contar. Quero que você a desfaça.

Camu virou a cabeça na direção do garoto e piscou duas vezes. Depois ficou dourado. Ele aproximou a ponta da cauda até tocar a fechadura e, ao fazer isso, ocorreu um lampejo dourado. A criatura flexionou as pernas diversas vezes, como se estivesse dançando.

— Muito bem — disse Lasgol, acariciando sua cabeça.

Camu olhou para ele e lambeu sua mão. O garoto sorriu para seu companheiro. Ele pegou uma das gazuas de Viggo e se preparou para abrir a porta. Demorou um pouco, mas finalmente conseguiu forçar a fechadura. O amigo havia dado algumas aulas práticas.

Ele entrou na sala e ficou surpreso ao encontrar o fogo da lareira aceso. Alguém devia estar usando aquele cômodo todos os dias. Por que outro motivo a lareira estaria acesa? Dolbarar, talvez? Ele ou a estudiosa Eyra, provavelmente. Caminhou até a estante e começou a procurar os dois livros que seu pai havia retirado da biblioteca. Camu pulou do ombro e começou a correr pela sala.

Demorou um pouco, mas Lasgol os encontrou.

— Aqui estão. *Compêndio de história norghana* e *Tratado de herbologia* — disse ele ao bicho, que estava mais interessado no fogo da lareira.

O garoto os abriu na enorme mesa redonda no meio da sala e os estudou. Por que seu pai tinha esses dois livros? O que estava procurando?

De repente, Camu começou a guinchar. Estava rígido, com o rabo apontado para o fogo da lareira.

— *Shhh...* O que há de errado com você, pequenino? — disse Lasgol, se aproximando. Olhou para o fogo. Ele estendeu a mão e instantaneamente sentiu o calor das chamas. Nada parecia fora do normal.

A criatura guinchou novamente.

— Não faça barulho, eles vão nos descobrir. O que você está vendo? — E, ao perguntar em voz alta, Lasgol percebeu o que estava acontecendo: Camu estava detectando magia. — Existe magia no fogo?

Camu não se mexeu, permanecia imóvel, apontando para o fogo com a cauda.

Lasgol se concentrou. Usou o dom e se comunicou com Camu. *Se houver magia no fogo, desfaça-a.*

A criatura olhou para Lasgol. Ficou dourada e tocou o fogo com a ponta da cauda, o que produziu um grande lampejo dourado. O fogo desapareceu. Camu flexionou as patas alegremente.

O garoto ficou perplexo.

— Mas… o fogo era real… — Ele aproximou a mão e não havia nada ali. — Ou talvez não…

Com um salto, a criatura entrou na chaminé.

— Fique quieto, Camu! Onde você está indo?

E, antes que o garoto pudesse fazer alguma coisa, a criatura ficou dourada novamente e, com o rabo, tocou a parede de pedra no fundo da lareira. Houve outro lampejo e uma parede falsa se abriu.

— Pelos ventos gélidos do Norte!

Camu começou sua dança enquanto balançava o rabo alegremente. Lasgol enfiou a mão na abertura e encontrou uma caixa. Era vermelha como sangue, com gravuras douradas, muito parecida com aquela que teoricamente pertencia ao pai e que continha o ovo. Em tese, porque não estava mais claro para ele que aquilo estava entre os pertences do pai. Lasgol contemplou-a por um momento. O que havia dentro dela? Nervoso, ele a abriu.

— É uma joia… muito estranha…

Lasgol a examinou: redonda e achatada, parecia um diamante translúcido do tamanho de uma ameixa. Estava encaixada em um anel de ouro.

A criatura olhou para ele com a cabeça inclinada e soltou um grito questionador.

É lindo, parece um grande diamante redondo e plano. Tenho que mostrar para Egil, talvez ele tenha alguma ideia do que possa ser.

Lasgol colocou a caixa vazia no lugar e fechou a parede. Ao fazer isso, o fogo reacendeu. Com medo, deu um pulo para trás, levando Camu consigo Ele acabou sentado no chão. Levantou-se e pegou os dois livros e a joia.

— Vamos, Camu, vamos sair daqui.

Capítulo 24

Egil estava sorrindo de orelha a orelha. Tinha conseguido preparar o Tranquilizador, um veneno paralisante muito poderoso. Ele era o único dos Panteras que havia conseguido, e o primeiro de todas as equipes. Estavam trabalhando nisso, na grande cabana da maestria de Natureza, onde havia fogo baixo e lareiras com vasilhas, panelas e outros utensílios para preparar cocções, havia uma semana. Viggo a chamava de "oficina da condenação".

— Já consegui — disse Egil, erguendo o pote com a mistura, os olhos brilhando de alegria.

A anciã Eyra gesticulou para Iria verificar a preparação.

A instrutora se aproximou.

— Dê-me com cuidado. Se entrar em contato com a minha pele, pode me derrubar, e hoje não estou com vontade de ir para a cama com dor de cabeça — disse Iria, como se isso já tivesse acontecido com ela.

Os membros das equipes, sentados às longas mesas de trabalho, assistiam à cena. Iria levou a preparação para perto de uma enorme estante que ocupava de uma extremidade a outra da parede. Procurou um recipiente de vidro e despejou um líquido sobre a preparação com muito cuidado. Fez-se uma pequena fumaça esverdeada.

— Reagiu. Está correto.

— Muito bem. Parabéns, Egil, do Panteras das Neves — comunicou Eyra, com um pequeno gesto de reconhecimento. — Já temos o primeiro.

Isgord lançou um olhar de ódio para Egil, que Lasgol capturou. O capitão dos Águias tinha dificuldade naquela maestria, e Lasgol não pôde evitar desfrutar de vê-lo incapaz de ser o número um em tudo como tanto desejava. Na mesa dos Corujas, Astrid sorria. Não tinha problemas com a maestria e estaria prestes a concluir no exercício se já o tivesse feito.

Lasgol também sorriu. Egil era muito inteligente, provavelmente o mais inteligente. Uma onda de alegria atingiu a equipe; eles estavam falhando havia muitos dias e começavam a pensar que não seria possível se saírem bem.

— Não fiquem tão felizes — disse Eyra. — Vocês não sairão daqui até que metade dos membros de cada equipe tenha conseguido. — Um murmúrio de protestos encheu o laboratório. — Sem queixas. Se tivermos que ficar mais uma semana, ficarei feliz em continuar observando os desastres que vocês são.

E a anciã não estava errada. Demoraram mais uma semana para conseguir três venenos corretos por equipe. Quando conseguiram, as instrutoras Iria e Megan ensinaram a eles como guardar as preparações em recipientes de madeira que deveriam levar amarrados ao cinto.

— Vocês podem se perguntar, jovens aprendizes, qual o motivo disso — falou Eyra, com um gesto malévolo.

Lasgol observou-a com atenção. Às vezes, a velha lhe parecia uma verdadeira bruxa de um conto assustador.

— Vou lhes dizer: o domínio da Natureza é o mais difícil, pois requer cérebro, e não músculos, o que alguns de vocês não têm muito. Quero dizer, o cérebro, para aqueles que não estão entendendo. — Balançou a cabeça diante de alguns olhares de total perplexidade. — Enfim… amanhã cedo vocês sairão para fazer um exercício que vai colocá-los à prova. Usarão o Tranquilizador em uma prática real. Boa sorte a todos e tenham muito cuidado. — Com essas palavras, Eyra se despediu e deixou todos muito intrigados.

A manhã seguinte estava muito fresca. Guntar e Marga os levaram para as florestas do Norte. O que Eyra tinha convenientemente se esquecido de mencionar era que a prova envolvia rastrear e caçar javalis com o veneno que haviam acabado de aprender a preparar. Viggo resumiu os pensamentos de todos com grande precisão:

— Eles estão fora de si. Alguém vai sair machucado disso.

Os instrutores, porém, não pensavam o mesmo. Aparentemente, caçar javalis reforçava a determinação. Pelo menos segundo Guntar. Marga acreditava que era um perigo que todo guardião tinha que enfrentar, pois ajudaria a fortalecer a mente. Era uma iniciativa conjunta entre as maestrias de Fauna e de Atiradores em preparação para a Prova de Inverno, que marcaria o final do ano e as chances de muitos continuarem ou serem expulsos.

Eles foram separados em três grupos. Os Panteras tinham o instrutor meio albino. Com eles estavam os Águias e os Lobos. Lasgol teria preferido ir com Marga, mas a sorte não havia sorrido para eles nesse sentido, além de terem que aturar os Águias.

Gerd estava se sentindo terrível. Os javalis o aterrorizavam. Alguns dos medos do bom e velho Gerd eram exagerados ou sem muita justificativa, mas nesse caso eram bem fundamentados. Todos já sabiam reconhecer rastros de animais silvestres e poderiam rastreá-los se as condições não fossem muito adversas. A dificuldade e o perigo surgiram na hora de preparar corretamente o momento do confronto com a fera.

— Os javalis selvagens do Norte são extremamente perigosos. A pele e o pelo deles são tão resistentes que as flechas mal os penetram — advertiu Guntar.

— Nem mesmo as de um bom atirador? — perguntou Isgord, apontando para o próprio arco.

— Tentar matá-los com arco e flecha é imprudente e nove em cada dez vezes acaba mal. Eles podem dilacerar cães e homens em um só ataque com suas terríveis presas curvas; sua força e seu poder só são igualados aos dos ursos.

— Não tenho medo deles — respondeu Isgord.

— Bem, você deveria — disse Guntar. — Não confunda confiança com estupidez.

— Nós, Águias, podemos matá-los — insistiu Isgord, olhando para a sua equipe, que assentiu com confiança.

— Pode ser, mas pelo menos um de vocês morreria e outro ficaria gravemente ferido. Quem quer ser o morto e quem quer ser o ferido?

Isgord fez uma careta.

— Bem, vejo que você me entende. Agora sigam-me e fiquem calados. E sem heroísmo. Não quero um acidente e garanto-lhes que já tivemos muitos no passado.

As três equipes assentiram enquanto absorviam as palavras do instrutor.

— Como esse instrutor maluco quer que cacemos um javali? — perguntou Viggo em um sussurro, muito contrariado.

— Temos que confiar em Guntar; ele sabe o que está fazendo, é um instrutor — disse Ingrid.

— Sim, você confia nas hierarquias e vai acabar em uma cova sem nome.

— Nesta situação específica — interveio Egil —, devo ficar do lado de Viggo. Esta não é a maneira correta de caçar um javali. Meu pai, meus irmãos e seus homens caçam esses animais e sempre fazem isso com cães de caça. Além do mais, eles vão armados com lanças reforçadas que usam para empalar o javali quando ele ataca. Eles as cravam no chão ou colocam os pés como um obstáculo para que o animal seja irremediavelmente empalado em seu ataque selvagem.

— Bem, só temos nossas armas de guardião — disse Nilsa, apalpando nervosamente os quadris.

Lasgol sabia que seus amigos estavam certos em ter medo. Todos estavam temerosos. Todos, exceto Guntar, que parecia aproveitar cada momento da caçada. Chegaram a uma parte da floresta com muita vegetação. Guntar examinou a trilha e ergueu o punho. Todos pararam. Ele fez um sinal e as equipes deram três passos para trás.

— A toca está perto — sussurrou o instrutor. — Fiquem todos em silêncio, se valorizam a vida.

Gerd começou a tremer. Ingrid pegou o braço dele e sussurrou em seu ouvido:

— Estou aqui. Eu sou sua capitã. Vou protegê-lo. Nada vai acontecer com você.

O gigante assentiu e parou de tremer.

— Tirem as facas e os machados curtos; quero três buracos formando um semicírculo. Aqui. — Guntar apontou para o local. — Um por equipe. Cavem em silêncio.

Todos obedeceram. O terreno era duro e era difícil ganhar profundidade. Aos poucos, trabalhando em equipe, conseguiram, não sem muito esforço.

— Na altura da cintura — sussurrou Guntar.

Eles continuaram cavando com faca e machado. Demoraram muito tempo para conseguir chegar na profundidade. Isgord e sua equipe estavam cavando como loucos. Sempre faziam tudo assim, como se cada pequena tarefa fosse uma competição.

— Escondam a terra que removeram e cubram os buracos com galhos e folhas para que não possam ser vistos.

Os primeiros a terminar foram os Águias, claro. Quando o restante das armadilhas ficou pronto, Guntar os reuniu ao seu redor. Ele se agachou e todos o seguiram.

— Primeiro de tudo, todos peguem três flechas e mergulhem as pontas no Tranquilizador. Façam como foram ensinados. Se alguém for envenenado e cair, vai ficar aqui para ser comido pelos vermes.

Com extremo cuidado, as equipes fizeram o que foi ordenado.

— Eu irei para a mata — continuou Guntar. — A toca está um pouco mais adiante. Quando eu for descoberto, voltarei correndo. O javali vai me perseguir. Vocês vão se esconder naqueles arbustos. Preparem seus arcos, mas não atirem até meu sinal. Se alguém se mexer, se o javali os vir, isso pode acabar muito mal. Ele vai parar de me perseguir e vai atrás de vocês. Isso não deve acontecer. Entendido? — Todos assentiram. — Não é a hora de cometer erros. Isso é perigoso — avisou o instrutor.

— Não falharemos — assegurou-lhe Isgord.

— É melhor mesmo. Assim que eu liberar as armadilhas, darei o sinal; então, puxem. O objetivo é atingi-lo e fazê-lo cair nas armadilhas; o veneno fará o resto. Ele ficará imobilizado. Prestem muita atenção porque isso acontecerá muito rapidamente. Três flechas devem ser suficientes. Os melhores atiradores de cada equipe vão primeiro. Vamos. Preparem-se.

Os aprendizes se esconderam entre os arbustos e atrás das árvores e prepararam os arcos. Ingrid, Isgord e Luca, os capitães, ficaram em primeiro lugar. Guntar avançou com cuidado. Ele pulou as três armadilhas e, silenciosamente, entrou no matagal. Durante muito tempo nada aconteceu. Todos esperavam tensos. Nilsa estava tão nervosa que batia o pé no chão. Ingrid segurou sua perna. Gerd estava agachado e branco como a neve. Viggo e Egil pareciam mais calmos. Lasgol, escondido atrás de uma árvore, olhou para a direita. Isgord olhou para ele da árvore adjacente, os olhos cheios de ódio.

De repente, ouviram barulhos no matagal e Guntar apareceu correndo. Ele corria como uma gazela. Estava sendo perseguido por um javali enorme e enfurecido. Lasgol viu as presas e seu estômago se apertou. O instrutor alcançou as armadilhas e saltou sobre elas. Então, deu o sinal:

— Agora!

Lasgol ergueu o arco. De repente, sentiu que foi puxado com força e ficou exposto entre duas árvores. Ele olhou para o lado e viu o culpado: Isgord. Parecia que ninguém havia notado aquilo, ninguém exceto o javali. A fera olhou para o menino com olhos enfurecidos. O javali desviou para a direita. A terra sob suas patas traseiras afundou e seu corpo começou a cair na armadilha, mas, devido à enorme inércia que carregava, a fera evitou a queda com um forte solavanco. O animal se levantou e foi na direção de Lasgol.

— CUIDADO! — gritou Guntar.

Lasgol viu o javali indo para cima dele. *Ele vai me despedaçar!*, pensou enquanto erguia o arco.

Quatro flechas saíram das árvores e atingiram o animal. No entanto, não foram capazes de detê-lo. O javali encarou Lasgol e partiu para cima do garoto. Lasgol puxou a corda, mas sabia que isso não o salvaria. As presas assassinas estavam sobre ele. Seria destruído. Pensou em usar o dom, mas era tarde demais.

De repente, Gerd apareceu à sua direita. Com um tremendo salto, atingiu com o ombro a lateral do corpo do javali. Com o impacto, o animal foi arremessado para a esquerda de Lasgol e não o atingiu. Gerd caiu no chão com um grunhido de dor. Lasgol reagiu e se afastou. Então correu para ajudar o amigo a se levantar.

O javali levantou-se e virou-se para atacar. Um novo ataque começou. Os dois meninos o viram correndo em direção a eles. Gritaram. A um passo de alcançá-los, o animal caiu e não conseguiu se levantar. O veneno fez efeito.

— Caiu! — disse Guntar, e correu para o lado deles.

— Você está bem? — perguntou Lasgol a Gerd.

— Sim… que golpe — respondeu o grandalhão, segurando a cabeça.

— Que intervenção. Há muito tempo não vejo nada parecido — disse Guntar, parabenizando Gerd. — É preciso muita coragem para fazer o que você acabou de fazer, garoto.

— Bem... foi sem pensar...

— Obrigado, grandalhão. Você me salvou — disse Lasgol, dando um forte abraço em Gerd.

— E você, por que diabos se descobriu? Eu avisei para ter cuidado! — disse Guntar, furioso com Lasgol.

— Não fui eu... — Lasgol começou a dizer, e viu Isgord fazendo cara de inocente, com a equipe atrás dele.

Se Lasgol o acusasse, ele negaria, e ninguém tinha visto o que aconteceu. O garoto decidiu que não fazia sentido criar mais conflitos.

— Desculpe, terei mais cuidado da próxima vez.

— Se você não acordar, não haverá próxima vez — respondeu Guntar, e foi examinar o animal. — Ele ficará "tranquilizado" até o amanhecer. A maneira correta de terminar essa tarefa é com o animal na armadilha e desacordado. Espero que esta experiência sirva de lição para vocês, que entendam o perigo de certas situações e como se preparar adequadamente para elas. — Guntar arrancou as flechas do corpo do javali e espalhou uma pomada medicinal para evitar que as feridas infeccionassem. — Vamos deixar nosso amigo se recuperar e voltar para sua toca — disse ele, dando alguns tapinhas no animal. — E agora, vamos voltar. Lasgol, quando chegarmos, você dará cinco voltas no lago como punição por sua estupidez.

— Sim, senhor — aceitou ele, desanimado.

Isgord lançou-lhe um sorriso triunfante. Lasgol olhou ferozmente para o outro.

Algum dia acertaremos contas, não vou me esquecer disso.

Naquela noite, na cabana, Lasgol tentou se acalmar depois dos maus momentos pelos quais havia passado. Brincava com Camu, que gostava de cada brincadeira e carinho.

— Tenho estudado eles — disse Egil, apontando para os dois livros.

— Espero que você tenha descoberto algo, embora não pareçam muito interessantes...

Egil deu uma risadinha.

— É por isso que estou aqui. Devem ser lidos com atenção. Venho analisando-os com especial cuidado desde que os recebi de você. Se descobrirem que nós os pegamos, teremos muitos problemas. O que pode levar à nossa expulsão…

— Não se preocupe, vou devolvê-los para a sala proibida da biblioteca assim que descobrirmos algo. Ou se não descobrirmos nada.

— Não deixe que o peguem.

— Não vão pegar. Tenho Camu para me ajudar.

A criatura ouviu o nome e soltou um grito interrogativo. Camu estava pendurado de cabeça para baixo no teto, acima da cama de Egil.

— Desça daí e se comporte — ordenou Lasgol, mas Camu preferiu continuar explorando e pulou no cabideiro.

Egil ria enquanto o amigo balançava a cabeça com uma expressão de desespero.

— Veja, esses dois livros são sobre conhecimentos gerais. Não há nada de notável neles para além da informação que contêm, que não é muito interessante. Eu revisei o que é dito e está correto. Não existem fatos estranhos, lugares errados, datas erradas, conhecimentos errados; nada fora do comum.

— Então? São simples manuais?

— Sim.

— Ah…

— E não.

Lasgol o encarou confuso.

Egil sorriu e explicou:

— O que está escrito neles é comum, mas os livros em si não são comuns.

— Em que sentido?

— Pertenceram a alguém rico, um nobre importante.

— Como sabe disso? — perguntou Lasgol, com os olhos arregalados.

— Devido aos materiais com os quais foram confeccionados. São muito bons. Extremamente bons e caros. Somente um nobre poderia comprá-los.

— Você sabe quem?

— Não. Não sei quem poderia tê-los fabricado. O couro das capas, o papel, a tinta, as gravuras… são de excelente qualidade. É muito desconcertante.

— Ah…

— Mas talvez o mistério resida aí.

— No mestre artesão?

— E em quem mandou fazer. Uma encomenda estranha: conhecimento comum em volumes valiosos.

— Um nobre excêntrico?

— Pode ser, mas sabendo que seu pai os tinha...

— Sim, tem razão. Tem que haver algo mais.

— Não tenho a resposta que você procura. Contudo, penso que não seja por acaso. Ele os estava estudando, como eu fiz, por uma razão específica ou por uma suspeita.

— Uma suspeita?

— Sim, podia perfeitamente ser. Quanto mais penso nisso, mais convencido fico de que há algo que não vemos e por isso ainda não descobrimos.

— Um mistério?

— Sim. Acho que pode haver algo a mais na morte do seu pai que ainda não descobrimos.

Lasgol deu um longo suspiro.

— Eu também tenho essa sensação. Não sei por quê. Tentei tirá-la de mim, mas não vai embora. Tenho a impressão de que há algo mais... Acho que não sabemos toda a verdade. Há coisas que não fazem sentido para mim sobre meu pai, minha mãe... Não sei, não estou totalmente convencido de que sabemos toda a verdade.

— O que você quer fazer?

— Quero descobrir o que mais envolve a morte do meu pai e a da minha mãe. Quero saber toda a verdade sobre o que aconteceu e por quê. E quero saber como Camu se encaixa nesse mistério todo.

— Muito bem. Eu ajudarei.

— Obrigado, Egil, você é um bom amigo.

— Você sabe que não resisto a um mistério.

Os dois riram.

Lasgol esperava que o mistério não lhes causasse problemas.

É claro que não.

Capítulo 25

Eles acordaram com alguns sons estranhos. Ouviam vozes altas e apressadas, até gritos, algo pouco comum no acampamento, onde sempre prevaleceram o silêncio e a calma.

Lasgol saltou do beliche.

— O que está acontecendo? — perguntou Egil.

— Barulho de vozes. Não sei o que está acontecendo, não parece normal.

— Parece um problema — propôs Viggo, olhando para fora pela janela direita da cabana.

— Você vê alguma coisa? — perguntou Gerd a ele.

— Não, mas acho que vem dos estábulos.

— Vamos investigar — disse Egil.

— Sim, claro… e se for Darthor iremos até lá e apertaremos as mãos — disse Viggo, fazendo uma careta.

Egil balançou a cabeça e sorriu.

— Vamos, precisamos descobrir o que está acontecendo.

— Nada de bom, é isso o que está acontecendo — garantiu Viggo, não convencido.

Egil olhou para Lasgol, que fez um sinal afirmativo. Os dois saíram ainda se vestindo. Gerd, que não se decidiu, ficou com Viggo.

Quando chegaram aos estábulos, descobriram que não eram os únicos que tinham ido olhar. Lasgol avistou Astrid e Leana a poucos passos deles, então sentiu o estômago embrulhar ao encontrar Astrid. Ele decidiu engolir a raiva que ainda sentia dela e se aproximar.

— Vocês sabem o que aconteceu? — perguntou Astrid, cujos olhos brilharam ao ver Lasgol.

— Não... mas é algo estranho — respondeu ele, apontando para os estábulos.

Uma longa caravana se aproximava pela entrada sul do acampamento, só que não era uma caravana normal, como as dos iniciados ou aprendizes quando chegavam para começar o ano, nem uma caravana de suprimentos, as quais eram bem menores e completamente silenciosas. Não, aquela era uma caravana muito mais sombria. Era uma caravana de feridos. Feridos de guerra. Mais de trinta carroças puxadas por mulas entraram com passos cansados, carregadas de soldados em péssimas condições.

— Pelos Deuses do Gelo! — exclamou Astrid enquanto assimilava o que estava acontecendo.

— É o horror da guerra — disse Egil, olhando para as carroças manchadas de sangue com os feridos e os mortos.

À frente do grupo estava um oficial graduado do exército do rei. Seu braço estava enfaixado. Ele era escoltado por uma dúzia de soldados de infantaria com rostos que mostravam extrema exaustão. Estavam cobertos da cabeça aos pés de sujeira e sangue.

— Há vários mortos naquela carroça... — disse Leana, horrorizada.

— Tirem-nos! Rápido! Não os deixem sangrar até a morte! — ordenou Oden enquanto organizava uma dúzia de guardiões para ajudá-los.

— Acho que é melhor ajudarmos — disse Lasgol.

— Você acha? — perguntou Astrid a ele, enquanto olhava para Oden, que gritava ordens a torto e a direito.

— Não há guardiões o bastante e vai ser preciso improvisar um hospital de campanha — disse Egil.

O oficial desmontou e cumprimentou Oden:

— Instrutor-maior — disse ele, com uma voz cansada.

— General Ulsen, bem-vindo ao acampamento.

— Deixemos de lado as formalidades — respondeu o general, com ar de cansaço. — Precisamos de ajuda urgente ou muitos não sobreviverão.

Oden acenou com a cabeça.

— Nós cuidaremos deles, general. De imediato.

— Obrigado. Vocês, ajudem os guardiões — ordenou o general a seus homens.

— Não é necessário.

— É, sim. Nós somos o Exército das Neves. Nunca desistimos. Meus homens ajudarão até que caiam.

Então se virou para eles e lançou-lhes um olhar cheio de orgulho.

— Ao seu comando, general! — responderam os homens.

Lasgol observou tudo como se estivesse no meio de uma cena irreal, um sonho, ou melhor, um pesadelo.

— Vocês, comigo! — disse uma voz feminina atrás dele.

Eles se viraram e viram a curandeira Edwina chegar correndo.

— Vamos, cada momento conta!

Eles não precisavam de uma segunda chamada. Trabalharam ao lado da curandeira, seguindo suas instruções. Lasgol ficou maravilhado com o conhecimento de Edwina e seu poder de cura. Os outros não eram capazes de ver a energia azulada da curandeira saindo do corpo dela e agindo sobre os feridos, mas ele conseguia enxergar.

Egil observou-o com o canto do olho enquanto a curandeira trabalhava; intuía o que o amigo estava vendo. Lasgol teria que contar tudo a ele mais tarde, em detalhes. Eles se concentraram em ajudar Edwina tanto quanto podiam, o que significava testemunhar ferimentos terríveis e a morte na forma mais real e cruel. Alguns feridos estavam longe de qualquer ajuda possível, nem mesmo a curandeira poderia salvá-los.

Dolbarar e os quatro guardiões-maiores chegaram imediatamente e organizaram a situação. Eles chamaram todos no acampamento. O quarto e o terceiro anos construíram um hospital de campanha em frente à Casa de Comando. Eles montaram camas com mesas e bancos da sala de jantar. Os alunos do primeiro e do segundo anos eram responsáveis por buscar água, remédios, comida, cobertores e roupas.

Foi uma experiência avassaladora, da qual eles se lembrariam para sempre. O sangue e o horror que testemunharam naquele dia nunca seriam apagados de suas almas. Os mais sortudos receberam socorro a tempo, tanto da curandeira quanto dos guardiões, que ajudavam a curar as feridas. Mas os ferimentos de muitos eram graves demais para que algo pudesse ser feito.

O general Ulsen abordou Dolbarar:

— Eu sei que violei a lei dos Guardiões ao me refugiar aqui com os feridos, mas não tive escolha. O inimigo nos cercou. Era isso ou desistir. Eu não poderia deixá-los morrer. Não podia…

— Você fez bem, Ulsen. Nós, guardiões, não fechamos as portas aos amigos.

— Obrigado, Dolbarar, é uma honra.

— E o resto das forças do rei?

— Elas se retiraram. É por isso que estamos cercados. As ordens de Uthar eram recuar para a cidade murada de Olstran e aguardar reforços lá.

— Olstran? A grande cidade fica a meio caminho entre as montanhas e a capital, Norghânia. O rei teve que retroceder tanto assim?

Ulsen suspirou e seus olhos mostraram profunda preocupação.

— Fomos derrotados três vezes. A situação é crítica. Se não os detivermos em Olstran, eles chegarão à capital…

— Esta é uma notícia terrível…

— O rei precisa do apoio dos nobres insurgentes da Liga do Oeste. Sem eles, não será capaz de deter Darthor.

Dolbarar suspirou fundo.

Enquanto os dois homens discutiam a delicada situação em que se encontravam as forças do rei, os guardiões cuidavam dos mortos. Em sigilo e com o máximo respeito e rapidez, eles os levavam para uma área isolada.

Todos trabalharam incansavelmente até tarde da noite, tentando fazer algo para ajudar aquelas pessoas corajosas. Dolbarar estava muito preocupado com Edwina. Havia muitos feridos para uma curandeira só, e ela se recusava a descansar. Ele temia que ela fosse longe demais em sua tentativa de curar todos e que perecesse. Não seria a primeira nem a última vez que isso aconteceria. As curandeiras, embora fossem proibidas de fazer isso, uma vez consumida toda a sua energia interna, poderiam usar a própria energia vital para realizar a cura. Era muito arriscado e, se não parassem a tempo, poderiam ser completamente consumidas, o que as levaria à morte.

Finalmente, exausta, a curandeira perdeu a consciência. Eyra e os assistentes a levaram para casa para descansar e cuidaram dela. A situação pareceu se acalmar um pouco quando a noite chegou. Muitos dos feridos adormeceram de pura exaustão. No entanto, uma parte sofria de dores indescritíveis por causa dos ferimentos, e os gemidos e soluços eram ouvidos como uma litania fúnebre.

— Sabem o que aconteceu? — perguntou Nilsa, tremendo devido ao frio e ao choque.

— Uma batalha a sudeste, pelo que um dos soldados feridos me contou enquanto eu o transportava — respondeu Gerd.

— Como chegaram aqui? — perguntou Ingrid, surpresa.

— Um soldado me disse que eles os trouxeram rio acima — disse Lasgol. — Foi mais rápido do que os transportar para Olstran, a cidade murada mais próxima. Aqueles que estavam um pouco mais perto foram levados para a cidade. O general Ulsen conhece o acampamento e sabia onde procurar ajuda. Os capitães os transportaram nos barcos durante a noite, enganando o inimigo.

— Parece que Darthor derrotou mais uma vez as forças do rei — explicou Egil.

— Uthar teve que se retirar? — perguntou Ingrid, incrédula.

No entanto, a evidência estava lá. Os feridos eram do exército perdedor.

— Um sargento me disse que foi uma batalha épica — disse Egil. — Eles lutaram contra Selvagens do Gelo, ogros, feras terríveis…

— E você acredita? — perguntou Nilsa. — Parece um exagero…

— Tenho que dizer que sim, nesta situação eu acredito.

— Esta é uma notícia terrível… — falou Nilsa, nervosa.

Gerd a abraçou para acalmá-la.

Fizeram silêncio; todos tentavam assimilar a gravidade daquela terrível informação.

Lasgol viu uma iniciada encostada em uma árvore, longe da praça, como se estivesse escondida. Cobria o rosto com as mãos e parecia estar soluçando. Ao reconhecê-la, aproximou-se dela.

— Você está bem, Val?

Ela assentiu sem olhar para ele, cobrindo os olhos com as mãos.

— Tem certeza? — insistiu Lasgol, que percebeu nela a tentativa de esconder o choro.

— Sim… estou bem, obrigada… — respondeu ela em meio aos soluços.

— Não há nada de errado em chorar. Foi algo terrível. Você não precisa se esconder.

Val se virou para Lasgol com seus grandes olhos azuis, agora vermelhos, e as bochechas molhadas pelas lágrimas.

— Não quero que os outros iniciados pensem que sou fraca…

— Você, fraca? Nada disso.

— Não acredite… Muito disso é fachada…

— Talvez, mas sei que há muita força aí — disse ele, apontando para o coração dela.

Val parou de soluçar.

— Obrigada, Lasgol. Você é muito gentil.

— Não acredite em tudo o que ouve. No ano passado, eu era um traidor infame, a pior criatura que já existiu na Terra — disse ele, com uma careta cômica, tentando arrancar um sorriso da jovem.

— Foi o que ouvi dizer. E também que por magia, ou melhor, bruxaria, você acabou se tornando um herói — respondeu ela, e seu sorriso voltou, ainda que levemente.

— Espero que até o final deste ano eu me torne um príncipe.

— Se não tomar cuidado, você pode acabar como uma princesa.

Lasgol riu.

— Valeria a pena ver isso.

— Obrigada por me animar. Foi horrível, todo aquele sangue, as feridas terríveis… os mortos… — confessou Val, que tentava não chorar.

O garoto se agachou na frente dela.

— Foi horrível para todos. Acho que não vou dormir esta noite e tenho certeza de que terei pesadelos por muito tempo.

— Um herói como você?

Lasgol balançou a cabeça.

— Herói ou não, se isso não me afetasse, eu não seria humano. Então você não tem nada a esconder ou do que se envergonhar.

— Você sabe como eles são... Procuram um ponto fraco... Há tanta competitividade entre os iniciados... até na minha própria equipe.

— Não se preocupe, você vai se sair bem. Tenho certeza.

— Eu tenho que conseguir — disse ela, e seu rosto ficou sério, os olhos mostravam determinação. — Não posso falhar.

— Estamos todos aqui por um motivo.

— Alguns motivos são mais poderosos que outros...

— É verdade.

Ela se levantou; o garoto fez o mesmo.

— Eu me sinto melhor agora. Obrigada. Você é meu herói. — Lasgol sorriu com a brincadeira. — Obrigada. De verdade.

— Não foi nada.

Val deu um abraço sincero em Lasgol, que retribuiu. Por um momento, ele a confortou em seus braços.

— Vejo você por aí — despediu-se Val, e saiu com um sorriso agradecido.

Ele a observou se afastar. Que motivo ela teria para estar ali? Pela expressão, um muito poderoso. E, ao pensar nisso, sentiu-se observado. Olhos verdes e selvagens, em um rosto lindo e feroz, estavam fixos nele.

Era Astrid.

Ela o observava de uma fonte próxima. Sua expressão estava realmente zangada. Lasgol foi cumprimentá-la, mas, devido à situação estranha entre os dois e ao olhar que lançava para ele, pensou melhor e baixou a mão que começara a levantar em saudação. Não disse nada. Astrid se virou como se estivesse ofendida e saiu andando com as costas bem eretas.

— Lasgol, estamos indo embora — gritou Ingrid, gesticulando com a mão para que ele fosse com eles.

Exaustos, voltaram para a cabana para descansar um pouco. Ao amanhecer, teriam que voltar para ajudar os feridos.

Capítulo 26

Na semana seguinte, todos dedicaram esforços para salvar os feridos mais graves e ajudar a recuperar aqueles que não estavam mais em perigo. A curandeira não descansou nem por um momento sequer, e Dolbarar a observava constantemente para que ela não ultrapassasse o ponto sem retorno ao exercer o poder de cura.

Mensageiros alados e a cavalo chegavam e partiam. As notícias que traziam não eram nada animadoras. As forças de Darthor avançavam e o rei Uthar viu-se obrigado a recuar. Suas tropas haviam se dispersado e tentavam se reagrupar.

Tudo no campo agora girava em torno da guerra e dos feridos. Os guardiões dos quatro cursos continuaram com as instruções diariamente, mas as intercalaram com tarefas de ajuda e apoio. Os dias foram ocupados. O tempo piorou em um piscar de olhos. O cruel inverno norghano desceu sobre as montanhas e o acampamento como um deus congelado abrindo suas asas níveas e cobrindo tudo de branco. A paisagem era linda; o mesmo não se podia dizer do céu, que estava cada vez mais cinzento e ameaçava diariamente uma tempestade. No entanto, o pior de tudo era o frio, que começava a ser extremo.

— Eu me pergunto quando será a Prova de Inverno — comentou Ingrid certa manhã, durante o treinamento físico.

— Por que você está sempre pensando na mesma coisa? — repreendeu Viggo, ofegante.

A neve o cobria até os joelhos no meio da colina que subiam.

— Porque corremos o risco de ser expulsos e, se eu não pensar nisso, não posso me preparar para passar na prova — respondeu ela, franzindo a testa.

— Dada a data em que estamos, deve ser muito em breve — disse Egil, com o rosto vermelho pelo esforço e pelo frio intenso.

Gerd parou ao lado deles e olhou para o céu.

— Será em breve. O tempo está piorando.

Nilsa alcançou Lasgol e jogou neve nele.

— Vamos, menos conversa, temos que chegar ao topo! — disse ela, rindo.

O garoto sorriu e continuou a se esforçar, gesticulando para que se apressassem. Viggo balançou a cabeça e revirou os olhos.

Poucos dias depois, Oden apareceu nas cabanas e fez as equipes ficarem em formação mais cedo do que o normal, o que sempre envolvia algo novo, bom ou ruim. Em geral, o último.

— Dolbarar convocou uma reunião na Casa de Comando — anunciou. — Sigam-me. Agora.

Lasgol ficou surpreso. Aquilo não era nada normal.

Dolbarar esperava por eles em frente à porta do edifício. Seu rosto estava sério. Lasgol leu preocupação em seus olhos. Ao lado dele estava o general Ulsen com uma expressão militar rígida.

— Bem-vindos — cumprimentou-os Dolbarar, desta vez sem o habitual sorriso tranquilizador.

Lasgol e Egil trocaram olhares preocupados. Algo estava acontecendo, e não era bom.

— Imagino que este chamado tenha pegado vocês de surpresa. Vejo isso em seus olhos, cheios de incerteza e inquietação. Provavelmente estão pensando que isso está relacionado à Prova de Inverno que tanto os preocupa. — Fez uma pausa e depois acenou com a cabeça mais para si mesmo do que para os aprendizes. — Vocês não estão totalmente errados. Este ano, as provas de todos serão afetadas por um fato inegável que devemos enfrentar: a guerra com Darthor. E esta guerra irá afetar a Prova de Inverno.

— Talvez eles suspendam as provas e nos deixem passar — sussurrou Gerd, esperançoso.

— Sim, claro, e me nomeiem príncipe de Norghana — disse Viggo, com uma careta.

Ingrid o cutucou.

— *Shhh*. Vamos ouvir Dolbarar.

— O general Ulsen recebeu notícias muito preocupantes que requerem a nossa intervenção — continuou Dolbarar. — Deixarei que ele as transmita. — Com um gesto, Dolbarar cedeu o lugar para Ulsen.

O general olhou para os aprendizes, como se medisse sua coragem, e falou:

— A situação é grave. Não vou mentir para vocês, o rei foi rejeitado e a guerra está tomando um rumo adverso. Após as últimas batalhas, Uthar recuou para a cidade murada de Olstran e está se reagrupando. Mas, na retirada, vários regimentos ficaram presos atrás das Montanhas Eternas e não podem regressar. Darthor aproveitou a retirada de Uthar para selar as passagens e os regimentos foram isolados ao Norte. Agora, ele se prepara para avançar sobre Olstran com suas tropas. Este acampamento é o ponto mais ao Norte ainda controlado pelas forças do reino. O inimigo controla o Norte e está avançando para o Sul por trás destas montanhas neste exato momento. — Ele apontou para a cordilheira que cercava e protegia o acampamento e todo o enorme vale. — Portanto, o rei ordena aos guardiões que resgatem os regimentos presos.

Os murmúrios ganharam vida entre os aprendizes até que Dolbarar interveio:

— Neste ano, a Prova de Inverno exigirá enorme coragem. Consistirá em resgatar os soldados presos no Norte gelado, atrás das montanhas. Não podemos deixá-los morrer nas mãos do inimigo ou do inverno mortal. Apenas os alunos dos quatro cursos permaneceram no acampamento. Então serão vocês que precisarão fazer isso.

Os murmúrios transformaram-se em exclamações de surpresa, em expressões abafadas de espanto e medo... Aquilo era mais que uma prova, era participar da guerra, e todos tinham muita consciência de que podiam morrer.

— Devemos abrir duas passagens fechadas e resgatar nossas tropas para que possam se juntar ao rei em Olstran. Os iniciados irão desbravar a Garganta do Gigante Gelado, acompanhados dos de quarto ano, pois são os mais jovens e inexperientes, e precisarão de ajuda. Vocês, de segundo ano, já estão preparados para enfrentar essa situação. Treinaram e ficaram em formação por quase dois anos. Vocês conseguem, não tenho dúvidas. De qualquer forma, algumas equipes do terceiro ano irão acompanhá-los. Sua missão será limpar a Passagem da Boca do Dragão Branco.

Os olhos de Gerd se arregalaram. Seu rosto expressava terror.

— Essa é a passagem mais ao Norte…

— Sim, e atrás dela estão as Montanhas Inatingíveis e o extremo Norte, onde termina Norghana e começa o mar do Norte — explicou Egil. — Eles chamam essa região de Territórios Gelados.

— E é onde vivem algumas tribos de Selvagens do Gelo… — lembrou Viggo, com uma expressão de desagrado.

— Não está claro se eles ainda estão lá. Há anos que ninguém chega perto dessas terras inóspitas — disse Nilsa.

— Por uma razão óbvia: os Selvagens do Gelo os matam — insistiu Viggo.

— Não precisaremos ir tão ao Norte, não se preocupem — Ingrid tentou acalmá-los.

— Não quero me deparar com um brutal selvagem do gelo — confessou Gerd, mostrando nos olhos todo o medo que sentia.

— Não se preocupe. Será uma missão simples. Chegar à passagem, abrir o caminho e tirar o regimento de lá. É moleza — garantiu Ingrid.

Lasgol trocou um olhar com Egil, que fez um gesto claro de que não tinha tanta certeza de que seria assim.

Dolbarar explicou detalhadamente as missões e os riscos que iriam encontrar.

— Tenham muito cuidado. Isto não é uma prova, isto é a guerra. Vocês podem morrer. Todos.

Lasgol sentiu um arrepio percorrer a espinha. O rosto dos companheiros estava marcado pelo medo e pela preocupação.

Eles partiram com as primeiras luzes do amanhecer. Foram guiados por Esben, que estava acompanhado pela instrutora Marga. Lasgol ficou feliz por ser guiado pelo guardião-maior da maestria de Fauna; pelo menos não era o sinistro Haakon ou a gélida Ivana. Eyra estava idosa demais para esse tipo de aventura. Esben tinha um gênio ruim e era um tanto rude, mas não havia maldade nele.

Lasgol pensou que eles deixariam o acampamento pela entrada sul e depois seguiriam para o cais. Lá, pegariam os navios, sairiam pela garganta e navegariam pelo rio Sem Retorno. Isso tinha sido o que o primeiro e o quarto anos fizeram no dia anterior. No entanto, para sua enorme surpresa, Esben os guiou em direção às florestas do Norte.

À medida que avançavam, as equipes do terceiro ano juntaram-se a eles. Lasgol reconheceu Molak. Ele estava feliz por ser ele. Tê-lo com eles o acalmou. Diziam que era o melhor do terceiro ano. Pelo menos em Tiro e em Perícia com certeza era.

— Olá, Ingrid — cumprimentou Molak, parando ao lado deles.

— Olá, Molak — respondeu ela, com um tom um pouco menos frio do que o habitual.

Por um momento os dois capitães se entreolharam sem dizer nada. Viggo percebeu o gesto e franziu a testa.

— Como está esse tiro, Lasgol? Melhorando?

— Muito, Molak. Muito obrigado pelos seus conselhos. Eles têm me ajudado bastante.

Molak sorriu.

— Fico feliz em saber.

O que Lasgol não lhe contou foi que vinha praticando dia e noite, e não apenas com os conselhos e ensinamentos de Molak, mas que vinha experimentando o dom e conseguiu desenvolver uma nova habilidade. Egil a nomeou Tiro Certeiro. Lasgol ainda não a dominava, mas foi uma grande descoberta e uma grande surpresa. Foi um acidente. Ele estava treinando com Ingrid e Egil quando isso aconteceu. Lasgol estava mirando o arco e estava tão frustrado porque os tiros não acertavam o alvo, por mais que tentasse, que fechou os olhos com força e praguejou. *Vejo o alvo, o ponto exato em que devo acertar. Eu tenho que acertar. Eu tenho que acertar!* E, por causa dos sentimentos intensos que estava vivenciando, de sua raiva e de sua frustração, o dom despertou sem que ele o chamasse. Abriu os olhos e concentrou o olhar no alvo. Sentiu o formigamento que o uso do dom lhe causava. Um lampejo verde percorreu seu braço e o arco. Lasgol não sabia que tipo de habilidade havia invocado, mas soltou e seguiu a trajetória da flecha com o olhar. Acertou em cheio. No centro do alvo. Com exatidão. Sem qualquer desvio. Ele não conseguia acreditar. Ingrid e Egil, menos ainda, observavam boquiabertos.

Lasgol tentou novamente, mas não conseguiu repetir o feito. Não conseguia invocar essa nova habilidade, nas não ficou surpreso; as habilidades espontâneas tinham que ser dominadas, e demorou semanas para conseguir alguma coisa.

Egil estava entusiasmado. Achava aquilo fascinante. Havia registrado no caderno, detalhadamente, tudo o que tinha acontecido. O problema com o desenvolvimento de novas habilidades era que exigia muito tempo e esforço. *Como tudo de bom na vida*, dissera-lhe Egil. Porém, Lasgol não tinha muito tempo. Além disso, após conseguir controlar a habilidade, não poderia usá-la para passar nas provas de tiro, pois seria trapaça. Egil havia explicado a ele que, do ponto de vista moral, não era: cada pessoa usava o corpo e os talentos naturais sem restrições para se tornar um guardião. Gerd, por exemplo, era o mais forte do acampamento e poderia usar essa força em combates e em muitas outras provas. Ele não via como o fato de Lasgol ter o dom era diferente de ter um corpo enorme e forte. O garoto entendia o que Egil estava tentando lhe dizer. Ainda assim, preferia não usar o dom em treinamentos e muito menos em provas.

— Tenham muito cuidado. Esta missão será perigosa — avisou Molak, e olhou para Ingrid.

Lasgol voltou de seus pensamentos e assentiu pesadamente.

— É melhor que quem cruzar nosso caminho tome cuidado — disse Ingrid, com energia.

Molak sorriu, surpreso com o comentário.

— Mesmo assim, tenham cuidado.

— Teremos — respondeu a garota, agora um pouco mais cautelosa.

O capitão do terceiro ano regressou com a própria equipe para trás de Esben e Marga, que ditavam o ritmo.

— O que o Capitão Fantástico queria? — perguntou Viggo.

— Capitão Fantástico? — questionou Ingrid, contrariada.

— Sim, aquele para quem você não parava de olhar.

— É Molak, e ele não é nenhum capitão fantástico. E eu não olhei para ninguém!

— Aham... É por isso que você está vermelha como um tomate.

— Estou vermelha de raiva de tanto aturar você! — respondeu ela, e lhe deu as costas.

Lasgol teve que segurar uma gargalhada e continuou andando. O trajeto seria difícil e longo. Começou a nevar, um bom sinal no Norte, pois a temperatura não diminuiria enquanto os flocos caíssem. Todos usavam roupas grossas de inverno: capas brancas de guardião para se misturarem com a neve e o entorno gelado. Até os bornais que carregavam eram brancos. Embrulhados em suas capas, com o capuz levantado e o lenço branco do guardião cobrindo o nariz e a boca, a distância eles eram indistinguíveis da neve. No bornal, todos carregavam uma pequena pá de madeira. Precisariam dela para afastar a neve.

Esben fez com que marchassem em um bom ritmo, sempre em direção ao Norte. Marga observava as equipes com atenção. Atravessaram vários lagos e cruzaram cinco florestas infinitas. Finalmente, chegaram ao pé da cordilheira que selava o vale. Já haviam escalado várias partes dela, embora Lasgol não entendesse qual era o propósito de escalar a serra se não havia como descer do outro lado. E eles sabiam muito bem disso.

— Aproximem-se todos — pediu Esben.

Marga estava ao lado dele. Todas as equipes se reuniram em torno do guardião-mestre.

— O que vou mostrar a vocês é um segredo dos Guardiões, um segredo que guardamos há muito tempo. Eu não mostraria isso a vocês se tivesse outra opção. Infelizmente, não temos tempo para rodeios. As vidas dos bravos soldados de Norghana dependem de agirmos com rapidez. Preciso de seu juramento de que nunca revelarão esse segredo a ninguém. Nem mesmo sob tortura. Vocês o levarão para o túmulo.

As palavras de Esben, tão diretas, deixaram todos um tanto desconcertados.

— Claro, guardião-maior — respondeu Molak, reagindo primeiro.

Isgord, que não queria ficar para trás, falou em seguida:

— Claro, senhor. Para o túmulo.

Aos poucos, o resto começou a aceitar.

— Muito bem, sigam-me.

Esben escalou as paredes rochosas cobertas de neve com incrível agilidade e confiança. Os outros o seguiram da melhor maneira que puderam. Chegaram a meio caminho da cordilheira e Esben parou em frente a duas pedras enormes; pareciam ter caído do topo. De repente, dois guardiões apareceram acima deles. Ninguém sabia de onde tinham vindo. Pareciam ter se materializado ali mesmo por magia, embora provavelmente tivesse mais a ver com sua destreza na maestria de Perícia.

— Guardião-maior Esben — cumprimentaram eles.

— Guardas da Passagem Secreta — respondeu Esben.

O restante esperou enquanto os três guardiões trocavam palavras em voz baixa. Depois de um longo instante, que todos aproveitaram para descansar, Esben dirigiu-se a eles:

— Sigam-me em fila, um por um.

Sem mais delongas, ele subiu na rocha ajudado pelos dois guardiões e caiu para o outro lado, desaparecendo da vista de todos. Molak o seguiu. Quando chegou a vez de Lasgol, os dois guardiões o ajudaram a subir e, já nas rochas, ele descobriu o segredo: um desfiladeiro muito estreito, com espaço para apenas uma pessoa, abria-se diante de seus olhos. Uma das paredes tinha se deslocado e caído contra a outra, deixando uma passagem estreita na base. À distância, parecia que as duas paredes estavam uma contra a outra. Não dava para ver a parte inferior.

— Incrível… — murmurou Lasgol, e entrou na passagem seguindo os outros.

Ele agradeceu aos Deuses do Gelo por não ter fobia de espaços estreitos. Demorou muito para chegar à saída. Eles percorreram mais de dois mil passos. Do outro lado do desfiladeiro, depararam-se com outras duas pedras enormes que os escondiam de olhares indiscretos e outros dois guardas que os ajudaram a subir e sair dali. Esben e Marga chamaram todos os capitães. O guardião-maior dirigiu-se a eles com uma cara séria:

— Estamos fora. Agora devemos tomar precauções extremas. Lembrem-se de tudo o que aprenderam e tenham muito cuidado. Não esqueçam que estamos em guerra. Chegaremos à passagem, atravessaremos, encontraremos os soldados presos do outro lado e voltaremos com eles. Sem bobagens. Nós nos manteremos sempre longe das forças de Darthor, ou alguns de nós não retornarão vivos.

— Faremos assim — garantiu Molak.

— Muito bem. Vamos.

Seguiram na direção Norte. Estava nevando muito e a viagem foi difícil. Avançaram em silêncio, tomando cuidado para não serem descobertos. Marga avançou para explorar com antecedência e evitar que encontrassem o inimigo. Esben enviou Molak e os outros capitães do terceiro ano para cobrir os flancos e a retaguarda. Deu-lhes ordens para explorarem a trezentos passos do grupo e reportarem qualquer anomalia.

Lasgol e os outros aprendizes avançaram com os sentidos em alerta e, acima de tudo, muito tensos. A tensão era tão óbvia que parecia impedi-los de mover os músculos e as articulações com normalidade. Ingrid encorajou-os silenciosamente, mas o rosto de Gerd entregava o medo que todos sentiam. Nilsa pisava na neve com tanto cuidado que parecia outra pessoa. Ela estava com medo de que eles fossem descobertos por causa de algum de seus deslizes. Lasgol estava muito inquieto. Egil observava tudo o que acontecia ao redor, memorizava, analisando tudo com sua mente prodigiosa. O único que parecia manter total calma naquela situação era Viggo. Situações difíceis não o deixavam nervoso, qualidade digna de inveja e que Lasgol gostaria de ter. Contudo, infelizmente, esse não era o caso.

Andaram durante uma semana atravessando florestas e subindo colinas sob as intempéries de um inverno que se tornava mais perigoso a cada dia que passava. A travessia começou a ficar muito difícil, principalmente à noite, quando a temperatura despencava e eles não podiam acender fogueiras para se aquecerem devido ao risco de serem descobertos. Esben não permitia que dormissem mais do que o necessário para que suas mentes não sofressem, o que eles faziam amontoados uns sobre os outros para manter algum calor corporal. Os suprimentos que cada um transportava eram para três pessoas, para si e para os dois soldados que tinham que resgatar. O peso era considerável, e ter que comer a porção fria não caía muito bem no estômago.

Se a primeira semana tinha sido difícil, a segunda foi infernal. O terreno estava cada vez mais abrupto e um deslize poderia custar-lhes a vida. O clima ficou extremo. As tempestades de inverno começaram a castigá-los com ventos gelados que cortavam a pele, chuvas glaciais que congelavam até os ossos, e neve e granizo que os impediam de avançar no ritmo que deveriam. Esben os orientava e encorajava. Os aprendizes estavam suportando o castigo como verdadeiros campeões. Felizmente, não havia sinal do inimigo. Eles encontraram rastros em direção ao Sul. No entanto, eram de mais de uma semana antes. Lasgol não sabia como Esben conseguia ler aquela trilha uma semana depois, no meio de uma tempestade de inverno. Mas ele conseguia.

No início da terceira semana, o ânimo começou a se desgastar e alguns aprendizes começaram a desmaiar. Ajudados pelos colegas, continuaram avançando. No meio de uma nevasca que quase não os deixava ver nada, chegaram à entrada da passagem: a Boca do Dragão Branco.

— Paramos aqui! — ordenou Esben.

— Procurei nos arredores e não há sinal do inimigo — disse Marga. Apenas os olhos e as sardas na testa eram visíveis sob o lenço de guardião que cobria seu rosto.

— Muito bem. Quero vigias a mil passos em todas as direções — exigiu Esben.

— Certo — respondeu Marga, e escolheu os melhores.

— Os outros, me escutem — disse Esben. — Sei que estão cansados, mas pensem no seguinte: quanto antes terminarmos a missão, mais cedo voltaremos para casa.

Os aprendizes assentiram.

Esben apontou para a avalanche de neve e pedras que bloqueava a entrada da passagem.

— Isso não aconteceu por causas naturais. Darthor fez isso. Mas hoje vamos mostrar que ele não pode fazer nada com os Guardiões nem com o povo norghano. Peguem as pás! Limpem a entrada!

E os aprendizes começaram a trabalhar com a pouca força que lhes restava, orgulhosos de serem norghanos, de serem guardiões.

Capítulo 27

DEMOROU UMA SEMANA DE ESFORÇO EXTREMO PARA LIBERAR A entrada da passagem. Eles se revezavam, dia e noite. Enquanto algumas equipes descansavam, outras trabalhavam. Depois trocavam. Era incrível a quantidade de neve e pedras que conseguiam remover com disciplina e seguindo as experientes ordens de Esben. Eles se deslocavam com muito cuidado, porque o risco era alto. A qualquer momento poderia ocorrer um colapso: as equipes retiravam neve e pedras da base, o que poderia desestabilizar as camadas superiores.

— Tirem de cima! — gritava Esben.

Trabalharam vigorosamente seguindo suas instruções. De repente, ouviu-se um barulho terrível, como um trovão percorrendo a passagem. Um deslizamento. Neve e pedras caíram sobre as equipes que escavavam naquele momento. A equipe dos Ursos sofreu o impacto e foi soterrada. Todos correram para resgatá-los e os retiraram vivos, mas gravemente feridos. Eles tinham ossos quebrados, hematomas e ferimentos graves. Os colegas os trataram com as pomadas e remédios que carregavam e os imobilizaram.

— O que fazemos? — perguntou Marga a Esben.

Ambos estavam muito preocupados e não conseguiam esconder isso.

— Se continuarem aqui, neste clima... morrerão — garantiu Esben. — Deixe-me pensar.

Ele pensou por uma manhã e finalmente decidiu. Chamou Marga e a equipe dos Lobos:

— Vocês devem retornar antes que alguém morra. Leve-os de volta ao acampamento.

— Mas você precisa de minha companhia — disse Marga.

— Eu sei, mas não quero a morte deles na minha consciência. Leve-os de volta sãos e salvos. Será difícil. Não posso confiar isso a uma equipe, eles ainda não estão preparados para enfrentar uma situação como essa.

— Está bem. Eu vou. — assegurou-lhe Marga.

Eles partiram antes do pôr do sol.

Esben dirigiu-se às outras equipes, que observavam os colegas feridos se afastarem:

— Isto é mais que uma prova; esta é a vida real, e aqui as pessoas se machucam e morrem. Não quero voltar ao acampamento com baixas, então prestem muita atenção no que vocês fazem e certifiquem-se de que isso não aconteça novamente.

Trabalharam incansavelmente durante dias, entrando na passagem, afastando a avalanche que a cobria de lado a lado.

— Não entendo como Darthor conseguiu cobrir todo o desfiladeiro — comentou Lasgol aos companheiros enquanto comiam os suprimentos durante o intervalo. — A entrada é uma coisa, mas… o desfiladeiro inteiro?

— Ele deve ter usado bestas das neves — arriscou Gerd.

— Provavelmente usou magia — disse Egil.

— Começamos com a maldita magia! — protestou Nilsa.

— É o que faz mais sentido, analisando o que encontramos. Uma avalanche de tais proporções não pode ter sido causada pela mão humana — deduziu Egil.

— Talvez tenha sido a Mãe Natureza — disse Ingrid.

— Sim, mas não teria sido em toda a extensão do cânion. Provavelmente teria sido no meio — rebateu Egil. — Quanto mais penso nisso, mais acho que foi magia.

— Magos do gelo corrompidos? — perguntou Ingrid.

— Temo que sim…

— Parem de falar sobre magia e bruxos corruptos — disse Nilsa. — Fico nervosa e já temos problemas suficientes do jeito que estamos.

— A ruiva está certa — concordou Viggo.

— Devemos saber o perigo que corremos — acrescentou Ingrid.

— Então por que você não vai perguntar ao seu namorado, o Capitão Fantástico? — disse Viggo, com uma careta.

— Eu não tenho namorado!

— Você baba toda vez que ele fala com você com aquelas tranças loiras, aqueles olhos azuis de tirar o fôlego e aquele lindo rosto de guerreiro com queixo forte — zombou Viggo, imitando a voz de uma garota apaixonada.

A capitã explodiu e foi para cima dele. Tiveram que separá-los. Felizmente, estavam muito cansados e fazia muito frio para discutir.

Poucos dias depois, em plena tempestade de neve, os Águias conseguiram cruzar a reta final e atravessar para o outro lado da passagem. Isgord comemorou como se sua equipe tivesse feito tudo sozinha, o que não agradou às demais, que perderam a alma cavando naquele desfiladeiro abismal. Mas o garoto não se importava com isso.

Esben enviou os de terceiro ano para reconhecer a área enquanto os outros esperavam. Quando retornaram, relataram suas descobertas.

— Nada a leste — disse Aspen, um dos capitães.

— Nada a oeste — disse Olmar, o outro capitão.

— Pegadas, senhor, ao norte — anunciou Molak.

— Nossos homens ou o inimigo? — indagou o guardião-maior.

— De ambos, mas as mais recentes são dos nossos soldados.

Esben pensou no que tinha ouvido. Seu cabelo e barba estavam cheios de neve e ele parecia ter envelhecido trinta anos.

— Muito bem. Avançaremos lentamente, formação de flecha. Eu irei na liderança. Vocês três e suas equipes, comigo. Formaremos a ponta da flecha; o resto, atrás, formando a haste. Os Águias do segundo ano representarão as penas.

Isgord quase explodiu de raiva ao receber a ordem. Eles seriam os últimos, perderiam toda a ação vigiando a retaguarda.

Avançaram em total sigilo. Flocos de neve caíam das alturas sem parar, cobrindo tudo. Eles estavam tão tensos que haviam esquecido o tremendo cansaço e frio que estavam sofrendo. Quando chegaram a alguns pinheiros,

Esben ordenou que parassem. Todos pegaram seus arcos e os prepararam. Algo estava acontecendo. Depois de um longo instante, Esben deu ordem para avançar. Então descobriram um enorme vale com centenas de tendas militares abrigadas contra uma das paredes rochosas. Ao lado delas estavam soldados norghanos de guarda. Pareciam muito mal, alguns estavam feridos.

Até que enfim tinham encontrado!

Um oficial norghano apareceu com cinquenta homens armados assim que se aproximaram.

— Sou o capitão Tolan — apresentou-se.

— Guardião-maior Esben.

— Guardião? Como? Aqui? — questionou o capitão, completamente perplexo.

— Abrimos o caminho.

— É uma piada?

— Não, capitão, não é. Estamos aqui para levar todos vocês de volta.

Tolan parecia não acreditar. Esben assentiu.

Um pouco mais a oeste havia várias carroças de abastecimento vazias e restos de animais de tração que os soldados usaram para se alimentar e permanecer vivos. Lasgol descobriu esqueletos de pôneis e cavalos. Debaixo de algumas árvores havia uma pilha de cadáveres; aqueles eram soldados.

Eles se reuniram para conversar na tenda de comando. Estava em tão mau estado que o vento entrava por aberturas laterais enormes e saía pelo lado oposto. Mesmo assim, era melhor do que estar ao ar livre, pelo menos o telhado de lona protegia da neve, que não parava de cair.

O capitão Tolan deu-lhes as boas-vindas e depois informou-os da situação:

— Devemos partir o mais rápido possível. Meus homens, como você viu, estão em um estado lamentável. Tenho muitos feridos e aqueles que ainda podem lutar estão morrendo de fome. Tivemos que sacrificar os animais... Saímos para caçar, mas com esse maldito clima não conseguimos pegar nada além de alguns pequenos animais. Não somos guardiões... nosso objetivo é lutar, não caçar... ou sobreviver neste ambiente...

Esben assentiu.

— Distribuiremos os suprimentos que trouxemos entre os homens.

— Obrigado... Se vocês não tivessem aparecido, não teríamos sobrevivido mais uma semana.

— Por que não tentaram abrir o caminho? — perguntou Esben.

— Nós tentamos, mas só temos espadas e lanças. Ainda assim, tentamos, mas houve uma enorme avalanche. Perdi cerca de cinquenta homens. Depois disso, não ousei tentar novamente. Procuramos rotas alternativas, a leste e a oeste, mas não há como atravessar essas malditas montanhas.

— Não, não há — confirmou Esben.

— Devemos partir o mais rápido possível. Não tivemos contato com o inimigo desde que eles nos derrotaram e cruzaram, mas podem voltar.

— Certo, prepare seus homens. Meus guardiões ajudarão com os feridos e com aqueles que estão fracos demais para fazer a viagem de volta.

— Muito bem.

— Há algum outro regimento deste lado que precise de ajuda?

Tolan ponderou sua resposta.

— Os Garras de Ferro estão ao norte, mas não sei se precisam de ajuda ou não...

— As forças punitivas do rei? O que estão fazendo tão ao norte?

— Nós cruzamos com eles depois da batalha. Não me disseram qual era a missão nesta área; iam retornar pelo desfiladeiro, mas, como o encontraram inacessível, seguiram rumo ao norte, em direção à costa. Procuravam um navio grande para retornar.

— Se estiverem ao norte, mais cedo ou mais tarde encontrarão as tropas de Darthor. Deveríamos avisá-los de que a passagem está aberta.

— Eles partiram há três dias, não devem estar muito longe.

Esben olhou para os capitães das equipes.

— Molak, Ingrid, peguem suas equipes e encontrem os Garras de Ferro. Digam a eles que a passagem está aberta e retornem com eles.

— Muito bem, senhor — disseram os dois, e trocaram um olhar de preocupação.

— Lembrem que estamos no território dos Selvagens do Gelo. Será perigoso.

— Sim, senhor.

— Façam o correto e serão recompensados. Façam o errado e morrerão.

Ingrid engoliu em seco, mas não disse nada.

Enquanto Esben e Tolan organizavam as tropas e o transporte dos feridos, Ingrid e Molak explicaram a missão às equipes.

— Temos a sorte dos condenados! — reclamou Viggo amargamente.

— É uma honra que nos tenham escolhido! — gritou Ingrid.

— Se fizermos o correto, Esben pode nos dar uma Folha de Prestígio. — disse Nilsa, pensativa.

— Sim, mas será perigoso... — Os olhos de Gerd estavam cheios de preocupação e medo.

— Se pesarmos o risco envolvido e como é difícil conseguir uma boa nota em uma prova, e mais ainda conseguir uma Folha de Prestígio, devo dizer que é uma oportunidade que não podemos e não devemos perder — reconheceu Egil. — Devemos ser extremamente cuidadosos, é verdade; contudo, a oportunidade, como bem disseram Ingrid e Nilsa, está expressa e, por isso, devemos aproveitá-la.

— Também não gosto do risco que vamos correr — disse Lasgol —, mas é verdade que é uma grande oportunidade e precisamos dela. Além disso, ajudaremos os homens do rei, que podem estar em apuros.

— Que se ajudem sozinhos, é para isso que servem as forças de elite! — queixou-se Viggo.

— Cale a boca, cabeça de batata! — repreendeu-o Ingrid.

— De qualquer forma, Esben nos deu uma ordem, então devemos ir — disse Egil.

— Vamos pegar algumas porções de comida e nos preparar — falou Ingrid, que olhava para Molak.

Ele fez sinal para que ela se aproximasse. Os dois capitães conversaram um pouco e voltaram para as equipes.

— Partiremos em breve. Uma tempestade se aproxima.

— Foi seu namorado, Capitão Fantástico, que disse isso?

— Vou deixar você com um olho roxo!

— Tudo bem... — interrompeu Gerd, colocando o corpo entre eles.

— É melhor nos prepararmos — disse Lasgol, apontando para o céu, que ficava mais escuro a cada minuto.

Eles partiram com a tempestade quase caindo. Atrás deles, Esben e Tolan se apressavam na direção da passagem. Molak assumiu a liderança e conduziu-os para o norte através de uma floresta coberta de neve. Fazia frio. Todos usavam lenços de guardião para se protegerem do vento cortante. Avançaram em silêncio, prestando atenção em onde estavam pisando.

A equipe de Molak chamava quase tanta atenção quanto os Panteras. Em primeiro lugar, pelo nome: os Águias Brancas. Lasgol já havia notado que os nomes das equipes que foram designadas no primeiro ano e que permaneciam até o final eram sempre os mesmos, e deduziu que era para facilitar o trabalho dos instrutores de organizá-las. O fato de a equipe de Molak ter o mesmo nome da de Isgord era chocante.

Era formada pelas gêmeas Margot e Mirian, que eram como duas gotas d'água, impossíveis de diferenciar, muito menos completamente cobertas por roupas de inverno. Tinham grandes olhos castanhos, quase avermelhados; pareciam brasas de uma fogueira. Eram inquestionavelmente norghanas: loiras, de pele muito clara, fortes e capazes de derrubar um homem adulto com um só soco. Ao lado delas avançavam Jaren e Tonk, dois guerreiros natos, fortes e altos. Eles eram do Sul de Norghana, e isso podia ser visto em suas características físicas. Sua pele não era tão clara e seu cabelo era castanho. Jaren tinha olhos azuis, e Tonk, olhos verdes, o que mostrava a combinação de suas ancestralidades. O quinto membro da equipe que nunca se separava de Molak era Mark, magro e não muito alto. Era a sombra do seu capitão, não o abandonava em momento algum.

Eles alcançaram a segunda cordilheira. Molak parou, agachou-se e estudou a trilha. Mark o ajudou.

Ingrid chamou Lasgol.

— O que você acha? Você é o melhor dos Panteras lendo rastros.

O garoto se agachou e os estudou.

— São eles. Soldados de infantaria em armaduras pesadas. Mais de cem. Eles estão avançando rapidamente e indo em direção à passagem — disse ele, apontando para o desfiladeiro que se abria a leste.

Molak balançou a cabeça em negação.

— Eu esperava alcançá-los antes que cruzassem…

— O que há do outro lado? — perguntou Ingrid.

— É o território dos Selvagens do Gelo.

— Mas ainda estamos em Norghana, certo?

— Depende de para quem você pergunta… — disse Molak.

— Segundo o rei Uthar, Norghana se estende até o mar do Norte, ou seja, toda a terra do Norte. Segundo os Selvagens do Gelo, esta é a terra deles e eles a defendem com sangue — esclareceu Mark.

— Eu pensei que os Selvagens do Gelo vivessem no Continente Gelado, mais a nordeste, no meio do mar do Norte — disse Ingrid.

— Alguns vivem lá; alguns, na costa norte de Norghana — explicou Mark, apontando para o norte.

— Os norghanos e os Selvagens do Gelo têm uma longa história de confronto — disse Molak. — Nós, norghanos, não costumamos cruzar essas montanhas e os selvagens também não costumam descer delas. É assim que a paz é mantida.

— Era… — apontou Ingrid.

— Correto, era. Darthor se ergueu para defender os Selvagens do Gelo e os uniu sob seu estandarte, assim como outros povos do Continente Gelado — acrescentou Molak.

— Defender? Mas ele é um assassino implacável — disse Nilsa.

Mark fez uma careta.

— Não para os selvagens… Para eles, ele é um salvador.

— Incrível!

— Há sempre dois lados em uma guerra — disse Mark —, e ambos pensam que estão certos e que a própria causa é justa.

— Você está defendendo a causa de Darthor? — questionou Ingrid, com uma cara de absoluta descrença.

— Não… só estou dizendo que, do ponto de vista dos Selvagens do Gelo, eles estão certos e o líder é Darthor.

— Tolice! Isso é besteira!

— *Shhh* — advertiu Molak —, estamos em território inimigo. Diminuam o tom de voz.

— Está bem... — sussurrou Ingrid.

— Temos que atravessar a passagem. Eu vou primeiro. Explorarei e, se for seguro, voltarei para avisar. Esperem pelo meu sinal — disse Molak.

— Deixe-me ir — pediu Mark.

— Não. Eu sou o capitão, é minha responsabilidade.

— Então irei com você — disse Ingrid.

— Ingrid...

— Eu sou capitã, também é minha responsabilidade.

Molak olhou para Lasgol em busca de apoio, mas Lasgol conhecia sua capitã muito bem. Ela não recuaria. Ele deu de ombros e fez uma cara resignada.

Molak praguejou baixinho.

— Certo, nós dois iremos. Ninguém se mexe até voltarmos. Se voltarmos, não venham nos resgatar. Vocês retornarão para Esben. Entendido?

Lasgol e Mark assentiram.

— Fiquem alerta — continuou Molak. — Não sabemos o que pode estar do outro lado ou o que pode sair desta passagem a qualquer momento.

— Estaremos — garantiu Mark.

— Muito bem. Em marcha.

Os dois capitães entraram no longo desfiladeiro. Lasgol observou aquelas montanhas nevadas e majestosas. Impraticáveis, implacáveis... seres antigos de rocha e neve tão majestosos quanto letais.

Esperaram na entrada do desfiladeiro com os Panteras de um lado e os Águias do outro, com os arcos prontos. Eles esperaram e esperaram.

A noite caiu.

Os capitães não voltaram.

Capítulo 28

Eles esperaram a noite toda. Não podiam fazer mais nada em meio à nevasca e à escuridão que os cercava. Abrigaram-se contra uma das paredes rochosas atrás de alguns abetos. Entre a encosta e as árvores, eles se amontoaram e se empilharam uns contra os outros. Os vigias se revezaram e tentaram descansar um pouco, embora ninguém conseguisse dormir mais do que alguns cochilos.

Ao amanhecer, as equipes se reuniram para decidir o que fazer.

— Eles não voltaram, algo ruim aconteceu — começou Lasgol.

— É o mais provável, sim — disse Mark.

— Temos que ir ajudá-los — propôs Nilsa, muito nervosa.

— Isso contradiz as ordens deles... — disse Mark.

— Não me importo com as ordens deles, temos que ir procurá-los — reiterou Nilsa.

As gêmeas negaram.

— Temos que seguir as ordens — disseram quase ao mesmo tempo.

— Agora, e se a ordem for pular de um penhasco em um abismo, vocês vão seguir? — perguntou Nilsa, com raiva.

As garotas não gostaram do comentário e uma discussão entre as duas equipes começou. Alguns argumentavam que tinham que procurar os capitães; outros, que as ordens dadas por eles deveriam ser seguidas.

— Um momento... por favor... acalmem-se... — Egil tentou se fazer ouvir.

— Silêncio! Deixem Egil falar! — gritou Gerd, e soou como o rosnado de um urso.

Todos ficaram em silêncio. Lasgol nunca tinha visto Gerd gritar. Havia preocupação em seu rosto, mas estranhamente não havia medo em seus olhos.

— Obrigado... Gerd — disse Egil, igualmente surpreso com a força do companheiro. — Quando não há como chegar a uma solução e não há hierarquia de comando, o melhor é colocar o tema em votação.

— Você quer que votemos sobre o que fazer? — perguntou Jaren, confuso.

— Isso.

— Mas uma votação é válida? — perguntou Tonk em tom de dúvida.

— Geralmente, não. A hierarquia de comando é seguida. Mas aqui não a temos, faltam os dois capitães — explicou Egil.

— Acho que é uma boa ideia — concordou Mark.

Lasgol, Gerd e Nilsa assentiram. Viggo cruzou os braços e não disse nada.

— Muito bem. Aqueles que desejam ir atrás deles levantem a mão — pediu Egil.

Nilsa, Lasgol, Gerd e o próprio Egil levantaram a mão. Viggo demorou um pouco, resmungando baixinho, mas finalmente levantou a mão. Para surpresa de Lasgol, Jaren e Tonk a ergueram também.

— Acho que isso deixa claro — disse Mark.

— Sim. Há uma maioria. Vamos procurá-los — concluiu Egil. — Mas não podemos forçar aqueles que desejam seguir ordens. Se quiserem segui-las, vocês estão dentro de seus direitos.

— Vamos avisar Esben, como Molak queria — disseram as gêmeas.

Mark estava dividido, seu rosto mostrava isso. Queria encontrar Molak, mas ele mesmo havia ordenado o contrário.

— Eu irei com vocês... embora eu devesse ir com elas.

— Muito bem. Está decidido — disse Egil.

As gêmeas se despediram e voltaram. O restante, tomado pelo medo, entrou na passagem.

Mark e Lasgol estavam na liderança. Eram os melhores rastreadores. Jaren e Tonk, atrás deles, eram os melhores lutadores. O resto os seguia em pares. O desfiladeiro fazia o sangue gelar. As paredes rochosas cobertas de gelo subiam até o infinito. Eles avançavam como minúsculas formigas atravessando as majestosas e eternas montanhas enquanto a neve caía e apagava suas pegadas, cobrindo-as com um manto branco.

Lasgol contou mais de cinco mil passos antes de chegar ao fim do desfiladeiro. Procuraram a saída, mas não havia sinal de Ingrid e Molak. A nevasca dificultou muito a busca. Continuaram em direção ao norte. Cruzaram uma floresta e, quando saíram, encontraram algo que não esperavam.

O mar!

Uma superfície celestial se abriu diante de seus olhos.

— O mar do Norte! — gritou Egil. — Isso é fantástico!

— Nem me fale — disse Gerd, apontando para a costa.

— Focas! — exclamou Nilsa.

— E morsas — acrescentou Gerd, com um enorme sorriso.

— São centenas delas descansando como se nada estivesse acontecendo — disse Nilsa.

— Elas não parecem muito preocupadas, não é? — zombou Mark.

— O que fazemos? — perguntou Lasgol.

— Vamos seguir pela costa — sugeriu Mark.

Eles avançaram com cuidado, pois agora estavam mais expostos. A paisagem era impressionante; o mar gelado de um lado e as montanhas e florestas nevadas do outro. Era difícil se concentrar. De repente, viram algo ao longe que os fez parar e se agachar. Pareciam edifícios.

— Um povoado? — arriscou Lasgol.

— De pescadores, vejo barcos na praia — disse Mark.

— Uma nota — interrompeu Egil. — Não há aldeias norghanas neste extremo Norte.

— Então... isso significa... — disse Lasgol, assimilando o que Egil estava insinuando.

— É uma aldeia de Selvagens do Gelo — disse Mark.

Todos ficaram tensos e pegaram os arcos.

— Algo estranho está acontecendo.

Lasgol não parava de analisar.

— O quê? — perguntou Mark, estudando a aldeia.

— Não há fumaça saindo das chaminés das casas. E com esse frio... deveria... — respondeu Lasgol.

— Hum... talvez os Selvagens do Gelo não usem chaminés como nós — disse Mark.

— Duvido — interveio Egil. — Pelo que pude ler sobre esta raça que povoa o extremo Norte de Trêmia, e com isso quero dizer toda a região, e não apenas o Norte de Norghana, eles usam o fogo para sobreviver às temperaturas congelantes em que vivem. Não existem muitos estudos sobre eles, mas, segundo alguns realizados em espécimes explorados e estudados, não são tão diferentes de nós. Infelizmente, morrem logo após serem capturados.

— Só que são maiores e muito mais fortes, vivem em lugares congelados onde só sobrevivem ursos-polares e que são azuis! — disse Viggo.

— De cor azul? — perguntou Gerd, com os olhos arregalados.

— Azul-gelo — respondeu Egil.

— E nos odeiam até a morte — acrescentou Jaren.

— Talvez porque os tememos até a morte? — apontou Egil.

— Ouvi dizer que bebem nosso sangue para ficarem mais fortes — disse Nilsa.

— Embora beber o sangue dos inimigos para se tornar mais forte seja uma crença entre as culturas menos desenvolvidas, não posso confirmar que seja o caso entre os Selvagens do Gelo — esclareceu Egil.

— Seja como for, sabemos muito pouco sobre esse povo, além de que devemos evitar cruzar com eles se quisermos continuar vivos — disse Mark.

Lasgol, que observava a cidade ao longe, descobriu outra coisa. Não havia movimento. Ele não queria arriscar a vida dos companheiros, então invocou sua habilidade Olho de Falcão. Um lampejo verde passou por sua cabeça. O garoto se concentrou, fechou os olhos e deixou a imagem fluir em sua mente: conseguia ver a aldeia. Ele estava certo, nenhum movimento. Uma quietude fúnebre pairava sobre o lugar.

— Vamos nos aproximar e ver o que está acontecendo — propôs. — Parece que está deserto.

— Tudo bem, com cuidado, fiquem em alerta — disse Mark.

Eles chegaram à cidade e o que descobriram os deixou chocados. Estavam todos mortos! E não eram os soldados. Eram Selvagens do Gelo. Eles estavam deitados na praia, uma centena deles. Idosos, mulheres e crianças com corpos de pele azul já ficando esbranquiçadas.

Mortos.

Por meio do dom, Lasgol já tivera aquela visão. Ele se abaixou para examinar os cadáveres. Estavam mortos à espada havia menos de três dias. Lágrimas inundaram seus olhos.

— Foi um massacre — disse Egil.

— Talvez eles tenham morrido lutando — propôs Tonk.

— Idosos, mulheres e crianças?! — exclamou Gerd, horrorizado, enquanto olhava para um garotinho de pele azul.

— Foram executados — disse Lasgol.

— Passaram a espada neles — concluiu Egil, examinando uma mulher que teve a garganta cortada.

— Isso… é… horrível… um pesadelo.

Nilsa começou a chorar desesperadamente.

— Esta é a loucura e a falta de sentido da guerra — disse Egil, balançando a cabeça entristecido.

Lasgol não conseguiu conter as lágrimas. Quem havia matado todas aquelas pessoas? E por que motivo?

— Não há homens adultos — confirmou Mark, que voltava de uma visita às cabanas dos pescadores.

— Também não há perto dos barcos de pesca — disse Jaren.

— Os homens foram para a guerra. Eles se juntaram ao exército de Darthor. Devem estar ao sul, em nossas terras — deduziu Egil.

— E quem fez isso, então? — perguntou Mark.

— Receio que tenham sido os nossos… — Egil respondeu.

— Nós? Não é possível! — disse Gerd, com os olhos ardendo de raiva e desamparo, com lágrimas escorrendo pelo rosto.

— Isso foi feito pelos soldados norghanos — confirmou Lasgol, estudando as pegadas na areia da praia.

— Mas é uma atrocidade! — gritou Nilsa, cheia de raiva.

A raiva, o desamparo e a frustração os consumiram. Eles permaneceram em silêncio enquanto observavam o massacre, suas almas incapazes de aceitar o que seus olhos lhes mostravam.

De repente, Mark viu algo a distância.

— Protejam-se! Alguém está vindo!

Todos correram para se esconder. Mark, Tonk e Jaren foram para as cabanas dos pescadores. Lasgol e Egil também. Gerd, Nilsa e Viggo esconderam-se entre os barcos de pesca. Esperaram com os arcos prontos. Na mente de todos estavam os enormes Selvagens do Gelo; eles iriam despedaçá-los se os encontrassem lá. Eles os culpariam pela morte de seus entes queridos. Nada os salvaria.

Lasgol engoliu em seco. Podia ver Egil ao lado, agachado sob a janela da cabana. Estava suando e não era por causa do esforço ou da temperatura. Nenhum deles se atreveu a olhar pela janela.

Os passos estavam agora mais próximos. Eram muitos, mais de cem homens, estimou Lasgol, que quando analisou isso em sua mente, percebeu. Ele se levantou lentamente e olhou pela janela.

— São homens, soldados — sussurrou para Egil.

Este se levantou e olhou também. Lasgol não estava errado. Mais de cem Garras de Ferro se aproximavam em formação compacta. Eles pararam em frente às casas.

— Saiam daí ou atearemos fogo nas cabanas! — bradou uma voz áspera.

— Eles sabem que estamos aqui — sussurrou Lasgol para Egil.

— Devem ter deixado homens vigiando a aldeia para o caso de os Selvagens do Gelo voltarem...

— Você quer dizer... dizer que... eles?

Egil assentiu pesadamente.

— Saiam agora se quiserem viver! Último aviso!

— Vamos sair! — gritou Lasgol e se mostrou.

— Vamos, todos para fora! Agora!

Lasgol saiu e, com ele, Egil; então os outros os seguiram. Todos se aproximaram dos soldados, que os cercaram. Eram homens de aspecto rude e perigoso. Carregavam lanças e pequenos escudos de metal e estavam vestidos de preto e vermelho, com cota de malha pesada e botas de infantaria. Um terço deles carregava arcos. Sua aparência era a de quem tinha passado muito tempo ao ar livre. Bastante.

— Sou o capitão Urgoson.

O líder deu um passo à frente.

Ele era alto e forte, com cabelo e barba muito despenteados, e faltava uma orelha. Mas o que deixou Lasgol muito preocupado foram os olhos: pequenos, pretos, com um brilho perigoso.

— Quem de vocês está no comando?

Lasgol olhou para os colegas e nenhum deles sabia o que dizer. Mark, que era o mais velho, deu um passo à frente.

— Eu. Mark, guardião do terceiro ano.

Urgoson olhou para eles.

— São malditos aprendizes de guardiões! — disse ele, e começou a rir.

Seus homens riram com óbvio desdém. Aqueles ao redor não baixaram as lanças que apontavam para eles.

— E você é…? — perguntou Mark, sem se intimidar.

— Você está diante dos Garras de Ferro, as tropas de elite de Sua Majestade Uthar. Então mostre o respeito que você deve mostrar.

Mark enrijeceu.

— Nos enviaram para procurar vocês.

— Nós? Quem enviou?

— Capitão Tolan.

— Ainda está vivo?

— Sim. Ele e suas tropas estão voltando.

— Como isso é possível? A passagem está fechada.

— Nós a abrimos.

— Nós?

— Os guardiões.

— Ora, ora, não é que vocês são úteis? Ouviram? — Urgoson se dirigiu aos seus soldados: — Eles abriram a passagem para nós.

Os homens explodiram em gritos e aplausos.

— Podemos voltar quando quisermos.

— Essas são ótimas notícias. Estamos neste buraco congelado há um mês. Percorremos a costa à procura de um navio grande o suficiente para nos transportar de volta para casa e nada. Esses malditos selvagens azuis só têm barcos de pesca para duas pessoas.

— O que aconteceu aqui? — perguntou Lasgol, de repente, sem conseguir se conter. — Por que mataram todos eles?

Urgoson olhou Lasgol nos olhos. Então sorriu, um sorriso perigoso.

— Seguimos as ordens do rei Uthar. Ele nos confiou esta missão.

— Tenho certeza de que ele não lhe confiou a tarefa de matar velhos, mulheres e crianças indefesas...

O capitão avançou até ficar na frente do garoto, a dois dedos de seu nariz. Era mais alto e muito mais forte do que ele.

— A primeira coisa que você deve saber é que os Selvagens do Gelo não têm nada de indefesos. Eles podem quebrar seu pescoço com as mãos assim que você se descuidar. Em segundo lugar — acrescentou, batendo no peito de Lasgol com o dedo indicador —, o rei nos confiou a tarefa de punir a costa onde vive o inimigo, e foi isso que fizemos.

— O rei não aprovará isso.

Urgoson riu.

— Foi o rei quem nos ordenou fazer isso.

— Não acredito em você.

— Não me importa no que você acredita ou deixa de acreditar. Mas, se me chamar de mentiroso de novo, eu corto sua garganta.

Lasgol ficou tenso. Seus companheiros procuraram as armas.

— Fiquem todos parados se não quiserem acabar como os de pele azul. — alertou Urgoson, com uma frieza na voz que não deixou dúvidas sobre suas intenções.

Os Garra de Ferro os ameaçaram com suas lanças e eles foram forçados a desistir.

— Parece que nossos jovens guardiões têm uma visão idealizada de nosso amado rei — continuou Urgoson, com acentuado sarcasmo. — Eles não sabem o que é o nosso querido monarca. Ainda mais agora, em tempos de guerra. — Os homens do capitão riram. — A verdade é que ele desempenha muito bem o papel de grande rei de Norghana. Todos acreditam que ele é um rei benevolente, um homem íntegro, bom, digno e justo… Que decepção terão quando descobrirem a verdade. — As risadas continuaram, agora mais altas.

Lasgol parecia não acreditar no que ouvia.

— Vejo que você não aceita o que eu lhe digo. Pois eu garanto que é assim. Nós, seus cães de guerra, sabemos disso. Certo, irmãos? — Os soldados começaram a gritar e aplaudir. — Fazemos o trabalho sujo que o rei não quer que seja visto. Por exemplo, "limpar" esta região ou punir o inimigo. E muitos outros "trabalhos" que não devem vir à tona.

Lasgol ia responder, quando ouviu um som que chamou sua atenção. Era como um assobio… algo cortou o vento. E então ele reconheceu.

— Uma flecha!

Um dos soldados que cercavam o grupo se dobrou e gritou de dor. Uma enorme flecha o perfurou.

— Selvagem! — gritou um vigia.

— Atenção! — gritou outro.

Lasgol virou-se para a floresta. No limite, ele viu algo que nunca esperava ver em sua vida. Algo que o deixou atordoado.

Uma centena de Selvagens do Gelo.

Atiraram contra eles.

Demorou um momento para entender o que estava acontecendo. Eram homens enormes, ferozes, com pele azulada e cabelos e barba esbranquiçados como gelo. Usavam peles de urso-branco e brandiam lanças, arcos e machados de dimensões colossais. Rugiram como ursos e tinham ido fazer justiça. Tinham ido vingar seus mortos. O sangue de Lasgol gelou. O som mortal de flechas cortando o ar o fez reagir.

— No chão! — ordenou.

Flechas choviam sobre eles, atingindo os soldados, que se moviam para criar uma formação defensiva. Eram derrubados por flechas maiores do que qualquer uma que Lasgol já tinha visto. Deviam lançá-las com arcos enormes. Um soldado foi atingido diante de seus olhos.

— Formem uma barreira defensiva! — gritou Urgoson.

Outra onda de flechas avançou em direção a eles. Os soldados morreram empalados. Lasgol ouviu um gemido e virou-se para a direita. Mark se contorceu no chão. Uma flecha o tinha atingido na altura da costela.

Tonk e Jaren correram para o lado dele. Lasgol sabia que o garoto não sobreviveria; a lesão era muito grave. Um nó se formou em sua garganta.

De repente, ouviu-se um rugido bestial.

— Eles têm um troll das neves! — gritou Urgoson ao reconhecer a enorme criatura ao lado dos selvagens.

E o caos estourou. Os Selvagens do Gelo atacaram os soldados, rugindo de raiva.

Lasgol olhou em volta. Os soldados tinham se esquecido deles e tinham se posicionado para enfrentar o ataque. Vendo como os selvagens eram grandes, fortes e brutais, concluiu que estavam condenados. Os soldados não seriam capazes de detê-los. Seriam desmembrados. Lasgol deu uma rápida olhada na beira da praia.

— Para os barcos de pesca! — gritou para Egil, em tom de urgência.

O amigo assentiu.

Tonk e Jaren carregaram Mark e o grupo começou a caminhar em direção à praia. Correram agachados tentando evitar que as flechas os atingissem.

— Vamos rápido! — exclamou Nilsa.

Ao chegar aos barcos, Gerd ergueu um deles com seus braços poderosos e o colocou na água.

— Vamos, subam! — gritou para seus companheiros.

Nilsa e Viggo, que chegaram primeiro, embarcaram. Gerd os empurrou para as ondas. Ele entrou na água até a cintura, mas pareceu não notar o mar gelado devido à adrenalina. Os selvagens atacaram a barreira defensiva dos Garras de Ferro, que foi lançada ao ar. O que se seguiu foi uma carnificina. Os Selvagens do Gelo, compelidos por uma fúria abismal, espalharam a morte. Os soldados não eram páreo para a força e a brutalidade daquelas feras azuis e geladas. O sangue manchou a neve de vermelho.

— Vamos, rápido — insistiu Gerd, que já havia preparado outro barco.

Tonk e Jaren chegaram com Mark. Eles o colocaram no barco enquanto Gerd segurava a embarcação na água. Lasgol e Egil pegaram outro barco e começaram a arrastá-lo para o mar.

De repente, Tonk arqueou-se e grunhiu. Jaren virou-se para ele; uma lança o havia perfurado. Ele morreu antes de perceber o que havia acontecido.

Apenas deu um passo para o lado, perdeu o equilíbrio e desabou. Foi Gerd quem descobriu a flecha que o matou cravada nas costas. Atordoado, olhou para cima e viu três enormes Selvagens do Gelo. Eles sacaram facas longas. Gerd ficou petrificado, não de medo, mas pelo choque de ver seus companheiros morrerem diante de seus olhos.

— Fuja, Gerd! Fuja no barco! — gritou Lasgol para ele, que empurrava o outro barco na água.

Os três Selvagens do Gelo começaram a correr na direção de Gerd.

— Gerd! Fuja! — gritou Lasgol, desesperado.

Mas o gigante não parecia reagir. Com olhos arregalados, observou os cadáveres de Jaren e Tonk flutuando ao lado dele.

— Gerd! — gritou Nilsa, do barco em que estava partindo.

Foi então que o grandalhão reagiu. Ele pulou no barco e começou a remar com todo o seu ser.

Os selvagens não conseguiram alcançá-lo.

— Vamos, Lasgol! — exclamou Egil do barco.

O garoto foi pular no barco. De repente, percebeu uma sensação estranha. Ele a reconheceu imediatamente.

Magia!

Começou a ter uma sensação terrível, e sabia o que estava acontecendo. Ele se virou e reconheceu alguém na praia. Um homem negro de meia-idade, cabelos brancos cacheados e olhos verdes intensos. Lasgol se surpreendeu novamente com o contraste dos cabelos brancos, a cor da pele e os olhos verdes radiantes. Certamente fantástico. Era o feiticeiro noceano. Ele apontava sua espada curva e cheia de joias para o garoto enquanto lançava um feitiço que o faria dormir. *Maldição!*, pensou Lasgol. Ele tentou resistir, mas a magia era poderosa. Seus olhos estavam se fechando. Então viu o troll das neves chegar, ficando ao lado do mago.

— São o feiticeiro e o troll! Suba! — gritou Egil, do barco.

Mas Lasgol sabia que estava perdido. Sua consciência lhe estava escapando. Com um último esforço, empurrou o barco com toda a força.

— Lasgol! — gritou Egil novamente, estendendo a mão para o amigo.

Então o garoto perdeu a consciência.

Capítulo 29

GRITOS HORRÍVEIS ACORDARAM LASGOL. ELE ESTAVA ATORDOADO E sonolento, como se tivesse sido envenenado. Demorou um pouco para voltar a si. De repente, sentiu frio, muito frio. Ao seu lado encontrou uma pele de urso-branco e se enrolou nela. Estava sozinho, sem armas. Perguntou-se o que teria acontecido com os colegas. Esperava que eles tivessem conseguido escapar nos barcos. Lembrou-se de Mark, Jaren e Tonk, e lágrimas brotaram de seus olhos.

— Sinto muito... sinto muito... — balbuciou, entre dentes.

Os gritos voltaram. Gritos de horror e sofrimento. Estava tudo escuro, não enxergava nada. Com a mão, tocou em um recipiente de cerâmica, pegou-o e abriu-o. Tinha água dentro. Bebeu todo o conteúdo. Estava morrendo de sede. Entre os gritos e as lembranças do que havia acontecido na aldeia, ele começou a ficar tonto. Estava prestes a vomitar, mas conseguiu se recompor. Apalpou ao redor. Ele percebeu que estava em uma pequena cela de pedra. Parecia uma prisão natural, parte de uma caverna onde haviam colocado uma enorme pedra como porta. Lasgol tentou movê-la, mas era impossível, era muito pesada. As paredes estavam muito frias. Onde quer que ele estivesse, devia ser bem ao norte. De repente, ouviu um som de rocha raspando contra rocha e a porta de pedra se abriu. Um selvagem do gelo apareceu. Lasgol ficou atordoado. O ser carregava uma tocha nas mãos. Sem dizer uma palavra, agarrou-o pelo pescoço e, com uma força terrível, levantou-o do chão como se fosse um cachorrinho e o levou para fora correndo.

Lasgol estava morrendo de medo. No entanto, tentou manter a calma. Estudou o selvagem, que o capturou com o canto do olho. Enorme, com mais de duas varas de altura, tinha músculos e força impressionantes. Sua pele, como contraste, era muito lisa, sem rugas. Mas o que mais chamava a atenção de Lasgol era a cor daquela pele, um azul-gelo irresistível. Não conseguiu definir a idade daquele homem, parecia jovem... eternamente jovem... O selvagem lançou-lhe um olhar de ódio. O garoto desviou os olhos imediatamente. O cabelo e a barba em um tom loiro-azulado pareciam ter congelado havia muito tempo. Os olhos eram muito estranhos: cinza-claro e pálido, quase brancos. A média distância, os olhos davam a impressão de não terem íris. Na verdade, observá-los enfraquecia a alma.

E se o selvagem já gelava o sangue de Lasgol, o que ele começou a vislumbrar ao redor o deixou aterrorizado. Estavam em uma profunda caverna natural de enormes dimensões. Ele podia ver selvagens em várias alturas, em cavernas e galerias rochosas. A gruta parecia ter formato oval e a luz entrava por um grande buraco nas alturas. Lasgol teve a impressão de que tinha o formato de uma ânfora feita de rocha congelada.

Os selvagens estavam cobertos de peles brancas e todos carregavam grandes machados nas costas. Além disso, alguns também carregavam lanças enormes ou arcos longos. Lasgol notou um detalhe que chamou muito a atenção: aquelas armas eram feitas de madeira e de uma pedra azul para as partes cortantes. Ele não reconheceu o material. Ao passar por um grupo de selvagens, viu que a ponta das flechas era desse mesmo material, da pedra azulada.

Aquela raça não conhecia o aço.

O selvagem parou para contemplar um dos poços da zona mais profunda. Lasgol viu um dos soldados prisioneiros sendo jogado lá dentro, armado com um grande bastão de madeira. De repente, houve um rosnado e um urso das neves entrou no poço enquanto os selvagens aplaudiam nas galerias superiores. O garoto não conseguia acreditar no que via. O urso rugiu enfurecido e atacou o prisioneiro. Eles lutaram por um breve momento, mas o sóldado foi destruído pela ferocidade e força do animal.

O selvagem emitiu uma sucessão de sons profundos, graves e curtos. Lasgol interpretou aquilo como uma risada. Continuaram avançando até chegarem a outro poço, este maior. Cinco soldados com uma aparência muito ruim aguardavam seu destino. Eles foram equipados com bastões de madeira. De repente, uma porta de pedra se abriu e um enorme troll das neves saiu ao encontro deles.

Lasgol arregalou os olhos.

O troll bateu no torso com os punhos e rugiu. Os cinco soldados se atiraram nele como um só. A luta foi curta e desanimadora. O troll os desmembrou um por um. Os golpes da besta fizeram os soldados voarem. Os braços, as pernas e o torso da criatura eram tão poderosos que os soldados perto dela pareciam crianças. Lasgol teve que parar de olhar, era muito cruel. O selvagem riu novamente. Parecia que eles se divertiam com aquele entretenimento bárbaro e grotesco.

Eles chegaram à área norte da caverna. O chão e as paredes deixaram de ser rocha e viraram puro gelo. Lasgol percebeu que a caverna dava para uma geleira. Aquele mundo de gelo e rocha era fascinante, e o que ele viu a seguir, incrível. Toda aquela área norte era de gelo. Daquele lado, haviam esculpido um mural com estranhos símbolos em diferentes alturas. Na frente dele havia um gigantesco trono de gelo. De um lado descansava um urso branco e, do outro, uma pantera das neves. Lasgol engoliu em seco quando os avistou.

Mas o que realmente o deixou petrificado foi o ser que se aproximava do trono. Media mais de quatro varas, a altura de mais de dois homens. Era realmente impressionante. Sua pele era azul, como a dos selvagens, embora, ao contrário deles, tivesse listras brancas diagonais que percorriam seu corpo. Com a largura de três homens, era um gigante, comparado a um norghano. Era por isso que se dizia que Darthor estava acompanhado por um exército de gigantes.

Após sentar-se no trono, ele observou Lasgol. Se antes parecia um ser incrível, ao ver seu rosto o garoto não sabia o que pensar. Tinha cabelos e barba longos, brancos como a neve, e também de aparência gélida. Em vez de dois, tinha apenas um olho, enorme, no meio da testa. A íris era azul, como a pele, e quando ele olhou para Lasgol pareceu perfurar sua alma.

O garoto ficou sem palavras.

Meia dúzia de seres como aquele, mas sem barba, estava atrás do trono. Carregavam enormes machados e escudos de madeira. Provavelmente compunham a guarda dele. Lasgol não sabia que raça de meio-gigantes ou semideuses era aquela e, por um momento, pensou estar vivendo um pesadelo do qual não conseguia acordar. Eles eram homens? Eram uma mistura de homem e gigante de gelo? O que eram?

O selvagem do gelo jogou Lasgol aos pés daquela criatura. O urso-branco e a pantera rugiram ameaçadoramente. O menino ficou imóvel como uma estátua e evitou contato visual com os dois animais.

O ser disse algo em uma língua estranha que o norghano não entendeu, com uma voz fria e profunda, e acariciou os dois animais como se fossem filhotes. Os animais se acalmaram e se deitaram novamente ao lado do dono.

Ele perguntou algo a Lasgol em uma língua estranha, mas o garoto não entendeu.

— Sabe quem eu sou? — perguntou, agora em norghano, com um sotaque estranho e pronunciado.

— Você é Darthor…?

O ser sorriu e mostrou dentes grandes com duas presas longas e amarelas, como as de um felino predador.

— Não. Eu não sou Darthor. Sou aliado dele e o sirvo com honra.

Lasgol o observava de canto do olho, sem entender.

— Eu sou o líder dos Selvagens do Gelo. Sou conhecido pelo nome de Sinjor.

— Meu respeito, Vossa Majestade.

Sinjor sorriu.

— O garoto é esperto, demonstra respeito e educação para não morrer. Não me trate como majestade, não sou um dos seus reis.

— O garoto não deve ser ferido — alertou uma voz suave que Lasgol reconheceu.

O feiticeiro noceano aproximou-se do trono.

— Ele pertence a mim — disse Sinjor.

— Não, pertence ao meu senhor.

— Se Darthor quiser, que venha reivindicá-lo.

— Eu o reivindico em seu nome.

— Não é suficiente. Estava na aldeia. Ele derramou o sangue do meu povo. Ele deve sofrer e morrer. É isso que dita a lei do gelo — informou Sinjor, apontando para uma das paredes geladas na qual estava esculpido o que parecia ser um texto em um idioma que Lasgol não conhecia.

— Ainda assim…

— Eu não derramei sangue — disse o garoto rapidamente.

O selvagem que o prendeu bateu com o punho na cabeça de Lasgol. Ele sentiu uma dor intensa.

— Deixe ele falar — pediu o feiticeiro.

— Está tudo bem — disse o líder ao seu guerreiro.

— Nós, os guardiões, não tivemos nada a ver com o que aconteceu. Foi atroz, nunca faríamos algo assim... Nunca.

— Por que eu deveria acreditar em você? Você é um norghano, como eles — falou o líder, e apontou para cima.

Lasgol ergueu os olhos e viu três oficiais pendurados no teto, de cabeça para baixo, amarrados pelas pernas. Um deles era Urgoson.

Estava em péssimo estado, mas ainda estava vivo.

— Sou norghano, sim, mas não somos todos iguais. Meus colegas e eu não somos como eles — defendeu-se.

— Sua palavra não é prova suficiente.

— Ele pode confirmar isso.

Lasgol apontou para Urgoson.

O meio-gigante permaneceu pensativo.

— Coloque-o no chão — ordenou Sinjor.

Dois enormes guerreiros tiraram o oficial do gancho e o levaram ao líder. A pantera rugiu. O rosto de Urgoson era de terror absoluto.

— Você é o comandante, responsável pelos massacres do meu povo na costa norte — disse Sinjor, brandindo um dedo acusador.

— Não, eu não...

— Cale-se. Não fale até que lhe peçam — continuou o outro, e seus guerreiros atacaram Urgoson, que ficou em silêncio, choramingando.

— O que o guardião diz é verdade? Fale agora.

— Não, não é verdade. Foram eles, os guardiões, que atacaram as aldeias, não os meus homens.

— Mentiroso! — exclamou Lasgol, cheio de raiva.

Ele recebeu outro golpe na cabeça.

— Esses norghanos não conhecem a honra, cada palavra que dizem é mentira — disse Sinjor.

— Eu posso resolver isso — respondeu o feiticeiro, com um sorriso.

— Ah, a magia do grande feiticeiro. Bem, vá em frente.

O feiticeiro desembainhou a espada curva e apontou para Urgoson, que choramingava novamente. Ele murmurou algumas frases enquanto movia a arma. Lasgol observou o feitiço deixar a espada e um fio de névoa roxa envolver a cabeça de Urgoson. O oficial gritou de medo ao começar a sentir os efeitos em sua mente.

— Agora você responderá com total sinceridade ou morrerá de dor por mentir. A escolha é sua.

— Gosto desse feitiço. É justo — disse Sinjor, assentindo.

— Quem é o culpado pelos massacres? — perguntou o feiticeiro.

— Os guardiões… Arghhhh! — gritou de dor.

— Tem certeza?

— Sim… Arghhhh!

Urgoson caiu no chão, se contorcendo de dor.

— Parece que ele está mentindo — comentou Sinjor, com um enorme sorriso.

— Não estou mentindo… Arghhhh!

Dessa vez a dor foi tão intensa que o capitão dos Garras de Ferro rolou no chão, gritando.

— Ele mente como um maldito norghano.

— Foram eles… Arghhhh!

Então a dor foi tão intensa que quase o matou.

Sinjor sorriu.

— Ele vai se matar, o mentiroso.

O feiticeiro falou:

— Última oportunidade. Responda honestamente ou morra. Quem cometeu os massacres?

Urgoson olhou para o feiticeiro, com os olhos cheios de lágrimas e o rosto contraído de dor.

— Fomos nós, nós!

Sinjor assentiu.

— A verdade está vindo à tona. Quem ordenou?

— Foi Uthar! Uthar! Parem! Pelos céus!

— Se você contar a verdade, a dor vai parar — disse o feiticeiro.

O rosto de Urgoson refletia que a dor estava deixando seu corpo.

— Por que ele ordenou isso? — indagou Sinjor.

— Ele disse que queria mandar uma mensagem para Darthor, dar-lhe uma lição. Ele me ordenou que matasse todos, incluindo mulheres, crianças e idosos. Isso é tudo que sei, juro. Pare com a dor, por favor!

Urgoson ficou caído no chão.

— Uthar pagará com a vida por isso — jurou Sinjor, e seu rosto mostrava um ódio incomensurável.

— Quantas aldeias? — perguntou o feiticeiro a Sinjor.

— Cinco. As costeiras. Apenas as aldeias do interior foram salvas — explicou Sinjor, com grande pesar, balançando a cabeça. Lasgol viu uma dor imensa nos olhos dele.

— Sinto muito do fundo da minha alma... Estávamos pressionando Uthar no Sul... — disse o feiticeiro.

— E o covarde nos puniu na retaguarda.

— Fechamos as passagens...

— Essas serpentes entraram sorrateiramente mais cedo.

— Lamento...

— A culpa não é sua, feiticeiro. Isso é obra de Uthar, e só ele é responsável.

O feiticeiro assentiu.

Lasgol não conseguia acreditar no que ouvia sobre o rei. Sinjor levantou-se. Era tão imponente que tirava o fôlego com suas quatro varas de altura, seu corpo enorme e seu olho único.

— Você disse a verdade e seu sofrimento acabou — disse o líder dos Selvagens do Gelo.

Ele sussurrou algo para a pantera da neve. O animal deu um salto habilidoso e fixou as mandíbulas no pescoço de Urgoson. O soldado esperneou por um momento e morreu.

— Uma morte limpa e quase indolor, muito melhor do que a que ele merecia. Quanto a você — disse, apontando para Lasgol, que estava morrendo de medo —, está provado que não participou da barbárie. Mas não está claro se você não faria isso de qualquer maneira se o seu rei magnânimo ordenasse.

— Eu nunca faria algo assim. Nem eu, nem os guardiões, juro pela minha honra.

— E por que eu deveria acreditar em você?

— Porque ele diz a verdade — respondeu uma voz misteriosa atrás dele. Sinjor se virou. Surpreendentemente, ele se ajoelhou. O feiticeiro também.

— Meu senhor — disse Sinjor.

— Meu mestre — cumprimentou o feiticeiro.

Lasgol virou a cabeça lentamente, com medo, e viu que todos os Selvagens do Gelo estavam ajoelhados. Não havia uma alma na caverna que não tivesse se ajoelhado. Até as bestas caíram no chão. Ele viu uma figura se aproximando como se não estivesse pisando no chão, deslizando na superfície do gelo como se estivesse flutuando. O estômago de Lasgol se revirou. A pessoa usava uma longa túnica preta com listras brancas, rígida como gelo corrompido. Em uma das mãos, ele carregava um cajado marrom e, na outra, uma esfera azulada. No rosto, usava um elmo de tirar o fôlego. A viseira era preta, mas parecia ter vida e formava redemoinhos que pareciam devorar a luz. Duas enormes lâminas pretas em forma de lua crescente decoravam o elmo em ambos os lados. Uma longa capa da mesma cor da túnica caía de seus ombros. Ele não era muito alto, nem muito forte, mas sua presença emanava um poder misterioso chocante.

— Darthor… — gaguejou o garoto, entre dentes.

— Sinjor, meu amigo, senhor dos Selvagens do Gelo. Muladin, meu feiticeiro excepcional — cumprimentou Darthor, com uma voz tão sombria que parecia vir das profundezas de um abismo.

Os dois homens inclinaram a cabeça diante de seu senhor.

— Levantem-se, por favor. Todos — pediu Darthor, levantando os braços.

— Não o esperávamos tão cedo, meu senhor — disse Sinjor.

Darthor passou por Lasgol e o observou pelo visor. O menino sentiu como se estivesse sendo analisado da cabeça aos pés. Ele estremeceu e os cabelos de sua nuca se arrepiaram.

— Eu estava a caminho do Sul, mas esse novo acontecimento me fez voltar para o Norte.

— Tenho a situação sob controle, como prometi — defendeu-se Sinjor, confuso.

— Eu sei. Não foi por isso que vim.

— Então por que veio? — perguntou Sinjor, sem entender.

— Eu vim buscá-lo — respondeu ele, apontando para Lasgol.

Capítulo 30

Lasgol ficou três dias trancado na fria cela de pedra onde o colocaram. Pelo menos não o levaram para os poços, que era seu maior temor. Não o deixavam sair, mas levavam comida e água duas vezes por dia. Ele não entendia por que estava preso ali, muito menos por que Darthor se interessara por ele.

O que havia entendido era que os Selvagens do Gelo não eram tão selvagens ou estúpidos quanto pareciam. Tentou se comunicar com seu carcereiro. No primeiro dia, ele se recusou categoricamente e bateu na cabeça do garoto, um costume bárbaro daquela raça. No segundo dia, descobriu algo incomum: ao tentar se comunicar com o selvagem, captou um lampejo dourado na própria mão direita. Surpreso, tirou a luva. O selvagem disse algo ininteligível em sua língua. Um novo lampejo apareceu em sua mão e uma mensagem em sua mente: *Cale a boca, idiota.* Lasgol ficou atônito. Ele havia entendido o selvagem. Mas como podia ser? E então percebeu de onde vinham os lampejos: do dedo anelar, onde usava o anel que havia encontrado no sótão. O anel traduzia para ele a língua do selvagem.

— De onde você é? — perguntou Lasgol, abusando da sorte, e algo prodigioso aconteceu.

Quando começava a pronunciar as palavras, o anel brilhava e as traduzia para a língua do selvagem.

— Eu sou do Continente Gelado, a Nordeste — respondeu o selvagem, inclinando a cabeça sem entender como Lasgol falava sua língua.

— Do Continente Gelado? Eu não sabia que havia vida lá.

O selvagem riu com aquela risada estranha.

— É claro que há. Os Povos do Gelo vivem lá.

— Fascinante, como diria um amigo meu. Eu não fazia ideia.

— Agora você sabe, mas aconselho a nunca pisar no nosso continente.

— Por causa de… vocês?

— Também, mas por causa do clima. Você congelaria em dois dias. Você é magro e sua pele é fraca. Não aguentaria as baixas temperaturas.

— Ah, entendo. Posso perguntar qual é a raça do seu líder, Sinjor?

— Pode. Ele é um dos Antigos. Não sobraram muitos. Eles vivem no Leste, muito longe no Leste. São poderosos e muito inteligentes, estão vivos há mais de mil anos.

— Existem outras raças como a dele? Como você?

O carcereiro assentiu, embora tenha decidido não compartilhar mais informações, provavelmente por cautela. Ele era rude, mas nem um pouco estúpido.

— E o que você está fazendo aqui, em Norghana? — perguntou Lasgol para quebrar o silêncio.

O carcereiro bateu na cabeça do garoto.

— Ai! — reclamou.

A criatura olhou em todas as direções para ver se alguém tinha ouvido a pergunta.

— Não chame esta terra de Norghana novamente. Esta é a terra dos nossos antepassados. Esta é a terra onde o Povo do Gelo nasceu. Este é um terreno sagrado. E é nosso, não dos norghanos. Não é sua. Se você quer viver, lembre-se bem disso.

— Tudo bem… não vou esquecer.

— Estamos aqui para ajudar os nossos irmãos. Você já viu o que fizeram com eles… — Lasgol assentiu, muito consternado. O selvagem continuou: — Nós nos juntamos à cruzada de Darthor para derrubar Uthar e recuperar estas terras para nosso povo.

— Eu não sabia nada disso… sempre pensei que essas terras pertencessem a Norgh… — interrompeu-se antes de terminar a frase. — E que ninguém morasse aqui.

— Nossos irmãos vivem aqui há mais de dois mil anos. Esta caverna, um lugar sagrado para nós, existe há milênios. Nossos irmãos viveram aqui antes dos norghanos, mas os monarcas do Sul sempre esconderam nossa presença de seu povo e nos caracterizaram como brutos selvagens e bichos-papões do gelo.

— Entendo...

— Mas Darthor nos entende. Sente nossa dor, simpatiza com nossa causa. É por isso que o seguimos.

— Darthor não é um ser maligno, um bruxo corrupto?

Antes mesmo de terminar a frase, ele já sabia o que estava por vir. Levou o golpe na cabeça sem reclamar. Doeu muito, coçava e doía intensamente.

— Darthor é um grande líder. Ele e Sinjor nos guiarão para a vitória.

E com isso a conversa terminou. Nos dois dias seguintes, Lasgol não conseguiu arrancar mais nenhuma palavra do carcereiro. Dedicou-se a estudar o estranho anel, mas não conseguiu descobrir mais nada sobre o objeto. Estava encantado, isso era certo. Egil havia lhe contado sobre espadas, esferas e outros objetos encantados por grandes magos que davam diferentes poderes a quem os possuía. O que Lasgol não sabia era quais encantamentos seu anel tinha. Também não conseguia entender o que estava fazendo em uma caixa no sótão.

No terceiro dia, recebeu uma visita estranha. Era o feiticeiro.

— Tenho uma proposta para lhe fazer — disse, sem rodeios.

— Qual? — perguntou Lasgol, desconfiado.

— Você fará tudo o que lhe for mandado, sem reclamar, sem resistir.

— E em troca?

— Em vez disso, não matarei dois de seus companheiros.

Todo o seu ser se revirou, mas ele tentou esconder isso.

— Quais dois companheiros?

— Uma garota loira com muita personalidade e um garoto forte e inteligente que a acompanhou, aprendiz de guardião, como você. Nós os capturamos na saída da passagem.

Ele sentiu o coração parar.

— Estão aqui? — perguntou, angustiado. — Posso vê-los?

O feiticeiro balançou a cabeça.

— Estão em outra base, mais perto da passagem.

— Eles estão bem? Diga-me que estão bem!

— Vejo que você os conhece e se preocupa com eles. Temos um trato?

Lasgol pensou. Não tinha nada a ganhar resistindo, mas tinha tudo a perder.

— Tudo bem, farei o que você me pedir. Mas deixe-os ir.

— Deixá-los ir? Esse não é o trato.

— É agora. Minha absoluta colaboração pela liberdade deles e para que retornem sãos e salvos. Essa é a minha proposta.

O feiticeiro pensou.

— Está bem. Temos um trato. Eu farei a minha parte, você fará a sua.

— Eu vou cumpri-la.

Com uma leve saudação, o feiticeiro saiu. Lasgol estava muito preocupado com Ingrid e Molak, que ao menos estavam vivos, ou assim tinha dito o feiticeiro. Talvez ele estivesse mentindo. Lasgol não podia fazer nada além de esperar que eles estivessem vivos e que o feiticeiro cumprisse sua palavra. Alguns dias depois, a porta de pedra se abriu e um selvagem do gelo o agarrou pelo pescoço e o arrastou para fora.

— Eu posso andar... — comentou Lasgol.

Ele recebeu um golpe doloroso na cabeça.

O selvagem levou-o aos níveis superiores, em vez dos inferiores, o que surpreendeu o garoto e lhe deu esperança. Chegaram a uma galeria e o selvagem moveu uma pedra para sair. A luz do dia cegou o garoto. O selvagem o soltou e se virou. Demorou um pouco para Lasgol se acostumar com o sol, com uma luz tão forte. Quando conseguiu enxergar, viu Muladin no que parecia ser um terraço natural no topo da grande caverna. O feiticeiro contemplava as vistas deslumbrantes. A Norte dava para ver o mar e o que parecia ser um enorme iceberg. A Leste, a costa desaparecia na distância. A Sul e a Oeste, as solenes florestas congeladas do interior. Atrás delas, as grandes cadeias de montanhas, majestosas, congeladas, eternas.

— Uma terra linda, não é? — disse uma voz profunda que lhe causou arrepios.

Ele sentiu a presença de Darthor ao lado e virou a cabeça bem devagar. O Senhor Sombrio do Gelo observava a paisagem sob o capacete. Um nó se formou na garganta de Lasgol. Era difícil respirar.

— Sim... — gaguejou Lasgol.

— Pode se acalmar, não vou fazer nada com você.

— Obrigado...

— Eu não sou o que você acredita, ou melhor, o que o fizeram acreditar.

Lasgol assentiu.

— Não entendo o que estou fazendo aqui...

— Você está aqui porque eu solicitei. Enviei Muladin assim que soube que você estava ao norte da passagem.

O feiticeiro assentiu.

— Ele é meu servo fiel e um grande amigo.

— Ele tentou me capturar... em Norghana... com um troll — disse ele, olhando para o feiticeiro de canto de olho.

Muladin ficou de lado.

— É verdade, parece que você ouviu o que não deveria ter ouvido no castelo do duque Olafstone. Isso complicou as coisas. Foi dada a ele a opção de capturar você, e ele não hesitou.

— Não ouvi nada comprometedor, o duque não concordou em se aliar a ninguém — argumentou Lasgol rapidamente.

— O duque é um homem inteligente e difícil, mas sua hora chegará.

— Não entendo...

Darthor ignorou o comentário.

— Aquela criatura que estava com você o salvou de Muladin...

— Camu... é muito especial...

— É, embora você ainda não saiba quanto.

O garoto ficou surpreso com a resposta.

— Como...?

— Eu sei muito sobre você, Lasgol.

— Sobre mim? Por quê? — gaguejou, completamente confuso.

— Por ser quem você é, por ser filho de Dakon Eklund, o primeiro--guardião.

— Meu pai... Você o possuiu com seus poderes... Eles o mataram por sua causa.

— Isso é o que eles dizem. Você acredita nisso?

— Sim, acredito.

— Assim como você acha que Uthar é um rei honrado e benevolente? Um grande rei para Norghana?

O garoto não sabia o que responder.

— Acreditava... Acredito... Não sei...

— Você duvida? Há uma semana teria morrido por ele sem sequer piscar.

— Não sei... Deve haver uma explicação para as atrocidades que tenho visto...

— E se não houver?

— Tem que haver.

— Talvez o que você testemunhou neste canto do mundo seja a verdade.

— Eu me nego a acreditar.

— A evidência é clara, você sabe disso, seu coração sabe disso. A carnificina que testemunhou, o horror cometido nessas cinco aldeias, é ordem do próprio Uthar. Para se vingar de mim, de nós.

Lasgol ficou em silêncio.

— Meus colegas também morreram.

— Lamento ouvir isso, mas as guerras são assim, os homens bons morrem. Homens, mulheres, crianças e idosos indefesos.

— Você poderia parar a guerra... — disse Lasgol, quase implorando.

— Não, eu não conseguiria nem se quisesse. Os Povos do Gelo depositaram sua confiança em mim, não posso decepcioná-los. Dei a minha palavra de que farei tudo o que estiver ao meu alcance para levá-los à vitória.

— Um cessar-fogo, uma trégua, uma paz poderiam ser negociados...

— Uthar nunca concordaria. Ele tenta nos expulsar destas terras.

— Por quê?

— Ódio e ganância, dois dos maiores motivadores de um homem. — Lasgol não sabia o que pensar. Darthor continuou: — O ódio por essas pessoas, os Povos do Gelo do Continente Gelado. Cobiça, porque aqui e ali existem grandes minas de ouro nas quais ele deseja colocar as mãos. Com elas, ele poderia dominar não só o Norte, mas também metade de Trêmia. Sua ambição não tem limite. Quando ele for o senhor do Norte, olhará para o Médio Leste e de lá irá conquistar o Leste ou o Oeste, dependendo de quais reinos forem mais fracos. A guerra no Norte é apenas o começo. Se vencer, continuará sua campanha de conquista. Tentará se tornar o dono de toda Trêmia.

— Ah... Ainda assim, você poderia tentar negociar uma paz com ele, talvez dividir as riquezas do Norte.

— Há alguns anos isso teria sido possível, mas esse não é mais o caso.

— O que aconteceu?

— O rei não é o homem que era. Mudou.

— Tanto a ponto de não ouvir argumentos?

— Sim, e muito mais.

— Parece difícil de acreditar.

— Eu sei, mas você tem que acreditar. Para o seu próprio bem.

Lasgol ficou sem argumentos.

— Por que estou aqui? Não é por acaso, senão eu estaria morto — perguntou ele. Estava começando a ver que havia algum motivo oculto.

— Você é inteligente, isso me agrada.

— Por quê?

— Está aqui porque quero revelar algo importante para você.

— A mim? — perguntou o garoto, surpreso.

— Eu nunca possuí seu pai. A runa marcada nele não era uma runa de dominação. Dakon agiu por vontade própria. Seu pai serviu à nossa causa, assim como outros aliados e amigos fiéis que temos em Norghana.

As palavras de Darthor foram como um soco atingindo o estômago de Lasgol.

— Isso é impossível! Vimos o que aconteceu com Daven! Foi provado!

— Daven foi dominado, eu o dominei. Seu pai, entretanto, não.

— Isso não é verdade! Não pode ser!

— É, e é necessário que você saiba a verdade e entenda o motivo.

— Não acredito em você, o próprio Uthar o inocentou.

Darthor assentiu.

— Esse era o meu plano. Se Daven conseguisse matar Uthar, não importaria, mas, se falhasse, pelo menos enganaríamos Uthar e ele teria que o inocentar. Muladin e eu planejamos cuidadosamente cada detalhe.

— Isso não pode ser verdade. Você tentou me matar no acampamento. O mercenário trabalhava para você.

— Você está errado de novo. Eu nunca tentei te matar. Na verdade, tentei ajudá-lo. O ovo com a criatura foi enviado por mim.

Lasgol jogou a cabeça para trás com enorme surpresa.

— Você...? Você me mandou o ovo? Com Camu?

— Sim. Eu interceptei a remessa que os guardas enviaram para você com os pertences de Dakon e coloquei a caixa vermelha com o ovo dentro dela.

— Não pode ser. — Lasgol balançou a cabeça. — Por quê?

— Para ajudá-lo e protegê-lo.

O garoto balançou a cabeça. Estava tão confuso que se sentia atordoado. Mal conseguia pensar.

— O mercenário estava a serviço de Uthar. Tenho cuidado de você desde a morte do seu pai. Foi Uthar quem ordenou que o matasse, no acampamento.

— Uthar? Mandou me matar? Por quê?

— Porque você se juntou aos guardiões. Porque você fez isso para descobrir a verdade sobre seu pai, e ele teme que a verdade venha à tona. Você não pode deixar isso acontecer.

— Que verdade? — perguntou Lasgol, balançando a cabeça.

Não conseguia entender o que estava acontecendo, o que estava ouvindo.

— Seu grande segredo, pelo qual ele está disposto a matar qualquer um.

— É impossível. Uthar me condecorou, restituiu a honra do meu pai.

— É teatro, um baile de máscaras para ninguém desconfiar. Especialmente você. Agora todos acreditam que tentei matar você, que seu pai foi dominado pelas minhas artes sombrias. Ambas as coisas são mentira. Uthar é muito inteligente e um grande manipulador.

— Se meu pai não tivesse sido dominado, nunca teria atirado contra o rei.

— Ele não devia ter feito isso. Sua missão era levar o rei à emboscada. Esperei no desfiladeiro com minhas forças. Em vez disso, no último momento, um guardião alertou o rei sobre a armadilha. Uthar parou. Não entrou na passagem. Dakon sabia que não o alcançaríamos e tomou uma decisão corajosa e heroica por todos nós; uma decisão que lhe custou a vida. Decidiu matar o rei antes que ele escapasse. Infelizmente, seu pai não sobreviveu...

— Eu não acredito em nada disso! Por que meu pai faria algo assim?

Darthor virou-se para ele.

— Porque Dakon era meu querido esposo.

A mente de Lasgol explodiu em mil pedaços, como se uma pedra tivesse sido atirada em um espelho.

— Lasgol, eu sou sua mãe — anunciou Darthor, tirando o elmo.

O rosto de uma linda mulher de meia-idade apareceu diante dele.

Ela tinha cabelos loiros com algumas mechas prateadas. Seus olhos verdes brilhavam com felicidade contida. A mulher sorriu para ele.

O garoto deu dois passos para trás.

— Não pode ser! Não! Não!

— Eu sei que é demais para aceitar. Um dia você entenderá tudo. Por enquanto, preciso que entenda que Uthar é o inimigo que devemos derrotar, que seu pai e eu nos amávamos e lutamos contra ele.

Lasgol colocou as mãos nos ouvidos.

— Você está mentindo! Não quero ouvir mais nada! Me deixe em paz!

— Eu só quero proteger você. Você é meu filho.

— Não! Me deixe em paz!

Darthor recolocou o elmo, escondendo completamente o rosto.

Lasgol não queria acreditar em nada. Ele negava. Ele negava aquilo para si mesmo, para sua mente. Era impossível. Uma mentira, um truque. Não podia ser. Porém, uma coisa ele não podia negar por mais que tentasse: o rosto daquela mulher era o mesmo que ele vira na pintura do sótão. E isso significava que era ela. Mayra. Sua mãe.

— Não, não pode ser — murmurou, balançando a cabeça.

— Muladin — chamou Darthor.

— Sim, meu senhor.

— Você já sabe o que fazer. Providencie tudo.

— Será feito como deseja — disse ele, com uma reverência.

Darthor deu uma última olhada em Lasgol e entrou na caverna. O garoto balançava a cabeça em negação, como se estivesse tentando acordar de um pesadelo horrível. Muladin agarrou-o pelos ombros.

— Se você valoriza sua vida, não contará a ninguém o que descobriu, o que meu mestre e senhor compartilhou com você. Se fizer isso, morrerá, e não pelas nossas mãos. Entendeu?

Lasgol não respondeu, estava completamente atordoado, parecia ver e ouvir em dobro. Sua mente iria explodir.

— Diga-me que você entende, sua vida depende disso.

Lasgol reagiu.

— Sim, eu entendo.

— Muito bem. Agora relaxe. — Muladin sacou a espada enfeitada e começou a murmurar algumas palavras misteriosas.

Lasgol sabia o que viria a seguir. No entanto, não estava com medo. Ele viu o lampejo roxo de magia sendo invocado. O feitiço chegou à sua mente e ele começou a sentir um sono irresistível. Desta vez não lutou contra o feitiço, deixou o sono levá-lo embora.

Capítulo 31

Lasgol acordou em frente à passagem secreta que levava ao vale do acampamento. *Como eu cheguei aqui? Eles me deixaram sair? Por quê? Não entendo.* Confuso, entorpecido e muito cansado, ele se levantou. Balançou a cabeça e clareou um pouco a mente. Estava frio e ameaçava uma tempestade. Ele se aproximou da entrada secreta e ficou na frente dela, à vista. Abriu os braços. Estava desarmado. Sabia que havia pelo menos dois guardiões vigiando a entrada, embora não conseguisse diferenciá-los.

— De joelhos — exigiu uma voz em um sussurro.

Lasgol obedeceu. Um guardião apareceu de repente atrás dele e colocou a faca em seu pescoço.

— Aprendiz Lasgol retornando da missão de resgate ao Norte — disse ele, tentando evitar que sua voz tremesse.

Um segundo guardião apareceu nas grandes rochas que escondiam a passagem. Estava mirando um arco no peito de Lasgol, que não fez o menor movimento. Eles o examinaram e o revistaram.

— Está sozinho?

— Sim.

— Eles te seguiram?

— Acredito que não...

— Está bem. Passe. Informe Dolbarar imediatamente.

Lasgol deu um suspiro de alívio.

— Agora mesmo.

Começou a andar e entrou na passagem. Chegou ao acampamento e seu ânimo melhorou ao reconhecer o local familiar. Conforme as instruções, foi à Casa de Comando e solicitou uma audiência com Dolbarar.

Depois de ser conduzido para dentro, ele esperou na área comum em frente à lareira.

Dolbarar apareceu e, um momento depois, os quatro guardiões-maiores apareceram.

— Lasgol! Pensamos que tínhamos perdido você — cumprimentou Dolbarar, que se apressou para lhe dar um abraço sincero.

O garoto agradeceu calorosamente.

— Estou bem, senhor.

— Eles nos disseram que os Selvagens do Gelo capturaram você.

— Foi isso mesmo.

— É extraordinário! — exclamou Dolbarar, balançando a cabeça.

— O quê, senhor?

— Raramente alguém consegue escapar deles com vida.

— Ah…

— Onde você foi capturado? — perguntou Esben.

— Quem os lidera? — questionou Haakon.

— Quantos são? — indagou Ivana.

— Deixem o jovem respirar, ele deve ter passado por uma experiência horrível — disse Eyra, com empatia e um sorriso gentil.

— Eu gostaria… de saber… se meus companheiros foram salvos…

Dolbarar fez um gesto de desculpas.

— Quão pouca sensibilidade a minha. Sim, seus companheiros conseguiram fugir nos barcos e ficar em segurança. Você poderá vê-los assim que terminarmos.

Lasgol suspirou e uma enorme alegria o invadiu.

— Infelizmente Mark, Jaren e Tonk não sobreviveram… Realizamos o funeral há alguns dias. Em uma cerimônia solene, nós os enterramos simbolicamente no Carvalhal Sagrado, onde nasceram os Guardiões e onde descansam os valentes. Eles deram suas vidas por Norghana como os verdadeiros guardiões que ainda não eram. Era o mínimo que podíamos fazer para homenageá-los. Seu valor e coragem sempre nos acompanharão em nossas memórias. Todo o acampamento está muito afetado pelo que aconteceu. Nós também, especialmente eu. Eles eram minha responsabilidade...

Lasgol não sabia o que dizer.

— Os selvagens nos atacaram por causa do que aconteceu em suas aldeias, por causa dos massacres perpetrados pelos Garras de Ferro.

Quando ele terminou de falar, houve um silêncio quase sombrio.

— Tem certeza de que foram os Garras de Ferro? Eles são o regimento de punição do rei...

— Tenho.

— Essa é uma acusação muito séria — disse Haakon.

— Que eu posso provar, o oficial no comando confessou.

— Como assim? — questionou Eyra.

Lasgol contou a eles o que havia acontecido até seu encontro com Darthor. Ele omitiu deliberadamente essa parte, porque precisava de tempo para refletir sobre tudo o que havia ocorrido com ele e tirar suas conclusões. Não queria se precipitar. Muito provavelmente deveria contar a eles. No entanto, algo em seu interior lhe dizia para esperar. Errado ou não, decidiu manter essa parte em segredo. Sentiu dor ao fazer isso, pois os rostos expressavam grande preocupação, especialmente o de Dolbarar.

— Isso é algo muito sério — começou Dolbarar.

— Pode ser um engano, ele estava sob influência do feitiço do mago — disse Haakon.

— É verdade — concordou Esben.

— Vamos pensar bem — pediu Eyra. — Quem iria cometer tal atrocidade? Nem os guardiões, nem os selvagens... Por acaso existe um regimento norghano com péssima reputação na área. Em uma zona de guerra e isolada. Posso ser velha, mas não sou estúpida. Foram eles. Nove em cada dez vezes a resposta mais óbvia é a correta. A natureza nos ensina isso.

— Urgoson confessou que foi o rei quem ordenou o ataque — assegurou Lasgol.

— Isso é mais difícil de acreditar. O rei jamais agiria assim... — disse Ivana.

— É muito mais provável que eles tenham saído do controle... encontrando-se isolados e sozinhos no Norte... Já aconteceu antes na guerra... — disse Haakon.

— Eu me nego a acreditar que o nosso rei tenha ordenado que um ato tão vil fosse cometido — acrescentou Dolbarar, balançando a cabeça.

O garoto não queria forçar a questão. Afinal, também não estava totalmente convencido.

— Conte-nos o que aconteceu mais uma vez, por favor — pediu Dolbarar.

Lasgol contou, mais uma vez omitindo Darthor.

— Como você conseguiu escapar? — perguntou Haakon, erguendo uma sobrancelha.

— Não escapei.

— Como?

Esben estava confuso.

— Estou dizendo que não fugi, eles me soltaram.

— Surpreendente... muito surpreendente — respondeu Dolbarar, coçando a barba.

— Deve ser para nos confundir com informações falsas — alertou Haakon.

— Isso faria sentido... — aceitou Eyra.

— Não sei o motivo, mas me soltaram.

— Deixaram você sair com certas ideias na cabeça, que você está nos contando agora para nos confundir — disse Ivana.

O garoto deu de ombros.

— Temos muito em que pensar — disse Dolbarar. — Vá encontrar sua equipe enquanto conversamos.

Lasgol se virou e saiu pela porta. A última coisa que ouviu foi Dolbarar dizer:

— Um garoto muito especial, um acontecimento muito significativo e extremamente preocupante. Devemos chegar ao fundo deste assunto tão sério.

Ele não precisou ir para as cabanas. Quando Lasgol saiu, Ingrid, Nilsa, Gerd, Viggo e Egil o esperavam em frente à Casa de Comando.

— Lasgol! — gritou Nilsa a plenos pulmões.

Todos correram para abraçá-lo em meio a risadas e exclamações de alegria.

— Você está vivo! — exclamou Gerd, muito feliz, e ergueu-o no ar.

Lasgol riu, deixando escapar toda a tensão acumulada, e seus olhos umedeceram pelas demonstrações de carinho. Egil o agarrou pelo peito e não o soltou. Ingrid deu-lhe um grande abraço.

— Eu sabia que você sobreviveria!

— Ingrid! — exclamou Lasgol ao perceber que ela também havia retornado.

— O que aconteceu com você e Molak?

— Eles nos capturaram. O maldito feiticeiro noceano, acho que foi o mesmo que atacou Egil e você, com base na descrição que nos deu dele. Ele lançou um feitiço sobre nós. Não pudemos fazer nada. Fomos feitos prisioneiros dos Selvagens do Gelo durante dias. Não sei onde, em algum tipo de cidade no meio de uma grande floresta gelada. Eles não nos machucaram além de alguns golpes, principalmente na cabeça. Eu ainda sinto dor. O feiticeiro impediu o chefe da aldeia de nos matar. O estúpido queria nos fazer brigar com um urso-branco que eles tinham como animal de estimação. Você acredita nisso?

Lasgol assentiu várias vezes. Ele acreditava, em tudo isso e muito mais.

— Uma manhã, sem dizer uma palavra, colocaram a gente em um barco a vela rumo ao Sul. Não nos deram nenhuma explicação... Você sabe alguma coisa sobre isso?

Lasgol ia dizer que havia negociado com o feiticeiro, mas não era o momento. Até Viggo, que não era muito dado a essas coisas bregas, como ele chamava, deu um grande abraço e um tapinha nas costas dele.

— Cheguei a pensar que eu teria que ir resgatá-lo sozinho — disse ele em tom jocoso.

— Ainda bem que não foi necessário... pobres Selvagens do Gelo... — respondeu Lasgol, com humor, e os dois riram.

Egil não se expressou, embora seu rosto mostrasse que estava tomado pela emoção. Finalmente, disse:

— É fantástico — disse, finalmente, sem conseguir conter as lágrimas.

Todos riram. Lasgol o abraçou novamente.

— Vamos para a cabana, tenho muita coisa para contar e não posso fazer isso aqui.

— Vamos — disse Ingrid.

Ao entrarem pela porta, Camu gritou ao reconhecer Lasgol.

Ele deu três grandes saltos e se jogou em seu peito.

— Camu! Pequeno! — exclamou o garoto, muito feliz em vê-lo.

A criatura ficou em seu ombro, enrolou o rabo em seu pescoço, como se tivesse certeza de que não iria a lugar algum sem ele, e começou a lamber sua bochecha enquanto gritava de alegria.

— Esse bicho estava insuportável — reclamou Viggo. — Pulando sem parar e choramingando o tempo todo.

— Foi difícil para nós escondê-lo para que não o descobrissem — disse Ingrid.

— Inventamos a história de que o barulho é de um filhote de gambá que está escondido embaixo da cabana e temos pena de matá-lo — explicou Nilsa.

— Até agora funcionou — disse Ingrid —, mas foi por pouco.

— O coitado sentiu muita falta de você, Lasgol, e estava muito preocupado, assim como nós — confessou Egil.

— Obrigado a todos por cuidarem dele. E por se preocuparem comigo...

— Não tem que agradecer! — disse Gerd, e deu um tapinha amigável nas costas de Lasgol.

Como sempre, ele calculou mal a força e Lasgol recebeu um golpe tão forte que deu um passo à frente. Ele sorriu encantado.

Lasgol encheu Camu de carícias, que enlouquecia de alegria e choramingava sem parar. Então se lembrou do que Darthor lhe contara sobre a criatura. Isso o fez pensar se deveria ou não confiar a conversa aos colegas. A ameaça que lhe fizeram era clara: ele não deveria contar nada ou sua vida estaria em risco. Lasgol hesitou entre contar a versão que havia contado aos líderes do campo ou, pelo contrário, toda a verdade. Decidiu que seria melhor contar apenas a primeira parte, embora dentro dele uma vozinha sussurrasse que ele estava cometendo um erro.

Depois de responder às inúmeras perguntas dos companheiros, Lasgol caiu exausto. Deitou-se com Camu nos braços e sonhou. Infelizmente, não estava conseguindo dormir bem, seus sonhos se transformaram em pesadelos em que ninguém era quem dizia ser e, quando chegou o momento da verdade, pessoas em quem ele confiava o traíam e os inimigos acabavam se tornando amigos. Não descansou nada.

— Nada é o que parece... — murmurou, e finalmente adormeceu, exausto.

Capítulo 32

A ATIVIDADE NO ACAMPAMENTO TORNOU-SE FRENÉTICA. A GUERRA e o que aconteceu no Norte provocaram uma situação de alerta máximo. Dolbarar enviou os poucos guardiões restantes para vigiar a passagem secreta com ordens de selá-la caso o inimigo fosse avistado.

Os soldados em recuperação foram enviados rio abaixo em direção à cidade murada de Olstran, onde o rei tentava reagrupar as tropas. A instrução havia terminado com a Prova de Inverno e agora todos estavam ajudando nos quartéis de guerra, aguardando a cerimônia de Aceitação, embora não soubessem quando seria... ou se ocorreria.

Lasgol não parava de especular sobre o que havia acontecido com ele. Darthor era realmente sua mãe? Seu pai tinha agido por vontade própria? Isso era possível? Esses pensamentos o atormentavam dia e noite. Ele não conseguia se livrar deles, por mais que tentasse. Dizia a si mesmo que era tudo mentira, que estavam tentando confundi-lo. Sem dúvida, era um engano com algum propósito maligno que ele ainda não conseguia discernir, mas por dentro havia algo que lhe sussurrava que talvez aquilo não fosse completamente falso... E isso corroía sua alma.

Nesse meio-tempo, Dolbarar anunciou a suspensão da cerimônia de Aceitação de todos os cursos por tempo indefinido devido à escalada da guerra. O líder do acampamento queria que eles se concentrassem no perigo da guerra e ajudassem o máximo possível no esforço bélico.

Naquela noite, na cabana, Gerd e Viggo treinavam luta de urso. Estavam tentando derrubar um ao outro no meio do cômodo. Lasgol percebeu que eles estavam fazendo aquilo para entretê-lo e levantar seu ânimo após a experiência nas mãos dos Selvagens do Gelo. Continuaram fazendo inúmeras perguntas sobre o que havia acontecido com ele, embora Lasgol guardasse para si o que tinha ocorrido com Darthor.

Gerd era tão grande e forte que Viggo tinha dificuldade para derrotá-lo. No entanto, o outro não se dava por vencido.

— Eu ainda vou vencer, você vai ver.

Gerd negou com a cabeça.

— Duvido muito — disse ele, e ficou de pé, tornando inúteis todos os esforços de Viggo para desestabilizá-lo.

— Nem pense em me deixar vencer.

— Não se preocupe, isso nem me passaria pela cabeça.

O garoto os observava do beliche, onde brincava com Camu. Estava tentando ensiná-lo a contar com uma mão. A criatura se divertia muito vendo Lasgol mostrar vários dedos de cada vez e aguardar uma resposta.

— Um dedo, um gritinho.

Camu gritou três vezes.

— Não, não, um dedo, um grito.

Camu pulou no peito de Lasgol e gritou duas vezes, abanando o rabo de alegria.

Lasgol sacudiu a cabeça e bufou. Nunca iria conseguir! Foi ideia de Egil tentar ensinar coisas básicas à criatura para testar sua capacidade de assimilação e seu nível de inteligência.

O garoto estava começando a perceber que Camu assimilava tudo o que desejava e era muito inteligente para o que queria. Ele deixou a criatura em paz e desceu do beliche para ver o que Egil estava fazendo. Com uma lupa que obteve de Eyra, ele estudava a estranha joia que Lasgol havia descoberto escondida na lareira da sala proibida no porão da biblioteca. Ele a havia analisado e escrito longas frases em seu caderno. Egil tinha o hábito de estudar e anotar suas descobertas todas as noites antes de ir para a cama, exceto naquelas em que estava muito cansado e caía exausto, vestido, para acordar na madrugada seguinte com o travesseiro inteiro coberto de baba.

— Descobriu algo interessante? — perguntou Lasgol.

— Todo esse tempo que você não esteve aqui me dediquei a estudar esta joia. É muito fascinante.

Lasgol a observou. Era redonda e achatada, parecendo um diamante translúcido do tamanho de uma moeda de ouro. Estava embutida em um anel de ouro.

— Não consigo fazer com que reaja com nada. Tentei os quatro elementos primários, fogo, água, ar e terra, mas nada. Também já experimentei com outros elementos, como prata, ferro, ácido... Nada...

— Talvez reaja apenas à magia. Acho que faz sentido que seja assim.

— Pode ser. De qualquer forma, escolho continuar até fazê-la reagir. Preciso descobrir qual é a sua função. Para que foi criada. Não é para decoração, isso é certo. Não é uma pedra preciosa, é algo completamente diferente e que me intriga cada dia mais. Eu estava no laboratório de Eyra e ela me permitiu estudar vários de seus compostos.

— Você mostrou a joia para ela? — perguntou Lasgol, preocupado.

— Óbvio que não. Qual seria a vantagem de tal curso de ação?

— Ahn?

— Teria sido contraproducente. Teria sido confiscada. Ela me permitiu acesso a vários compostos e então, quando não estava olhando, eu me apropriava de vários outros para experimentar... mas sem sucesso.

— Ah! Tudo bem. É que às vezes você fala de maneira muito estranha.

Lasgol sorriu.

Egil olhou para ele como se não soubesse a que o amigo se referia.

— Os instrutores não entendem a necessidade de experimentar e aprender por iniciativa própria que alguns de nós, alguns com a mente desperta, temos.

— Talvez seja porque é perigoso experimentar compostos e joias possivelmente mágicas?

— É verdade, meu querido amigo. Deixe-me salientar que esse comentário é mais próprio de Viggo.

— Passamos tanto tempo juntos que tudo gruda... até o sarcasmo! — disse Lasgol, olhando para Viggo, que com todo o seu ser tentava desestabilizar Gerd sem conseguir movê-lo nem um pouco.

Egil sorriu.

— É natural.

— Tenha cuidado com seus estudos e experimentos, para não sofrermos algum perigo.

— Eu tenho, não se preocupe — respondeu Egil, e deixou a joia na pilha de livros ao lado de seu baú.

Havia cada vez mais livros empilhados ali.

— Daqui a pouco não vão deixar você entrar na biblioteca se não devolver um — disse Lasgol, apontando para a pilha.

— Meu apetite por conhecimento é voraz além do entendimento.

Lasgol olhou para Egil com os olhos arregalados.

— É um jogo de palavras?

Egil sorriu.

— Muito bem. É.

Naquele momento um gemido foi ouvido. Lasgol e Egil viraram a cabeça para Gerd.

— Não vale chutar a canela!

— Quem disse que não?

Viggo chutou Gerd uma segunda vez na outra canela. O grandalhão uivou de dor e reagiu empurrando o outro com todas as forças. Foi atirado contra a parede oposta à extremidade da cabana e atingiu exatamente onde um chifre de rena que servia para pendurar as capas havia sido pregado. Houve um grande estrondo e os chifres voaram. Viggo caiu no chão com um grito de dor. Os chifres atingiram o pobre Camu, que brincava de encurralar uma aranha em um canto. A criatura soltou um grito estridente.

Lasgol se assustou.

— Camu!

O bichinho instantaneamente se camuflou e desapareceu.

— Ai... — disse Viggo, sem conseguir se levantar.

— Foi sem querer! Um reflexo! — desculpou-se Gerd, indo ajudar Viggo.

— Lasgol, olhe — disse Egil, apontando para o chão.

Ele olhou para onde Egil havia indicado. Percebeu algumas pequenas manchas na madeira. Agachou-se para observar e as tocou. Estavam molhadas. Era sangue. Escuro.

— É sangue! Camu está ferido!

— Deve ter se cortado com os chifres — deduziu Egil.

— Sinto muito! Eu não controlo minha própria força! — exclamou Gerd.

— Camu! Fique visível — implorou Lasgol.

Mas a criatura não obedeceu. Eles viram as manchas de sangue se aproximando do baú e dos livros de Egil.

— Use seu dom — disse Egil a Lasgol. — Você tem que ver o quanto ele está ferido.

Lasgol assentiu. Ele se concentrou. Invocou o dom e usou a habilidade de se comunicar com animais e criaturas. *Camu, fique quieto e visível*. A criatura obedeceu. Apareceu no topo da pilha de livros de Egil. Estava enrolada como uma bola. Lasgol correu para perto dela.

— Você está bem, pequeno? — disse, e o pegou no colo.

Ao fazer isso, várias gotas de sangue caíram nos livros de Egil e na joia. Camu começou a chorar, emitindo longos gemidos que partiam o coração do garoto.

— Machucou muito? — perguntou Gerd, muito preocupado ao ouvir Camu chorando.

— Estou… Bem… Obrigado… — respondeu Viggo, com a mão na cabeça.

Mas ninguém prestou atenção nele.

Lasgol e Egil examinaram a criatura. Tinha um corte na perna direita dianteira, de onde escorria sangue escuro e um tanto viscoso.

— É apenas um corte — disse Lasgol, aliviado.

— Não é sério — confirmou Egil.

Lasgol acariciou Camu, que chorava.

— Eu sei, dói. Mas é só um corte pequenino, não se preocupe.

Gerd ofereceu um curativo e Lasgol o estava amarrando na pata de Camu quando de repente houve um brilho dourado. Todos olharam para a criatura, mas não era ela. Era a joia!

Egil imediatamente se abaixou para inspecioná-la.

— Foi ativada!

— Ah, ah! — exclamou Gerd, que saiu correndo da cabana sem olhar para trás.

Viggo o seguiu imediatamente, segurando as costelas com uma das mãos. Lasgol afastou-se, levando Camu consigo.

— Tenha cuidado — disse ele a Egil.

Egil assentiu e se concentrou em observar o que estava acontecendo com a joia, que começou a soltar um brilho dourado.

— Definitivamente foi ativada.

— Como? — perguntou Lasgol, que já havia enfaixado Camu e estava com ele nos braços.

Egil aproximou-se da joia, que estava na pilha de livros, mas não a pegou nas mãos, por precaução.

— Interessante... muito revelador...

— O quê?

— A joia está manchada.

— Manchada? Como? De quê?

Egil apontou o dedo indicador para Camu. Lasgol entendeu.

— O sangue!

— Exato. Ele a ativou. Eu posso ver onde duas gotas caíram na superfície da joia.

— Incrível.

— Fascinante, na verdade. E corrobora minha teoria de ativação com algum composto.

— E a minha. O sangue de Camu tem magia, tenho quase certeza.

— Hum... Isso também pode ser, sim... Ambas as teorias são aceitáveis — refletiu Egil, assentindo.

— Não toque nela, não sabemos o que faz; pode ser perigoso.

— Acho que estou começando a entender a função dessa joia.

— Como?

— Estou vendo o que ela faz.

Lasgol se aproximou para observar, muito intrigado e também um tanto temeroso.

— Não vejo nada, ela está encostada nos seus livros, mas não faz nada além de emitir aquele brilho dourado.

— Olhe melhor. Em que livro está?

Lasgol se aproximou e tentou ler o título do exemplar. Não conseguia, as letras dançavam.

— Que diabos?!

— Fascinante, não?

— Não estou entendendo nada.

Egil sorriu.

— O livro em que está apoiada é o livro que seu pai tinha: *Compêndio da história norghana*.

Lasgol piscou várias vezes e tentou ler o título. Não conseguiu.

— Tem certeza? Não consigo ler o título por algum motivo estranho.

— Tenho certeza. O fascinante é que o livro reage à joia. O título mudou. Ou, para ser mais preciso, e se o que acredito for verdade, a joia está nos revelando o verdadeiro título do livro.

— Você quer dizer… que o livro está enfeitiçado?

— Encantado, para protegê-lo. Ele finge ser o que não é. Deixe eu ver se estou certo.

— Tenha muito cuidado.

Egil foi até o baú e voltou com as luvas de couro. Com elas colocadas, segurou a joia na mão direita com cuidado. Nada. Ele passou a joia por cima do título do livro: *Compêndio da história norghana*. De repente, as letras dançaram e um novo título foi revelado diante de seus olhos. *Criaturas drakonianas*.

— Uau… — exclamou Lasgol, boquiaberto.

Egil abriu o livro e começou a ler. Era o mesmo texto de antes.

Ele pegou a joia e virou a primeira página, ao fazê-lo, todas as letras dançaram e o texto real começou a se revelar.

Criaturas Drakonianas, parentes distantes dos extintos dragões…

— A joia decifra e revela o verdadeiro texto do livro. É absolutamente fascinante.

— Está tudo bem? — perguntou uma voz feminina da porta.

Eles se viraram e viram a cabeça de Ingrid aparecendo.

— Sim, fique tranquila — respondeu Egil.

— Certeza? Se precisarem de mim, eu entro.

— Não precisa. Certeza — respondeu Lasgol.

— Muito bem. Estamos ali fora. Avisem se algo der errado.

— Obrigado, Ingrid.

Lasgol olhou para Egil.

— Você quer dizer que a joia serve para ler livros encantados?

— Acredito que sim. Livros cujo conteúdo foi ocultado.

— E por que meu pai teria aquele livro?

— Teremos que descobrir isso. E a resposta pode muito bem estar no próprio volume. Em seu conteúdo.

— Você vai estudar esse livro?

— É claro!

— Não sei se deveríamos... Quanto mais mexemos, mais perigos encontramos...

— Alguém se esforçou muito para esconder o conteúdo desta edição. Devemos descobrir o porquê.

— Devemos?

— Vamos, Lasgol. Não podemos perder esta descoberta, é fascinante demais.

Lasgol sabia que não haveria como convencer Egil: toda vez que o amigo usava a palavra "fascinante", não havia como fazê-lo mudar de ideia. Voltou a ter um mau pressentimento e um arrepio percorreu sua espinha.

Camu soltou um grito, como se também tivesse sentido. *Não deveríamos investigar mais este assunto. Vamos ter problemas.* Mas Egil já estava na cama examinando os volumes com a joia ativada. Lasgol bufou e desistiu. Eles enfrentariam o que quer que viesse.

Capítulo 33

Ingrid, Viggo, Lasgol e Gerd voltavam depois de carregar malas com suprimentos que tinham como destino a frente de batalha. No caminho, passaram por Molak e as gêmeas Margot e Mirian. Lasgol compartilhava da dor deles. Pararam para cumprimentá-los.

— Oi — cumprimentou, sem saber o que dizer.

Eles o cumprimentaram com um aceno de cabeça.

— Como… estão…?

— Bem, considerando… — respondeu Molak.

As gêmeas baixaram a cabeça. Pareciam um pouco envergonhadas. Ingrid disse a Lasgol que elas se culpavam pelo que havia acontecido com Mark, Jaren e Tonk. Esben garantiu que tinham feito a coisa certa e até as parabenizou. Mesmo assim, não se perdoavam.

— Sinto muito… — disse Lasgol.

— Não é culpa sua, não é culpa de ninguém. Isso é a guerra — respondeu Molak.

Lasgol assentiu tristemente.

— Ingrid me disse que devemos a você a nossa liberdade.

— A oportunidade se apresentou para mim e eu aproveitei…

— Bem, deixe-me agradecer, não pensei que sairíamos de lá em uma posição tão boa.

— Nem eu — confessou Ingrid.

— Você teria feito o mesmo.

Molak assentiu.

— Hoje é dia de suprimentos, certo?

— Sim, já castigamos as costas por um bom tempo — reclamou Viggo.

— Nós vamos caçar nas florestas do Leste a pedido de Esben. Um exército precisa de carne fresca.

— Com a sua mira, eles terão muitos cervos — disse Lasgol, com um sorriso.

Molak riu.

— Esperemos que o vento não nos denuncie — disse ele, olhando para o céu tempestuoso.

— Vocês se importam se eu os acompanhar? — perguntou Ingrid.

Molak olhou para as gêmeas e elas concordaram.

— Claro, uma boa atiradora como você será ótimo para nós.

— Tudo bem, vou pegar o arco e a aljava — disse Ingrid, e saiu correndo.

Depois de se despedirem de Molak e das gêmeas, eles seguiram em direção à cabana.

— Me dói vê-los assim — confessou Gerd honestamente. — Perder metade da equipe daquele jeito...

— Bem, parece que eles têm um novo membro — disse Viggo, muito irritado.

Lasgol olhou para ele, confuso.

— Você está dizendo isso por causa de Ingrid?

— Sim, claro. Por causa de quem mais eu diria isso?

— Bem... É natural... Ela e Molak compartilharam uma experiência muito difícil...

— Sim, sim, e agora andam de mãos dadas por toda parte, como dois namorados.

— Isso o incomoda? — perguntou Gerd, com um sorriso travesso, pois já havia adivinhado o que estava acontecendo.

— Não me incomoda, ela pode fazer o que quiser.

— Mas se você nem gosta de Ingrid... — disse Gerd.

— Claro que não gosto dela, ela é supermandona!

— Bom, é por isso...

— Bom, é isso, não há mais o que falar!

Gerd olhou para Lasgol e fez uma careta cômica. O garoto retribuiu. Sem dúvida, Viggo estava morrendo de ciúme.

À tarde, na cabana, Egil explicou suas descobertas ao amigo. Gerd e Viggo ouviram, o primeiro com medo e o segundo ainda chateado.

— É fascinante. Acontece que o *Compêndio da história norghana* é na verdade *Criaturas drakonianas*. E *Tratado de herbologia* é *Metamórficos e suas transformações*.

— Faz mais sentido... — concordou Lasgol. — Embora eu ainda não entenda o que meu pai estava fazendo com um livro secreto sobre metamórficos e outro sobre drakos. Estou perplexo.

— Tenho estudado incansavelmente. São textos de difícil leitura e muito complexos — continuou Egil. — Vão além de um compêndio de conhecimento. Ainda tenho muito para assimilar e decifrar. No entanto, obtive algumas informações muito interessantes sobre os metamórficos e seus dons, bem como sobre criaturas categorizadas como relacionadas aos drakos. Embora eu ainda precise analisar os livros com muito mais cuidado para entender o assunto.

— E o que você descobriu até agora?

— Antes de tirar conclusões precipitadas, permita-me explicar...

— Claro — disse Lasgol, com um sorriso.

Ele sabia que Egil estava morrendo de vontade de explicar o que havia descoberto.

— Achei o *Metamórficos e suas transformações* fascinante. Realmente fascinante. Metamórficos são pessoas com dons, como você, Lasgol. O que há de peculiar nelas é que a capacidade que desenvolvem por meio do dom é a de se transformar em outras pessoas. Quanto maior o dom, mais poderosa será a transformação, tanto em semelhança como em duração. Os mais poderosos são capazes de se transfigurar em pessoa de forma praticamente idêntica. Ninguém consegue discernir a diferença, nem mesmo a sua própria família. O marido não conseguiria diferenciar a esposa e vice-versa. Aparência, voz... tudo é idêntico. A única coisa que varia é o comportamento, mas eles podem até assimilá-lo em grande medida, pelo menos os mais poderosos.

— Um marido não perceberia que sua esposa é um metamórfico? — perguntou Viggo, com um sorriso malicioso.

— Não se o metamórfico for poderoso.

Viggo ia fazer um comentário, mas Gerd cobriu a boca dele com a mão enorme.

Lasgol negou com a cabeça.

— O que são? Feiticeiros?

— Não exatamente… são algo diferente, uma categoria própria: metamórficos. Eles não podem lançar feitiços, ou usar magia de sangue ou maldição como os feiticeiros noceanos. Nem elemento mágico, como os magos rogdanos. Todo o seu dom é especializado em ser um metamórfico, e é por isso que são tão difíceis de detectar. Aos olhos de todos, são idênticos à pessoa que personificam.

— Eles se especializam, como nossos magos do gelo.

— Certo, e, ao se especializarem, tornam-se muito poderosos.

— Entendo.

— Para manter a transformação, eles utilizam a energia interna que o dom lhes proporcionou.

— Como eu quando uso meu dom e invoco alguma habilidade.

— Isso.

— Mas minha reserva de energia é pequena, ela se esvazia depois de usar algumas habilidades. Então, não posso invocar mais nenhuma habilidade e tenho que dormir para reabastecê-la. Como um metamórfico se sai quando seu poço é consumido para manter a transformação? Ou ele perde o controle e volta à forma normal?

— Ótima observação — disse Egil, aplaudindo com entusiasmo. — Os metamórficos mais poderosos bebem o sangue das vítimas para prolongar a transformação e não ter que consumir tanta energia interior para mantê-la.

Lasgol jogou a cabeça para trás.

— De verdade?

— Isso parece genial — zombou Viggo, sorrindo.

— É horrível — contradisse-o Gerd, erguendo os braços em direção ao teto.

— Eles devem ter descoberto alguma maneira de usar o sangue em vez de a energia interna. Portanto, quando suas reservas de energia estão baixas, eles bebem o sangue da vítima e mantêm a transformação. Não é fascinante?

— É horrível — respondeu Lasgol.

— Sim, isso também. Um horror fascinante.

— Acho encantador — disse Viggo, com uma careta brincalhona.

— E do outro livro, *Criaturas drakonianas*, o que deduziu?

— Também é muito interessante. Estas são espécies remotamente aparentadas com os extintos dragões, e também estão extintas. São animais menores que seus primos mais velhos, mas não menos fascinantes.

— Por quê?

— Pelas características e pelas competências que demonstram. Todos nós já ouvimos as lendas de como os dragões vieram do Leste e devastaram Trêmia, de como eles eram poderosos, capazes de voar, com seus sopros de fogo e gelo, suas escamas impenetráveis às nossas armas. Monstros de destruição que devastaram Trêmia há milhares de anos.

— Mas eles desapareceram.

— Sim, ninguém sabe por quê. Da mesma forma que um dia chegaram de surpresa, desapareceram. Os estudiosos acreditam que foram extintos, pois nunca mais se ouviu falar deles. Na minha opinião, isso é muita suposição...

— O que você acha?

— Que vieram em busca de alguma coisa. Eles não encontraram o que procuravam e foram embora. Ou talvez tenham encontrado e ido embora. Quem sabe? Mas não creio que tenham sido extintos.

Lasgol assentiu pensativamente.

— Esse Egil está cheio de boas notícias — comentou Viggo.

— Os dragões estão voltando? — perguntou Gerd totalmente assustado.

— Não, fique tranquilo. Não se preocupe — tranquilizou-o Lasgol, embora ele próprio tenha se feito a mesma pergunta.

— Quanto aos primos mais novos... — continuou Egil. — Ainda há evidências deles. De alguns. E o mais surpreendente são as capacidades e competências que desenvolveram. Nos desertos do Império Noceano, onde o sol é o mais quente de toda Trêmia, vivem drakos chamados de "dragões do deserto" que são capazes de absorver o calor solar através de suas escamas. São de cor avermelhada e lembram grandes lagartos, mas têm dentes predadores muito afiados. Sua mordida pode facilmente arrancar o membro de uma pessoa. Em momentos de perigo são capazes de gerar uma onda de calor que queima tudo ao redor. É um mecanismo de defesa.

— Sai para lá com esses insetos! — exclamou Viggo, impressionado.

— Sim, e ainda não estão extintos. No espectro oposto, existem drakos nas ilhas congeladas ao Norte do nosso reino que suportam temperaturas tão baixas que nenhum animal consegue sobreviver lá. São brancos, com escamas azuladas no dorso, do tamanho de um crocodilo e com fisionomia semelhante. Sua habilidade é congelar a presa com o hálito gelado.

— Como dragões de gelo?

— Exatamente, mas muito menos poderosos. E há outros... alguns capazes de transformar em pedra o que mordem ou simplesmente ficar translúcidos para desaparecer em lagos e lagoas.

— Realmente extraordinário — comentou Lasgol.

— Eu acho. Como eu gostei de me aprofundar em tudo isso! E tem tanta coisa mais que não sei... tenho que continuar estudando.

— Aposto meu jantar que seu bicho é um daqueles drakos estranhos — disse Viggo.

— Não chame ele de bicho, o nome dele é Camu.

Gerd se irritou.

— Que diferença faz, se você tem medo de pegá-lo?

— É que ele tem magia!

— Sim, e daí?

— Por isso...

Egil interrompeu Viggo e Gerd:

— Há uma clara possibilidade de que seja esse o caso. Todas as pistas apontam nessa direção. A fisionomia dele... — disse, apontando para Camu.

Vendo que Egil estava apontando para ele, Camu pensou que queria brincar e subiu em seu braço para envolvê-lo com a cauda e balançar de cabeça para baixo, emitindo gritos de alegria.

— Ele não é muito inteligente, claro — comentou Viggo.

— Ei...! — protestou Lasgol, defendendo a criatura.

Egil os ignorou e continuou com a explicação:

— Mas com as habilidades que ele manifestou... não posso dizer de forma conclusiva. Ainda não. Preciso de mais informações.

— Se o pai de Lasgol tinha o livro, como você nos contou, isso deveria ser uma pista, certo? — apontou Gerd.

— Verdade... — raciocinou Egil.

— Ele tinha os dois livros, aquele sobre os metamórficos também — disse Viggo. — Por que queria um livro sobre bichos estranhos e outro sobre metamórficos? Isso não faz o menor sentido.

— É o que eu acho... — respondeu Lasgol, desanimado.

— Só porque não vemos a relação não significa que ela não exista — disse Egil. — É uma questão de descobrir qual é.

Eles continuaram conversando por um longo tempo até ficarem exaustos. Lasgol, porém, não conseguiu adormecer. O que havia acontecido com Darthor não lhe permitia dormir. Pesadelos o assombravam. Ele saiu da cabana para respirar o ar frio do inverno e arejar a cabeça. Camu subiu em seu ombro e lambeu sua bochecha.

— Obrigado, pequeno. Você é fantástico.

E, naquele momento, lembrou-se de que tinha sido Darthor quem o havia enviado para ele. Por quê? Para quê? *Não posso acreditar no que ele me disse. Isso desafia tudo em que acreditei até agora. Não pode ser. Não. Ela, Darthor, não pode ser minha mãe. Não.* E, ainda assim, algo dentro dele, um sentimento muito forte, lhe dizia que era verdade. Ele sacudiu a cabeça. *Não posso resolver isto assim. Já sei o que tenho que fazer.*

Capítulo 34

Ao amanhecer, Lasgol acordou todos os companheiros e reuniu-os na cabana. Ele os fez sentar ao seu redor.

— O que está acontecendo, Lasgol? Está tudo bem? — perguntou Ingrid, preocupada com aquele comportamento estranho.

— Não é um pouco cedo para nos reunirmos? — disse Nilsa, achando aquilo estranho enquanto bocejava.

— Nem me fale, minha cabeça ainda está dormindo — reclamou Viggo.

— Sua cabeça... — começou Ingrid, mas Lasgol a interrompeu.

— Eu preciso falar com vocês...

— Você sabe que pode contar conosco para qualquer coisa, nós somos os Panteras das Neves — disse Ingrid.

— Somos colegas. Mais do que isso, amigos — disse Egil a ele, balançando a cabeça.

— Justamente por isso... prometi que não haveria mais segredos entre nós — respondeu Lasgol, com o olhar fixo em Egil.

— O que está acontecendo? Diga, enfrentaremos juntos — garantiu Ingrid.

— Está bem. É algo muito importante, algo perigoso, que mudará a vida de vocês. Não sei se deveria... tenho dúvidas porque não quero arrastar vocês para os meus problemas...

— Estamos todos juntos nisso, seus problemas também são nossos — disse Egil.

— Ei! E os meus problemas? — disse Viggo.

— Seus problemas não importam para ninguém — respondeu Ingrid.

— Vamos, Lasgol, conte. É o melhor, realmente — garantiu Nilsa.

— Ao fazer isso, quebro uma promessa e coloco minha vida em perigo. E se a minha vida estiver em perigo e vocês me defenderem, a de vocês também estará. Isso é o que mais me preocupa.

— Não se preocupe conosco — garantiu Gerd.

— Tenho pensado muito nisso, e vou fazer. Enfrentarei as consequências, espero que não voltem para vocês.

— Nós estamos escutando — encorajou-o Egil.

Lasgol respirou fundo. Deixou sair todo o ar dos pulmões e, com ele, seus medos. Contou tudo o que tinha acontecido com Darthor sem omitir nenhum detalhe. Quando terminou de falar houve um profundo silêncio na cabana. Todos olharam para Lasgol de boca aberta, tentando raciocinar e assimilar o que aquilo implicava.

— Mas… Mas… Não pode ser… — sussurrou Ingrid.

— Eu não acredito em nada! Nada de nada! — exclamou Viggo, balançando a cabeça.

— Deve ser um truque… por algum motivo — assegurou Gerd.

— Seu pai foi dominado e aquela mulher, Darthor ou quem quer que seja, não é sua mãe — afirmou Nilsa. — Claro que não!

— O rei não pode ser como dizem que é — disse Ingrid, incapaz de aceitar aquilo. — Uthar é um bom rei, nobre, honrado. Não posso acreditar no contrário. Muito menos vindo da boca do inimigo, um mago corrupto que lidera um exército de selvagens e bestas do gelo.

Lasgol ouvia a opinião de todos, tentando colocar a cabeça em ordem.

— Eu acredito — disse Egil, balançando a cabeça.

Houve silêncio. Todos olharam para o pequeno estudioso.

— O quê? Como? — perguntou Ingrid, confusa.

— Você perdeu a cabeça de tanto ler aqueles livros complicados! — exclamou Viggo.

Gerd negava com a cabeça.

— O feiticeiro lançou um feitiço em Lasgol e o fez ver o rosto de uma mulher vagamente semelhante ao da mãe, em vez do de Darthor. É uma farsa. A história toda é um estratagema para nos colocar contra o rei. Como Uthar seria o inimigo?

— Vamos, Egil, como Darthor seria a mãe dele? — confrontou Nilsa. — Isso não faz sentido!

— É por isso que é a verdade, porque é tão implausível que tem que ser verdade.

Ingrid balançou a cabeça.

— Não pode ser verdade, não posso acreditar sem alguma prova incontestável. Não levantarei um dedo contra o nosso rei sem provas convincentes.

— Seja como for, devemos proteger Lasgol — garantiu Egil. — Ele nos confiou algo que coloca sua vida em risco. Isso é inequívoco.

— Nós o protegeremos — garantiu Ingrid, com o punho cerrado.

— Claro que vamos protegê-lo — disse Nilsa.

— De quem? — perguntou Viggo.

— De Darthor — disse Gerd.

— E do rei — acrescentou Egil.

Lasgol sentiu tanta gratidão que um nó se formou em sua garganta.

— Todos concordam? Deixem-me ver suas armas — disse Ingrid.

Todos desembainharam o machado e a faca de guardião e os cruzaram na frente do rosto. Lasgol os imitou.

— Tenho sua palavra? Protegeremos Lasgol de Darthor… ou do rei? — disse Egil.

— Você tem, nós faremos isso — disseram em uníssono.

Eles baixaram as armas após o juramento. Lasgol estava animado.

— Você fez bem em confiar em nós — disse Egil a ele.

— Sem… mais… segredos — gaguejou Lasgol.

— Sem mais segredos — concordou Egil.

— Por que você acha que eles me soltaram?

— É isso que estou me perguntando. Deve haver um motivo e deve estar relacionado ao nosso amiguinho. — Egil apontou para Camu, que estava pendurado de cabeça para baixo no teto.

— Você acha?

— Ela o mandou para você... deve ser por um motivo importante.

— Mas, ainda assim, não entendo. Por que me deixaram voltar ao acampamento se Uthar pretende me matar?

— Porque, enquanto você estiver aqui, Uthar não suspeitará de nada. Além disso, se você ficasse com eles, estaria no meio da guerra e correria muitos riscos. Aqui você está longe da frente de batalha, é mais seguro. Faz todo o sentido. Se você esconder o que é mais importante no lugar mais visível, eles não o encontrarão.

Lasgol pensou no que o amigo tinha dito. Fazia algum sentido. Ali, ele estava protegido e fora do alcance da guerra.

— Como gosto deste lugar! A cada dia que passa, uma nova bagunça! — reclamou Viggo.

— Não reclame tanto — disse Nilsa. — Senão, você vai ficar entediado.

— Não sei se você percebeu que fizemos inimigos de uma ou talvez das duas personalidades mais poderosas e dos maiores exércitos do Norte do continente...

Nilsa pensou por um momento.

— Você tem razão... este lugar é um problema atrás do outro. — Ela aceitou com cara de resignação enquanto balançava a cabeça.

— Não preste atenção neles — disse Egil a Lasgol.

Eles passaram o dia trabalhando com os suprimentos. Na mente de todos estava o que Lasgol havia contado e o conflito que aquilo tinha gerado. Durante o jantar no refeitório quase não se falaram. Lasgol viu Astrid na mesa ao lado. Ela olhou para ele e, por um momento, pareceu que ia se dirigir a ele, mas desviou o olhar, o que magoou o garoto. Não haviam se falado desde o seu retorno.

De volta à cabana, estavam se preparando para ir para a cama quando a porta se abriu de repente. Lasgol, Viggo, Gerd e Egil se viraram assustados.

O general Ulsen entrou. Dois soldados e os guardiões Ivana e Haakon o seguiam. Todos olharam para eles, surpresos.

O general Ulsen ficou no meio da cabine e tirou um pergaminho com o selo real.

— Quem é Egil, terceiro filho do duque Olafstone?

Egil deu um passo à frente.

— Eu, general.

Ulsen entregou-lhe o pergaminho para ler. Egil o desenrolou. Seus companheiros olharam disfarçadamente.

> Por ordem de sua majestade, o Rei Uthar Haugen de Norghana, os filhos dos duques e condes da Liga Ocidental devem render-se imediatamente. Eles serão presos como reféns de guerra até que seus pais jurem lealdade a mim, Uthar, rei de Norghana, e se juntem à causa para derrotar Darthor e suas forças. Se os duques e condes recusarem, seus filhos serão enforcados dentro de exatamente sete dias.

Egil terminou de ler a ordem real e abaixou a cabeça. Todos ficaram chocados.

— Egil... — gaguejou Lasgol, que sabia que tinham ido prendê-lo.

— Prendam-no! — ordenou Ulsen, apontando para Egil.

Os dois soldados agarraram os braços de Egil.

— Espere, não podem levá-lo! — gritou Lasgol.

Viggo e Gerd seguraram os dois soldados.

— Guardiões! — disse Ivana, com um tom gélido.

Todos olharam para ela.

— É uma ordem real. Refutá-la é alta traição — esclareceu a guardiã-maior.

— Mas não é justo, ele é um guardião leal ao rei.

— E é por isso que ele não resistirá, e nem você, porque essas são as ordens do rei — lembrou Haakon em um tom que não deixava espaço para discussão.

Lasgol e os colegas trocaram olhares. Não queriam deixar Egil ir.

— Pela última vez — disse Ulsen. — Você vai se entregar ou teremos que usar a força? — Ele colocou a mão no punho da espada.

— Não, não será necessário — respondeu Egil. — Entrego-me. Vou obedecer à ordem. E eles também — disse, olhando para os colegas para que não resistissem.

— Tem certeza? — perguntou Lasgol.

— Sim. É o jogo da política e da guerra.

Egil acenou para os amigos soltarem os soldados.

Viggo e Gerd os soltaram.

— Para onde estão levando ele? — perguntou Lasgol.

— Para as masmorras, sob a Casa de Comando — anunciou Ivana.

— Vai ficar tudo bem — assegurou-lhe Haakon.

— Andando — ordenou Ulsen.

Eles aprisionaram Egil naquela noite e com ele os outros filhos de duques e condes que estavam no acampamento.

Quando Ingrid descobriu o que havia acontecido, ficou tão furiosa que três deles tiveram que a segurar para que ela não arrombasse a porta da grande casa e resgatasse Egil.

Os Panteras se aproximaram da Casa de Comando e, cada um com uma lâmpada na mão, começaram a cantar a Ode aos Bravos para que Egil soubesse que os companheiros estavam com ele. Então, algo estranho aconteceu. Os Corujas chegaram com lamparinas e juntaram-se à cantoria; depois os Lobos, os Javalis, os Raposas, os Falcões. Todas as equipes estavam chegando. Todos se sentaram em frente à grande casa e cantaram, cantaram com todo o seu ser para encorajar os seus companheiros na prisão e para protestar contra aquela verdadeira injustiça.

Capítulo 35

—L ASGOL! — CHAMOU UMA VOZ FEMININA.

O garoto se virou e viu uma garota correndo. Seus longos cabelos loiros balançavam enquanto ela se movia. Seu rosto era muito bonito. Enfeitiçava.

Era Valéria.

— Olá, Val — cumprimentou ele.

— É horrível o que eles fizeram com Egil e os outros — disse ela.

— Sim, é — afirmou Lasgol, com o coração pesado.

— Podemos fazer alguma coisa?

O garoto balançou a cabeça:

— É uma ordem real, não podemos fazer nada. Falei com Dolbarar, implorei, mas as mãos dele estão atadas. É uma ordem direta do rei. Eu sei que isso o desagrada, e muito. No entanto, ele não desobedecerá a Uthar. Também falei com os guardiões-maiores e o resultado foi o mesmo. É uma ordem real. Quer gostem ou não, devem cumpri-la.

— Não é justo.

— São tempos de guerra, e não há justiça na guerra. O próprio Egil me disse isso.

— Você conseguiu vê-lo?

— Sim. — Lasgol assentiu. — Eles nos deixaram visitá-lo. Estão presos nas masmorras sob a Casa de Comando. Ele está bem. Age com firmeza, embora eu saiba que no fundo ele teme que o pai não o salve.

— Se você sabe onde eles estão presos... podemos tentar outra coisa...

— Outra coisa? O que você sugere?

Lasgol ergueu uma sobrancelha.

— Poderíamos libertá-los...

— Val! Isso seria alta traição.

— E prender pessoas inocentes como reféns de guerra? É o quê?

A garota franziu a testa.

— Mesmo assim não podemos... nos enforcariam.

— Se formos descobertos, o que não precisa acontecer. Estou falando sério, isso pode ser feito. Vamos planejar — disse ela, com determinação.

— Você é corajosa e determinada, isso deve ser reconhecido.

Lasgol balançou a cabeça e um leve sorriso apareceu em seus lábios.

— Bastante ousada e imprudente, mas dizem que faz parte do meu grande charme — corrigiu ela, com um sorriso deslumbrante.

O garoto riu. Ele não ria havia muito tempo, e isso era ótimo. A tensão saiu de seu corpo e seu ânimo se elevou. A verdade é que sempre se sentia confortável na companhia de Val. Ela era muito peculiar, mas ele gostava.

— Preciso ir ajudar a abastecer o acampamento, mas pense bem. Estou com você — disse Val, piscando.

Depois, se virou e saiu.

Confuso, Lasgol ficou olhando para a garota enquanto ela saía. Os dias seguintes foram cheios de incertezas. A data fixada pelo rei no ultimato à Liga Ocidental aproximava-se e o nervosismo começou a afetar a todos. A situação estava cada vez mais tensa. As equipes se concentravam no trabalho de apoio à guerra, que ia desde o fornecimento de carne, lenha, peles e reservas até a confecção de arcos, flechas e lanças para o combate. Depois, os suprimentos eram enviados rio abaixo nos barcos dos guardiões.

Muitos rostos, porém, mostraram o desacordo com o que estava acontecendo com os reféns. Embora não todos. Isgord e outros como ele, tanto no segundo, como no terceiro e no quarto anos, obedeceram à ordem como um mal necessário para alcançar a vitória na guerra, e não se importaram com a possibilidade de os reféns serem enforcados. Por esse motivo, já tinham explodido lutas entre várias equipes, umas a favor da libertação dos reféns e outras contra, apoiando a ordem do rei. Não ajudou o fato de haver mais guardiões no lado Leste do reino do que no Oeste. Os primeiros, fiéis seguidores do rei; os segundos, alinhados com os nobres da Liga Ocidental, que, embora não se manifestassem abertamente contra o rei, apoiavam a Liga do Oeste em vez de o monarca. Como Egil costumava dizer: "A terra puxa com mais força que o sangue". Os quatro guardiões-maiores passaram a patrulhar o acampamento para evitar confrontos.

Uma noite, estavam jantando no refeitório rodeados pelos companheiros e a conversa girou em torno da guerra e dos reféns.

— As coisas não estão indo bem — comentou Viggo. — Enquanto carregávamos sacos de grãos e barris com água potável com destino à fortaleza do rei, descobri que ele está com sérios problemas. Sem a ajuda dos duques rebeldes, não parece que ele terá sucesso. As forças de Darthor são temíveis.

— Tempos de desespero exigem medidas desesperadas — disse Ingrid.

— Você quer dizer os reféns? — perguntou Nilsa.

A capitã assentiu.

— Tenho certeza de que o pai de Egil vai cair em si — disse Gerd.

— Não tenho tanta certeza… — acrescentou Lasgol. — Ele é um homem difícil. E não está do lado do rei, isso posso garantir.

— Mas também não está do lado de Darthor… certo? — perguntou Viggo, com um olhar sério.

— Eu não saberia dizer.

Lasgol deu de ombros.

— Ele não permitirá que o filho seja enforcado — disse Gerd, convencido.

— Ele mandou Egil aqui justamente para o caso de isso acontecer, para que seus irmãos mais velhos não fossem feitos reféns. Egil me contou. Então estava previsto. Talvez até o sacrifício…

— Inacreditável! — protestou Nilsa, com raiva, batendo com o braço em um copo de cidra, que voou para fora da mesa.

— Calma… — disse Ingrid.

— Como posso ficar calma? — retrucou ela, batendo na mesa com tanto mau jeito que bateu na borda de um prato, que voou pelos ares. Lasgol o pegou na hora, embora não tenha conseguido desviar do conteúdo derramado em seu rosto.

— Me desculpe... Isso é tão... desumano...

— Não se preocupe, todos nós sentimos a mesma frustração — disse tranquilizando-a.

— Se o pai de Egil não ceder, teremos que intervir — disse Nilsa, convencida.

— Não podemos intervir — lembrou Ingrid, balançando a cabeça. — Seria traição. — Ela olhou para a mesa de Dolbarar, que jantava com o general Ulsen e um de seus oficiais.

— Você vai deixar que o enforquem? — perguntou Gerd, que se posicionou do lado de Nilsa.

— Eles vão enforcar todos nós se intervirmos. Não terão piedade. O exército segue ordens e regulamentos cegamente. Ainda mais em tempos de guerra — garantiu Ingrid. — Aconteceu com minha tia.

— Aquela que você insiste em dizer que pertencia aos Invencíveis do Gelo, a infantaria de elite do rei, embora seja impossível porque só admitem homens? — disse Viggo, que sempre que o assunto surgia, aproveitava para atacar Ingrid.

— Cale a boca e deixe-a em paz — disse Nilsa.

— O que aconteceu com ela? — perguntou Gerd.

Ingrid ficou em silêncio. Pensou muito e decidiu falar:

— Tudo bem, vou contar. Eu confio em vocês, vocês são minha equipe, meus companheiros. Mas o que vou dizer tem que ficar entre nós. É algo privado que só diz respeito à minha família e a mais ninguém.

— Claro — concordou Gerd.

Ingrid olhou para Viggo.

Ele fez um gesto com a mão.

— Está tudo bem, nada vai sair daqui, os meus lábios estão selados.

— Quem dera estivessem sempre assim — disse Nilsa, e os outros riram da piada.

— Ruiva... não me tente...

— Vá em frente, Ingrid... — pediu Lasgol, interessado na história.

— A história da minha tia é muito triste, uma tragédia, mas da qual podemos extrair importantes lições de vida. Tento aprender com o que aconteceu com ela e com as decisões que tomou... Minha tia era soldado do Exército da Neve. Ela me ensinou a lutar desde pequena. Aos quatro anos, ela já me treinava no uso da espada com uma de madeira que ela mesma havia feito para mim.

— Você começou cedo... Eu brincava com bonecas de pano nessa idade — comentou Nilsa.

— Há um motivo. Minha tia não se tornou soldado por vontade própria nem me ensinou a lutar desde tão jovem sem uma razão importante.

— O que aconteceu? — indagou Gerd.

— Quando ela não tinha mais de treze anos, alguns mercenários que passavam pela aldeia a encontraram na floresta colhendo frutas com o irmão. Eles cortaram a cabeça dele, e ele ficou incapacitado. E ela... E ela... Vocês sabem o que homens covardes fazem com meninas e mulheres indefesas se tiverem oportunidade...

— Que horror! — exclamou Nilsa.

Viggo colocou a mão na adaga.

— Quem toca uma mulher assim deve ter a garganta cortada — afirmou, seríssimo, e passou o dedo pelo pescoço como se o cortasse.

— Se você não quiser contar, não precisa... — comentou Lasgol, sentindo-se mal por Ingrid.

— Já comecei, vou terminar. Por isso ela se tornou soldado e por isso me ensinou a lutar desde criança, para que não acontecesse comigo o mesmo que aconteceu com ela. Os anos no Exército a tornaram forte de corpo e espírito. Não deixaria que algo assim acontecesse com ela novamente. Então minha tia treinou dia e noite durante anos e se tornou uma soldado excepcional. Para evitar que os homens a criticassem por ser mulher, que, embora sejam aceitas no Exército em Norghana, ainda têm que suportar a ridicularização constante e outras coisas piores, ela cortou o cabelo ao estilo dos homens e escondeu a feminilidade. Ela já tinha a voz grave para uma mulher, então isso não era difícil para ela; também não tinha traços muito femininos. Com o passar do tempo e as campanhas sangrentas, ninguém se lembrava de que ela era mulher, apenas que era um soldado letal, um dos melhores do regimento. E isso a encheu de orgulho. Ela era melhor que os homens em um dos aspectos em que eles sempre reinaram.

— É por isso que você se esforça tanto para ser melhor que os garotos? — perguntou Gerd.

— Porque ela me ensinou que não há diferença, que qualquer coisa que eles façam, nós não só podemos fazer, mas podemos fazer melhor.

Gerd assentiu.

— Como ela entrou nos Invencíveis do Gelo? — perguntou Lasgol, que estava cada vez mais curioso para saber o que havia acontecido com ela.

Viggo ia protestar, mas Ingrid balançou o dedo para ele calar a boca.

— Depois de uma batalha em que poucos de seu regimento sobreviveram e apenas, como minha tia me explicou, graças ao fato de os Invencíveis do Gelo terem aparecido no último momento e os salvado, um oficial que a viu lutar, impressionado por sua habilidade com a espada, convidou-a a se juntar a eles. Minha tia disse que teve que decidir em um instante. Os Invencíveis seguiriam seu caminho; ou ela se juntava a eles ou ficaria com os sobreviventes de seu maltratado regimento. Então ela pensou. Sabia que os Invencíveis não aceitavam mulheres e que, se fosse descoberta, sofreria consequências fatais.

— Ela não aceitou, não é? — disse Gerd.

— Aceitou.

— Mas por quê? Ela já era a melhor do regimento, já havia provado que era tão boa ou melhor que os homens.

Nilsa não conseguia entender.

— Porque ela queria mostrar que era tão boa ou melhor que os melhores homens: os Invencíveis do Gelo — respondeu Viggo.

— Exato. — Ingrid assentiu. — Ela provaria que era tão boa quanto eles e, se fosse descoberta, pagaria as consequências. Ela nunca desistiria. Seria melhor que eles.

— Ela conseguiu? — perguntou Lasgol.

— Por três campanhas, esteve com os Invencíveis. Continuou treinando dia e noite, melhorando para acompanhar. Ela lutou com eles como um igual. Ninguém nunca soube a verdade. Minha tia mostrou que uma mulher poderia lutar com os melhores soldados. Minha tia conseguiu isso. Ela me enviava cartas no final de cada campanha e me contava. Só consegui vê-la mais uma vez no final da terceira campanha. Sempre me lembrarei das palavras dela: "Nunca deixe ninguém lhe dizer que você não pode fazer algo porque é uma menina. Podemos conseguir tudo. Tudo, até o que não podemos. Lembre-se sempre disso."

— É isso aí! — exclamou Nilsa, com o punho no ar.

— Continue, Ingrid, por favor — encorajou-a Lasgol quando Nilsa se acalmou um pouco.

— Na quarta campanha, uma flecha inimiga a atingiu no peito. O ferimento era grave e ela foi levada ao cirurgião. Quando tiraram a malha, descobriram o segredo dela... viram que era uma mulher. Sua jornada terminou. Eles a levaram a julgamento e a condenaram ao destino dos traidores por ter mentido e enganado os Invencíveis.

— Destino dos traidores? O que é isso? — perguntou Gerd. — Eu nunca ouvi isso antes.

— Eles a abandonaram, ferida, na neve, em território inimigo. Ela morreu. Não sei se foi por causa do ferimento, do frio ou das mãos do inimigo, mas nunca mais voltou.

— Isso foi desumano! — protestou Nilsa, indignada.

— Foi, mas ela sabia do risco a que estava se expondo e resolveu correr mesmo assim — disse Ingrid, e enxugou uma lágrima que escorreu pelo rosto.

— Obrigado por nos contar — agradeceu Lasgol, colocando a mão no ombro da capitã.

— Quero que você entenda que é assim que o Exército Real trata quem faz o que ele não aceita — disse Ingrid.

Todos ficaram em silêncio por um momento e reconsideraram.

— Foi por isso que você se juntou aos Guardiões, para provar a todos o que sua tia não conseguiu, que uma mulher é tão boa quanto ou melhor que os homens? — perguntou Viggo.

— Sim, porque é, e vou provar. Vou me tornar uma primeira guardiã. A melhor entre todos os Guardiões. Nunca houve uma primeira guardiã.

Eu serei a pioneira. Todos no reino saberão. Abrirei o caminho para outras que seguirão meus passos.

— E vai homenagear sua tia — disse Nilsa.

— Sim, por causa do que fizeram com ela. E não só por ela, mas por todas as mulheres que virão depois. Um dia não haverá apenas uma primeira--guardiã, mas uma general dos Invencíveis do Gelo. Devemos quebrar as regras, dar o exemplo. Outras mulheres nos seguirão. Um dia haverá uma rainha em Norghana e ela governará sem a necessidade de nenhum homem. Não precisamos de homens, valemos por nós mesmas.

— Exatamente! — exclamou Nilsa. — Estou com você!

— Eu também — disse Gerd —, embora não seja mulher.

Viggo negou com a cabeça, mas não disse nada.

— Mesmo assim... devemos pensar em algo... Caso as coisas não corram bem com Egil... Caso o pai dele o abandone à própria sorte — disse Nilsa.

— Concordo com Nilsa — respondeu Gerd.

Lasgol acenou com a cabeça.

— Não podemos deixar que o matem.

— Contem comigo. — Viggo se juntou a eles. — O sabe-tudo me irrita, mas ninguém vai enforcá-lo. Bem, ninguém que não seja eu, quero dizer.

Todos olharam para Ingrid, que abaixou a cabeça.

— Vamos todos acabar enforcados, mas contem comigo.

— É assim que se fala! — exclamou Nilsa.

— Agora só precisamos de um plano — sugeriu Gerd.

— Bem, vamos ao que interessa. Temos dois dias — disse Lasgol.

E o dia fatídico chegou. O prazo dado pelo rei havia passado. Ao amanhecer, o general Ulsen apareceu diante da Casa de Comando com uma dúzia de soldados. Dolbarar e os quatro guardiões foram ao seu encontro.

— Venho cumprir as ordens do rei — anunciou o general Ulsen.

— Não houve uma contraordem? — perguntou Dolbarar, esperançoso.

— Não. Sua majestade Uthar, rei de Norghana, enviou-me uma mensagem com aqueles que foram perdoados e aqueles que devem morrer hoje.

— Posso ver o pedido?

— Claro — disse o general, entregando-o a Dolbarar.

Uma multidão se formou atrás deles. Queriam ver o que estava acontecendo e como a situação seria resolvida.

— Está com a letra do rei. Posso atestar isso.

Dolbarar passou a ordem para os quatro guardiões-maiores lerem. Quando terminaram, devolveram-na ao general.

— Tragam os prisioneiros — ordenou Dolbarar.

O instrutor-maior Oden assentiu e foi buscá-los. Logo voltou com os seis. O general postou-se diante deles e, em tom solene, leu seu destino:

— Olaf, filho do conde Bjorn, está livre.

Houve suspiros de alívio e gritos de encorajamento entre os alunos.

— Ainda bem... — sussurrou Gerd, com o rosto pálido de tão mal que estava se sentindo por tudo aquilo.

— Bigen, filho do conde Axel, está livre.

Os suspiros de alívio eram agora gritos claros em favor dos condenados.

— Bom! Bom! Dois livres é um sinal muito bom — disse Nilsa.

— Jacob, filho do duque Erikson, será executado ao meio-dia.

— Claro que você é a maior agourenta do mundo — acusou Viggo, colocando as mãos na cabeça.

Os presentes começaram a vaiar a sentença. Os gritos contra a decisão do rei tornaram-se altos.

— Gonars, filho do duque Svensen, será executado ao meio-dia.

— Agora é a vez de Egil. Vou ter um ataque de nervos.

Gerd não conseguia se conter.

— Vamos confiar que ele será salvo — disse Ingrid.

— Vamos confiar — concordou Lasgol, embora não estivesse tão certo.

— Egil, filho do duque Olafstone, será executado ao meio-dia.

— Não! — exclamou Egil, e seu coração afundou.

— Maldição! — xingou Viggo.

— Não! Não! Não! — gritava Nilsa.

Ingrid a abraçou. Gerd caiu de joelhos com os olhos cheios de lágrimas. Eles perdoaram mais dois.

O povo começou a protestar e a vaiar o general. Os soldados os cercaram. A situação estava ficando complicada. Alguém jogou uma pedra nos oficiais.

Os gritos estavam ficando cada vez mais furiosos e algo muito sério estava para acontecer. Dolbarar e os quatro guardiões-maiores ficaram diante dos soldados, de frente para os estudantes.

O líder do acampamento levantou os braços. Em um, carregava o cajado e, no outro, o livro *O caminho do guardião*.

— Nós, Guardiões, servimos ao reino. Ao nosso rei. Obedecemos às suas ordens sem questioná-las, porque ele é o nosso rei e nós o seguimos. — Os gritos e protestos foram morrendo diante das palavras de Dolbarar. — Sei que esta ordem real não é do agrado de todos. Entendo. Mas devemos obedecê-la, porque não fazer isso significaria o fim dos Guardiões. Não podemos recusar uma ordem do rei.

— Voltem para suas cabanas — disse Esben.

— Vamos, dispersem — ordenou Haakon.

Ivana e Eyra se aproximaram das primeiras filas e as fizeram sair do local com calma.

Ninguém falou na cabana. Todos estavam cientes do que havia acontecido e do que isso implicava.

Egil ia morrer.

— Preparados? — perguntou Ingrid.

— Preparados — respondeu Nilsa.

— Sigamos o plano — lembrou-os a capitã.

— É, como sempre eles dão tão certo para nós... — comentou Viggo.

— Vamos seguir o plano — concordou Gerd.

— Vocês são incríveis — agradeceu Lasgol, ciente do que iriam fazer e do risco que isso envolvia.

— Lembre-me disso quando estivermos pendurados na corda — disse Viggo, piscando.

— Peguem as coisas. Saímos agora, cada um em uma direção diferente. Não falamos com ninguém. Não paramos por ninguém. Se for instrutor, diga que vai treinar com arco — ordenou Ingrid.

Todos assentiram.

A capitã foi até a porta. Então a abriu e olhou para fora. Depois estudou a posição do sol; era quase meio-dia. Não viu nenhum impedimento.

— Vamos. A missão está começando.

Um por um, em intervalos combinados, eles saíram da cabana. Todos usavam capas do segundo ano e carregavam arcos e bornais. O tempo estava piorando e uma tempestade se aproximava, vinda do nordeste. Isso não lhes convinha. De diferentes direções, fazendo um amplo desvio, os cinco dirigiram-se a um ponto, a leste do acampamento: o local onde ocorreriam as execuções. Tinham feito o reconhecimento da área no dia anterior. Viggo obteve a informação dos soldados jogando dados. Além disso, havia ganhado bastante dinheiro, o que não surpreendeu ninguém que o conhecesse.

Lasgol assumiu posição, ao sul. Trocou a capa e vestiu a branca de inverno que lhe permitiria camuflar-se com a neve ao seu redor. Procurou um tronco caído para se esconder atrás. Estava a cerca de duzentos e cinquenta passos de distância. Boa distância. Olhou para a estrada, em direção ao oeste, também para o grande carvalho centenário onde a sentença seria executada. Inspecionou o arco. Preparou duas flechas, uma normal e outra especial. Usando todo o conhecimento adquirido na instrução da maestria de Perícia, ele se camuflou no ambiente e desapareceu de vista, permanecendo imóvel como uma estátua de pedra coberta de neve.

Ao norte do carvalho, avistou uma silhueta que logo desapareceu camuflada na neve: Viggo. A leste, viu Gerd, e, a oeste, a posição mais complicada, pois seria por onde chegaria a comitiva, observou como Ingrid se posicionava atrás de uma árvore. Nilsa estava esperando ao sul com sua fuga preparada. Todos estavam em posição e camuflados. Só podiam esperar e cruzar os dedos para que o plano funcionasse.

Começou a nevar.

A fila de soldados com os prisioneiros apareceu ao longe. A cavalo, o general Ulsen liderava. Doze soldados cercaram uma carroça puxada por duas mulas em que iam os prisioneiros: Egil, Jacob e Gonars. Chegaram ao grande carvalho e prepararam as cordas. Lasgol engoliu em seco. Iam fazer a carroça andar e os presos ficariam pendurados pelo pescoço até morrerem. O estômago de Lasgol se revirou. Ele se preparou. Felizmente não havia nenhum guardião com os soldados. Eles estavam contando com isso.

Dolbarar não gostaria que nenhum de seus colegas testemunhasse aquela cena. Muito lentamente, Lasgol carregou a flecha especial no arco. De repente, um cavaleiro veio galopando. Era um soldado.

— Mensagem urgente, meu general — anunciou ele.

Lasgol sentiu que aquilo era importante e, embora a conversa chegasse ainda que entrecortada pelo vento, não quis correr o risco de entender mal.

Usou seu dom e lançou a habilidade Orelha de Coruja.

— Não podia esperar? — perguntou Ulsen.

— Não, senhor. É do rei.

— Me dê isto.

Ulsen leu. Assentiu. Ergueu o pergaminho e leu em voz alta:

— Por ordem real, Gonars, filho do duque Svensen, está perdoado.

Seu pai devia ter cedido no último momento.

— Tirem-no da carroça.

Os soldados obedeceram.

Jacob falou com uma voz trêmula:

— Meu... pai...?

Ulsen balançou a cabeça em negação.

— Sinto muito, filho.

O general levantou a mão.

— Por favor, não! Pare a execução — implorou Jacob.

Egil parecia resignado.

Não vou deixar que matem os meus companheiros! Com guerra ou sem guerra! Lasgol levou a mão à boca e imitou o canto da coruja. Uma vez.

Ingrid respondeu. Também uma vez. Foi um sim.

Viggo, duas vezes.

Gerd, uma.

Eles eram a maioria.

Lasgol mirou, calculou a trajetória e disparou a flecha. Um momento depois, mais três voaram. Elas subiram até as nuvens e depois desceram a toda. Eram flechas especiais. Nas pontas, carregavam um pequeno recipiente de vidro. As flechas caíram aos pés dos soldados no momento em que Ulsen baixou o braço. Ouviu-se o barulho dos quatro recipientes se quebrando contra o chão, e uma substância gasosa evaporou deles e se expandiu dez passos em todas as direções.

Era o Sonho de Verão.

— Que diabos! — rosnou o general Ulsen antes de cair inconsciente.

Todos os outros soldados o seguiram, caindo ao chão. Todos adormeceram. Mas o último a cair, tombou de costas e atingiu uma das mulas da carroça, que, assustada, escapou, levando consigo o veículo.

Jacob e Egil perderam o apoio da carroça e ficaram pendurados pelo pescoço.

Ah, não! Eles vão se sufocar! Lasgol não pensou duas vezes. Invocou sua habilidade Olho de Falcão para ver a corda claramente. Respirou fundo e se concentrou em sua habilidade Tiro Certeiro.

Vamos, não me decepcione! Preciso de você! A vida deles depende disso!, disse a si mesmo, sabendo que ainda não havia dominado a habilidade. A flecha voou em direção à corda no momento em que Ingrid reagiu e começou a correr.

A flecha voou rapidamente em linha reta perfeita.

Atingiu e cortou a corda.

Egil caiu no chão.

Ingrid parou a cem passos de distância. Ela mirou e, com um movimento fluido, puxou.

A flecha cortou a corda e fez Jacob cair. Um tiro magistral.

Lasgol suspirou.

Obrigado, Deuses do Gelo, obrigado.

Capítulo 36

O INSTRUTOR-MAIOR ODEN ESTAVA FORA DE SI. ELE AMALDIÇOOU e praguejou a torto e a direito.

— Vocês quebraram as regras! Vocês sabiam que não podiam intervir, que era uma ordem real! Vocês vão pagar por isso!

Ingrid, Nilsa, Gerd, Viggo e Lasgol estavam dentro da Casa de Comando. Dolbarar e os quatro guardiões observavam-nos com rostos sérios.

— Vocês ainda afirmam que não fizeram nada? Que não foram vocês quem libertaram Jacob e Egil e os ajudaram a escapar? — perguntou Dolbarar, com uma sobrancelha erguida.

— Não fomos nós — mentiu Viggo, com total naturalidade.

— O general Ulsen pede a cabeça dos culpados. É um ultraje à sua pessoa, ao que ele representa, ao rei Uthar — disse Dolbarar.

— Ele é um oficial do rei. Deveria ter previsto que algo poderia dar errado... — comentou Ingrid.

— No território do acampamento? Sob minha proteção? — questionou Dolbarar, com raiva.

— Estamos em tempos de guerra, tudo pode acontecer.

Nilsa deu de ombros.

— O tiro que libertou Jacob é de um especialista — disse Ivana. — Encontramos o local de onde foi feito. A distância é de duzentos e oitenta passos com vento e neve. Bom tiro.

— Então não pode ter sido nós. Não somos muito bons com o arco — disse Viggo, fazendo um gesto de impotência.

— E eles se esconderam em quatro locais bem escolhidos sem serem vistos — acrescentou Haakon.

— Com certeza, se fôssemos nós, teriam nos visto, principalmente a mim, que sou tão desajeitada... — disse Nilsa, com uma expressão inocente.

— Foi usado o Sonho de Verão, que eu mesma ensinei a preparar — afirmou Eyra.

— Todos sabemos preparar a poção, pode ter sido qualquer um do segundo, terceiro ou quarto ano — disse Ingrid.

Dolbarar avançou em direção a Lasgol.

— Você está muito quieto, Lasgol. Tem certeza de que não foi você?

— Claro, senhor — mentiu, sem conseguir olhá-lo nos olhos.

— Não fomos nós — declarou Viggo. — Não há provas.

— Sem provas, não podemos ser acusados — disse Nilsa.

— Vocês se acham muito inteligentes, mas não são tão inteligentes assim... — disse Haakon.

— Os condenados... conseguiram escapar? — perguntou Gerd.

— Sim. Alguém os colocou no navio do capitão Talos, dentro de barris de água potável que encontramos vazios — disse Haakon.

— Quem tem carregado grãos e barris de água potável nestes últimos dias? — perguntou Oden, e já sabia a resposta.

— Nós, mas também o resto das equipes do segundo ano — respondeu Viggo, dando de ombros.

— Muito inteligente, mas não tão inteligente — repetiu Haakon. — Capturamos um dos dois fugitivos.

O estômago de Lasgol se revirou. O rosto dos seus companheiros mostravam a enorme tensão que sentiam. O plano não tinha sido totalmente bem-sucedido.

— Um dos dois? — perguntou Nilsa, com uma cara que parecia prestes a explodir de tensão.

— Deixe-o entrar — pediu Haakon, com uma voz poderosa.

A porta se abriu e dois guardiões entraram com um prisioneiro.

Era Egil!

Lasgol sentiu o coração bater forte no peito.

— Egil, amigo! — exclamou Gerd, sem conseguir se conter.

— Vocês não se acham mais tão inteligentes, não é? — disse Haakon.

— Como você o capturou? — perguntou Ingrid, com um olhar bastante chateado.

— Somos guardiões... Vocês realmente acharam que seu pequeno plano iria funcionar? — disse Ivana.

— Egil... — Nilsa suspirou, contendo as lágrimas.

— Nada escapa aos guardiões — assegurou-lhes Esben.

— Jacob escapou — disse Viggo, irritado.

— Não exatamente... — respondeu Eyra.

Lasgol entendeu. Não haviam enganado os guardiões. Eles tinham capturado Egil e Jacob. Seu coração gelou.

Egil olhou para o chão. Estava derrotado, sabia que estava condenado.

— Vocês não podem executá-los — disse Ingrid, dando um passo ameaçador à frente.

Viggo também avançou.

— Controle seus impulsos, Ingrid — advertiu Eyra, com a mão levantada.

A capitã se controlou e voltou ao seu lugar, junto aos companheiros.

Lasgol ficou arrasado, Egil seria executado, no fim das contas.

— Vocês não podem... — disse Gerd, balançando a cabeça com lágrimas nos olhos.

— Egil, dê um passo à frente — ordenou Dolbarar.

Os dois guardiões que seguravam o garoto o soltaram e ele obedeceu.

— Senhor...

Dolbarar tirou um pergaminho. Ele abriu e leu:

— Por ordem real, Egil, filho do duque Olafstone, está perdoado.

Todos ficaram chocados.

— Meu pai... ele cedeu a Uthar?

— Isso mesmo. Apoia a causa do rei. A mensagem chegou hoje.

— Então...

— Nós pouparemos sua vida — explicou Dolbarar.

— Sim! — exclamou Nilsa, com os braços levantados.

— Maravilha! — Gerd se juntou à celebração.

Até Viggo não conseguiu deixar de sorrir de orelha a orelha.

Lasgol suspirou, deixando escapar toda a angústia.

— E Jacob? — perguntou Egil.

Houve um silêncio fúnebre.

Lasgol temia o pior.

— Jacob... ele escapou de nós... — disse Eyra, com um tom que parecia que ela estava claramente mentindo.

Egil sorriu.

— Obrigado.

— Não há nada para agradecer, é uma mancha na nossa honra — contestou Haakon, que não parecia nada de acordo com o ocorrido.

— Vamos sobreviver a essa desonra — disse Esben, cruzando os braços sobre o peito.

Lasgol percebeu que os guardiões haviam deixado Jacob escapar e assumiriam a culpa. Além disso, nem todos haviam concordado. Haakon e Ivana estavam com uma expressão inconfundível de descontentamento.

Dolbarar suspirou fundo.

— Não há provas que os incriminem — disse ele, apontando para a equipe —, porque vocês esconderam tudo muito bem. Foram muito inteligentes, mas isso não significa que o que fizeram esteja certo. O rei exigirá uma explicação, uma que não posso dar. Não vou levar isso adiante. Todos nós sabemos o que aconteceu aqui, e isso vai permanecer aqui. Não façam algo assim novamente. Nunca. Está claro?

— Sim, senhor — respondeu Lasgol, que quis enterrar o assunto com o resultado positivo que alcançaram.

— Entendam que, da próxima vez, todos vocês vão acabar pendurados na corda e não haverá ninguém para salvá-los.

Todos assentiram.

— Vão e não contem nada disso para ninguém.

Os seis saíram da Casa de Comando com rostos sérios e oprimidos. À medida que avançavam em direção às cabanas do segundo ano, sorrisos começaram a aparecer em seus rostos.

Duas semanas se passaram. Os acontecimentos se precipitaram. O rei Uthar, com o apoio dos duques rebeldes do Oeste, conseguiu derrotar Darthor na cidade murada de Olstran em uma batalha épica. Com os reforços recebidos dos aliados forçados, Uthar pressionou Darthor, que foi forçado a recuar. Seu plano para forçar os duques rebeldes a aderir à aliança foi um sucesso. As notícias chegavam por via aérea por meio de pombos e gralhas a cada poucos dias, e traziam esperanças. As forças do rei alcançaram três novas e importantes vitórias. As forças de Darthor estavam agora recuando para o Norte. Uthar reagrupou suas forças para perseguir o inimigo e expulsá-lo daquela região.

Uma noite, enquanto discutiam as notícias sobre a guerra, a equipe de Jacob apareceu na cabana dos Panteras. Não disseram nada, apenas deixaram um bilhete no chão assinado por toda a equipe, que dizia: "Obrigado por terem a coragem que nos faltou". Em seguida, cumprimentaram os Panteras um por um e saíram em silêncio com a cabeça baixa.

Muitos no acampamento sabiam quem tinha impedido as execuções e demonstravam isso: faziam pequenas reverências, saudações de respeito e gestos de gratidão aos Panteras, sem serem muito óbvios e sem que os soldados percebessem. Mas nem todos compartilhavam dessa visão. A primeira vez que Isgord cruzou com Egil e Lasgol, não perdeu a oportunidade de atacá-los.

— E aqui temos o filho do traidor número um com o filho do traidor número dois. Diz o ditado que os Deuses do Gelo os criam... e eles se unem...

— Cale a boca, não há traidor aqui — respondeu Lasgol, irritado.

— Achei que o maior traidor fosse você, mas parece que tem concorrência.

— Nem meu pai foi traidor, nem o pai dele é traidor.

— Ah, não? Bem, ele quase morreu... Eu teria gostado de ver isso acontecer.

Egil suspirou.

— Não se preocupe — disse Egil a Lasgol. — As inseguranças que ele sente devem ser crônicas e, por isso, ele ataca a todos dessa forma. Está tentando compensar...

Isgord ficou vermelho de raiva.

— Você vai engolir essas palavras!

Lasgol ficou no meio para proteger o amigo e levantou o braço. Isgord fez o mesmo. Antes que alguém pudesse reagir, os dois abaixaram os braços e os punhos tocaram o nariz do adversário. Ambos deram um passo para trás com a dor.

— Quietos! — Ouviram a voz do instrutor-maior Oden. Ele correu e os separou. — Sem brigas! Os guardiões lutam apenas contra o inimigo do reino, nunca uns contra os outros!

— Ele começou — respondeu Isgord.

— Eu não me importo com quem começou! Sem brigas ou vocês vão dar a volta no lago dez vezes!

Egil gesticulou para que Lasgol deixasse para lá e eles foram embora.

Capítulo 37

AINDA NÃO TINHA AMANHECIDO NAQUELA MANHÃ QUANDO ODEN tirou todos da cama com sua odiada flauta.

— Em formação! Vamos, vamos! Em formação! — gritou.

— O que está acontecendo? — perguntou Gerd, assustado.

— Nada de bom, é isso o que está acontecendo — disse Viggo, saltando do beliche de cima.

Camu guinchou reclamando, irritado por ter sido acordado.

— Durma, pequeno. Isso não se aplica a você — disse Lasgol, acariciando a cabeça da criatura para acalmá-la.

— Traje de gala! Todos! — gritou Oden.

A cabeça de Nilsa apareceu pela porta.

— Vocês sabem o que está acontecendo?

— Não faço ideia — respondeu Egil, que estava terminando de se vestir. — Mas é algo oficial, já que querem que usemos trajes de gala.

— Não é a cerimônia de aceitação? — perguntou Gerd, preocupado.

— Poderia ser, mas Dolbarar teria anunciado — argumentou Egil. — A última coisa que ele comunicou sobre isso foi que tinha sido devido ao esforço de guerra.

Eles saíram. Oden estava esperando com impaciência.

— Não façam perguntas e ouçam. Vocês ficarão em formação em duas linhas. Os de segundo ano junto com os de primeiro de um lado, e os de terceiro e quarto anos do outro. Vocês se posicionarão desde a entrada do acampamento até a Casa de Comando.

Todos estavam nervosos e confusos. O que estava acontecendo?

Mas Oden não estava com disposição para perguntas.

— Por acaso estão surdos? Vamos!

Eles correram para se posicionar. Ao fazer isso, perceberam que em frente à Casa de Comando, Dolbarar e os quatro guardiões-maiores estavam esperando em suas roupas de gala com os guardiões instrutores. Estava também o general Ulsen com sua armadura bem polida. Na fila à frente de Lasgol estavam os de terceiro ano. Molak acenou para ele. Lasgol retribuiu a saudação.

Com os primeiros raios de sol, abriu-se um trecho entre as árvores que faziam parte do muro impenetrável que cercava o acampamento. Cavaleiros começaram a entrar pela passagem. Cavaleiros com a aparência muito ruim. Cobertos de lama e parecendo ter vivido no inferno.

— Cavalaria leve, mas de onde eles vêm? — perguntou Gerd.

— Pelo que parece, não de um desfile — disse Viggo.

A cavalaria foi seguida por um regimento dos Invencíveis do Gelo, a infantaria de elite norghana. Pareciam tão mal quanto a cavalaria. Estavam cobertos de sujeira e sangue.

— Eles vêm de combates na frente de batalha — explicou Ingrid ao ver os soldados naquelas condições.

Atrás da infantaria de elite, apareceu um regimento de Guardiões Reais com capas verdes. Cavalgavam com os ombros caídos.

— Olhem! — exclamou Gerd, com entusiasmo.

— O melhor entre os nossos — disse Nilsa, animada.

— No final, deve estar o primeiro-guardião, Gatik — disse Egil.

Ele não estava errado. Gatik, alto e magro, com cerca de trinta anos, apareceu fechando o grupo com seus cabelos loiros e barba curta. Tinha uma expressão cansada e olhos fundos, o cavalo estava coberto de lama e a capa, coberta de sangue seco.

— Pelo número e composição, fica claro quem são — disse Ingrid, que tinha um bom olho para tudo que fosse militar.

— São a escolta pessoal de Uthar — disse Egil.

— Exatamente — concordou a capitã.

— Isso significa que o rei está vindo? — perguntou Gerd, muito surpreso.

— Claro — disse Viggo. — A menos que o rei tenha perdido a escolta, o que seria muito engraçado.

— Duvido. Aqueles soldados não abandonariam o rei por nada. Preferem a morte a tal desonra — falou Ingrid.

— Já aconteceram coisas mais estranhas que isso — disse Viggo.

E, antes que a capitã tivesse oportunidade de responder, a Guarda Real apareceu. Inconfundíveis pelo enorme tamanho, quase tão grande quanto o dos Selvagens do Gelo, e por serem cheios de cicatrizes e pelos rostos marcados pela guerra. Mas, sobretudo, pelo machado de duas cabeças que todos carregavam nas costas.

— Não há mais dúvida — disse Ingrid.

E ela não estava errada. O rei Uthar entrou no acampamento montado em seu puro-sangue branco. Lasgol olhou para ele com olhos desconfiados e imaginou que Egil, ao lado, faria o mesmo depois de tudo o que havia acontecido nas terras do Norte.

Uthar era ainda mais formidável do que Lasgol se lembrava. Ele tinha a largura dos ombros de dois homens e era meia cabeça mais alto que o norghano médio, que já era alto. Devia ter cerca de quarenta anos. Seu cabelo loiro estava solto sob uma coroa de joias e caía sobre os ombros. Tinha grandes olhos azuis. O rosto não era bonito; era duro, taciturno. O rei usava uma armadura artesanal magistral, com ornamentos de ouro e prata e joias incrustadas. Uma capa vermelha e branca caía por suas costas.

Os seis amigos ajoelharam-se diante do rei, que avançou olhando para a frente com porte real. Eles olharam para Uthar de canto de olho, impressionados com a presença tremenda e a aura real que ele emanava.

Enquanto o rei passava, Ingrid falou:

— Se eu não acreditei antes, muito menos agora — sussurrou para Lasgol. — Darthor enganou você.

— Pela primeira vez, concordo com a mandona — disse Viggo, assentindo.

As dúvidas de Lasgol o atormentavam. Vendo Uthar tão imponente, cercado por toda a comitiva de guardas pessoais do exército norghano, teve que concordar com Ingrid. Uthar não era o inimigo; tinha que ser Darthor. Ele havia sido enganado.

À direita do rei, como sempre fazia, cavalgava Sven, comandante da Guarda Real, protegendo o seu senhor com a própria vida. Ele não era grande e forte como o rei e os Guardas Reais. Pelo contrário, era magro e não muito alto. Seu cavalo era escuro, assim como seus olhos. Mas ele era o melhor espadachim do reino, ninguém conseguia derrotá-lo em combate ou duelo.

— Eu também penso o mesmo: enganaram você — concordou Nilsa.

— Sinto muito, Lasgol, mas também penso como eles — disse Gerd.

Lasgol notou Olthar, que cavalgava à esquerda do rei. Isso o fez se lembrar de Muladin, o feiticeiro noceano, não porque fossem semelhantes, já que eram extremos opostos, mas porque eram magos poderosos. O mago norghano tinha cabelos longos, lisos e brancos. Seus olhos eram cinzentos, inexpressivos. Com um corpo magro, ele irradiava poder, muito poder. Carregava um cajado requintado, branco como a neve e incrustado de prata.

— Bem, continuo firme na minha hipótese — disse Egil. — Darthor é mãe de Lasgol e o rei não é quem parece ser.

— Mas como você pode dizer isso?! — exclamou Ingrid, incrédula.

— Se está bem debaixo do seu nariz! — complementou Viggo, com raiva.

— Às vezes você é muito estranho — acrescentou Nilsa.

Lasgol olhou intrigado para o amigo; até ele pendia mais para a posição dos amigos do que para a de Egil.

— O que o faz pensar isso? — perguntou Gerd a Egil.

— Duas razões poderosas.

— Não vem com aquele argumento sobre ser tão pouco crível que tem que ser verdade, porque eu não acredito nisso — disse Viggo.

— Isso também, mas não é isso. Tenho analisado o que aconteceu com Lasgol e há dois fatos muito significativos que, bem interpretados, podem ajudar a resolver este intricado mistério.

— Vá em frente, ilumine-nos com sua sabedoria — disse Viggo, cruzando os braços.

À medida que a procissão continuava, Egil explicou:

— O primeiro fato significativo é que o próprio Darthor foi pessoalmente ver Lasgol. Por quê? Eles já o haviam capturado. Eles o fizeram prisioneiro. Ele foi vigiado pelo feiticeiro Muladin. Não havia necessidade de Darthor, Senhor Sombrio do Gelo, o homem mais poderoso do Norte de Trêmia, abandonar sua marcha sobre a cidade de Olstran, onde havia encurralado Uthar, para retornar ao Norte a fim de falar com Lasgol. Não faz sentido. Por que ele faria algo assim? A guerra estava quase vencida. Ele estava indo para o Sul com suas forças. O rei não contava com o apoio dos duques rebeldes. E, de repente, ele para e dá meia-volta para ir falar com Lasgol... Não me entendam mal, eu amo Lasgol tanto quanto vocês, mas ele não tem valor nessa luta.

Lasgol abriu os olhos; então assentiu.

— É verdade, eu realmente não valho coisa alguma...

— Exato. E, se não vale, por que Darthor, com metade de Norghana conquistada, deu meia-volta para falar com ele?

Egil esperou por uma resposta. No entanto, ninguém foi capaz de fornecer uma.

— Não faz muito sentido, é verdade... — reconheceu Nilsa.

— Loucos poderosos, senhores do mal, não agem logicamente — interveio Viggo.

— Darthor pode ser muitas coisas, mas ele não é um louco, ou não lideraria o Povo do Gelo — disse Egil.

— Certo, qual é a sua teoria? — indagou Ingrid.

— Muito simples e muito difícil de acreditar: voltou porque precisava conversar com ele para lhe contar a verdade pessoalmente, pois sabia que, caso contrário, Lasgol não acreditaria. Ela voltou porque é mãe dele e precisava ver o filho e contar a verdade.

Todos ficaram em silêncio por um momento. Viggo o interrompeu:

— Nah... Isso não me convence. — Ele balançou a cabeça.

— Tudo bem, vou dizer o contrário: se for mentira, por que Darthor foi ver Lasgol?

Houve outro longo momento de silêncio. O cortejo terminava de passar em direção à Casa de Comando.

— É muito estranho ele ter voltado só para conversar com Lasgol, é verdade — raciocinou Ingrid.

— Eles queriam enganá-lo para fazer alguma coisa — disse Nilsa.

— Eles não precisavam de Darthor para isso. Muladin, o feiticeiro, e Sinjor, o líder do povo dos Selvagens do Gelo, já estavam lá — explicou Lasgol. — Eu estava morrendo de medo, poderiam ter me enganado sem problemas.

Ninguém sabia o que alegar.

— E o segundo motivo? — perguntou Gerd.

— A segunda razão é que Darthor permitiu que Lasgol voltasse aqui, para o acampamento. Por que faria uma coisa dessas? Ele já era o seu prisioneiro. A guerra estava a favor dele naquele momento. Por que libertou Lasgol?

— Para nos confundir? — indagou Viggo.

— Não acho que confundir seis aprendizes de guardiões faça parte do plano mestre de Darthor para dominação — respondeu Egil.

— Não, não faz sentido — reconheceu a capitã.

— Ele o deixou ir porque queria mantê-lo seguro. Enquanto estivesse no acampamento, sem bisbilhotar, Uthar não suspeitaria e não levantaria um dedo sequer contra ele. Se ficasse com Darthor, corria risco, pois se dirigia para a batalha, e Lasgol, não se convencendo, tentaria algo. Deixá-lo com os Selvagens do Gelo também era um risco. Então, dentre todas as opções, escolheu aquela que representava menos perigo para Lasgol. Quem escolhe a opção mais favorável para alguém? Um ente querido.

— Uma mãe... — disse Gerd.

— Exatamente — concluiu Egil.

— Bom, ainda não acredito em nada — reclamou Viggo.

— É por isso que adoramos você.

Egil sorriu.

O cansado grupo real chegou à Casa de Comando, onde Dolbarar e os quatro guardiões esperavam. O rei Uthar, o mago Olthar, o comandante Sven e o primeiro-guardião Gatik desmontaram em frente à grande casa e cumprimentaram os anfitriões. O rei deu um abraço em Dolbarar e acenou brevemente para os quatro guardiões-maiores.

A Guarda Real formou um círculo ao redor do rei. Os Guardiões Reais ficaram nas laterais com arcos prontos. Oden cuidou das montarias. A cavalaria leve recuou; porém, a infantaria ficou à frente do rei, formando uma linha, como uma barreira intransponível para quem quisesse chegar ao monarca.

Lasgol e o restante dos que formavam o corredor de honra dirigiram-se à Casa de Comando. Todos ficaram muito entusiasmados com a visita de Uthar, também ansiosos pelas notícias que ele poderia dar sobre a guerra.

Dolbarar acenou para que se aproximassem.

— Aproximem-se todos, por favor! — disse, e todo o acampamento se reuniu diante dele, com enorme curiosidade e incerteza. — Como vocês acabam de descobrir, o rei nos honra hoje com sua presença. É uma visita que não tínhamos planejado. Os acontecimentos levaram a isso. Todos fomos pegos de surpresa, mas, como guardiões que somos, estamos sempre alerta e a serviço do rei — disse Dolbarar, com um sorriso.

Viggo torceu o nariz.

— Alguém quer fazer uma previsão sobre o motivo desta visita real?

— Eles não parecem muito bem... — disse Nilsa.

— Pelo menos estão vivos — murmurou Ingrid.

— É melhor ouvirmos... — ponderou Gerd, com uma cara preocupada.

Dolbarar continuou:

— Os guardiões abrem sua morada e dão abrigo e descanso ao rei e à sua escolta com alegria e honestidade. — Assim, Dolbarar deu as boas-vindas oficiais ao rei.

Uthar deu um pequeno aceno de agradecimento.

— Sua majestade, o rei Uthar, tem notícias importantes que afetam a todos nós como norghanos — anunciou Dolbarar. — Vamos todos ouvir agora.

— Oh, oh... — exclamou Viggo, indicando que devia haver algum problema.

— Não seja agourento — disse Nilsa a ele.

— Ainda são boas notícias — acrescentou Gerd, esperançoso.

— Sim, claro… — respondeu Viggo.

— Cale a boca, cabeça de bagre, o rei vai falar — advertiu Ingrid.

— Mandona…

Uthar abriu os braços.

— Tenho um anúncio muito importante a fazer — disse ele, com sua voz poderosa. — Voltamos do Norte. Paramos aqui para abastecer e descansar depois de duas grandes e difíceis batalhas. Estamos desfalecidos, mas exultantes, porque a vitória foi nossa. — Todos no acampamento ouviam cada palavra do rei como se estivessem hipnotizados. — Nós derrotamos Darthor e o forçamos a fugir para o Continente Gelado! A vitória é nossa! Norghana é nossa! — gritou o rei a plenos pulmões.

O acampamento irrompeu em gritos de alegria, vivas e aplausos. Eles se abraçaram, levados pela emoção e pela boa notícia inesperada.

— Vitória! — gritou Sven.

— Por Norghana! Pelo o rei! — gritou Gatik.

— Vitória! Por Norghana! Pelo rei! — Todos gritaram cheios de alegria enquanto pulavam.

Uthar continuou:

— Muitos homens bons lutaram e caíram defendendo nossa terra das garras de Darthor, Senhor Sombrio do Gelo. Não haverá celebrações esta noite. Esta noite descansaremos e honraremos nossos mortos para que possam chegar ao paraíso dos guerreiros com os Deuses do Gelo.

— Honremos aqueles que tombaram na luta, na defesa do reino! — exaltou Olthar enquanto erguia o cajado de poder.

Todos se ajoelharam e inclinaram a cabeça em homenagem aos caídos. Um silêncio respeitoso tomou conta do acampamento.

— Que todos honrem os caídos esta noite — acrescentou Dolbarar, e acompanhou o rei até a Casa de Comando.

Gatik, Sven e Olthar o seguiram imediatamente. Oden estava encarregado de organizar as acomodações e necessidades da escolta real em seu estilo habitual e contundente. Pegou as equipes de iniciados e as colocou para realizar essas tarefas.

— Bom, acho que isso esclarece tudo — resumiu Viggo.

— Sim, estou com o rei. Você não vai me fazer mudar de ideia — disse Ingrid.

— Eu também — disse Nilsa.

— Sinto muito, mas eu também — disse Gerd, dirigindo-se a Lasgol e Egil.

Lasgol olhou para Egil. Ele se sentia mais confuso do que nunca.

— O que você acha?

Egil pensou por um momento.

— Ou ele é um grande rei, ou é um grande impostor.

Lasgol acenou com a cabeça:

— Em ambos os casos, estou em apuros.

— É verdade, meu querido amigo — disse o outro, com uma expressão preocupada. — Temos que ir ao fundo desta questão… Temo que sua vida esteja em perigo enquanto não conseguirmos estabelecer qual lado está correto.

— Que novidade — zombou Lasgol, com um meio sorriso, tentando amenizar a gravidade do assunto, embora a verdade fosse que ele estava muito preocupado

Capítulo 38

Naquela noite, poucos conseguiram adormecer. A fantástica notícia havia estimulado suas mentes e corações jovens.

A guerra tinha acabado!

Eles haviam derrotado Darthor!

Tinham vencido!

A pedido do rei, eles homenagearam aqueles que morreram pela pátria e não houve comemorações. Porém, no coração de todos, a alegria transbordava e tiveram que fazer um esforço enorme para se conterem. Em todas as cabanas, exceto na de Lasgol, que não conseguia dormir e abraçava Camu enquanto o acariciava.

Ao amanhecer, Oden convocou todos eles, o primeiro, o segundo, o terceiro e o quarto anos, e fez com que ficassem em formação em frente à Casa de Comando. Dolbarar apareceu seguido pelos quatro guardiões-maiores.

— Este ano suspendemos a cerimônia de Aceitação devido à guerra. No entanto, Sua Majestade pediu-me, aproveitando o fato de estar aqui de passagem e tendo em conta que expulsamos o inimigo das nossas terras, que a cumpramos. Portanto, dou início à cerimônia de Aceitação!

Com o anúncio de Dolbarar, a porta da Casa de Comando se abriu e Uthar apareceu em sua armadura radiante, seguido pelo Comandante Sven e pelo mago de gelo Olthar. Gatik, o primeiro-guardião, posicionou silenciosamente seus homens cobrindo o perímetro. Assim que o rei pôs os pés fora da casa, a Guarda Real o cercou.

— Será uma honra para mim presenciar a cerimônia de Aceitação mais um ano — disse Uthar, com um largo sorriso.

Dolbarar curvou-se diante do rei.

— Nesse caso, começaremos pelos iniciados. — Dolbarar apontou para onde os guardiões do primeiro ano haviam se posicionado.

Ele deu-lhes um sorriso tranquilizador, embora muitos mal conseguissem esconder o nervosismo. Aquilo os havia pegado completamente de surpresa.

— Muito bem, vá em frente — disse Uthar. — Um pouco de alegria e festa nos animará depois de experiências tão ruins.

— Se o ano passado já foi único, este ano revelou-se ainda mais estranho para os jovens aos meus cuidados — comentou Dolbarar.

— Lamento que nossa pequena guerra possa ter interferido na instrução dos meus guardiões.

— Majestade... não era isso que eu queria dizer... garanto...

Uthar riu.

— Eu sei, mas não resisti — disse ele, com bom humor, e continuou rindo.

Dolbarar sorriu.

— Fico feliz em vê-lo de tão bom humor esta manhã.

— Está nevando pouco, o inimigo abandonou o continente e eu descansei como um urso em hibernação depois de muito, muito tempo... Estou exultante! — rugiu Uthar.

Dolbarar curvou-se diante dele.

— Ficamos satisfeitos e enchemos nossos corações de alegria em vê-lo de tão bom humor, meu senhor.

— Vá em frente com a cerimônia! — exclamou Uthar, com um gesto.

— Como todos os anos, nesta cerimônia será decidido quem passa para o ano seguinte e quem, infelizmente, será expulso — anunciou Dolbarar. — Reuni-me com os guardiões-maiores para avaliar os méritos de cada um de vocês. Nós os pesamos e chegamos a uma conclusão.

— Guardiões-maiores, lista do primeiro ano — pediu Dolbarar.

Eyra, Ivana, Esben e Haakon assentiram com uma pequena reverência.

A primeira avançou em direção a Dolbarar com um passo solene e entregou-lhe um pergaminho com os nomes daqueles que haviam passado, daqueles que tinham sido expulsos e daqueles que haviam recebido uma Folha de Prestígio.

Dolbarar esclareceu:

— Para fazer a lista dos que continuarão conosco e dos que nos deixarão, foram levados em conta os méritos de cada um em todas as provas ao longo do ano, bem como as aptidões demonstradas no dia a dia. Vou ler os nomes em ordem. Subam para receber um emblema. Já sabem, mas vou repetir: se o emblema for de madeira, você continua entre nós. Se o emblema for de cobre, você não passou e nos abandonará.

Lasgol observava atentamente. Não estava nervoso, pois ainda não era a vez do segundo ano, mas estava um pouco inquieto. Realmente não sabia por quê. Então ouviu um nome, e isso o atingiu.

— Valéria, suba e pegue seu emblema.

Lasgol observou a iniciada pegar o emblema. Ela o mostrou para sua equipe. Era de madeira.

Boa, Val!, pensou Lasgol. Ficou surpreso por ter ficado tão feliz por ela. Não só a garota conseguiu passar, mas a equipe dela recebeu uma Folha de Prestígio. Conhecendo-a, ele não ficou nem um pouco surpreso.

Os iniciados estavam passando. Houve principalmente cenas de euforia, mas, como todos os anos, também de tristeza e desespero por parte de quem não conseguiu.

— E agora é a vez dos aprendizes — disse Dolbarar, para que os de segundo ano pudessem se preparar.

O estômago de Lasgol começou a embrulhar. Egil estava mordendo o dedão. Nilsa, que não conseguia ficar parada, andava em círculos em volta do grupo. Gerd estava tão pálido que parecia ter sido visitado por um fantasma. Viggo estava com a testa enrugada e olhos cheios de ódio. Ingrid, com os braços sobre o peito, olhava para Dolbarar com confiança.

— Guardiões-maiores, por favor, me entreguem a lista do segundo ano — solicitou Dolbarar.

Ivana avançou em sua direção com passo solene e deu-lhe os resultados desejados. Dolbarar estudou a lista, como se a revisasse antes de anunciar os nomes, e começou a ler em voz alta. Isgord foi o primeiro a subir e o fez, como era seu costume, com a confiança de um herói. E passou, embora não fosse um herói. Mostrou o emblema de madeira para todos, exultante, orgulhoso. Os membros de sua equipe o seguiram. Todos passaram. Ninguém ficou surpreso. Mas esse não era o caso de todas as equipes; de cada equipe houve um que não conseguiu, como se os guardiões-maiores tivessem escolhido os mais fracos e os arrancado como ervas daninhas que não deixam os outros crescerem. Eles deixariam o acampamento desapontados e entre lágrimas.

Chegou a vez dos Panteras das Neves. A ordem em que foram convocados foi a mesma do ano anterior. Ingrid subiu primeiro porque era a capitã. Ela recebeu o emblema de madeira. Um sorriso de triunfo apareceu em seu rosto. Ela o pegou e mostrou para a equipe. Isso elevou o moral do resto. A seguinte foi Nilsa. Estava muito nervosa e tropeçou quando subiu para pegar o emblema, mas, milagrosamente, conseguiu manter o equilíbrio e não cair em cima de Dolbarar. Ela olhou para a peça com olhos cheios de descrença. Era de madeira!

Dolbarar chamou Gerd em seguida. O gigante apareceu com uma expressão de quem estava prestes a vomitar. Ele recebeu o emblema. Era de cobre. Ele baixou a cabeça, os ombros caíram e, com os olhos úmidos, ele se retirou.

Lasgol sentiu extrema dor e desamparo.

Viggo foi em seguida. Ele avançou como se fosse lutar contra alguém. Seu rosto mostrava raiva, quase ódio. Dolbarar entregou-lhe o emblema e sua expressão mudou completamente. Agora era pura descrença. Esperou um momento para o caso de Dolbarar ter cometido um erro, mas, quando viu que não era esse o caso, teve que recuar, completamente perplexo.

Também era de madeira!

Depois de Viggo, foi a vez de Egil, que já sabia o que iria acontecer e aceitou com resignação. Não estava errado. Era de bronze. Ele suspirou profundamente e se retirou com os demais, que o abraçaram tentando confortá-lo.

Por fim, foi a vez de Lasgol. Ele subiu com dor no estômago. Estava muito mais nervoso do que esperava, também arrasado com o que havia acontecido com os amigos. Esperava passar, embora, depois do que acontecera com Gerd e Egil, isso não estivesse mais tão claro. Dolbarar entregou-lhe o emblema. O garoto olhou. Era de madeira! A alegria o dominou. Ele correu em direção aos colegas.

Dolbarar continuou com a cerimônia. Uma por uma, as equipes foram recebendo os emblemas. Houve uma que interessou particularmente a Lasgol: os Corujas. Astrid tinha passado. A verdade é que Lasgol não tinha dúvidas de que isso iria acontecer. Ao pegar o emblema de madeira, ela passou por ele e os dois trocaram um olhar. Lasgol não sabia dizer se era amigável ou não.

Quando todas as equipes passaram, Dolbarar convocou os capitães.

Ingrid, Astrid, Isgord, Luca e o resto dos capitães apareceram na frente de Dolbarar.

— A regra estabelece que vocês têm a oportunidade de salvar alguém da equipe ao obter uma Folha de Prestígio por ter vencido uma das duas provas deste ano. — Houve um momento de dúvida e expectativa. — Os Águias recebem uma Folha de Prestígio por terem vencido a Prova de Verão.

— Bom! — exclamou Isgord, exultante.

Lasgol já contava com isso, então não se surpreendeu. Doeu-lhe estar tão perto de vencer e não conseguir no final.

— A Prova de Inverno foi diferente este ano — continuou Dolbarar. — Muito mais difícil do que esperávamos inicialmente.

— Foram duas as equipes que se destacaram e receberão uma Folha de Prestígio cada. — Houve silêncio e todos aguardaram as palavras do líder do acampamento. — Os Panteras e os Corujas, pelo comportamento exemplar acima e além do dever.

As palavras de Dolbarar produziram um sentimento agridoce em Lasgol. Eles poderiam salvar um dos dois companheiros, mas o outro seria expulso. Ele olhou para Egil, que negava com a cabeça. Estava dizendo a Lasgol que não o salvasse, que salvasse Gerd. O garoto sabia que o amigo não mudaria de ideia e ficou com o coração partido ao ver como perderia o parceiro.

Ingrid acenou com a cabeça para Egil e ele repetiu a recusa. Gerd, com os ombros caídos, nem olhou para o que estava acontecendo. Egil apontou para o grandalhão. Ingrid concordou e assentiu.

— Panteras... Corujas... a decisão é de vocês — perguntou Dolbarar.

— Nós salvamos Gerd — disse Ingrid, apontando o dedo indicador para ele.

O grandalhão ficou com tanto medo que nem olhou.

— Nesse caso, Egil será expulso — respondeu Dolbarar.

O estômago de Lasgol revirou.

— Não se preocupem, é justo — disse Egil, tentando amenizar o momento difícil.

— Espere um momento, senhor — disse Astrid, de repente.

— Sim, capitã dos Corujas.

— Tenho um pedido, senhor. Poderia usar as Folhas do Prestígio para salvar aquele que foi expulso dos Panteras?

Dolbarar olhou para Astrid e depois para os Panteras.

— Não é um pedido comum, mas há precedentes. Por que tal pedido?

— Os Panteras perderam a Prova de Verão para nós, Corujas. É o justo.

Lasgol e Egil trocaram olhares de espanto.

— Eu poderia conceder, mas essa deve ser uma decisão unânime — explicou Dolbarar, apontando para o resto dos Corujas.

Astrid assentiu. Ela se virou para os colegas e eles conversaram em círculo. Depois de um momento, ela falou novamente:

— É unânime. Nenhum de nós foi expulso e, por isso, entregamos a Folha de Prestígio aos Panteras das Neves.

— Nesse caso, com duas Folhas de Prestígio, os Panteras não serão expulsos — anunciou Dolbarar.

Os garotos explodiram em aplausos, pulando e se abraçando de alegria.

Lasgol olhou para Astrid cheio de gratidão. A garota sorriu para ele e assentiu.

Dolbarar continuou com a cerimônia e foi a vez dos de terceiro ano. Molak e os gêmeos passaram e levaram não apenas uma Folha de Prestígio, mas também o agradecimento pessoal do rei e o reconhecimento pelo trabalho heroico de seus companheiros caídos. Foi um momento solene.

Os de quarto ano também tiveram baixas na frente de batalha enquanto ajudavam as tropas. Uthar pediu que ninguém fosse expulso naquele ano. Ele precisava de guardiões para substituir aqueles que haviam caído na guerra.

Dolbarar honrou o pedido do rei e todos passaram. Por fim, o líder do acampamento encerrou a cerimônia com as palavras que sempre lhes dedicava:

— Vocês são o futuro. Depende de vocês que a Coroa, o reino, sobreviva. Lembrem-se sempre: "Com lealdade e valentia, o guardião guardará as terras do reino, defenderá a Coroa dos inimigos internos e externos e servirá a Norghana com honra e sigilo".

Os guardiões repetiram ao mesmo tempo:

— Com lealdade e valentia, o guardião guardará as terras do reino, defenderá a Coroa dos inimigos internos e externos e servirá a Norghana com honra e sigilo.

Terminada a cerimônia, todos voltaram para as cabanas comentando entusiasmados o ocorrido. A maioria deles estava exultante de alegria; alguns devastados pelas expulsões. Os Panteras ficaram felizes por terem sobrevivido ao segundo ano e não terem sido expulsos.

E, para finalizar aquele dia magnífico, o banquete de formatura os aguardava. Era um banquete muito especial, não só porque estava repleto de deliciosos guisados e doces, mas porque a tradição ditava que, naquela refeição especial, os instrutores servissem os alunos. Viggo esfregava as mãos em expectativa e o estômago de Gerd rugia como um leão.

— Vai ser ótimo! — disse Nilsa.

Todos começaram a se preparar.

De repente, duas batidas fortes a porta foram ouvidas.

— Oh, oh... — comentou Viggo.

Capítulo 39

Egil abriu e encontrou Gatik, primeiro-guardião, acompanhado por vários de seus guardiões reais.

— Aconteceu alguma coisa? — perguntou Viggo, que já estava desconfiado.

— Venho em busca do aprendiz Lasgol — respondeu Gatik, sem entrar.

Lasgol enrijeceu. Estava com Camu nas mãos. Ele secretamente o entregou para Egil cuidar. A criatura passou a gostar muito do amigo no último ano e não se importava de ficar com ele.

— Dolbarar está procurando por ele? — perguntou Viggo, que já sabia que não era o caso, pois, se fosse, estariam conversando com Oden.

— Não. Este é um pedido real.

Lasgol se aproximou da porta.

— Primeiro-guardião — cumprimentou Lasgol, com uma reverência sóbria.

— Aprendiz Lasgol, o rei exige sua presença na Casa de Comando.

O menino congelou. O que Uthar queria com ele? Não poderia ser nada de bom. Certamente não. Respirou fundo e tentou expulsar o nervosismo do corpo; ele não conseguiu.

— Claro — disse, o mais calmamente possível.

Antes de sair, lançou um olhar preocupado para Egil.

Lasgol seguiu o primeiro-guardião. Teve um pressentimento muito ruim. Talvez fosse por causa de Egil; o rei teria exigido explicações. Ou talvez fosse por causa de Darthor. Não, ele não poderia saber nada disso, pois só havia contado aos companheiros. Mas, se Uthar era realmente o inimigo que Darthor dizia ser, possivelmente sabia mais do que eles poderiam imaginar.

Entraram na Casa de Comando e Lasgol encontrou todo o estado-maior esperando por ele. De um lado, sentados à grande mesa, estavam Dolbarar e os quatro guardiões-maiores. Do outro, da área comum, perto da lareira, sentados em algumas poltronas, estavam o rei, Olthar e Sven.

— O aprendiz Lasgol — anunciou Gatik, deixando-o no meio da sala.

O garoto ficou em posição de sentido e cruzou as mãos às costas. Sentiu todos os olhares sobre ele. Dolbarar quebrou o silêncio, levantou-se e aproximou-se dele com um sorriso amigável. *Tenho certeza de que ele está tentando me acalmar para o que está por vir*, pensou.

— Bem-vindo, Lasgol. Informei o rei dos acontecimentos mais relevantes no acampamento.

— Ótimo trabalho apoiando nossas tropas — disse Sven, assentindo.

— De fato. No entanto, o que aconteceu ao filho do duque Erikson não nos agradou em nada — acrescentou Olthar, abanando a cabeça.

Lasgol engoliu em seco. Então era por isso... teria que negar tudo...

— Mas não foi por isso que trouxe você aqui — continuou Uthar.

Ele se levantou e se aproximou do garoto com seu tamanho e presença imponentes.

Lasgol inclinou a cabeça diante do rei.

— Como você está, jovem guardião?

— Bem... Vossa Majestade.

— Estou feliz em ver você inteiro. Não pense que esqueci que lhe devo minha vida; um rei não esquece. Você sempre terá minha gratidão por isso. Reivindicou os títulos e terras de seu pai, Dakon?

— Sim, senhor.

— Teve alguma dificuldade?

— Nada que não pudesse ser resolvido.

Uthar sorriu.

— Gosto do jovem Lasgol. Ele tem coragem e determinação, além de reflexos felinos.

— Ele é um dos nossos melhores aprendizes — garantiu-lhe Dolbarar.

— Dolbarar me contou o que aconteceu com você no Norte, durante a missão de resgate... O que aconteceu com você é muito interessante...

Lasgol ficou tenso. Não foi por causa do filho do duque que o haviam chamado, mas por causa daquilo. Ele estava começando a sentir que estava em uma situação difícil. Tentou manter a calma.

— Quero ouvir da sua boca o que aconteceu. Conte-me tudo — pediu Uthar.

Lasgol suspirou. Com a maior calma que pôde, recontou a história que já contara a Dolbarar e aos quatro guardiões-maiores, embora tenha deixado de fora a parte que tinha a ver com Darthor. Ele fez isso conscientemente. Poderia omitir aquilo ou contar toda a verdade, mas naquele momento não tinha certeza do que era melhor. Algo dentro dele, uma voz, talvez a de sua mãe, lhe dizia que era melhor não revelar tudo. Além disso, Lasgol já havia dito a todos que não tinha visto Darthor e, portanto, não poderia mudar sua versão dos acontecimentos àquela altura.

Quando terminou de contar, as dúvidas o assaltaram ao olhar para o rei e todos os presentes; sentiu como se os estivesse traindo. Era difícil para ele acreditar que Uthar, aquele que estava diante dele, com aquela presença, não era o bom rei que todos acreditavam que fosse. Todos, exceto os pais de Lasgol. *Eu deveria dizer a verdade. Eu sei. Mas eu não posso. Não até que eu tenha certeza de qual é a verdade.* Um azedume que subiu por sua garganta o fez perceber que seu silêncio teria consequências.

— Os Selvagens do Gelo raramente libertam alguém... e Sinjor nunca faz isso — continuou Uthar. — Como eles deixaram você sair?

— Não sei, foi Muladin quem me libertou.

— O feiticeiro de Darthor — disse Olthar.

— E você não viu Darthor? — perguntou Uthar, fixando os olhos azuis nos do garoto. O tom era acusatório.

Lasgol estremeceu, mas aguentou.

— Não, não vi.

— Tem certeza de que só viu o gigante Sinjor e o feiticeiro Muladin?

— Sim, senhor — mentiu Lasgol.

— Eu pergunto porque os três conseguiram fugir para o Continente Gelado. Preciso entender como fizeram isso.

— Não sei, senhor...

— Não acho que conseguiremos nada dele — disse Olthar. — E, mesmo que ele falasse, poderia estar possuído por Darthor ou sob a influência de um feitiço de Muladin.

— Isso explicaria por que não lembra se viu Darthor — disse Sven.

— E por que o libertaram — disse Gatik.

Ambos ficaram ao lado do rei.

— Fique longe dele, majestade — disse Sven a Uthar.

— Vocês temem que ele me ataque? — disse Uthar, abismado.

Olthar interveio:

— Majestade, lembre-se de que Darthor já possuiu um guardião. Ele pode estar controlando Lasgol agora ou o jovem pode estar enfeitiçado. Em ambos os casos é um perigo e um risco — explicou, e apontou o bastão de poder para o garoto.

Uthar estava pensativo.

— Verdade. Não sabemos o que fizeram com ele lá. Não posso ter um assassino ou um espião comigo, mesmo contra a própria vontade.

Lasgol abriu a boca para protestar. Aquilo parecia ruim.

— Há uma maneira de ter certeza — disse Dolbarar.

— Como? — indagou Olthar.

— A curandeira Edwina — respondeu Dolbarar.

— Certo. Mande buscá-la — disse o rei.

O garoto aproveitou a pausa para tentar pensar. Se Uthar estava lhe perguntando aquilo, só poderia ser por dois motivos: primeiro, porque realmente era o rei que todos pensavam que ele era e estava preocupado por terem enfeitiçado Lasgol; segundo, que não era nada disso e o rei estava manipulando todos eles. Nesse caso, ele teria que ter muito cuidado com o que falasse, pois era um jogo muito perigoso. Uthar estaria tentando adivinhar se Lasgol sabia mais do que revelava. *Não sei qual dos dois casos é... por isso vou jogar as minhas cartas da melhor maneira possível. Vou ficar na minha posição e tentar descobrir o que está acontecendo*, pensou.

Edwina logo apareceu. Eles explicaram a situação de forma concisa.

— Entendo... — disse ela.

— A primeira coisa é ver se tem a marca de Darthor — propôs Olthar.

— Lasgol, por favor, tire a roupa e deite-se na mesa — pediu a curandeira. Lasgol corou, mas obedeceu sem questionar. A mulher o inspecionou. Eyra a ajudou. Elas não encontraram nenhuma marca em sua pele.

— Está sem marcas — concluiu Edwina.

— Feitiços? — perguntou Uthar.

Edwina colocou as mãos no peito de Lasgol e sua energia curativa começou a penetrar no corpo do garoto. Por muito tempo, a curandeira procurou alguma forma de energia externa em Lasgol, mas não a encontrou. Por fim, ela retirou as mãos e anunciou:

— Não encontro nenhum vestígio de magia. Está limpo.

Lasgol vestiu-se rapidamente.

— Estão todos convencidos? — perguntou Dolbarar.

Olthar assentiu. Sven e Gatik também. Finalmente, o rei falou:

— Está limpo.

— Ele pode ir agora? — perguntou Dolbarar ao rei.

Uthar lançou um olhar intenso para Lasgol, como se tentasse ler sua alma.

— Sim, deixe-o ir.

Lasgol saiu da Casa de Comando e quando chegou ao lado de fora viu que estava tremendo devido à experiência. Ele havia escapado ileso, porém agora estava mais convencido do que nunca de que o rei era um bom regente e que havia sido enganado, assim como seus colegas lhe disseram. Esse sentimento o fez se sentir péssimo por não ter contado toda a verdade.

Na manhã seguinte, Oden organizou o salão para se despedir do rei. Ele colocou todas as equipes, uma após a outra, em duas longas filas, do portão de saída sul até a Casa de Comando. Os Panteras ficaram perto da saída, ao sul. Eles ficaram em fila. Nilsa, Gerd, Egil, Lasgol, Ingrid e Viggo. A capitã não estava satisfeita. Teria que aturar os comentários de Viggo durante todo o desfile. Tentou trocar de lugar, mas Oden ordenou que não se movessem nem um pouco.

Então o desfile começou. Assim como haviam chegado, as forças do rei partiram enquanto os guardiões formavam e cantavam uma ode aos bravos.

Uthar parou a montaria na frente de Lasgol.

— Sem ressentimento. Eu tinha que ter certeza — disse o rei, estendendo a mão enluvada.

Lasgol ficou perplexo.

— Claro, majestade. Eu não poderia... — desculpou-se, pego de surpresa.

Lasgol estendeu a mão e o rei a apertou com firmeza. Um aperto forte, como era costume entre os norghanos.

— Vossa Majestade, não deve parar, por segurança — incentivou-o Sven.

— Eu sei, eu sei — disse Uthar, e olhou para o comandante.

E naquele momento algo aconteceu. Algo realmente incomum.

Camu apareceu no ombro de Egil. Ele enrijeceu e apontou o rabo para o rei. A criatura gritou, encoberta pelo canto dos guardiões, e soltou um lampejo dourado.

O rei soltou a mão de Lasgol para continuar avançando. Ele não viu Camu, pois estava olhando para Sven.

De repente, o rosto de Uthar vibrou como se fosse uma imagem distorcida, como se alguém estivesse olhando para a água de um lago e uma onda distorcesse o reflexo. Lasgol arregalou os olhos. Por um instante, não mais que um piscar de olhos, o rosto de Uthar mudou. Em vez do rosto duro com pele branca como a neve, olhos azul-marinho e cabelos loiros, apareceu um rosto completamente diferente. Alguém com a pele escura como uma noite sem lua, olhos verdes intensos e cabeça raspada.

Lasgol não conseguia acreditar no que via. Ao seu lado, Egil falou uma palavra que esclareceu suas dúvidas:

— Fascinante!

O rosto de Uthar vibrou novamente. A imagem sobre seu rosto distorceu novamente e o rosto original, loiro e de olhos azuis, reapareceu. Ele tocou o cavalo e continuou sem perceber o que acabara de acontecer.

— Diga-me que você viu a mesma coisa que eu — disse Lasgol a Egil.

— Ele é um metamórfico. Não há mais dúvidas — respondeu Egil.

Lasgol soltou um grande suspiro. Então percebeu que Camu ainda estava imóvel, apontando para o rei do ombro de Egil.

Eles iriam descobri-lo!

Camu, esconda-se. Agora. Ordenou, usando o dom.

A criatura obedeceu. Felizmente, Gerd estava ao lado de Egil e, com o corpo enorme, cobriu a criatura e parte do corpo de Egil. Mesmo assim, Lasgol olhou em todas as direções, conferindo, caso alguém tivesse testemunhado. Todos estavam ocupados demais com o cortejo real e os cantos para perceberem. O que Lasgol não percebeu foi que, do outro lado, frios olhos azuis o tinham visto. Eram os olhos de Isgord. Um sorriso maligno apareceu em seu rosto.

Lasgol voltou-se para Ingrid, ao seu lado:

— Ingrid, você deve ter visto. Diga-me que você viu o rosto do rei mudar.

A capitã balançou a cabeça.

— Não negue, você estava olhando para a cara dele, assim como eu. Você deve ter visto!

A capitã negou com a cabeça. Mas ela negou para si mesma, não para Lasgol, porque não conseguia acreditar no que acabara de ver. Tudo em que ela acreditava estava desmoronando diante de seus olhos. Ela se recusava a acreditar.

— Ver o quê? — perguntou Viggo, franzindo a testa.

— Você não viu o rosto do rei?

— Tenho coisas mais bonitas para ver do que o rosto de Uthar.

Lasgol soltou um bufo cheio de desespero.

Egil perguntou a Gerd, que estava ao lado, e a Nilsa; ninguém tinha notado.

Lasgol respirou fundo. Dessa vez não estava errado, dessa vez estava certo. O rei era um metamórfico. As palavras de sua mãe vieram até ele: *Uthar não é quem parece ser.*

O cortejo real terminou de passar e os portões do acampamento se fecharam atrás dela. Oden ordenou que eles rompessem as fileiras e retornassem às funções.

Os Panteras voltaram para a cabana. Lasgol sentou-se na cama e, durante muito tempo, não disse nada. Ele reviveu mentalmente mil vezes o que havia acontecido, procurando todas as explicações possíveis e todos os ângulos possíveis.

Quando falou, só estava Egil na cabana, brincando com Camu:

— Agora tudo faz sentido... — disse ele, assentindo. — Eu sei por que meu pai tinha aqueles dois livros — acrescentou, apontando para os exemplares no baú de Egil. — O rei é um metamórfico e Camu pode detectá-lo.

— Exato. Essa é a relação que não conseguimos encontrar entre os dois livros — afirmou Egil. — Fascinante. Verdadeiramente fascinante.

— Também confirma que o que Darthor me contou sobre Uthar era verdade.

— E, portanto, devemos deduzir que ele também disse a verdade sobre o parentesco de vocês.

— Acho que sim. Darthor é minha mãe. Agora eu acredito, por mais estranho que me pareça.

— Tem certeza?

— Sim. Quanto mais penso nisso, mais faz sentido. Explica por que o meu pai atacou o rei. Ele sabia que era um metamórfico e, vendo que não cairia na armadilha que ele e minha mãe haviam preparado no desfiladeiro, decidiu matá-lo para desmascará-lo ali mesmo.

— Era um bom plano. Se ele o tivesse matado, o metamórfico teria recuperado a forma natural. Sven, Olthar e os outros teriam percebido o engano.

— Infelizmente, não conseguiu.

— Era um plano ousado, mas muito arriscado.

— E não deu certo... Pelo menos agora sei por que ele fez isso. Não haverá mais dúvidas ou pesadelos à noite.

— Também vou conseguir dormir melhor, já que você se mexe o tempo todo e me acorda — brincou Egil.

Lasgol sorriu.

— Isso também explica por que eles não me mataram quando me capturaram. E tem outra coisa... algo dentro de mim me diz que ela é minha mãe. Não sei como explicar; talvez tenha sido o rosto dela, talvez tenham sido as palavras ou o tom que usou comigo, mas é o que tenho sentido.

— Isso significa que temos apoiado o lado errado.

— Temo que sim.

— O lado que acabou vencendo a guerra...

— Sim...

— Que reviravolta! — exclamou Egil, entusiasmado. — Eu não teria imaginado isso nem em mil anos.

— Uthar tratou todos nós como marionetes.

— O metamórfico — esclareceu Egil. — Esse não é o verdadeiro Uthar.
— O que quer dizer?
— Esse ser, o metamórfico, finge ser Uthar, mas não é ele.
— Ah, é verdade. Você acha que o verdadeiro Uthar ainda estará vivo?
— Não sei, mas temo que não esteja. Por que correr o risco quando você enganou todo mundo?

Lasgol suspirou.

— Ele percebeu que nós descobrimos?
— Acho que não — respondeu Egil, balançando a cabeça. — Eu diria que não. Não me deu essa impressão. Foi apenas um momento, e ele não conseguia ver a si mesmo.
— Então estamos seguros por enquanto.
— Você estará seguro enquanto estiver no acampamento — Egil lembrou. — Se ele descobrir que você sabe a verdade, vai te matar. Ele não pode correr o risco, principalmente sabendo quem você é.
— O que fazemos?
— O que todo bom guardião faz: observamos e esperamos o momento certo para agir. O rei venceu, não podemos mudar isso agora. Darthor fugiu para o Continente Gelado. Terminamos o segundo ano e conseguimos nos formar... Deixaremos os acontecimentos seguirem seu curso e permaneceremos alertas aguardando uma oportunidade.
— Uma oportunidade?
— Para desmascarar o metamórfico.
— Se ele não nos matar primeiro...
— Correto, meu caro amigo.
— Bom, temos um terceiro ano muito interessante pela frente...

Egil sorriu de orelha a orelha.

— Por acaso não são todos?
— Melhor não pensar nisso.
— Verdade. Enfrentaremos o terceiro ano quando chegar a hora.
— Vamos jantar com os outros antes que Gerd coma tudo.

Os dois amigos acariciaram Camu e seguiram em direção ao refeitório para aproveitar o último jantar antes das férias de inverno.

Agradecimentos

Tenho a grande sorte de ter muitos bons amigos e uma família fantástica, e graças a eles este livro é uma realidade hoje. Não consigo expressar com palavras a ajuda incrível que me proporcionaram durante esta viagem de proporções épicas.

Quero agradecer ao meu grande amigo Guiller C. por todo o seu apoio, alento incansável e conselhos impecáveis. Mais uma vez, ele esteve ao meu lado todos os dias. Muitíssimo obrigado.

Obrigado a Mon, estrategista magistral e *plot twister* excepcional, além de ser editor e estar sempre com o chicote pronto para que os prazos sejam cumpridos. Um milhão de obrigados!

A Luis R., pelas incontáveis horas que me aguentou, por suas ideias, conselhos, paciência e, sobretudo, pelo apoio. Você é um fenômeno, muito obrigado!

A Keneth, que sempre esteve pronto para ajudar e me apoiar desde o início.

A Roser M., pelas leituras, comentários, críticas, pelo que me ensinou e por toda a sua ajuda em mil e uma coisas. Também por ser um encanto.

A The Bro, que, como sempre, me ajudou e ajuda do seu jeito.

Aos meus pais, que são o que há de melhor no mundo e me apoiaram e ajudaram de forma incondicional neste e em todos os meus projetos.

A Rocío de Isasa e a toda a equipe incrível da HarperCollins Ibérica pelo magnífico trabalho, profissionalismo e apoio à minha obra.

A Sarima, por ser uma grande artista com um gosto excepcional e por desenhar como um anjo.

E, por último, muitíssimo obrigado a você que está lendo, por ler meus livros. Espero que tenha gostado e tenha se divertido.

Muito obrigado e um forte abraço,
Pedro

Este livro foi impresso pela Vozes, em 2024, para
a HarperCollins Brasil. O papel do miolo é pólen
natural 70g/m², e o da capa é cartão 250g/m².